애프터

2

애프터 2

초판 1쇄 발행 2018년 8월 30일
초판 2쇄 발행 2018년 10월 1일

지은이 | 안나 토드
옮긴이 | 강효준

발행인 | 양근만
편집인 | 문경선
디자인 | 장선희
마케팅 | 이종웅, 김민정

발행 | (주)씨에스엠앤이
주소 | 서울시 중구 세종대로 21길 30
등록 | 2013년 11월 7일 제301-2013-205호
내용 문의 | 02-724-7855~7
구입 문의 | 02-724-7851
인스타그램 | @comma_and_style

ISBN 979-11-88253-04-3 04840
       979-11-88253-02-9 04840(세트)

* 잘못된 책은 구입하신 곳에서 바꾸어 드립니다.

AFTER 애프터

강효준 옮김
안나 토드 지음

2 이게 사랑일까

이 책을 읽는 나의 첫 독자들에게 사랑과 감사의 마음을 드립니다.
여러분은 제게 세상의 전부입니다.

1

겨우 눈물이 멈췄다.

랜던이 조용히 물었다.

"아까 하딘이 널 사랑한다고 한 게 맞아?"

"나도 모르겠어…, 드라마라도 찍고 싶었나 봐."

다시 눈물이 터져 나올 것 같았다.

"너 혹시…, 화내지는 말고…, 걔가 진심일 거라 생각하진 않아? 널 사랑한다는 말…."

"절대 아니지. 하딘이 날 좋아하는지조차 모르겠어. 그러니까, 둘만 있을 땐 완전히 달라. 그땐 나를 좋아하는 것 같거든. 그래도 나를 사랑하진 않아. 걔는 자기 말고는 누구도 사랑할 수 없는 사람이야."

"난 네 편이야, 테사. 근데 아까 하딘 표정이, 상처 받은 것 같았어. 그리고 너도, 사랑하지 않는다면 상처 받지도 않을 거야."

그 말이 사실일 리 없다. 하지만 그가 몰리에게 키스했을 때 내 가슴은 무너져 내렸다. 그래도 나는 그를 사랑하진 않는다.

"너는, 하딘, 사랑하니?"

그가 단순하게 물었다.

"아니, 사랑하지 않아. 하딘은… 정말 나쁜 놈이야. 알게 된 지 두 달도 안 됐는데, 그 중 절반은 만날 때마다 싸웠어. 만난 지 두 달밖에 안 된 사람을 사랑할 순 없잖아. 게다가, 걘 나쁜 놈이야."

내 목소리는 어색했고, 말은 너무 빨랐다.

"그 얘긴 벌써 했어."

랜던은 중립을 지키려고 애쓰고 있었지만, 그의 입가에 슬쩍 미소가 번지는 걸 눈치챘다. 가슴을 짓누르는 이 느낌이 싫었다. 내가 하딘을 사랑하고 말고를 랜던과 얘기하고 있다니. 속이 메슥거리고 공간이 조여 오는 것 같은 느낌이 들었다. 나는 차창을 조금 내리고 머리를 기댔다. 문틈으로 시원한 공기가 새어 들어왔다.

"우리 집에 갈래, 아니면 기숙사로 갈래?"

기숙사로 돌아가 침대에 웅크려 눕고 싶었다. 하지만 스테프나 하딘이 나타날까 봐 두려웠다. 하딘이 아빠네 집으로 올 가능성은 희박했다. 그리로 가는 게 더 좋은 선택일 듯하다.

"너네 집. 근데 내 방에 먼저 들러서 옷을 좀 챙겨 가도 될까? 여기저기 끌고 다녀서 미안해."

"그닥 먼 거리도 아닌데, 뭐. 그리고 우린 친구잖아. 그만 고마워하고, 그만 미안해 해."

그가 근엄하게 말하고 씩 웃는 바람에 나도 따라 웃었다. 여기 와서 만난 사람 중에 랜던은 정말 최고다. 랜던을 알게 되다니 행운이다.

"마지막으로 한 번만 더 감사할게. 나한테 이렇게 좋은 친구가 되어 준 거."

그는 장난스럽게 얼굴을 찡그렸다.

"알았어. 그럼 이제 움직여볼까?"

서둘러 방으로 들어가 옷가지들과 책을 챙겼다. 다시는 이 방에 오지 않을 것처럼 느껴졌다. 오늘은 하딘 없이 혼자 자는 첫 밤이 될 거다. 바보 같은 내 모습에 익숙해져 있었다. 서랍에서 휴대전화를 꺼내 랜던의 차로 돌아왔다.

랜던 집에 도착하니 벌써 11시가 넘었다. 나는 완전히 지쳐버렸다. 다행히도 켄 씨와 카렌은 잠들어 있었다. 랜던은 피자를 오븐에 집어 넣었다. 나는 아까 만든 컵케이크 하나를 먹었다. 카렌과 컵케이크를 구웠던 게 몇 시간이 아니라 몇 주 전 같았다.

오늘 하루는 정말 길었다. 하딘과 함께 맞은 아침은 정말 좋았는데. 그리고 인턴십도. 그런 다음 모든 게 망가졌다, 늘 그랬듯이. 피자를 먹고 랜던과 위층으로 올라왔다. 랜던이 지난 번 묵었던 게스트룸으로 안내했다. 뭐, 그 방에 오래 있지는 않았지. 하딘이 소리 지르는 바람에 잠이 깨버렸으니까. 그를 만난 이후론 시간이 어떻게 가는지 모르겠다. 모든 게 너무 빨리 흘러간다. 우리가 지나온 즐거운 시간과 중간 중간에 일어난 다툼을 생각하니 머리가 어지러워진다.

랜던에게 한 번 더 감사 인사를 하고 방으로 들어왔다. 휴대전화를 켜 보니 하딘에게서, 스테프에게서, 그리고 엄마에게서 엄청난 문자메시지가 와 있었다. 엄마 꺼만 빼고는 읽지도 않고 다 지워버렸다. 뭐라고 했을지 뻔했고, 오늘은 이거면 충분하다. 벨소리와 메시지 알림음도 다 꺼 버리고 잠옷을 입고 침대에 누웠다.

새벽 1시였다. 몇 시간 뒤면 일어나야 한다. 내일은 긴 하루가 될 것 같다. 오늘 오전 수업만 없었으면 내일은 집에, 아니, 여기에 있어도 될 텐데. 아님 기숙사로 돌아가도 되고. 하딘한테 영문학 수업을 다시 들으라고 설득한 게 후회스러웠다. 이리저리 몸을 뒤척였다. 새벽 3시가 다 되었다. 인생 최고이자 최악의 날이었다. 너무 지친 나머지 잠도 오지 않았다.

어느새 나는 하딘의 방문 앞에 서 있었다. 그리고 안으로 들어갔다. 뭐라고 할 사람은 아무도 없었다. 나는 두 번째 서랍을 열어 흰색 티셔츠를 꺼냈다. 입던 건 아니었지만 상관없었다. 내 셔츠를 벗고 그 셔츠로 갈아입었다. 침대에 누워 베개에 머리를 파묻었다. 콧속 가득 하딘의 민트 향기가 채워졌고, 마침내 나는 잠이 들었다.

2

눈을 떴을 때, 내 곁에 하딘이 없다는 걸 기억해내기까지 시간이 걸렸다. 창문으로 햇빛이 평화롭게 비쳐 들어왔다. 누군가 방 안에 있다. 나는 얼른 일어나 앉아 정신을 차렸다. 눈이 슬슬 적응되자 화가 나기 시작했다.

"하딘?"

눈을 비비며 조용히 말했다.

"안녕."

하딘이 팔꿈치를 무릎에 대고 소파에 앉아 있었다.

"여기서 대체 뭐 하는 거야?"

벌써부터 가슴이 아파온다.

"테사, 우리 얘기 좀 해."

그의 눈 아래 다크서클이 진해져 있다.

"거기서 나 자는 걸 보고 있었던 거야?"

"아니. 조금 전에 왔어."

혹시나 나 없이 잠들어서 악몽을 꾼 건 아닌지 궁금했다. 내 눈으로 직접 보지 않았더라면 그것조차도 게임의 일부라 여겼을 거다. 하지만 나는 분명히 기억한다. 내가 감싸주었던 땀에 젖은 얼굴, 그리고 공포가 가득했던 그 초록색 눈동자를.

나는 잠자코 있었다. 그와 다투고 싶지 않았다. 그가 가주기만을 바랄 뿐이다. 아니, 내심 그가 가지 않기를 바라고 있는 내 자신이 싫었다. 하지만 그는 가야 한다.

"우리, 얘기 좀 해."

내가 대답 대신 머리를 가로젓자, 그는 양손으로 머리를 쓸어 넘겼다. 그리고 깊은 한숨을 내뱉었다.

"수업 가야 해."

"랜던은 벌써 갔어. 내가 네 알람을 껐거든. 벌써 11시야."

"뭘 어쨌다고?"

"늦게까지 못 잤을 거 같아서…."

"어떻게, 넌, 진짜…. 그냥 가, 하딘."

어제 그에게 받은 상처가 아직도 생생하다. 거기에 오전 수업을 빠진 것까지 보태졌다. 그렇대도 약한 모습을 보여선 안 된다. 그랬다간 그 틈을 노려 그가 덤벼들 거다. 그는 항상 이런 식이다.

"네가 내 방에 있잖아."

틀린 말은 아니다. 나는 침대에서 내려왔다. 티셔츠, 그래, 그의 티셔츠 하나만 입고 있는 것쯤은 신경도 쓰이지 않았다.

"그래, 내가 나갈게."

목으로 울컥, 덩어리가 치밀어 올랐다. 눈물이 쏟아질 것만 같다.

"아니, 내 말은…, 네가 내 방에 있잖아…, 왜?"

쓸쓸한 목소리다.

"나도 잘 모르겠어…. 그냥…, 잠이 안 와서…."

잠시 말을 끊었다.

"근데 사실 네 방도 아니잖아. 나도 너만큼 이 방에서 잤다고. 이제 내가 한 번 많아졌어."

"네 셔츠는 안 맞았어?"

그의 시선이 흰 셔츠에 꽂혀 있다. 당연히 나를 놀리는 거다.

"계속 해봐. 더 놀려 보라고."

눈 밑에서부터 눈물이 차올랐다. 그가 내 눈을 바라보았지만 나는 시선을 피했다.

"놀리는 거 아니야."

그가 의자에서 일어나 한 걸음 다가왔다. 나는 뒤로 물러서며 손을 올려 그를 막았다. 그가 멈췄다.

"그냥 듣기만 해, 알겠지?"

"무슨 말을 더 해야 하는데, 하딘? 우린 항상 이런 식이야. 우리는 똑같은 싸움을 하고 또 하잖아. 매번 더 심하게. 난 더 이상 못하겠어."

"몰리와 키스한 건 미안하다고 했잖아."

"내가 말하는 건 그게 아니야. 그래, 그것도 있긴 하지. 근데 그것 말고 다른 게 더 많아. 우리는 시간을 낭비하고 있는 게 뻔한데, 너만 그걸 모르잖아. 넌 절대로 내가 원하는 남자가 될 수 없어. 그리고 나도 네가 원하는 여자는 안 될 거고."

그가 창밖을 바라볼 때, 나는 얼른 눈물을 훔쳤다.

"하지만 넌 내가 원하는 여자야."

그 말을 믿을 수 있다면 좋겠다. 그가 최소한의 양심이라도 있었으면 좋겠다.

"아니야, 넌 그렇지 않아."

할 수 있는 건 고작 이 말뿐이다. 그의 앞에서 울고 싶진 않았지만 눈물이 멈추지 않았다. 그를 만난 뒤로는 매번 눈물 바람이다. 그의 올가미에 다시 걸려든다면 나는 늘 이런 식일 거다.

"뭐가 그렇지 않은데?"

"넌 내가 원하는 남자가 아니란 말이야. 넌 나한테 상처 주는 것밖에 할 줄 몰라."

나는 그를 지나쳐 복도 건너편 게스트룸으로 갔다. 서둘러 바지를 입고 내 물건들을 챙겼다. 하딘의 눈은 내 일거수일투족을 좇고 있었다.

"내가 어제 했던 말 못 들었어?"

결국 이 얘기가 나오는구나. 이 얘기만은 다시 꺼내지 않았으면 했는데.

"대답해 봐."

"들었어."

나는 시선을 피했다. 그의 목소리가 적대적으로 변했다.

"그에 대해서 할 말 없어?"

"없어."

거짓말이다. 그가 내 앞으로 다가왔다.

"비켜줘."

위험스러울 만큼 그가 가까이 다가왔다. 무슨 일이 일어날지 알 것 같다고 생각한 순간, 그가 나에게 키스를 했다. 나는 뒤로 물러서려고 했지만 그는 너무 힘이 셌다. 나를 끌어당겨 품에 안았다. 그의 입술이 내 입술에 닿았다. 그의 혀가 내 입술을 밀고 들어왔지만 나는 끝내 거부했다. 그가 머리를 살짝 들었다.

"키스해줘, 테사."

"싫어."

그의 가슴을 밀어냈다.

"나랑 똑같이 느끼지 않는다고 말해 봐, 그럼 갈게."

그의 얼굴이 바짝 다가와 있었다. 뜨거운 숨결이 내 얼굴에 닿았다.

"난 아니야."

가슴 아픈 말이었지만 그를 보내야 했다.

"아니라고 하지 마. 너도 그렇잖아."

그의 목소리는 절박했다.

"너도 그렇다는 걸 알아."

"아니라니까, 하딘. 그리고 너도 그렇지 않아. 내가 그걸 믿을 거라 생각해?"

그가 나를 놓아주었다.

"내가 너를 사랑한다는 걸 믿지 않아?"

"당연히 믿지 않지. 믿을 거라고 생각하다니, 내가 그렇게 바보인 줄 알아?"

그는 입을 벌리고 나를 바라보았다. 그리고 다시 가까이 다가왔다.

"네 말이 맞아."

"뭐?"

그가 어깨를 으쓱했다.

"네가 맞다고. 난 너를 사랑하지 않아. 막장 드라마 같은 장면 하나 연출해 봤을 뿐이야."

그가 밝게 웃는다. 진심이 아니라는 걸 안다. 그의 진실성에는 의심의 여지가 없었다. 내 안의 무언가가, 내가 인정하고 싶지 않은 더 큰 무언가가, 그가 나를 사랑하길 바라고 있었다.

그는 벽에 기대섰고, 나는 가방을 들고 방을 나왔다. 계단에 도착했을 때, 카렌이 나를 올려다보며 미소를 지었다.

"어머, 테사! 우리 집에 온 줄 몰랐네!"

축 처진 내 모습을 보자 그녀의 얼굴에 웃음기가 사라졌다.

"무슨 일 있었어?"

"아니에요. 괜찮아요. 어젯밤엔 기숙사 방문이 잠겨서…."

"카렌."

등 뒤에서 하딘의 목소리가 들렸다.

"하딘!"

그녀의 얼굴에 미소가 돌아왔다.

"둘 다 뭣 좀 먹을래? 아침밥, 아니, 점심밥이구나. 벌써 12시네."

"전 괜찮아요. 막 기숙사로 가려던 참이었어요."

계단을 내려가며 내가 말했다.

"전 먹을 거예요."

하딘이 뒤에서 말했다. 그녀가 놀란 눈으로 나를, 그리고 다시 하딘을 쳐다보았다.

"그래. 나는 부엌에 있으마."

그녀가 부엌으로 가고 나서 나는 현관문을 향했다.

"어디 가?"

그가 내 손목을 붙들었다. 그의 손을 뿌리쳤고, 잠시 후 그가 놓아주었다.

"기숙사. 말했잖아."

"걸어가겠다고?"

"너, 도대체 뭐야? 아무 일도 없던 것처럼 구네. 우리가 싸우지도 않은 것처럼, 네가 아무 짓도 안 한 것처럼. 넌 확실히 제정신이 아니야, 하딘. 넌 병원 가고, 약 먹고, 입원해야 하는 그런 환자야. 그렇게 끔찍한 짓을 해놓고, 이젠 뭐, 나를 데려다주겠단 거야?"

도저히 그를 이해할 수가 없었다.

"내가 무슨 끔찍한 말을 했다고 그래. 사실, 너를 사랑하지 않는단 말밖에 안 했잖아. 그리고 넌 이미 알고 있었다며. 그리고 두 번째, 널 데려다준단 소리 안 했어. 그냥 걸어서 갈 거냐고 물어봤지."

잘난 척하는 표정에 현기증이 났다. 나를 좋아하지도 않는다면서 왜 여기까지 나를 찾으러 온 걸까? 나를 괴롭히는 것 말곤 재미있는 일이 없어서일까?

"내가 뭘 어쨌는데?"

결국엔 묻고야 말았다. 전부터 묻고 싶은 말이었다. 그의 대답이 두려워 머뭇거렸을 뿐이다.

"뭐?"

"내가 너한테 뭘 어쨌다고 날 그렇게 미워하는 거야?"

카렌이 들을까 봐 목소리를 최대한 낮췄다.

"너만 원한다면 그야말로 너한테 달려드는 여자들이 잔뜩 있잖아. 근데 넌 나하고 시간 낭비하고 있잖아. 나한테 어떻게 하면 상처 줄까 궁리하면서. 대체 왜 그러는 건데? 내가 그렇게도 싫어?"

"아냐, 그런 거 절대 아니야. 널 싫어하지 않아, 테사. 네가 스스로 쉬운 표적이 되고 있잖아. 그게 요점이야, 알겠어?"

그의 몸짓이 유난히 과장됐다. 무슨 말을 하려는 찰나, 카렌이 그를 불렀다. 샌드위치에 피클을 넣을 거냐고 묻는다.

그가 부엌으로 간 사이, 나는 문을 나섰다. 버스 정류장까지 걸어가면서, 내가 요즘 수업을 너무 많이 빼먹었다는 생각이 들었다. 그렇대도 오늘은 나머지 수업 대신 차를 사러 가야 한다. 다행히 버스가 곧 도착했고, 맨 뒤에 빈자리가 있었다.

자리에 털썩 앉으며 랜던이 했던 말을 떠올렸다. 내가 사랑하지 않는다면, 그에게서 상처 받을 일도 없다는…. 하딘은 끝도 없이 나의 가슴을 아프게 한다. 더 이상 찢어질 데도 없는 내 가슴을 사정없이 헤집어 놓는다.

그리고, 나는 그를 사랑한다.

나는, 하딘을 사랑한다.

3

자동차 영업사원은 썩 좋지 않은 인상에, 찌든 담배 냄새가 났다. 하지만 지금 찬밥 더운밥 가릴 처지가 아니었다. 한 시간이나 실랑이한 끝에, 나는 선금 수표에 사인을 했다. 드디어 나에게 딱 맞는 2010년형 코롤라 키를 손에 쥘 수 있었다. 몇 군데 칠이 살짝 벗겨진 곳이 있었지만, 상관없었다. 대신 값을 확 깎아줬으니까. 주차장을 나오기 전, 엄마에게 전화를 했다. 엄마는 역시나 왜 그렇게 작은 차를 샀냐며 잔소리를 해댔다. 나는 통화 상태가 안 좋은 척하며 전화를 끊었다.

내 차를 갖게 되다니, 날아갈 것 같았다. 이제 대중교통을 타지 않아도 되고, 인턴 근무하러 내 차를 몰고 갈 수 있다. 하딘과 관계를 끊은 후폭풍이 없기만을 바랐다. 그럴 리 없을 거라 생각하지만, 그는 이제 나를 울리고, 내 일상을 망치는 데 싫증이 났을지도 모른다. 켄 씨한테는 말씀드려야 하겠지? 하딘과 내가 더 이상 사귀지 않는다고. 켄 씨는 우리가 사귀는 줄 알고 있을 것이다.

"당신 아들은 세상에서 제일 잔인해서 나에게는 독약 같은 인간입니다. 그래서 더 이상 사귈 수가 없어요."

이렇게 말할 순 없으니까.

라디오를 켜고 볼륨을 높였다. 지금 내게 필요한 건 이거다. 시끄러운 음악 소리가 어지러운 머릿속을 잠식해 갔다. 노래 가사 하나하나에 집중했다. 그때마다 하딘이 떠올랐지만 애써 지워버렸다.

캠퍼스로 돌아가기 전, 새 옷을 사기로 했다. 날씨가 쌀쌀해져서 청바지가 필요했다. 게다가 만날 이 긴 스커트만 입는 데 질리기 시작했다. 반스 출판사에 갈 때 입을 옷 몇 벌과 단색 셔츠와, 카디건, 그리고 청바지 두 벌을 샀다. 새 청바지는 입던 것보다 타이트했지만 입어보니 꽤 괜찮아 보였다.

스테프는 방에 없었다. 다행이다. 방을 바꿔야겠다. 스테프를 정말 좋아하지만, 하딘과 어울리는 사이라면 더 이상 같이 살 순 없다. 캠퍼스 밖에 아파트를 얻을 수 있을 거다. 물론 인턴십 급여가 얼마인지에 달려 있겠지. 분명히 엄마가 반대하겠지만, 이건 엄마가 좌지우지할 일이 아니다.

새 옷들을 정리해 놓고 샤워하러 갔다. 돌아오니 스테프와 제드가 나란히 앉아 컴퓨터를 들여다보고 있었다.

'멋지군.'

스테프가 졸린 눈으로 나를 쳐다봤다.

"안녕, 테사. 어제 결국 하딘 만났어?"

내가 고개를 끄덕이자 잇달아 물었다.

"그래서, 둘이 잘 해결했어?"

"음, 잘 해결한 거 같아. 하딘이랑 끝냈거든."

그녀의 눈이 휘둥그레졌다. 아마 내가 다시 그의 마수에 걸려들었을 거라 생각했나 보다.

"어쨌든, 여기 기쁜 사람 하나 추가."

제드가 미소 지었고, 스테프는 그의 팔을 툭 쳤다. 그녀의 휴대전화에서 알림음이 들렸다.

"트리스탄이 왔대. 우리 갈게. 같이 갈래?"

"그냥 방에 있을게. 참, 나 오늘 차 샀어!"

"와, 진짜 잘됐다!"

그녀는 비명을 질렀고, 나는 고개를 끄덕였다.

"나중에 꼭 보여줘야 해."

스테프가 나가면서 신신당부했다. 제드가 그녀를 따라 나가다 방문
앞에서 머뭇거렸다.

"테사?"

나를 부르는 목소리가 벨벳처럼 부드러웠다. 그를 쳐다보자 미소를
지었다.

"데이트하는 건, 생각해봤어?"

그가 내 눈을 똑바로 바라보았다.

"나…, 나는….."

거절할 참이었다. 그렇지만 왜? 그는 매력적이고 다정한데. 내가 술
에 취해 정신이 없었을 때도 제드는 그걸 이용하지 않았다. 하딘보다
나은 상대인 게 분명하다. 솔직히, 누군들 못하겠냐만.

"응."

"그 말은 나랑 데이트할 수도 있다는 뜻?"

"물론이지, 안 될 게 뭐야?"

"오늘 저녁 어때?"

"그래, 좋아."

사실 오늘 저녁은 적당하지 않은 것 같았다. 밀린 공부와 해야 할 일
들을 생각한다면. 그래도 아직은 예습한 게 꽤 남아 있다. 이번 주에 수

업을 몇 개나 빠졌지만.

"좋아! 그럼 7시에 데리러 올게."

"알겠어."

그가 아랫입술을 살짝 깨물었다.

"저녁에 봐, 테사."

얼굴이 화끈거렸다. 손을 흔들었고, 그는 방을 나갔다.

지금 4시니까, 앞으로 3시간 남았다. 나는 머리 손질을 다시 했다. 머리카락 끝을 안으로 구부려 컬을 만들며 드라이했다. 너무 예뻐 보여서 나도 깜짝 놀랐다. 가볍게 화장을 하고 새로 산 다크진에 흰색 탱크탑을 입고, 갈색의 긴 카디건을 걸쳤다. 거울에 비친 내 모습은 긴장감이 느껴질 정도로 괜찮아 보였다.

'옷을 갈아입어야 할까?'

파란색 탱크탑에 단추 달린 셔츠로 갈아입었다. 제드와 데이트를 하게 되다니, 믿을 수가 없었다. 그것도 하딘과 엉망진창으로 망쳐버린 다음 날. 타투를 하고 피어싱을 한 남자들이 내 새 이상형인가?

『오만과 편견』을 꺼내 들었다. 시간을 보내려 책을 읽기 시작했다. 하지만 이내 상념에 빠져들었다. 노아 생각이 났다. 그에게 전화를 해볼까? 휴대전화를 들고 그의 이름이 보일 때까지 화면을 올렸다. 하염없이 화면만 바라보고 있었다. 죄책감과 상식 사이에서 헤매고 있는 중이었다. 결국 휴대전화를 다시 침대에 던져놓았다.

얼마 지나지 않은 것 같은데, 노크 소리가 들렸다. 제드일 거다. 하딘은 절대 노크 따윈 하지 않는다. 그는 예의 없이 문을 벌컥 열고, 내 물건들을 이리저리 던지는 인간이다.

문을 열자, 입이 떡 벌어졌다. 제드는 블랙 스키니진에 흰색 스니커즈, 티셔츠에 밑단을 뜯어낸 청재킷을 입고 있었다. 너무 멋졌다.

"정말 예쁘다, 테사."

그는 내게 꽃 한 송이를 건넸다.

'웬 꽃?'

놀랍고도 기뻤다. 이런 섬세한 선물을 준비하다니.

"고마워."

그가 건넨 백합을 코에 대며 미소를 지었다.

"준비 됐지?"

"응, 우리 어디 갈 건데?"

"저녁 먹고 영화 보면 좋을 것 같아. 일단은 평범하게, 부담 없이."

그가 환히 웃었다.

조수석 문을 열려고 하자 그가 제지했다.

"제가 열어드리겠습니다."

장난기가 가득 담긴 목소리였다.

"네, 고맙습니다."

여전히 긴장하고 있었지만 제드는 다정했다. 나도 긴장감이 슬슬 풀리기 시작했다. 차에서 소소한 얘기들을 나누었다. 라디오는 꺼놓은 채였다. 그가 내 가족들이며, 졸업 후 진로 등을 물었다. 그리고 자신이 환경공학을 전공하러 WCU에 오게 된 얘기를 들려주었다. 놀랍고도 흥미로운 이야기였다.

우리는 카페 같은 레스토랑 테라스 자리에 앉았다. 주문을 하고 음식이 나올 때까지 수다를 떨었다. 제드는 자기 음식을 다 먹고 내 감자튀김을 슬쩍 집어먹기 시작했다. 나는 위협하듯 포크를 들었다.

"내 감자튀김 한 번만 더 먹었다간, 내 손에 죽을 줄 알아."

그가 억울하다는 듯 쳐다보더니 혀를 쏙 내밀며 웃었다. 나도 어린애처럼 웃었다. 기분이 정말 좋았다.

"넌 웃을 때 정말 사랑스러워."

그러고 나서 B급 코미디 영화를 보러 갔는데, 하나도 재미가 없었다. 그래도 괜찮다. 보는 내내 시시껄렁한 농담을 하며 우리끼리 재밌었으니까. 그가 내 손을 잡았다. 하나도 불편하지 않았다. 마치 그럴 줄 알았던 것처럼. 하지만 하딘이 잡았을 때와는 다른 느낌이었다. 그제야 몇 시간 동안 하딘을 한 번도 생각하지 않았다는 걸 깨달았다. 매일, 그것도 하루 종일 하딘 생각에만 빠져 있던 내겐 신선한 변화였다.

캠퍼스로 돌아오자 거의 11시가 되었다. 오늘이 수요일이라 다행이다. 주말까지는 이제 이틀. 주말에는 밀린 잠을 실컷 잘 거다.

그가 차에서 내려 내게 다가왔다. 나는 핸드백을 뒤로 들고 있었다.

"정말 재밌었어. 데이트 신청에 응해줘서 고마워."

"나도 즐거웠어."

"생각해봤는데…, 나한테 본파이어 축제에 갈 거냐고 물어봤던 거 기억나?"

내가 고개를 끄덕이자 그가 물었다.

"괜찮으면 나랑 같이 갈래?"

"그래, 좋아. 근데 랜던이랑 걔 여자친구도 같이 가기로 했어."

애들이 랜던을 놀릴 때 제드가 있었나? 잘 기억나지 않았다. 제드라면 그게 옳지 않은 짓이란 것쯤은 알고 있겠지.

"그래. 걔, 착해 보이던데."

"약속한 거다. 그럼 거기서 만날래?"

랜던의 집에서 하기로 한 저녁 식사에까지 그를 데리고 갈 순 없었다.

"좋아. 오늘 저녁은 정말 즐거웠어."

그가 한 걸음 다가왔다.

'키스하려는 건가?'

겁이 덜컥 났다. 그러나 그는 내 손을 잡고 손등에 입을 맞추었다. 뜨거운 내 살갗에 닿은 입술은 부드러웠고, 그의 몸짓은 정말 다정했다.

"잘 자, 테사."

인사를 건네고 그가 차에 올라탔다.

깊은 한숨이 새어나왔다. 키스하지 않았다는 게 안심이 되었다. 그는 귀엽다. 그리고 진실 게임 때 보니 키스도 잘했다. 지금은 그저 타이밍이 안 좋을 뿐이다.

다음 날 아침, 랜던이 커피숍에서 기다리고 있었다. 나는 제드 얘기를 했다.

"하딘도 알아?"

짜증나게도 그의 첫 마디는 이거였다.

"아니, 하딘이 알 필욘 없잖아. 상관할 일도 아니고."

내 목소리가 심드렁하게 들려 얼른 덧붙였다.

"미안, 좀 민감한 주제라서."

"분명히. 그러니까 조심해."

그가 부드럽게 주의를 줬고, 나도 그러기로 약속했다.

그 후로 랜던은 하딘이나 제드 얘기는 입도 뻥긋 안 했다.

드디어 영문학 수업 시간이다. 랜던과 강의실로 들어서자 숨이 멎는 것 같았다. 하딘이 그 자리에 앉아 있었다. 그가 눈에 들어오자 다시 통증이 밀려왔다. 하딘은 나를 한 번 힐끗 보더니 이내 시선을 돌려 강의실 정면을 보았다.

"어젯밤에는 제드랑 재미 좀 보셨나?"

내가 자리에 앉자 하딘이 물었다. 더 이상 나에게 말을 걸지 않기를 기도했는데.

"네가 알 바 아니지."

조용히 맞받아쳤다. 그가 몸을 돌리더니 얼굴을 내게 바짝 갖다댔다.

"우리 애들 사이엔 소문이 빠르거든, 테사. 그걸 잊지 마."

'우리가 했던 모든 일들을 친구들한테 말할 거라고 나를 협박하는 건가?'

짜증이 솟구치려 했다. 나는 그에게서 떨어져 수업에 집중했다.

"여러분, 어제 하다만 『폭풍의 언덕』 토론을 계속해봅시다."

가슴이 철렁했다. 『폭풍의 언덕』 토론은 다음 주인 줄 알았는데. 이 게 수업을 빼먹은 대가다. 하딘이 나를 쳐다보는 게 느껴졌다. 아마 그도 나처럼 그의 방에서 처음 자던 날 이 작품을 함께 읽었던 생각을 하는 거겠지.

교수님이 뒷짐을 지고 우리 앞을 왔다 갔다 했다.

"여러분이 알듯이, 캐서린과 히스클리프는 열정이 넘치는 연인 관계였죠. 소설에서 그들의 열정은 다른 사람들의 인생을 근본적으로 망치는 힘이 되어버리죠. 혹자는 그들이 서로에게 최악이었다고 하기도 하고, 또 어떤 사람들은 그들이 결혼했었어야 한다고도 하죠. 애초부터 사랑을 거부하고 싸우는 대신에 말이죠."

교수님이 말을 잠깐 끊고 우리를 쳐다보았다.

"여러분은 어떻게 생각합니까?"

평소 같았으면, 곧바로 손을 들었을 거다. 고전 소설에 대한 내 전문 지식을 뽐내며. 그러나 이건 너무 정곡을 찌르는 주제다.

강의실 뒤쪽에서 목소리가 들렸다.

"그들은 서로에게 너무 끔찍했던 것 같아요. 끊임없이 다투기만 했고, 캐서린은 히스클리프에 대한 자신의 사랑을 인정하지 않았잖아요. 그녀는 에드가와 결혼했어요. 평생 히스클리프만 사랑했다는 걸 알면서도요. 처음부터 그 둘이 함께 했다면 모두들 그렇게까지 비참해지진 않았을 거예요."

하딘이 나를 쳐다보았다. 볼이 화끈거리는 느낌이 들었다.

"캐서린이 이기적이었다고 생각합니다. 사실 거만하고 나쁜 년이죠."

하딘이 불쑥 말을 던졌다. 강의실에 '헉' 소리가 가득했다. 교수님은 그를 언짢은 눈빛으로 쳐다보았다. 하딘은 아랑곳하지 않았다.

"죄송합니다. 어쨌든 캐서린은 자기가 히스클리프에게 과분하다고 생각했어요. 그럴 수도 있겠죠. 그래도 에드가가 히스클리프랑 비교도 안 되는 남자란 건 알고 있었어요. 그런데도 어쨌든 그와 결혼했잖아요. 캐서린과 히스클리프는 그저 너무 비슷할 뿐이에요. 그래서 둘은 어울리지 않았던 거고요. 캐서린이 그렇게 완고하지만 않았더라면 그 둘은 함께 행복하게 오래오래 살 수 있었을 거예요."

나는 바보같이 느껴졌다. 나도 마찬가지로 하딘과 나를 소설 속 인물들과 비교하고 있었다. 다만 해석이 다를 뿐이다. 히스클리프는 캐서린을 엄청나게 사랑했다. 하지만 그는 캐서린이 다른 남자와 결혼하는데도 수수방관했다. 그러다 결국 그 또한 다른 여자랑 결혼해버렸다. 하딘은 그만큼 나를 사랑하지 않는다, 아니 전혀 사랑하지 않는다. 그러니까 그는 히스클리프와 자신을 비교할 자격이 없다.

강의실에 있는 사람들이 죄다 내 답변을 기다리며 나를 쳐다보고 있는 듯했다. 저번처럼 피 터지게 논쟁 벌이는 걸 기대하고 있겠지. 나는 잠자코 있었다. 하딘이 미끼를 던졌다는 걸 안다. 나는 절대 물지 않을 거다.

4

수업 후에 랜던에게 작별 인사를 하고 교수님께 결석 사유를 설명하러 갔다. 교수님은 내가 인턴십 하게 된 걸 축하해주셨다. 그리고 시간표를 약간 조정해주셨다. 하딘이 강의실을 나갈 때까지 교수님과 이야기를 나눴다.

방으로 돌아와서 노트와 교재를 침대에 늘어놓았다. 공부를 해볼까 하다가, 불현듯 불안감이 엄습했다. 혹시라도 스테프와 하딘, 아니면 수시로 이 방에 드나드는 그들 패거리 중 한 명이 불쑥 들어올까 봐서였다. 공부할 책들을 가방에 쓸어담고 차를 몰고 나왔다. 커피숍같이 공부할 수 있는 곳을 찾아봐야겠다.

시내 쪽으로 나오다가 복잡한 거리 한 모퉁이에 있는 작은 도서관을 발견했다. 주차장에 차도 몇 대 없었다. 주저 없이 들어가 창가에 자리를 잡았다. 교재와 노트를 죄다 꺼내놓고 공부를 시작했다. 처음으로 아무런 방해 없이 평화롭게 공부할 수 있었다. 여기는 나의 새로운 은신처가 될 것이다. 공부하기엔 안성맞춤이다.

"학생, 5분 후에 문을 닫을 겁니다."
연세가 지긋한 사서가 와서 알려주었다.
'문을 닫는다고?'
창밖을 내다보았다. 어두워져 있었다. 해가 진 것도 모르고 있었다. 책에 푹 빠져서 시간이 이렇게 지난 줄도 몰랐다. 이곳에 자주 와야겠다.
"네, 감사합니다."
대답을 하고 가방을 챙겼다. 휴대전화를 꺼내 보니 제드에게 문자메시지가 와 있었다.

잘 자라고 인사하고 싶어서. 금요일이 너무 기대된다.

그는 정말 다정하다. 얼른 답을 보냈다.

고마워. 나도 완전 기대 중이야.

방으로 돌아오니 스테프는 아직 안 들어왔다. 잠옷으로 갈아입고 『폭풍의 언덕』을 집어 들었다. 금세 잠에 빠져들었다. 꿈에 히스클리프와 황무지가 등장했다.

드디어 금요일 아침이다. 눈을 떠보니 랜던에게 메시지가 와 있었다. 다코타가 예정보다 일찍 도착하는 바람에 하루 종일 학교에 못 온다는 내용이었다. 영문학 수업을 빠져버릴까 잠깐 생각했지만 그러지 않기로 했다. 하딘이 내가 좋아하는 일들을 망치게 놔둘 순 없었다.

준비하는 데 시간 여유가 있었다. 머리를 말기 전에 앞머리를 땋아 뒤로 넘겼다. 날씨가 따뜻한 것 같아 보라색 민소매 플리스 재킷과 청바지를 입었다. 수업 전 들린 커피숍에서 로건을 발견했다. 눈치 채지 못하게 피하려는데, 그가 뒤를 돌아보았다.

"안녕, 테사."

"어, 안녕."

"오늘 저녁에 오나?"

"본파이어 축제?"

"아니, 파티 말이야. 본파이어 축제는 구려. 늘 그랬어."

"아, 근데 난 본파이어 축제에 갈 거야."

가볍게 미소 짓자 그가 키득거렸다.

"그러든가, 가서 지겨워지면 언제든지 들러."

하딘네 패거리가 본파이어 축제에 관심이 없는 것 같아 안심이 되었다. 오늘 밤에는 걔네들 중 누구와도 지지고 볶지 않아도 된단 뜻이다.

영문학 수업 시간이 되었다. 하딘 쪽으로는 눈길도 주지 않고 내 자리로 곧장 걸어 들어갔다. 『폭풍의 언덕』으로 토론이 계속됐지만 하딘은 잠자코 있었다. 수업이 끝나자마자, 나는 짐을 챙겨 쏜살같이 나왔다.

"테사!"

뒤에서 하딘이 부르는 소리가 들렸다. 내 걸음은 더 빨라졌다. 랜던도 없는 지금, 나는 더욱 무방비 상태다. 가까스로 인도로 나왔을 때, 내 팔을 가볍게 치는 느낌이 들었다. 닿은 곳이 찌릿했다. 그가 분명하다.

"뭐야!"

내가 소리쳤다. 그는 한 발짝 뒤에서 내 노트를 들고 있었다.

"이거 떨어뜨렸어."

내 안에서 안도와 실망이 싸우고 있었다. 가슴을 조이는 이 통증이 가셨으면 좋겠다. 줄어들기는커녕 날마다 매순간 점점 더 커지는 이 통증. 내가 그를 사랑한다는 걸 인정하지 말았어야 했다. 그 사실만 외면했더라면 덜 상처 받았을 거다.

"아, 고마워."

중얼거리며 그에게서 노트를 낚아챘다. 그의 눈은 나에게 고정되어 있었고, 우리는 잠시 서로를 바라보았다. 우리가 사람들이 오가는 인도에 서 있다는 게 기억났다. 우리를 지나치는 사람들을 두리번거렸다. 하딘은 머리를 뒤로 쓸어 넘겼다. 그리고 뒤돌아 멀어져 갔다.

나는 차를 몰고 곧장 랜던의 집으로 갔다. 5시까지 안 가고 버티려고 했는데, 이제 겨우 3시다. 그래도 방에 우두커니 혼자 앉아 있을 수가 없었다. 하딘이 내 인생으로 뛰어든 순간부터 정신이 나가버린 것 같다.

집에 도착하자, 카렌이 활짝 웃으며 문을 열어주었다.

"지금은 나 혼자야. 다코타랑 랜던은 가게에 심부름 보냈거든."

그녀가 나를 부엌으로 데리고 갔다.

"너무 일찍 와서 죄송해요."

"아냐, 음식 만드는 거 도와줄 수 있잖아!"

그녀는 도마를 건네주고, 양파와 감자 몇 개를 잘게 썰어달라고 했다. 우리는 날씨와 곧 다가오는 겨울 얘기를 나누었다.

"테사, 여전히 온실 가꾸는 거 도와줄 생각 있니? 거긴 온도 조절이 되거든. 그래서 겨울에도 문제없단다."

"당연하죠! 하고 싶어요!"

"잘됐구나, 그럼 내일은 어때? 다음 주말엔 내가 조금 바쁠 것 같거든."

아, 결혼식! 까마득히 잊고 있었다. 그녀에게 미소를 지어 보였다.

"네, 그게 좋겠어요."

하딘이 결혼식에 같이 가준다면 정말 좋을 텐데. 그때도 불가능한 일이었고, 지금은 훨씬 더 불가능한 일이 되어버렸다.

카렌이 닭고기를 오븐에 넣었다. 그리고 접시와 은 식기들을 꺼내 테이블을 차렸다.

"하딘은 오늘 저녁 식사에 오니?"

그녀는 태연하려고 애썼지만, 질문을 던져놓고 내 눈치를 보고 있다는 걸 알 수 있었다.

"아니요, 안 올 거예요."

나는 바닥을 보며 말했다. 그녀는 하던 일을 멈추었다.

"너희 둘, 괜찮은 거니? 아, 캐물으려는 건 아니란다."

"물어보셔도 괜찮아요."

차라리 그녀에게 말하는 편이 낫겠다.

"저희, 안 괜찮은 거 같아요."

"저런, 테사…. 너희 둘 사이는 좀 특별해 보였는데. 이해할 수 있어. 감정 표현을 두려워하는 사람과 관계를 이어나가는 건 정말 어려운 일이잖니."

대화가 이어질수록 기분이 묘해졌다. 엄마한테도 이런 얘기는 못했
는데. 카렌에게는 술술 잘도 나온다. 그녀의 솔직함엔 특별한 매력이
있는 듯했다.

"무슨 말씀이세요?"

"글쎄다, 나도 하딘을 잘 모르겠더구나. 좀 더 가까워졌으면 좋겠는
데, 하딘은 마음의 문을 너무 닫고 있어. 켄이 하딘 걱정에 잠 못 든 게
하루 이틀이 아니란다. 하딘은 늘 불행한 아이였거든."

그녀의 눈가가 촉촉해졌다.

"하딘은 친엄마한테도 사랑한다고 말한 적이 없었대."

"뭐라고요?"

"왜 그런지는 나도 모르겠어. 켄은 하딘이 누구한테도 사랑한다고 말
하는 걸 본 적이 없대. 정말 슬픈 일이지. 켄에게나 하딘에게나, 모두."

그녀는 살짝 눈물을 닦아냈다.

누구에게도, 심지어 부모에게도 사랑한다고 말하지 않는 사람이 나
에게 사랑한다고 했다. 그건 분명히 증오의 표현일 거다.

"하딘은… 진짜 이해하기 너무 어려운 사람이에요."

내가 할 수 있는 건 겨우 이 말뿐이었다.

"그래, 맞다. 걔는 어려워. 암튼, 너희 둘 사이가 잘 안 되더라도 우리
집엔 와줬으면 좋겠구나."

"물론이죠."

카렌이 온실 얘기로 화제를 바꿨다. 내 기분을 눈치 챈 모양이다. 우

리는 음식 준비를 마치고, 식탁을 꾸몄다. 카렌이 갑자기 말을 멈추고 환하게 미소를 지었다. 뒤를 돌아보니 랜던이 예쁜 여자와 함께 부엌으로 들어오고 있었다. 그녀는 눈부시게 아름다웠다. 상상하던 모습보다 훨씬 더 아름다웠다.

"안녕, 네가 테사구나."

랜던이 소개하기도 전에 그녀가 먼저 인사를 건넸다. 그녀가 다가와 나를 안았다. 나는 금세 그녀가 좋아졌다.

"다코타, 얘기 많이 들었어. 이렇게 만나니까 너무 좋다!"

그녀는 미소 지으며 카렌한테 가서 포옹을 했다. 그러더니 카운터 의자에 앉았다. 랜던은 그 모습을 내내 바라보고 있었다.

"오는 길에 퀸 씨를 봤어요. 주유하시던데, 아마 곧 오실 거예요."

랜던이 카렌에게 전했다.

"잘 됐네. 테사랑 내가 막 저녁 준비를 끝냈거든."

랜던이 다코타가 앉아 있는 쪽으로 와서 그녀의 허리에 팔을 둘렀다. 그리고 테이블로 안내했다. 나는 그들의 맞은편에 앉아서 빈 옆자리를 힐끔 보았다. 카렌이 '대칭'을 위해 마련한 자리였지만, 어쩐지 나는 조금 슬퍼졌다. 다음 생에서나 하딘이 내 옆에 앉아, 랜던과 다코타처럼, 내 손을 잡고 있겠지. 나는 거절당할 거란 걱정은 접어두고 그에게 살짝 몸을 기댈 거고. 분위기는 완전 어색했겠지만, 제드라도 초대했음 좋았겠다는 생각이 들었다. 깊이 사랑하는 두 커플과 함께하는 '나 홀로' 저녁식사라니, 이게 더 나쁜 것 같다.

퀸 씨가 들어오자 이런 생각은 접어두기로 했다. 그는 카렌의 뺨에 입을 맞추고 자리에 앉았다.

"정말 훌륭해, 허니."

그가 장난스럽게 말하며 냅킨을 다리 위에 올려놓았다.

"다코타, 볼 때마다 점점 더 예뻐지는구나."

켄 씨가 다코타에게 미소를 지어주고, 나를 돌아보았다.

"테사, 축하한다. 반스 출판사에서 인턴십을 하게 됐다고. 크리스찬이 전화해줬어. 첫인상이 아주 강했다고 하더구나."

"소개해주셔서 다시 한 번 감사드립니다. 저에겐 정말 최고의 기회거든요."

카렌이 만든 닭요리를 먹느라 조용해졌다. 진짜 맛있었다.

"미안해요, 제가 좀 늦었죠."

등 뒤에서 귀에 익은 목소리가 들렸다. 나는 포크를 접시 위에 떨어뜨렸다.

"하딘! 네가 올 줄 몰랐는데!"

카렌이 친절하게 말하고는 나를 쳐다보았다. 나는 딴 데를 바라봤다. 맥박이 벌써 빨라지고 있었다.

"네, 그랬죠. 우리 지난주에 얘기했었잖아. 그치, 테사?"

그가 협박에 가까운 미소를 지으며 내 옆에 앉았다.

'대체 이 남자, 왜 이러는 걸까? 왜 나를 그냥 놔두지 않는 걸까?'

그래, 그를 여기 오게 만든 건 일부 내 책임이기도 하다. 하지만 그는 진심으로 이 '쥐잡기 게임'을 즐기고 있는 것 같다. 모두의 이목이 나에게 쏠려 있었다. 나는 고개를 끄덕이고 포크를 집었다. 다코타는 헷갈리는 듯했고, 랜던은 걱정스러워 보였다.

"네가 딜라일라지?"

하딘이 그녀를 보고 말했다.

"다코타야."

"아, 다코타. 뭐, 이거나 저거나."

그가 중얼거렸다. 나는 테이블 아래로 그의 다리를 걷어찼다.

랜던이 그를 노려봤지만, 하딘은 알아차리지 못한 것 같았다. 켄 씨와 카렌은 둘만의 대화를 나누었고, 다코타와 랜던도 그랬다. 나는 내 접시에 눈을 고정시키고, 빠져나갈 궁리를 했다.

"그래, 지금까진 어땠어?"

하딘이 아무렇지도 않은 목소리로 묻는다. 내가 여기서 드라마의 한 장면을 연출하지는 않을 걸 그도 잘 안다. 그래서 나를 짜증나게 하고 있다.

"좋았어."

조용히 대답했다.

"나한테 어땠냐고 물어보진 않을 거지?"

"물론."

"테사, 밖에 있는 건 네 차니?"

켄 씨가 물었고, 나는 고개를 끄덕였다.

"아, 네! 저 드디어 차를 샀어요!"

이제 모두 함께 얘기하겠구나. 기대가 생겼다. 그러면 더 이상 하딘과 얘기하지 않아도 될 테니까.

하딘이 나를 보더니 한쪽 눈썹을 찡긋 올렸다.

"언제?"

"저번에."

'너도 알잖아, 그날. 네가 나한테 '그게 요점'이라고 얘기했던 바로 그날.'

"아, 그래? 어디서 샀는데?"

"중고차 전시장에서."

다코타와 카렌이 터지는 웃음을 숨기려 애쓰는 게 보였다. 관심을 다른 데로 돌려야 한다.

"다코타, 뉴욕 발레 학교에 갈까 생각 중이라며?"

그녀는 뉴욕으로 갈 계획에 대해 이야기했다. 랜던은 멀리 떨어지게 되는데도, 그녀의 결정을 진심으로 기뻐하는 것 같았다.

그녀가 말을 마치자, 랜던은 휴대전화를 힐끔 보더니 얘기했다.

"근데, 저희 지금 가야 해요. 본파이어 축제가 우리를 기다려주진 않거든요."

"그래? 그래도 디저트는 가지고 가야지!"

카렌이 얘기하자 랜던이 고개를 끄덕였다. 그리고 카렌이 플라스틱 통에 디저트 담는 걸 도왔다.

"넌 내 차 타고 갈 거지?"

하던이 말했다. 나는 그가 누구한테 말한 건지 어리둥절해 두리번거렸다.

"너한테 얘기하는 거야."

"아니, 넌 안 갈 거잖아."

"아니, 나도 갈 거야. 네가 날 못 가게 할 순 없어. 그러니까 그냥 내 차 타고 가."

그가 웃으며 내 허벅지에 손을 올려놓으려 했다.

"대체 왜 이러는 건데?"

나는 나지막이 얘기했다.

"테사, 밖에서 잠깐 얘기할까?"

"아니."

하딘이 '얘기'하자고 할 때마다 나는 결국 울게 된다.

하딘은 아랑곳 않고 벌떡 일어나더니 내 손을 잡고 끌어당겼다.

"우린 밖에 있을게."

그가 모두에게 말하고 거실을 지나 현관문 밖으로 나를 데리고 나갔다. 밖으로 나오자마자 나는 그의 손을 뿌리쳤다.

"내 몸에 손대지 마!"

"미안. 근데 안 그랬으면 안 나왔을 거잖아."

"당연하지, 그러기 싫으니까."

"미안해, 전부 다. 됐어?"

그가 입술 피어싱을 만지작거렸고, 나는 그의 입술을 안 보려고 노력하면서 그를 노려보았다.

"미안? 아니, 넌 미안하지 않아, 하딘. 또 나를 엉망으로 만들고 싶은 거잖아. 이제 좀 그만해. 눈만 마주치면 너랑 싸우는 데 정말 지쳐. 더 이상 못하겠어. 그러고 싶으면 다른 사람을 찾아 봐. 내가 도와줄 수도 있어. 네가 괴롭힐 가엾고 순진한 사람은 얼마든지 찾아주겠다고."

"그게 아냐. 너한테 내가 이랬다저랬다 한 건 알아. 나도 내가 왜 그랬는지 모르겠어. 나한테 기회를 줘, 한 번만 더 기회를 줘. 다신 안 그럴게. 너한테서 멀어지려 애써봤지만, 할 수 없었어. 난 네가 필요해…."

그가 바닥을 내려다보며 신발 끝을 비벼대고 있었다.

뻔뻔하기 이를 데 없는 그의 얘기에 눈물이 쏙 들어가버렸다. 그의 이기심이 이 정도일 줄이야.

"그만해! 좀! 이러는 거 질리지도 않아? 내가 진짜 필요했으면 나한테 그러지 말았어야지. 네가 그랬잖아. 내가 스스로 표적이 된다며, 기억 안 나? 이미 다 끝났는데, 여기 나타나서 아무 일도 없던 것처럼 굴고 있잖아."

"그건 진심이 아니었어. 너도 알잖아, 그런 뜻이 아니라는 거."

"그럼 그냥 나한테 상처 주려고 했던 말이란 의미지?"

그를 노려보았다. 나 자신을 지켜내려 애를 쓰면서.

"맞아…."

그는 시선을 아래로 떨어뜨렸다. 그는 정말 나를 헷갈리게 한다. 나에게 그 이상을 원한다고 해놓고, 몰리와 키스를 했다. 그러더니 또 나를 사랑한다고 했다가, 그렇지 않다 하고. 이제 와서는 또 사과를 해?

"왜 내가 널 용서해줘야 하는데? 날 상처 주려고 그랬다고 인정하는 너를?"

"제발 한 번만 기회를 줘, 테스. 너한테 전부 말할게."

그는 애원했다. 그가 나를 바라볼 때, 그 눈에 담긴 아픔을 거의 믿을 뻔했다.

"아니, 나 지금 가야 해."

"나랑 같이 가면 왜 안 되는데?"

"왜냐하면…, 거기서 제드를 만나기로 했어."

그의 표정이 순식간에 변했다. 내 앞에서 무너져 내리는 것처럼 보였다. 그를 위로하지 않으려고 끝까지 버텼다. 하딘은 모든 걸 자초했다. 그가 나를 진짜 좋아한다 해도, 이젠 너무 늦었다.

"제드? 그럼 너희 둘…, 이제 사귀는 거야?"

혐오감이 가득 담긴 목소리였다.

"아니, 그런 얘긴 해본 적 없어. 우린 그냥…, 나도 잘 모르겠지만, 그 냥 같이 시간을 보내기로 했어."

"그런 얘긴 해본 적 없다고? 그럼 물어볼게, 개랑 사귈 거야?"

"나도 잘 모르겠어…."

솔직히 정말 잘 모르겠다.

"제드는 다정하고 예의 바르고, 나한테 정말 잘해줘."

'왜 이 남자한테 이걸 시시콜콜 설명하고 있는 걸까?'

"테사, 넌 제드를 진짜 몰라. 모른다고!"

현관문이 벌컥 열리고, 랜던의 활기찬 목소리가 들렸다.

"준비됐어?"

그의 눈은 하딘에게 꽂혀 있었다. 하딘은 무방비에, 심지어…, 상처 받은 것처럼 보였다.

나는 내 차로 발걸음을 옮겼다. 차를 몰고 랜던의 차를 뒤따라갔다. 하딘을 돌아보지 않을 수 없었다. 그는 여전히 현관에 서서 내 차가 멀 어지는 걸 바라보고 있었다.

5

랜던 차 옆에 주차를 하고 제드에게 도착했다고 문자메시지를 보냈 다. 금세 답이 왔다. 운동장 왼쪽 코너에서 보자는 답신이었다. 나는 랜던에가 그가 있는 곳을 얘기해주었다.

"제드가 누군데?"

다코타가 물었다.

"제드는 내… 친구야."

틀린 말은 아니었다.

"하딘이 네 남자친구 맞지?"

나는 그녀를 쳐다보았다. 의미심장한 질문 같아 보이진 않았다. 그녀는 그저 혼란스러워 보였다.

'혼란의 도가니에 들어온 걸 환영합니다.'

"아니야, 다코타."

랜던이 웃었다.

"둘 다 남자친구가 아니야."

나도 같이 웃었다.

"뭐, 들리는 것만큼 나쁜 상황은 아니야."

사람들이 모여 있는 곳에 도착했다. 막 밴드의 공연이 시작됐다. 운동장에 사람들이 점점 더 모여들었다. 제드가 담에 기대 있는 걸 발견하고 마음이 놓였다. 우리는 그쪽으로 걸어갔다.

"어머."

우리가 가까워지자 다코타가 짧게 소리를 냈다. 제드의 타투와 피어싱에 놀란 건지, 아니면 그가 너무 잘 생겨서 놀란 건지 잘 모르겠다. 아마 둘 다일 거다.

"안녕, 테사."

제드가 활짝 웃으며 나를 안았다. 나도 웃으며 그를 안았다.

"안녕, 난 제드. 둘 다 만나서 반가워."

제드가 랜던과 다코타를 보며 고개를 까딱했다. 제드는 전에 랜던과 만난 적이 있었다. 아마 예의를 차리려고 애쓰는 중일 거다.

"오래 기다렸어?"

"아냐, 10분쯤 됐어. 생각했던 것보다 사람이 훨씬 많네."

랜던은 장작더미 근처, 그래도 사람이 좀 적은 곳으로 우리를 안내했다. 모두 잔디에 앉았다. 다코타는 랜던 다리 사이에 앉아 그의 가슴에 등을 기댔다. 해가 져서 바람이 불고 있었다. 긴 소매 옷을 입었어야 했는데.

"전에 여기 와본 적 있어?"

제드는 고개를 가로저었다.

"이런 건 내 취향이 아니라서."

그가 웃으며 덧붙였다.

"그래도 오늘 밤엔 여기 오게 돼서 정말 좋다."

그의 찬사에 미소를 지어보였다. 바로 다음 순간 누군가 중앙 무대에 나와 환영 인사를 전했다. 드디어 모닥불 점화 카운트다운이 시작됐다. 3, 2, 1…, 불이 점화되자 장작더미를 순식간에 삼켜버렸다. 불꽃은 가까이에서 보니 꽤나 아름다웠다. 그리고 금세 따뜻해질 것 같았다.

"여기엔 얼마나 있을 건데?"

제드가 다코타에게 물었다. 그녀는 얼굴을 찡그렸다.

"주말 동안에만 있을 거야. 다음 주말 결혼식에도 올 수 있으면 좋을 텐데."

"무슨 결혼식?"

제드가 물었다. 나는 랜던을 쳐다봤다. 랜던이 얼른 대답했다.

"우리 엄마 결혼식이야."

"아….."

그가 멈칫 하더니 아래를 내려다보았다. 뭔가를 생각하는 것처럼 보였다.

"왜?"

"아무 것도 아니야. 누가 또 다음 주말에 결혼식이 있다고 그랬었는데…. 아, 기억났다. 하딘이다. 걔가 결혼식엔 뭘 입고 가야 하냐고 물어봤었거든."

가슴이 철렁했다. 내 표정을 아무도 못 봤기를. 그러니까 하딘은 분명히, 그의 아빠가 대학 총장이고, 랜던의 엄마랑 결혼한단 얘기를 친구들한테 하지 않은 거다.

"재밌는 우연의 일치네, 그치?"

제드가 말했다.

"아냐, 그 분들이…."

다코타가 말을 꺼냈지만 내가 얼른 막았다.

"그러게, 신기한 우연의 일치네. 근데 이 정도 규모의 도시라면 주말마다 결혼식이 제법 열릴 거 같은데."

제드가 긍정의 의미로 고개를 끄덕였다. 랜던이 다코타에게 귓속말을 소곤거렸다.

'하딘이 진짜로 결혼식에 갈 생각이었다고?'

제드가 키득거렸다.

"어쨌든 상상은 안 된다, 하딘이 결혼식에 간다는 게."

"왜?"

내 목소리는 의도했던 것보다 조금 날카로웠다.

"글쎄, 잘 모르겠지만, 암튼 걔는 하딘이잖아. 하딘이 결혼식엘 간다면 이유는 딱 하나지. 신부 들러리랑 섹스할 수 있을까 싶어서야. 들러리들 전부하고."

제드가 퉁명스럽게 말했다.

"너랑 하딘은 친구인 줄 알았는데."

"친구지. 하딘을 나쁘게 말하는 건 아니잖아. 그냥 그런 애라는 거지. 걔는 주말마다 다른 여자랑 섹스해. 어떤 때는 한 사람 이상이랑."

귓속에서 윙윙 소리가 났다. 모닥불이 너무 뜨거웠다. 나는 순간적으로 벌떡 일어났다.

"어디 가? 무슨 일 있어?"

제드가 물었다.

"아냐, 아무 것도. 그냥…, 바람 좀 쐴게. 시원한 공기를 좀 마셔야겠어."

내가 중얼거렸다. 바보같이 들렸겠지만 신경 쓰지 않았다.

"금방 돌아올게. 잠시면 돼."

애들이 쫓아오기 전에 얼른 자리를 떴다.

'나, 왜 이러니…'

제드는 다정하고, 사실 나를 좋아한다. 내 친구들과도 잘 어울린다. 하딘 얘기를 한 것뿐이었는데, 나는 하딘 생각이 떠나지 않는다. 스탠드를 빠른 걸음으로 돌며 심호흡을 했다. 그리고 애들에게 돌아갔다.

"미안, 저 모닥불이 너무 뜨거웠어."

거짓말이었다. 나는 다시 자리에 앉았다. 제드는 휴대전화를 들고 있다가 나에게서 몸을 돌려 화면을 보았다. 그러더니 다시 주머니에 집어넣었다. 그는 별일 아니라 했고, 우리는 랜던과 다코타와 몇 시간 동안 이야기를 나누었다.

"좀 피곤하네. 비행기 시간 때문에 너무 일찍 일어났거든."

다코타가 말하자 랜던은 고개를 끄덕였다.

"나도. 우린 그만 가봐야겠어."

랜던이 일어나서 다코타가 일어나는 걸 도와주었다.

"너도 갈래?"

제드가 내게 물었다.

"아냐, 난 괜찮아. 네가 가고 싶은 게 아니라면."

그가 머리를 가로저었다.

"난 좋아."

우리는 랜던과 다코타에게 작별 인사를 하고, 그들이 인파 속으로 사라지는 걸 바라보았다.

"근데, 모닥불 축제는 왜 하는 거야?"

내가 물었다. 제드가 알고 있는지 모르겠지만.

"풋볼 시즌이 끝난 걸 축하하려는 거 같아. 아니면, 뭐…."

그제야 나는 처음으로 주위를 둘러보았다. 많은 사람들이 풋볼 저지를 입고 있었다.

"아, 이제 알겠다."

나는 웃으며 말했다.

"그래."

그가 대답하더니, 눈을 가늘게 떴다.

"저거 하딘 아냐?"

나는 그가 쳐다보는 방향으로 고개를 돌렸다. 분명 맞다. 하딘이 갈색 머리에 스커트를 입은 여자와 우리 쪽을 향해 걸어오고 있었다. 나는 제드에게 바싹 다가앉았다. 이래서 내가 현관에서 하딘 말을 듣지 않은 거다. 그는 벌써 여기에 데리고 올 여자를 찾아냈다. 나를 괴롭히려고 말이다.

"안녕, 제드."

제드에게 인사를 건네는 여자의 목소리가 하이톤이었다.

"안녕, 엠마."

제드는 내 어깨에 팔을 걸쳤다. 하딘은 그를 노려봤지만 곧 자리에 앉았다. 그 여자에게 인사를 하지 않은 게 무례하다는 건 알았지만, 난 이미 그녀가 싫었다.

"모닥불 축제는 어땠어?"

하딘이 물었다.

"따뜻했지. 이제 거의 끝난 것 같은데?"

제드가 대답했다. 둘 사이에 팽팽한 긴장감이 돌았다. 나조차도 느낄 수 있을 만큼. 왜 그러는지는 잘 모르겠다. 하딘은 나를 눈곱만큼도 신경 쓰지 않는 게 확실해졌다.

"여기, 뭐 좀 먹을 게 있을까?"

여자가 짜증나는 목소리로 말했다.

"저기 매점이 있어."

내가 그녀에게 말했다.

"하딘, 같이 가서 뭐 좀 먹자."

그녀가 조르자 하딘은 마지못해 일어섰다.

"오면서 프레츨 좀 사다 줘!"

제드가 소리치며 씨익 웃었다. 하딘은 입을 앙다물었다.

'얘들 지금, 뭐 하는 거야?'

하딘과 엠마가 사라지자 나는 제드에게 몸을 돌렸다.

"우리 갈래? 나 진짜 하딘이랑 어울리고 싶지 않아. 우린, 암튼, 서로 싫어하거든. 혹시 네가 잊었을까 봐."

억지로 웃어 보이려 했지만 실패다.

"그러자."

우리는 함께 일어섰고, 그가 내 손을 잡았다. 걷는 내내 우리는 손을 잡고 있었다. 나는 두리번거리며 하딘을 찾았고, 그가 못 봤기를 바랐다.

"그럼, 파티 갈래?"

주차장에 도착하자, 제드가 물었다.

"아니, 거기도 싫어."

거기라면 절대 가고 싶지 않았다.

"그럼, 우리 다음에….."

그가 말을 꺼냈다.

"싫어. 나 너랑 더 있고 싶어. 여기나 클럽하우스가 싫단 거지."

나는 재빨리 말했다. 그는 놀란 듯했다.

"그래…, 그럼, 우리 집에 갈래? 네가 가고 싶으면 말야. 싫으면 다른 데 갈까? 사실 나 이 동네에서 다른 곳은 잘 몰라."

그가 웃는 바람에 나도 따라 웃었다.

"너희 집 괜찮아. 네 차 따라갈게."

운전하는 동안, 우리가 가버린 걸 알았을 때 하딘의 표정을 그려보았다. 그는 보란듯이 그곳에 여자를 데리고 나타났다. 그러니까 화낼 자격이 없는 거다. 아무리 내가 옳다고 우겨 보아도 마음의 고통이 나아지지 않았다.

제드의 아파트는 캠퍼스 바로 근처였다. 작지만 깨끗했다. 그는 술을 건넸지만 나는 거절했다. 오늘 밤 기숙사까지 운전해서 갈 작정이었다.

나는 소파에 털썩 앉았다. 그는 내게 리모컨을 건네주고, 술을 가지러 부엌으로 갔다.

"아무 거나 봐. 뭘 좋아하는지 난 모르니까."

"제드, 너 혼자 살아?"

그가 고개를 끄덕였다. 그가 내 옆에 앉아 허리에 팔을 두르자 기분이 이상해졌다. 어색함을 억지웃음으로 감췄다. 주머니에서 제드의 휴대전화가 울렸다. 그가 전화를 받으며 일어섰다. 그는 금방 오겠다고 손짓하며 부엌 쪽으로 걸어갔다.

"우린 나왔어."

그가 얘기하는 소리가 들린다.

"그래서…"

"좋아."

"안됐군."

대화의 토막토막으로는 무슨 내용인지 알 수 없었다. 한마디만 빼고, '우린 나왔어.'

'하딘이 전화한 걸까?'

내가 일어나 부엌으로 가자, 제드는 전화를 끊었다.

"누구였어?"

"아무도 아니야."

대답하는 목소리가 단호했다. 그는 나를 다시 소파에 데려다 앉혔다.

"우리가 서로 알아 가는 것 같아서 정말 좋아. 넌 다른 여자애들이랑 좀 다르거든."

"나도."

내가 그에게 말했다.

"근데, 너 엠마 알아?"

결국은 이 질문을 하고야 말았다.

"걔의 여자친구가 네이트의 사촌이거든."

"여자친구?"

"응, 둘이 사귄 지 제법 됐어. 엠마는 꽤 괜찮은 애야."

그러니까, 하딘은 적어도 파트너로 그 여자를 데리고 온 건 아니었다. 아마 나하고 다시 얘기해보고 싶어서 왔을 거다. 다른 여자를 데리고 와서 나를 상처 주려던 게 아니었다.

나는 제드를 바라보았다. 제드가 슬며시 다가와 나에게 키스를 했다. 그의 입술은 서늘했고, 보드카 맛이 났다. 조심스럽게 내 팔을 어루만지다 내 허리를 안았다. 아까 봤던 상처 받은 하딘의 얼굴이 불쑥 떠올랐다. 그가 한 번만 더 기회를 달라고 애원하는 모습도. 내가 믿지 못하고 그에게서 멀어지던 순간에도 나를 바라보던 모습도. 수업 시간에 캐서린과 히스클리프를 열변하던 모습도. 내가 원하지 않을 때 내 앞에 나타나던 모습도. 엄마에게조차 사랑한다는 말을 하지 않는 모습도. 모두의 앞에서 나에게 사랑한다 말하던 모습도. 또 그 말을 취소하며 가슴 아프게 만들던 모습도. 그렇게 싫어하면서도 오늘 밤 그의 아빠 집에 들어오던 모습도. 결혼식에 무슨 옷을 입고 갈까 친구에게 묻는 모습까지, 모두. 이제야 모든 게 이해가 된다, 또 동시에 이해가 되지 않는다.

하딘은 나를 사랑하는 거다. 상처 입은 그만의 방식으로, 그는 진정 나를 사랑한다. 그걸 깨닫는 순간 망치로 얻어맞은 것 같았다.

"뭐라고?"

제드가 키스를 하다 떨어지며 물었다.

"뭐가?"

"너, 방금 하딘이라고 했잖아."

"내가? 아니야, 안 그랬어."

"맞아, 맞다고. 네가 그랬다고."

그가 벌떡 일어나 소파에서 떨어졌다.

"나, 가야 할 것 같아…. 미안해."

나는 핸드백을 움켜쥐고 밖으로 달려 나왔다. 그가 무슨 말을 더 하기 전에.

6

내가 뭐 하는 짓이지, 잠깐 생각했다. 제드를 버리고 하딘을 찾으러 나왔다. 앞으로 무슨 일이 벌어질지 생각해봐야 한다. 하딘은 나에게 끔찍한 짓을 저지르고, 모욕을 해대고, 결국 또 그에게서 떠나게 만들

거다. 혹은 나에 대한 감정을 인정하고, 이 터무니없는 게임은 그 감정을 어떻게 표현할지 몰라서 벌어진 일이라고 고백할 거다. 전자 쪽이라면, 거의 그렇겠지만, 지금 상황에서 더 나빠질 것도 없다. 그런데 후자라면? 나는 그가 내뱉고 저지른, 그 엄청난 일들을 다 용서할 준비가 된 걸까? 우리가 서로의 감정을 인정한다면, 모든 게 바뀔 수 있을까? 그가 달라질까? 그는 내가 원하는 방식으로 나를 사랑해줄 수 있을까? 그렇다 해도 나는 그의 변덕을 참아낼 수 있을까?

가장 큰 문제는 이 모든 질문에, 나는 단 하나도 대답할 수 없다는 거다. 내 생각을 흐트러뜨리고, 나를 혼란에 빠뜨리는 그가 미웠다. 그가 무슨 말을 할지, 무슨 짓을 할지 도무지 종잡지 못하는 내가 미웠다.

너무 많은 시간을 보냈던, 빌어먹을 클럽하우스에 도착했다. 나는 이곳이 싫다. 나는 지금 죄다 싫다. 하딘을 향한 분노가 한계점까지 올라 있다. 서둘러 차를 대고 북적거리는 집 안으로 들어갔다. 하딘이 늘상 앉아 있던 소파로 직행했다. 그는 코빼기도 보이지 않았다. 덩치 큰 남자 뒤에 몸을 숨겼다. 스테프나 다른 애들이 나를 보면 큰일이다.

위층에 있는 그의 방으로 올라갔다. 무작정 방문을 두드렸다. 방문을 잠가 놓는 그에게 짜증이 났다.

"하딘! 나야! 문 열어줘!"

문을 두드리며 필사적으로 외쳤다. 하지만 아무 소리도 들리지 않았다.

'대체 어디 있는 거야?'

전화하고 싶진 않았다. 분명히 가장 쉬운 방법이긴 했지만, 그랬다간 분노가 사그라들 거다. 말하고 싶은 걸 다 쏟아내려면 이 분노를 유지해야 한다.

랜던에게 전화해서 하딘이 집에 있는지 물어봤지만 그는 없었다. 남은 장소는 한 군데, 모닥불 축제다. 아직도 거기에 있을지 확신이 서지는 않았다. 그러나 지금, 다른 선택은 없다.

나는 운동장으로 돌아갔다. 하딘에게 쏟아부을 분노의 말을 수없이 되뇌었다. 그가 진짜 거기 있다면 토씨 하나 빠뜨리지 않고 다 퍼부을 테다. 운동장에는 사람이 거의 없었고, 모닥불도 사그라들고 있었다. 희미한 불빛 사이에서 하딘과 엠마가 있는지 살펴보며 돌아다녔다.

찾는 걸 포기해야 할까 하는 순간, 하딘이 골대 근처 울타리에 기대 있는 게 보였다. 그는 혼자였고, 내가 다가가는 걸 알아차리지 못한 듯했다. 그저 잔디에 앉아 입을 닦고 있었다. 그가 손을 치우자, 입술이 불그레했다.

'피가 나는 거야?'

내가 나타난 걸 눈치 챈 듯 그가 머리를 번쩍 들었다. 맞다, 입꼬리에서 피가 나고 있다. 볼에도 군데군데 멍자국이 보였다.

"대체 이게 뭐야…?"

그의 앞에 무릎을 꿇고 앉았다.

"무슨 일 있었어?"

그가 유령을 본 듯한 표정으로 나를 쳐다보았다. 분노가 눈 녹듯 사라져버렸다.

"무슨 상관이야? 네 파트너는 어디 있는데?"

그가 으르렁댔다. 나는 혀를 차며 입을 가린 그의 손을 치웠다. 터진 입술을 찬찬히 살펴봤다. 그가 휙, 몸을 뺐다. 나는 하고 싶은 말을 꾹꾹 눌러 담았다.

"무슨 일이 있었던 건지 얘기해봐."

그는 한숨을 쉬더니 머리를 쓸어 넘겼다. 주먹에도 피가 흥건했다. 검지가 깊게 베인 듯 했고, 무척 아파 보였다.

"싸웠어?"

"그런 생각은 왜 하는 거야?"

"누구랑 싸운 건데? 괜찮아?"

"그래, 괜찮아. 그러니까 이제 가."

"너 찾으러 왔어."

나는 일어나서 바지에 붙은 잔디를 털어냈다.

"찾았으니까, 이제 가."

"그렇게 못되게 굴 필요 없잖아. 집에 가서 좀 씻어야 할 것 같아. 손은 몇 바늘 꿰매야 되고."

하딘은 대꾸도 하지 않고 벌떡 일어나 나를 두고 걸어갔다. 하딘을 만나 그에게 내 분노를 쏟아내고, 바보 멍청이라 욕해주고 싶었는데, 이제 틀렸다. 이럴 줄 알았다.

"어디 가?"

나는 길 잃은 강아지마냥 그를 졸졸 쫓아갔다.

"집에. 엠마한테 전화해봐야겠어. 데리러 와줄 수 있나."

"걘, 먼저 갔어?"

그 여자 진짜 맘에 안 든다.

"엄밀히 말하자면, 내가 가라고 했어."

"내가 데려다줄게."

그의 재킷을 잡아끌었다. 그는 어깨를 돌려 내 손을 뿌리쳤다. 뺨이라도 한 대 후려치고 싶었다. 화가 치밀었다. 아까보다 훨씬 더. 전세가 역전됐다. 어쨌든 지금은, 서로의 입장이 바뀌었다. 그에게서 도망치던 사람은 늘 나였다.

"거기 멈추지 못해?"

버럭 소리를 지르자, 그가 돌아보았다. 눈빛이 이글이글했다.

"내가 데려다준다고 했잖아!"

다시 한 번 소리쳤다. 그가 웃을락 말락 하다가 이내 눈살을 찌푸리고 한숨을 내쉬었다.

"알았어. 네 차는 어디 있는데?"

하딘의 체취가 금세 차 안에 가득 찼다. 이번엔 희미한 금속 냄새도 섞여 있었다. 하지만 여전히 세상에서 내가 가장 좋아하는 냄새다. 나는 히터를 틀고 팔을 문질렀다. 이제 좀 따뜻해지겠지.

"왜 다시 온 거야?"

주차장을 빠져나가는데, 그가 물었다.

"너 찾으러."

분노를 터뜨리려고 준비했던 말들을 기억해내려 애썼다. 머릿속은 백짓장이 되어 있었다. 오로지 그의 부어터진 입술에 키스하고 싶다는 생각뿐이었다.

"그러니까 이유가 뭔데?"

그의 목소리는 차분했다.

"너랑 얘기하려고. 나, 너한테 할 얘기 진짜 많아."

울고도, 웃고도 싶었다. 왜 그런지는 나도 모르겠다.

"우린 더 이상 할 얘기 없다고, 네가 그랬던 것 같은데."

그가 냉랭하게 한마디 던지고는 창밖으로 시선을 돌렸다. 갑자기 짜증이 솟구쳤다.

"너, 나 사랑해?"

불쑥 이 말이 튀어나왔다. 이런 말을 하려던 게 아닌데.

그가 고개를 돌려 나를 쳐다봤다.

"뭐?"

충격에 싸인 목소리다.

"사랑하냐고."

나는 다시 물었다. 심장이 밖으로 튀어나오는 건 아닐까 걱정이 됐다.

그는 앞을 뚫어지게 바라봤다.

"넌 길바닥에서 운전하면서 이런 걸 물어보는 거야?"

"그게 뭐가 중요해? 언제, 어디서 묻든 상관없잖아. 대답해줘."

나는 거의 애원하다시피 했다.

"나는…, 난 잘 모르겠어…. 아니, 너를 사랑하지 않아."

빠져나갈 구멍을 찾는 것처럼 그는 두리번거렸다.

"그리고 차에 가둬놓고, 사랑하냐 아니냐를 묻는 건 좀 아닌 것 같아. 대체 왜 이러는 건데?"

그의 목소리가 커졌다.

'어이쿠.'

"됐어."

내가 겨우 내뱉은 말이었다.

"그런 걸 왜 알고 싶은 거야?"

"이젠 상관없어."

혼란스럽다, 너무나 혼란스럽다. 얘기하려 했던 우리의 문제들이 산산조각 나고 불타버렸다. 내 마지막 자존심까지 함께 불살라졌다.

"왜 그런 걸 묻는지 빨리 말해, 지금 당장."

"이래라 저래라 하지 마!"

나도 같이 소리 질러줄 테다. 클럽하우스 앞에 차를 세웠다. 그는 북적거리는 정원을 내다봤다.

"아빠네 집으로 데려다줘."

"뭐야? 내가 택시기사야?"

"그냥 나 좀 데려다줘. 내 차는 내일 아침에 찾으러 오면 돼."

자기 차가 여기 있다면서, 직접 운전해 가면 되잖아. 어쨌든 아직 대화를 끝내고 싶진 않았으니까. 일단 하던 아빠의 집을 향했다.

"거기를 싫어하는 줄 알았는데."

"싫어. 지금은 저 많은 사람들 틈에서 북적거리는 게 더 싫을 뿐이야."

그가 조용히 말했다. 그러더니 큰 소리로 덧붙였다.

"왜 그런 걸 물어봤는지 대답 안 할 거야? 너, 제드랑 무슨 짓을 한 거야? 걔가 너한테 무슨 소릴 한 거야?"

그는 초조해 보였다. 왜 매번 제드가 나한테 무슨 말을 했는지 묻는 걸까?

"아니, 이건 제드하고 상관없어. 그냥 내가 알고 싶을 뿐이야."

정말로 제드와는 상관없다. 내가 그를 사랑한다는 사실 때문이다. 그리고 잠깐이었지만 그도 나를 사랑할 거라 생각했기 때문이다. 그와 오래 있을수록 우습게도 그럴 가능성은 더 커지는 것 같았다.

"본파이어 축제에서, 너랑 제드는 어디 갔던 거야?"

하딘 아빠의 집 근처에 이르자 그가 물었다.

"제드네 아파트."

그 순간 하딘의 몸이 경직됐다. 피범벅이 된 주먹을 꽉 쥐는 바람에 터진 상처가 더 벌어졌다.

"제드랑, 잤어?"

입이 떡 벌어졌다.

"뭐? 도대체 무슨 생각을 하는 거야? 지금쯤이면 그보단 나를 더 잘 알지 않아? 그리고 누가 너한테 그런 사적인 질문 하래? 나한테 신경 안 쓰겠다고 분명히 말했잖아. 내가 잤다면 어쩔 건데?"

"그래서, 안 잤어?"

그가 다시 묻는다. 눈빛이 돌처럼 단단해졌다.

"맙소사, 하딘! 걔가 나한테 키스는 했어. 그렇다고 잘 알지도 못하는 사람하고 섹스하진 않아!"

그가 몸을 기울여 차 시동을 껐다. 피 묻은 손으로 차 키를 쥐더니 빼냈다.

"너도 걔한테 키스해줬어?"

그가 뚫어질 듯 나를 쳐다본다.

"글쎄, 나도 잘 모르겠어. 그랬던 것 같아."

그때 떠오르던 하딘의 얼굴 말고는 아무 것도 기억나지 않는다.

"어떻게 그걸 모를 수가 있어. 너, 술 마셨어?"

그의 목소리가 점점 커진다.

"아니, 난…, 그냥…."

"그냥 뭐!"

그가 소리치며 나를 향해 홱 몸을 돌렸다. 우리 사이에 흐르는 기류를 도저히 읽어낼 수가 없다. 잠시 그대로 앉아서, 이게 대체 뭘까 알아내려 애썼다.

"난 그냥, 네 생각만 했단 말이야!"

결국엔 인정하고야 말았다.

돌덩이 같던 그의 시선이 삽시간에 부드러워졌다. 그는 나를 바라보았다.

"안으로 들어가자."

그가 조수석 문을 열었다.

7

카렌과 켄 씨는 거실 소파에 앉아 있다가 우리가 들어오는 걸 동시에 쳐다봤다.

"하딘! 무슨 일이니?"

켄 씨가 놀란 듯 물었다. 그는 벌떡 일어나 우리에게 다가왔다. 하딘은 그를 밀어냈다.

"별 일 아니에요."

하딘이 중얼거렸다. 켄 씨가 나를 바라보았다.

"무슨 일이니?"

"좀 싸운 것 같아요. 저한테도 누구랑 왜 싸웠는지는 얘기 안 해요."

"지금 무슨 소리 하는 거야? 말씀드렸잖아요. 별 일 아니라고."

그가 화를 냈다.

"아버지한테 그게 무슨 말버릇이니!"

내가 그를 나무라자 그의 눈이 사나워졌다. 나에게 소리치지는 않았지만, 다친 손으로 내 손목을 잡고 거실에서 끌고 나왔다. 켄 씨와 카렌은 피를 묻히고 온 하딘을 걱정했지만, 하딘은 나를 끌고 위층으로 올라갔다. 켄 씨가 하딘에게 들으라는 듯, 전에는 오지도 않더니 왜 자꾸 이 집에 오는지 궁금하다고 말했다.

방에 들어오자, 하딘은 내 손목을 벽에 붙이고 바짝 다가왔다. 숨소리가 들릴 만큼 가까운 거리였다.

"다시는 그러지 마."

그가 어금니를 꽉 물었다.

"뭘? 당장 놔줘."

그가 어이없는 표정으로 손목을 놓더니 침대로 걸어갔다. 나는 방문에 가까이 서 있었다.

"아버지한테 어떻게 말해라 뭘 하지 마라, 참견하지 말라고. 내 문제 말고, 네 아버지하고 네 관계나 걱정해."

말을 내뱉자마자 하딘은 아차 싶은 얼굴이었다. 그의 얼굴에 이내 미안한 기색이 드러났다.

"아, 미안해…. 그런 뜻은 아니었어. 그냥 튀어나온 말이야."

하딘이 한 발짝 다가와 팔을 뻗었다. 그러나 나는 방문 쪽으로 뒷걸음질 쳤다.

"그냥 튀어나온 말이 아냐, 그치?"

눈물이 고였다. 아빠 얘기까지 꺼내다니, 이건 하딘이라도 너무한 거다.

"테스, 난···."

그가 변명하려 했지만 나는 손을 들어 그의 말을 막았다.

'지금 여기서 뭐 하고 있는 거지?'

나는 왜 그가 악순환의 고리를 끊고, 우리가 대화다운 대화를 나눌 거라 생각했던 걸까? 내가 너무 멍청해서다. 그게 이유다.

"괜찮아, 정말. 그게 바로 너지. 그게 바로 너라는 애가 하는 짓이지. 넌 사람들의 약점을 찾아서 그걸 이용해 먹는 데 이골이 났잖아. 너한테만 유리하게 써먹잖아. 우리 아빠 얘기를 써먹으려고 얼마나 참았던 거야? 나를 만났을 때부터 그 틈을 노리고 있었던 거지?"

"제기랄! 아니야! 그 말을 할 땐 생각도 못하고 있었어! 너도 별로 떳떳하진 않을 텐데. 너도 일부러 나를 화나게 만들었잖아!"

그가 나보다 더 크게 소리 질렀다.

"널 화나게 만들었다고? 내가? 제발, 내가 이해할 수 있는 얘기를 해!"

이 집 사람들이 다 들을 만큼 큰 소리였지만, 지금은 상관없다.

"넌 늘 나를 폭발하게 만들어! 끝도 없이 나한테 싸움을 걸잖아. 제드랑 데이트한 건 너면서. 젠장! 넌 내가 좋아서 이러는 줄 알아? 나도 너한테 사로잡혀 있는 게 싫어. 네 생각을 멈출 수 없는 내가 싫어 죽겠다고! 나는 네가 싫어···, 정말! 넌 진짜, 너무나 가식적이고 못된···."

그가 말을 끊더니 나를 쳐다보았다. 나는 그에게서 눈을 떼지 않으려 했다. 아무리 심한 말로 나를 갈기갈기 찢어놓으려 해도 꿈쩍하지 않는 척 하려고 했다.

"이런 게 바로 내가 말하는 거지같은 상황이라고!"

그가 머리를 쓸어 넘기며 방 안을 이리저리 서성거렸다.

"넌 날 미치게 만들어. 글자 그대로 제정신이 아닌 미친놈으로 만든다고! 널 사랑하냐고? 그렇게 묻는 그 뻔뻔함은 대체 뭐야? 그딴 걸 왜 물어봐? 내가 어쩌다가 한 번 말했다고? 진심이 아니었다고 이미 말했잖아. 근데 왜 또 물어보는데? 거절당하는 걸 즐기는 모양이지? 그래서 내 주위에서 빙빙 도는 거잖아, 아니야?"

이 방에서 도망치고만 싶었다. 그리고 다시는 뒤돌아보고 싶지 않았다. 나는 도망쳐야 한다.

더 이상 아무 말도 하고 싶지 않았다. 하지만 그가 나를 분노의 끝으로 내몰았다. 내가 깨닫고 있는 걸 그에게 소리친다면, 그도 자제력을 잃게 되겠지.

"너에게 자꾸만 다가갔던 건, 너를 사랑하기 때문이야!"

나는 곧바로 입을 틀어막았다. 내뱉은 말을 다시 주워 담고 싶었다. 그가 지금까지 했던 것보다 나를 더 상처 줄 순 없을 거다. 그렇다고 죽도 밥도 아닌 이런 상태로 놔둘 순 없었다. 그가 날 사랑하지 않는대도 괜찮다. 그가 이 사실을 알고 나서 어떻게 할지가 궁금했을 뿐이다.

"네가 뭘 어쩐다고?"

하딘은 깜짝 놀란 것 같았다. 무슨 말은 들은 건지 생각해보려는 듯, 눈을 계속 깜박거렸다.

"계속 해봐, 나를 얼마나 싫어하는지 다시 말해봐. 계속 해보라고. 내가 얼마나 바보 같은지. 나를 지켜주지도 못하는 사람을 사랑하는 나라는 애에 대해서 말이야."

내 목소리는 너무도 낯설었고, 거의 흐느끼는 것 같았다. 나는 눈물을 닦고 그를 다시 바라보았다. 이 싸움에서 무참히 진 것 같은 느낌이 들었다. 어서 이곳을 떠나야 한다. 더 이상 상처 입을 순 없다.

"갈게."

내가 몸을 돌리자, 그가 내 쪽으로 성큼 다가왔다. 그가 내 어깨에 손을 올렸지만 돌아보지 않았다.

"젠장, 가지 마."

그의 목소리에는 감정이 가득 담겨 있었다. 어떤 감정일까, 궁금했다.

"나를 사랑한다고?"

그는 다친 손으로 내 턱을 받쳐 그의 얼굴을 향하도록 했다. 나는 그의 눈을 피하며 천천히 고개를 끄덕였다. 웃음 짓는 그의 모습을 기다리고 있었다.

"왜?"

뜨거운 숨결이 내 얼굴로 훅 끼쳤다. 결국 나는 그의 눈을 쳐다보았다. 그는…, 조금 두려운 것 같았다. 나는 부드럽게 물었다.

"왜라니?"

"왜 나를 사랑하냐고…, 어떻게 나를 사랑할 수가 있지?"

그의 목소리는 갈라졌고, 눈동자는 나를 향했다. 무의식중에 느꼈다. 지금 내뱉는 말은 지금까지 했던 그 어떤 말들보다 더 큰 무게가 되어 내 운명을 결정지을 거라는 것을.

"내가 널 사랑하는 걸 넌 어떻게 모를 수가 있어?"

대답 대신 질문을 던졌다.

'내가 자기를 사랑한단 걸, 정말 몰랐던 걸까?'

사랑한다는 말밖엔 달리 설명할 길이 없었다. 그는 나를 미치게 만들고, 세상 누구보다 화나게 한다. 하지만 어쨌든 나는 그에게 빠져들었다. 헤어나올 수 없을 만큼 강하게.

"네가 사랑하지 않는다고 했잖아. 제드랑 데이트도 했고. 넌 항상 나를 떠났잖아. 내가 집 앞에서 한 번만 더 기회를 달라고 했을 때도 뒤도 안 돌아보고 가버렸잖아. 너를 사랑한다고, 내가 말했었지. 하지만 넌 날 밀어냈어. 그게 나한테 얼마나 잔인한 일이었는지 알아?"

그의 눈에서 눈물이 흐를 것만 같다고 느낀 건 내 상상이었을까? 내 턱을 받친 그의 굳은살 박힌 손의 감촉만 선명했다.

"생각할 틈도 주지 않고 넌 네 말을 취소해버렸잖아. 넌 나에게 너무 많은 상처를 줬어, 하딘."

그가 고개를 끄덕였다.

"알아…, 정말 미안해. 나에게 만회할 기회를 줘. 너한테 그러면 안 되는 거였어. 그래, 내가 이런 말할 자격조차 없다는 것도 알아…. 그래도, 제발, 한 번만 기회를 줘. 너와 싸우지 않겠다거나, 너를 화나지 않게 하겠다는 약속은 못해. 하지만 너에게 나를 완전히 주겠다고 약속할 수는 있어. 부탁이야, 제발, 네가 원하는 대로 해줄게."

어쩐지 자신 없는 목소리다. 내 기대는 물거품이 되어버렸다.

"나도 그게 가능할 거라고 생각하고 싶어. 근데 그럴 수 있을까? 이미 우리는 너무 많은 상처를 주고받았는데?"

마음과는 다르게 눈물이 툭 떨어졌다. 하딘은 내 뺨에 흐르는 눈물을 닦아주었다. 그의 뺨에도 한 줄기의 눈물이 흘러내렸다.

"기억 나? 세상에서 가장 사랑하는 사람이 누구냐고 내게 물었지?"

그의 입술이 바짝 다가왔다. 나는 고개를 끄덕였다. 정말 오래된 일 같았다. 게다가 그가 그 물음을 기억하고 있을 줄은 몰랐다.

"그건 너야. 세상에서 내가 가장 사랑하는 사람은 바로, 너라고."

가슴에 차 있던 분노와 아픔이 순식간에 사라졌다. 그의 말을 믿을 수가 없었다. 나는 다시 물었다.

"이것도, 혹시, 그 악랄한 게임의 하나는 아니겠지?"

"절대 아니야, 테사. 게임은 끝났어. 난 너를 원해. 너와 함께 있고 싶어. 진짜 너의 남자가 되고 싶어. 그게 어떤 건지, 네가 가르쳐줘."

그가 불안한 듯 웃었다. 나는 진심을 담아 그에게 웃어 보였다.

"네 웃는 모습이 그리웠어. 네 웃음소리를 정말 듣고 싶었어. 너를 웃게 해줄 유일한 남자가 되고 싶어. 내가 좀 많이 성가신 놈이긴 하지만."

나는 입술로 그의 말을 덮어버렸다. 그의 혀가 돌진해 왔다. 상처에서 비릿한 피 맛이 났다. 온몸을 관통하는 짜릿함에 다리가 풀리는 것 같았다. 그 입술의 감촉을 느끼는 게 너무 오랜만인 듯했다. 나는 상처투성이에 자신을 눈곱만큼도 사랑하지 않는 이 남자를 너무 사랑한다. 그 사랑이 나를 부서뜨려 완전히 조각내버릴까 봐 두렵다. 그는 나를 번쩍 들어올렸다. 나는 다리로 그를 감싸고, 손으로 머리카락을 움켜쥐었다. 그가 내 입 속으로 뜨거운 신음을 불어넣는다. 그의 아랫입술을 따라 혀를 움직이자 그가 움찔했다.

"누구랑 싸웠던 거야?"

그가 웃는다.

"이 와중에 그걸 물어보고 싶어?"

"응, 알고 싶어."

"넌 궁금한 게 너무 많아. 나중에 말해주면 안 될까?"

그가 입을 삐죽 내밀었다.

"안 돼, 지금 얘기해줘."

"오늘 밤 나와 함께 있으면 얘기해줄게."

그가 나를 더 세게 끌어당겼다.

"제발."

"알았어."

그에게 다시 입을 맞췄다. 이미 궁금증 따윈 사라진 지 오래였다.

8

마침내 긴 키스를 마쳤다. 나는 침대에 걸터앉고, 하딘은 침대 머리 맡에 앉았다.

"좋아, 이제 누구랑 싸웠는지 말해봐. 혹시, 제드?"

그의 대답이 두려웠다.

"아니, 그냥 지나가던 애들."

제드가 아니라니 안심이다. 잠깐, 그런데 지금 뭐라고 한 거야?

"몇 명? 하나가 아니라?"

"3명, 아니 4명. 정확하게는 모르겠어."

그가 웃는다.

"웃지 마, 하나도 안 재밌어. 왜 싸운 거야?"

"몰라…."

그가 어깨를 으쓱한다.

"화가 났어, 네가 제드랑 가버려서. 근데 그땐 오히려 잘됐다고 생각했어.”

“글쎄, 좋은 생각은 아니었네. 봐, 지금 네가 얼마나 망가졌는지.”

나는 눈살을 찌푸렸다.

“뭐라고?”

그는 헷갈리는 표정으로 머리를 쑥 디밀었다.

“이리 와봐.”

그가 나에게 팔을 벌렸다. 그에게 다가가 그의 다리 사이에 등을 기대고 앉았다.

“함부로 대했던 거 미안해.”

그가 내 귀에 대고 속삭였다. 뜻밖의 사과와 귀에 닿은 그의 입김에, 전율이 훑고 지나갔다.

“만회할 기회를 줄게.”

제발 또 다시 후회하지 않기를. 그가 나를 들었다 놨다 하는 걸 더 이상은 견딜 수 없을 것 같았다.

“고마워. 그럴 자격 없다는 거 알아. 그래도 기회는 받겠어. 난 이기적인 놈이니까.”

내 머리카락에 입을 맞추며 말했다. 그가 두 팔로 나를 감싸 안았다. 그와 함께 있는 이 느낌이 그리웠지만 한편으론 낯설기도 했다. 나는 말없이 앉아만 있었다. 그가 내 어깨를 돌려 자신을 바라보게 했다.

“왜 그래?”

“그냥 조금 두려워서. 네 마음이 또 바뀔까 봐.”

그의 가슴에 당장 뛰어들고 싶었지만 한편으로는 나락으로 떨어질까 두렵기도 했다.

"내 마음은 한 번도 바뀌지 않았어. 너에 대한 감정과 싸웠을 뿐이지. 내 말만으론 믿을 수 없다는 거 잘 알아. 믿음을 주고 싶어. 다시는 너를 아프게 하지 않을 거야."

그가 내 이마에 이마를 가져다 대면서 약속했다.

"제발 그렇게 해줘."

애원이었다. 불쌍하게 들린대도 상관없었다.

"사랑해, 테사."

심장이 튀어나올 것만 같았다. 입술 사이로 새어나온 그 말은 완벽했다. 다시 한 번 들을 수 있다면 나는 뭐든지 할 수 있을 것 같았다.

"나도 사랑해, 하딘."

처음이었다. 우리는 서로에게 마음을 열었다. 그의 마음이 바뀔 거라는 두려움 따위는 날려버릴 테다. 그가 무슨 짓을 한대도 나는 이 순간을 기억할 거다. 사랑한다는 말을 나누고, 서로를 느꼈던 이때의 감정 하나하나를.

"다시 말해봐."

그가 속삭였다. 눈 속으로 그의 여린 영혼이 그대로 들여다보였다. 그럴 거라 생각했던 것보다 훨씬 상처 입기 쉬운 남자였다. 나는 손을 뻗어 그의 얼굴을 감쌌다. 완벽한 얼굴이었지만 까칠해져 있었다. 엄지손가락으로 그의 얼굴을 쓰다듬었다. 사랑한단 말을 다시 해주길 간절히 바라는 표정이었다. 그가 사랑받을 자격이 있는 사람인 걸 믿을 때까지 나는 수백 번이라도 말해줄 수 있다.

"사랑해."

내가 다시 말하자 그는 입술을 포갰다. 그는 고맙다고 중얼거렸다.

두 혀가 부드럽게 얽혔다. 하딘과의 키스는 할 때마다 새롭고 다른 느낌을 준다. 그는 아무리 마셔도 채워지지 않는 갈증 같은 사람이다. 그는 내 등을 힘껏 당겨 안았고, 우리는 가슴이 서로 맞닿았다. 할 수 있는 한 긴 키스로, 이 평화로운 순간을 최대한 음미하고 싶었다. 하지만 내 몸이 하는 말은 달랐다. 그의 머리카락을 움켜쥐고, 셔츠를 벗겨내라 말하고 있었다. 그의 입술이 내 턱을 훑고 내려와 목에 닿았다.

이거다. 더 이상 나를 제어할 수 없다. 모든 분노와 열정, 그리고 사랑까지, 이게 바로 지금의 우리다. 나도 모르게 신음이 터져나왔고, 내 목에 입술을 댄 채 그도 신음했다. 그가 내 허리를 잡고 몸을 돌려 내 위로 올라왔다.

"너무… 보고 싶었어."

그가 내 목에 키스하며 말했다. 눈을 뜰 수가 없었다. 몸이 침대 위로 붕 떠오르는 것 같았다. 그가 내 재킷 지퍼를 내리더니 굶주린 눈빛으로 나를 내려다보았다. 묻지도 않고 윗옷을 머리 위로 벗겨냈다. 그가 짧고 깊게 숨을 들이마셨다. 나는 등을 들어올렸다. 그가 브래지어 후크를 풀었다.

"네 몸이, 너무나 그리웠어…, 내 손에 꼭 맞는 네 몸이."

그가 내 가슴을 감싸 쥐며 속삭였다. 또 한 번 깊은 신음이 터져나왔다. 그가 아랫배를 밀착시키자 단단히 성난 그의 페니스가 느껴졌다. 우리의 숨소리는 거칠고 불규칙했다. 이토록 그를 원했던 적은 없었다. 서로를 향한 강한 열정이 전혀 줄어들지 않았다는 걸 확인하는 순간이었다. 기뻤다. 그의 손이 내 아랫배로 내려가더니 청바지 버튼을 풀었다. 손가락이 팬티 속으로 미끄러져 들어왔다. 그는 내 입 속에 숨을 불어넣었다.

"정말 그리웠어. 나 때문에 이렇게 젖어든 네가….'

그의 한 마디 한 마디가 대체 내게 무슨 짓을 하는 걸까. 나는 더 깊게 만져주길 애원하듯 엉덩이를 들어 올렸다.

"테사, 원하는 게 뭐야?"

그가 내 목 깊숙이 머리를 파묻으며 가쁜 숨을 쉬었다.

"너야, 하딘."

생각하기도 전에 말이 먼저 튀어나왔다. 하지만 사실이었다. 나는 가장 원초적이고 근본적인, 가장 깊은 곳까지의 하딘을 원한다. 그의 손가락이 내 안으로 미끄러져 들어왔고 격렬하게 움직였다. 나는 베개 위로 머리를 떨구었다.

"너를 보는 게 좋아. 나를 느끼는 널 보는 게….'

나는 대답대신 낮은 신음을 터뜨렸다. 그의 등 뒤로 티셔츠를 움켜쥐었다. 그가 옷을 너무 많이 입고 있다. 그걸 벗어버리라는 말조차 조리 있게 할 수 없는 상태가 되었다. 어떻게 '너를 증오해'가 '너를 사랑해'로 바뀌어버린 걸까? 대답은 필요 없다. 그가 지금 나를 느끼게 만들고, 항상 나를 그렇게 만들어줄 거라는 사실만이 중요했다. 그가 아래로 내려오며 팬티에서 손을 뺐다. 나는 손을 떼지 말라고 앙탈을 부렸고, 그는 미소 지었다.

그가 청바지와 팬티를 한꺼번에 끌어내렸다. 나는 옷으로 무장한 그의 몸을 가렸다.

"너도 벗어."

그가 킥킥 웃는다. 셔츠를 머리 위로 끌어올리자 타투 가득한 몸이 드러났다. 타투의 라인마다 혀로 따라가 보고 싶었다. 손목에 있는 무한대 기호와 그 사이에 그려진, 어울리지 않는 불꽃이 제일 맘에 든다.

"왜 이런 모양을 했어?"

검지로 타투를 따라 쓰다듬으며 물었다.

"뭐가?"

그는 다른 데 정신이 팔려 있었다. 그의 눈과 손은 온통 내 가슴에 집중되어 있었다.

"이 타투 말이야. 다른 것들이랑 너무 달라. 뭐랄까…, 굉장히 부드럽고 여성스럽잖아?"

그는 손가락으로 내 가슴을 쓰다듬으며, 불룩해진 그의 페니스를 내 다리에 밀착시켰다.

"여성스럽다고?"

그가 웃으며 내 입술에 입술을 포갰다. 더 이상 타투나 그림 따위엔 관심 없다. 그저 그를 만지고 싶다. 내 몸에 닿은 그의 입술을 느끼고 싶다.

말하느라 이 순간을 망치고 싶진 않았다. 나는 그의 머리카락을 움켜쥐고 머리를 내 쪽으로 잡아당겼다. 그의 입술에 쪽, 입을 맞추고 목으로 내려왔다. 하던을 기분 좋게 했던 경험으로 비추어, 쇄골 바로 위의 목이 그의 성감대였단 걸 알고 있다. 촉촉하고 따뜻한 입술을 그곳에 가져다 대었고, 그의 몸이 긴장하며 움찔거리는 게 느껴졌다. 나는 엉덩이를 들어 올려 그에게 바짝 붙었다. 그의 벗은 몸이 닿는 느낌은 강렬했다. 맨살에서 땀이 송글거려 몸이 반짝였다. 손끝 하나만 움직여도 절정에 도달할 것만 같았다. 지금껏 느끼지 못했던 또 다른 차원의 감각이다. 탄탄한 그의 근육이 내 몸에 닿으며 천천히 움직였다. 그가 신음을 토해내자 나는 더 이상 저항할 수 없었다.

"하딘…."

그가 단단한 페니스로 내 몸에 쓰다듬자 나는 신음처럼 그의 이름을 토해냈다.

"베이비…"

그가 움직임을 멈추었다. 나는 발뒤꿈치로 그의 허벅지를 쓸어내리며 그를 다시 움직이게 했다. 그의 눈이 가늘게 떨리며 감겼다.

"이런."

그가 나지막이 읊조렸다.

"나, 하고 싶어…."

"뭘 하고 싶은데?"

그가 축축해진 내 살갗에 뜨겁고 거친 숨을 내뱉었다.

"하고 싶어…, 알잖아…."

꼭 붙어 있는데도 순간 창피함이 훅 밀려왔다.

"아."

그가 움직임을 멈추고 내 눈을 빤히 들여다보았다. 그의 내면에서 무언가 큰 싸움이 벌어진 것처럼 보였다.

"이러는 게 좋을지…, 나, 잘 모르겠어."

'뭐라고?'

"왜?"

그를 밀쳐냈다. 또 시작이다.

"아니…, 테사. 오늘 밤을 말하는 거였어."

그의 팔로 나를 감싸더니 마주 보며 내 옆에 누웠다. 그를 쳐다볼 수가 없었다. 수치심이 밀려왔다.

"날 좀 쳐다보고 내 말을 들어봐."

그가 내 턱을 들어올렸다.

"나도 하고 싶어, 완전. 정말이야, 믿어줘. 너를 처음 만난 그때부터 널 가지고 싶었어. 하지만…, 오늘 있었던 일들을 생각해봤어. 그래서…, 네가 준비되면 그때 하고 싶어. 그러니까 내 말은, 모든 준비가 다 됐을 때 말이야. 한번 하고 나면, 다시 되돌릴 순 없으니까."

수치심이 누그러들었고, 그를 바라보았다. 그의 말이 맞다. 이러기 전에 더 생각해봐야 한다. 그래도 내일 내 대답이 바뀔 것 같진 않았다. 벌거벗은 몸이 뒤엉켜 있는 이 상황에 그걸 생각해봐야 한다니. 어쩌면 내 핏속에 흐르는 알코올보다 그가 더 해로울지도 모르겠다.

"화내지 마, 제발. 그냥 조금만 더 생각해봐. 정말 네가 하고 싶은 게 확실하면 그때 너와 섹스할 거야. 몇 번이고 계속, 쉬지 않고, 어디서든, 언제든. 나도 그러고 싶어."

"알겠어, 알겠어!"

나는 손으로 그의 입을 틀어막았다. 그는 웃으며 어깨를 으쓱거렸다.

입을 막은 손을 치우자, 그는 장난스럽게 내 손바닥을 깨물었다. 그리고 나를 잡아당겼다.

"근데 옷을 좀 입어야겠어. 그래야 네가 나한테 유혹 당하지 않을 테니까."

그가 놀리듯 얘기했고, 내 얼굴은 붉어졌다.

어떤 게 더 놀라운 건지 잘 모르겠다. 내가 섹스하고 싶다고 들이댄

것과, 그가 나를 위해 그걸 자제시킨 것 중에.

"그래도 일단은 널 느끼게 해줄 거야."

그가 중얼거리며 내 몸을 돌려 눕혔다. 그의 입술이 내 다리 사이로 파고들었고, 금세 내 다리는 떨리기 시작했다. 나는 손으로 입을 틀어 막았다. 그의 이름을 소리쳐 부르는 걸 다른 사람이 들어선 안 되니까.

9

하딘이 가볍게 코를 고는 소리에 잠에서 깼다. 내 등은 그의 가슴에 밀착되어 있었고, 그는 다리로 나를 감싸고 있었다. 어젯밤 일이 기억나 입가에 미소가 지어졌다. 두려움 대신에 행복감이 차올랐다.

날이 밝아도 그의 감정은 똑같을까? 아니면 어젯밤 내 제안을 조롱하며 괴롭힐까? 나는 몸을 천천히 돌려 그를 마주보았다. 완벽한 얼굴을 찬찬히 훑어보았다. 항상 인상을 쓰고 있지만 자는 동안은 부드러워 보인다. 검지로 눈썹에 있는 피어싱을 건드려봤다. 그리고 뺨에 난 멍 자국을 만졌다. 터진 입술과 손등은 많이 나아져 있었다. 어젯밤에 싫다는 걸 억지로 씻어낸 덕분이었다.

그의 입술을 따라 손가락을 움직이는데, 그가 번쩍 눈을 떴다.

"뭐해?"

목소리에선 도통 감정을 읽어낼 수 없었다. 어쩐지 불안해졌다.

"미안…, 난 그냥…."

뭐라고 해야 할지 모르겠다. 서로 끌어안고 잠이 들고 난 다음, 그가 어떤 기분으로 바뀌었을지 알 수가 없었다.

"계속해줘."

그가 속삭이더니 다시 눈을 감았다. 가슴을 누르던 걱정이 절반쯤 사라졌다. 나는 미소를 머금고 그의 도톰한 입술을 따라 손가락을 움직였다. 상처는 건드리지 않게 조심하면서.

"오늘은 뭐 할 계획이었어?"

잠시 후 그가 다시 눈을 뜨면서 물었다.

"카렌이랑 뒷마당에 있는 온실을 손볼 생각이었어."

그가 벌떡 일어나 앉았다.

"진심이야?"

화난 모양이었다. 하딘이 카렌을 좋아하지 않는다는 걸 잘 안다. 지금껏 내가 만난 사람 중에 제일 다정한 사람인데도 말이다.

"응."

"어쨌든, 우리 가족이 널 좋아하지 않으면 어쩌나 하는 걱정은 안 해도 되겠네. 나보다 널 더 좋아하는 거 같으니까."

그가 싱긋 웃으며 내 뺨을 엄지로 쓰다듬었다. 척추를 따라 짜릿한 느낌이 전해졌다.

"문제는, 내가 자꾸 이 집을 들락거리면서 시간을 보낸다는 거야. 그랬다간 아빠가 내가 당신을 좋아하게 됐다고 생각할 거라는 점이야."

그의 목소리를 밝았지만, 눈빛은 어두웠다.

"카렌이랑 내가 같이 있을 동안 너도 아빠랑 좀 어울려보는 건 어때?"

"싫어, 절대."

그가 사납게 말했다.

"난 집에 가 있을게. 아, 내 진짜 집 말이야. 거기서 너 끝날 때까지 기다릴게."

"난 네가 여기 있었으면 했는데. 금세 끝날 것 같진 않아. 온실 상태가 썩 좋아 보이지 않았거든."

그는 할 말이 없는 듯 보였다. 나와 오래 떨어져 있기 싫어하는 것 같다는 생각이 드니 마음이 따뜻해졌다.

"나는…, 잘 모르겠어, 테사. 어쨌든 아빠도 나랑 어울리고 싶진 않을 거야."

"아냐, 분명히 원하실 거야. 마지막으로 둘이 같은 방에 있었던 게 대체 언제였어?"

그가 어깨를 으쓱했다.

"글쎄, 잘 모르겠어…, 몇 년 전쯤? 그래도 이게 좋은 생각인지는 모르겠어."

그가 머리카락을 쓸어 올렸다.

"혹시라도 불편하거든 나와서 나랑 카렌한테 합류해도 괜찮아."

솔직히 말해, 그가 아빠와 시간을 보내겠다는 생각을 했다는 것 자체가 놀랍다.

"알았어…, 근데 내가 이렇게까지 하는 건, 너랑 떨어지는 게…."

그가 말을 멈추었다. 조용히 다음 말을 기다려주기로 했다. 그가 감정 표현에 서툴다는 걸 잘 알기 때문에.

"암튼, 그게 아빠와 보내는 빌어먹을 시간보다 더 싫은 거라고 해두자."

결국 심한 소리를 했지만 미소가 지어졌다. 하딘의 어린 시절에 있는 아버지는 지금 저 아래층에 있는 남자와는 다른 사람이다. 하딘도 언젠가 그걸 알게 되겠지. 침대에서 나오자, 나는 갈아입을 옷도, 칫솔도, 아무 것도 없다는 사실이 기억났다.

"내 방에 가야 할 것 같아. 물건들을 챙겨 와야 하거든."

내 말에 그가 순간 긴장했다.

"왜?"

"왜긴, 갈아입을 옷도 없고, 칫솔도 필요하거든."

그가 살짝 미소를 지어보였지만, 진짜 웃는 것 같진 않다.

"안 돼?"

그의 대답이 두려웠다.

"아냐…, 얼마나 걸릴까?"

"글쎄, 너도 같이 갈래?"

말이 떨어지기가 무섭게 그는 긴장이 풀린 듯했다.

'대체 왜 이러는 걸까?'

"음…."

"하딘, 왜 이렇게 이상하게 구는지 말해줄래?"

"그게 아니라…. 나는 네가 떠나려는 줄 알았어. 나를 떠나려는 줄."

목소리가 그답지 않게 너무 작았다. 다가가서 그를 포근히 안아주고
싶었다. 대신 내게 오라 팔을 벌렸고, 그는 고개를 끄덕이고 내 앞으로
와 섰다.

"난 어디에도 안 갈 거야. 그냥 갈아입을 옷이 필요한 것뿐이야."

"알아…, 이런 데 익숙해지려면 시간이 좀 필요할 것 같아. 네가 늘
나한테서 도망가기만 했잖아. 완전히 떠나버리지 않고 다시 돌아온다
는 데 익숙해져야 할 것 같아."

"글쎄, 나는 네가 나를 밀어내는 데만 익숙해. 우리 서로 맞춰 나가야

할 부분이 있을 거야."

그의 가슴에 머리를 기대며 미소를 지었다. 그의 걱정에 이상하게도 마음이 편해졌다. 아침이면 그의 마음이 달라져 있을까 봐 두려웠다. 그도 마찬가지로 두려워하고 있었다. 어쩐지 그게 기분이 좋았다.

"그래, 그래야 할 것 같아. 사랑해."

심장이 쿵 떨어지는 것 같았다. 처음 들었을 때처럼. 어젯밤 스무 번째 들었을 때처럼.

"나도 사랑해."

그가 눈살을 찌푸렸다.

"'나도'라고 말하지 마."

"왜?"

나를 또 거부하는 건가? 의심의 싹이 고개를 들었다. 그게 아니기만을 바란다.

"잘 모르겠어…. 그렇게 말하면, 진심이 아니라 그냥 내 말에 맞장구치는 것 같은 느낌이 들어."

그가 아래를 내려다봤다. 어젯밤 스스로 했던 약속이 기억났다. 그가 자신에 대한 불신을 이겨낼 수 있도록 뭐든 도와주겠고 했던.

"사랑해."

그가 고개를 들어 나를 바라보았다. 눈빛이 한결 부드러워졌다. 그의 입술이 천천히 다가와 내 입술에 포개졌다.

"고마워."

그가 말했다.

흰색 무지 티셔츠에 블랙진을 입은 그의 모습은 흠잡을 데 없었다.

그는 늘 흰색이나 검정색 무지 티셔츠에 블랙진만 입는다. 하지만 그는 늘 더할 나위 없이 완벽하다. 유행이 어떻든 따를 필요는 없다. 심플한 스타일, 그것만으로도 완벽하니까. 나는 어제 입었던 옷을 다시 입었다. 그가 내 핸드백을 들었고, 우리는 아래층으로 내려갔다.

켄 씨와 카렌은 거실에 있었다.

"아침 식사를 준비해두었다."

카렌이 밝은 목소리로 우리에게 말했다.

하딘과 또 하룻밤을 보냈다는 걸 켄 씨와 카렌은 알고 있었고, 나는 그 사실이 거북했다. 그들이 전혀 신경 쓰지 않는다는 걸 잘 안다. 그리고 우리는 성인이다. 그럼에도 두 볼이 화끈거리는 건 어쩔 수가 없었다.

"감사합니다."

내가 미소 지으며 말하자 카렌은 호기심 가득한 표정으로 나를 바라보았다. 온실에 함께 있을 때 질문이 쏟아질 게 뻔했다. 부엌으로 들어가자 하딘이 나를 따라왔다. 우리는 접시에 음식을 가득 담고, 테이블에 앉았다.

"랜던하고 다코타는요?"

카렌에게 내가 물었다. 다코타는 혼란스러울 거다. 어젯밤에는 제드와 함께 있던 내가 지금은 하딘과 함께 있으니. 하지만 부정적인 생각은 떨쳐버리기로 했다.

"걔들은 관광하러 시애틀에 갔어. 테사, 오늘 온실 작업 할래?"

"그럼요. 기숙사에 가서 옷만 갈아입고 올게요."

"잘됐구나! 그 동안 창고에서 흙 포대를 꺼내달라고 켄에게 부탁해야겠구나."

"저희 다녀올 때까지 기다리세요. 다녀와서 하딘이 도와드릴 거예요. 그치, 하딘?"

하딘을 올려다보며 반은 부탁, 반은 강제로 말했다.

"아, 너희들 오늘 함께 있을 거구나?"

그녀의 얼굴에 미소가 번졌다. 어떻게 하딘은 사람들이 자신을 좋아한다는 걸 모를 수가 있을까?

"음…, 네. 오늘은 여기에 있을 거… 같아요. 팬, 괜찮으시다면."

그가 더듬거렸다.

"물론이지! 켄, 들었어요? 하딘이 오늘 하루 종일 여기 있겠대요!"

그녀가 흥분하는 걸 보니 싱긋 웃음이 나왔다. 하딘은 짜증스러워 보였다.

"착하게 굴어야 해."

그는 최선을 다해 억지웃음을 지었다. 나는 그의 귀에 대고 키득거리면서 그의 발을 툭 걸어찼다.

10

얼른 옷을 벗고 재빨리 샤워를 했다. 카렌과 정원 가꾸기를 하면 어차피 먼지를 뒤집어쓸 테지만. 하딘은 서랍장에서 내 속옷을 만지작거리며 참을성 있게 기다려줬다. 준비를 다 마치자 하딘이 옷 한 벌을 더 챙기라 귀띔했다. 그와 하루를 더 지내야 하니까. 할 수만 있다면 하딘과 매일 밤을 보내고 싶었다.

집으로 돌아가면서 내가 물었다.

"네 차로 갈까?"

"아냐, 괜찮아. 네가 급브레이크만 안 밟는다면 말이야."

"뭐라고요? 이래봬도 베스트 드라이버라고요."

나는 발끈했다. 그는 픽 콧방귀를 뀌었지만 입은 꾹 다물었다.

"근데, 차를 왜 사기로 한 거야?"

"인턴십을 시작했잖아. 버스 타고 다니기도 힘들고, 다른 사람 신세 지기도 싫고."

그가 차창 밖을 내다보았다.

"차 사러 혼자 갔어?"

"응…, 왜?"

"그냥, 궁금해서."

거짓말이다.

"혼자 갔었어. 그날 좀 거지같은 날이었거든."

"제드랑은 몇 번이나 데이트 했어?"

'왜 이런 질문을 해대는 거야?'

"두 번. 한 번은 저녁 먹고 영화 봤어. 그 다음이 본파이어 축제였고. 네가 걱정할 만한 일은 없었어."

"키스는 한 번만 했어?"

'맙소사!'

"딱 한 번. 음, 그때 말고…, 너도 봤잖아. 이제 우리 다른 얘기 할래? 내가 몰리랑 뭘 했는지 물어보지 않잖아, 그치?"

"알았어…. 우리 싸우지 말자. 이렇게 오래 같이 있는 것도 처음인데, 망치지 말자."

그가 내 손을 잡으며 말했다. 엄지로 내 손등에 원을 그리며 쓰다듬었다.

"좋아."

대답은 했지만 아직도 살짝 짜증은 났다. 그의 다리에 올라타 있던 몰리의 모습이 떠오르며 시야가 흐려졌다.

"제발, 테스. 삐치지 마."

그가 웃으면서 내 옆구리를 쿡쿡 찔렀다. 키득키득 웃음이 나왔다.

"나 방해하지 마! 운전 중이잖아!"

"건드리지 말라고 말할 수 있는 건 지금이 유일하겠지?"

"아닐걸? 너무 자신 있게 말하진 말아줄래?"

웃음소리가 동시에 울려퍼졌다. 사랑스러운 소리였다. 그는 한 손을 내 허벅지에 올리고 손가락을 아래위로 움직이며 쓰다듬었다.

"확실해?"

그가 새된 소리로 속삭이자 살갗이 따끔거렸다. 내 몸은 그에게 재빨리 반응한다. 맥박이 요동치기 시작했다. 꿀꺽, 침을 삼키고 나는 고개를 끄덕였다. 그가 한숨을 쉬더니 손을 치웠다.

"사실이 아니란 걸 알지만…, 길가에 차를 세우게 만들 순 없으니까. 은밀한 손가락 작업은 나중에 하자."

"하딘!"

나는 그를 찰싹 때렸다. 얼굴이 화끈거렸다.

"미안 미안, 베이비."

그는 웃으면서 자신은 결백하다는 표정을 지으며 두 손을 들었다. 그러더니 창밖으로 시선을 돌렸다. 그가 나를 '베이비'라고 부르는 게 너무 좋다. 누구도 나를 그렇게 불러주지 않았다. 노아와 나는, 연인들이 서로를 애칭으로 부르는 건 정말 유치한 짓이라 생각했었다. 하지만 하딘이 나를 그렇게 불러줄 때면 혈관 속 피가 더 빨리 흐르는 것 같았다.

집에 도착하니, 켄 씨와 카렌이 뒷마당에서 우리를 기다리고 있었다. 켄 씨는 WCU 티셔츠와 청바지를 입고 있어서 조금 낯설었다. 켄 씨가 캐주얼한 옷을 입은 모습은 처음이었다. 얼핏 하딘과 비슷해 보였다. 그들은 우리를 반갑게 맞아주었고, 하딘도 웃어 보이려 애를 썼다. 하지만 이내 불편했는지 주머니에 손을 찔러 넣고 슬금슬금 다른 곳으로 갔다.

"준비되면 얘기해줘."

켄 씨가 하딘에게 말했다. 켄 씨도 하딘 만큼 어색하고 불편해 보였다. 하딘이 걱정스러워 보인다면, 그는 긴장한 것처럼 보였다.

하딘이 나를 쳐다보자, 나는 격려를 담아 고개를 끄덕였다. 내가 그를 안심시킬 수 있는 사람이라는 사실이 놀라웠다. 서로의 역할이 드라마틱하게 바뀌어 있었고, 그 사실이 기뻤다. 기대하지도 않았던 상황이었기 때문이다.

"우리는 온실에 있을게요. 흙은 안으로 가져다줘요."

카렌이 켄 씨의 볼에 입맞춤을 하며 말했다. 하딘은 그들에게서 눈을 돌렸다. 아주 잠깐, 그도 나에게 키스하지 않을까 생각했지만 아니었다. 나는 카렌을 따라 온실로 들어갔다. 안에 들어서자 숨이 막혔다. 밖에서 보이는 것보다 온실은 훨씬 더 넓고 거대했다. 할 일이 많을 거란 카렌의 말은 농담이 아니었다. 말 그대로 온실 안은 텅 비어 있었다.

그녀는 허리에 손을 올리고 신이 나서 말했다.

"정말 할 일이 많구나. 그래도 우린 다 해낼 수 있을 거야."

"저도 그럴 거라 생각해요."

하딘과 켄 씨가 흙을 두 포대씩 날라 왔다. 카렌이 가리킨 곳에 흙을 부리고 나가는 동안에도 둘은 조용했다. 흙 스무 포대에 씨앗 수백 개, 꽃과 채소 수십 포기를 심고 나니 그럴 듯해 보였다. 어쩐지 시작이 좋다.

어느새 해가 뉘엿뉘엿 지고 있었다. 하딘이 몇 시간째 보이지 않는다는 걸 그제야 깨달았다. 켄 씨와 하딘이 둘 다 살아 있기를.

"이 정도면 오늘은 충분한 것 같구나."

카렌이 얼굴을 닦으며 말했다. 둘 다 먼지를 흠뻑 뒤집어썼다.

"네, 하딘은 뭐 하는지 가볼게요."

"하딘이 여기 자주 와서 어울리니 정말 좋구나. 특히 켄에게 큰 의미가 있을 거야. 너에게 무척 고맙게 생각한단다. 너희 둘 사이에 있던 차이를 잘 극복한 거라 생각해도 될까?"

"그런 것도 같고…. 네, 맞는 것 같아요."

나는 일부러 살짝 웃어 보였다.

"그래도 아직 저흰 많이 다른 걸요."

그녀가 안다는 듯 미소를 지었다.

"글쎄, 때론 다른 것도 장점이 된단다. 도전해볼 만한 좋은 일이야."

"네, 하딘은 정말 힘든 도전 과제예요."

우리는 서로 마주보며 웃었다. 그녀가 나를 끌어당겨 안아주었다.

"넌, 참 다정한 아이구나. 네가 생각할 수도 없을 만큼, 이미 넌 우리에게 많은 걸 해주었단다."

눈물이 차오르는 느낌이 들었다. 나는 고개를 끄덕였다.

"제가 여기서 자고 가는 걸 불편해하지 않으셨으면 해요. 하딘이 오늘 밤도 자고 가라고 했거든요."

눈을 마주치치 않으려 애쓰며 말했다.

"전혀 안 불편해. 너희 둘 다 성인이잖니. 그리고 안전하게 할 거라 믿는다."

'어머나, 세상에.'

우리가 막 심은 당근 뿌리보다 내 볼이 더 빨개진 것 같았다.

"우리는…, 음…, 우리는 안 해요."

더듬거리며 말했다. 곧 하딘의 새엄마가 될 분이랑 무슨 얘길 하고 있는 거지…. 당황스러웠다.

"아."

그녀도 똑같이 당황스러운 모양이었다.

"안으로 들어가자."

집 안으로 들어가 더러워진 신발을 문 옆에 벗어 놓았다. 거실 소파 끝에 하딘이 앉아 있었고, 켄 씨는 안락의자에 앉아 있었다. 하딘과 눈이 마주치자 그의 눈에 금세 안도의 기운이 퍼지는 게 보였다.

"저녁 준비하는 동안 씻으렴."

카렌이 말했다. 하딘이 일어나 나에게 다가왔다. 아빠와 함께 있던 공간에서 탈출하게 되어 기쁜 것 같았다.

"얼른 다시 내려올게요."

나는 하딘을 따라 위층으로 올라갔다. 그의 방으로 들어가며 물었다.

"어땠어?"

그는 대답대신 하나로 묶은 내 머리카락을 잡고 입을 맞추었다. 우리는 비틀거리며 방문에 기대섰다. 그는 몸을 내게 바짝 밀어붙였다.

"보고 싶었어."

몸이 녹아내리는 것 같았다.

"그랬어?"

"응. 아빠하고 몇 시간 동안 어색하게 앉아 있었어. 그리고 더 어색한 몇 마디를 나눴지. 나, 다른 게 필요해."

그는 내 아랫입술을 따라 혀를 움직였고, 나는 숨이 목구멍까지 차올랐다. 뭔가 다르다. 아주 뜨거웠지만 뭔가 좀 다르다.

그의 손이 내 아랫배로 미끄러지며 청바지 버튼 위에 이르렀다.

"하딘, 나 샤워해야 해. 지금 흙먼지 범벅이야."

그의 혀가 내 목을 훑고 지나갔다.

"네 이런 모습이 너무 좋아. 멋지고, 더러워."

보조개가 움푹 패도록 그가 활짝 웃었다. 나는 그를 부드럽게 밀쳐내고, 가방을 들고 욕실로 들어갔다. 호흡은 불규칙했고, 정신이 하나도 없었다. 욕실 문을 반쯤 열어둔 채였다. 하딘의 부츠가 보였다.

"나도 같이 할까?"

대답하기도 전에 하딘은 미소를 지으며 욕실 문을 밀고 들어왔다.

11

하딘이 셔츠를 머리 위로 벗었다. 그리고 내 뒤에 있던 샤워기에서 물을 틀었다.

"샤워만 같이 하는 거야! 랜던과 다코타가 언제든 들이닥칠 수 있어."

내가 말했다. 물줄기 아래에서 벌거벗고 있는 하딘의 모습을 보니 당혹스러웠다. 이건 너무 '핫'하다.

"그럼 난 기분 좋은 핫샤워를 즐길 테니까, 너는 저쪽에 서서 계속 분석해봐."

그의 팬티가 바지와 함께 바닥으로 떨어졌다. 그는 나를 지나쳐 물줄기 아래로 갔다. 근육으로 무장한 그의 등 근육은 탄탄했다. 그가 옷 입고 서 있는 나를 위 아래로 훑어보았고, 나도 그의 벗은 몸을 위 아래로 훑었다. 물줄기가 닿자, 타투로 뒤덮인 그의 살갗이 반짝였다. 그가 갑작스럽게 샤워 커튼을 닫았다. 그제야 나는 그의 완벽한 몸을 넋 놓고 보고 있었다는 걸 깨달았다.

"고단한 하루를 마치고 하는 핫샤워, 너무 좋지 않아?"

물소리 때문에 잘 들리진 않았다. 하지만 분명 기분 좋은 목소리였다.

"나야 모르지. 어떤 무례한 벌거벗은 남자가 내 샤워를 뺏어갔거든."

내가 씩씩거리자 그가 키득거렸다.

"섹시하고 무례한 벌거벗은 남자?"

그가 나를 놀려댔다.

"얼른 들어오시지."

"나, 나는…."

나도 그러고 싶었다. 하지만 누군가와 함께 샤워를 한다는 건, 은밀한 사생활을 공유한다는 것이다. 지나칠 정도로 은밀한.

"어서 와. 너무 빡빡하게 굴지 말고. 그냥 샤워일 뿐이야."

그가 샤워 커튼을 열어젖혔다.

"부탁이야."

그가 내게 손을 내밀었고, 나는 물이 흘러내려 반짝이는 그의 상반신을 유심히 보았다.

"알겠어."

나는 속삭였다. 옷을 벗는 내 동작 하나하나에 그는 눈을 떼지 않았다.

"그만 좀 쳐다봐."

내가 쏘아붙이자 그는 가슴을 움켜잡으며 상처 입은 척했다.

"내 고상한 취미에 뭐 불만이라도 있어?"

그가 웃었고, 나는 천천히 고개를 끄덕였다. 웃지 않으려 적잖이 애를 썼다.

"나, 지금 모욕당했어."

그는 도와달라는 듯 손을 뻗었다. 믿을 수가 없다. 내가 진짜로 누군가와 함께 샤워를 하려 한다. 팔로 벗은 몸을 최대한 가리려 애썼다. 그가 물줄기 아래에서 약간 비켜섰다.

"아직도 내 앞에서 부끄러워하다니. 그런 네 모습이 너무 좋아. 나 좀 이상하지?"

그가 방패삼아 가리고 있던 내 팔을 풀며 말했다. 나는 잠자코 있었고, 그는 내 팔을 잡고 물줄기 아래로 나를 이끌었다. 그는 벗은 내 어깨에 머리를 기댔다.

"이 순간이 너무 흥미진진해. 너는 수줍고 순결하지만 나에게 온갖 더러운 짓을 하게 만들거든."

귓가에 닿는 그의 숨결이 뜨거운 물보다 더 뜨거웠다. 나는 눈을 깜빡거렸고, 그는 손으로 내 팔을 천천히 쓸어내렸다.

"게다가, 네가 노골적이고 음란한 내 말을 좋아한다는 걸 알고 있지."

나는 침을 꿀꺽 삼켰다. 그가 내 목에 기대어 미소를 지었다.

"이것 봐, 네 맥박이 얼마나 빨리 뛰는지…. 이 투명한 피부 아래로 다 보여."

그가 맥박이 뛰고 있는 내 목 주변을 손가락으로 쓰다듬었다. 어떻게 서 있는지조차 잘 모르겠다. 다리가 풀리고 머릿속이 하얘지는 것 같았다.

그의 손가락이 내 몸을 따라 움직였다. 그러자 이 집에 우리 둘뿐이 아니라는 사실이 더 이상 걱정되지 않았다. 그의 애무는 이성을 마비시키고 앞뒤 분간 못하는 무모함을 생성해낸다. 또한 그가 하고 싶은 대로 하도록 내버려두게 만든다. 긴 손가락이 내 엉덩이를 감싸자 나도 모르게 그에게 몸을 기댔다.

"사랑해, 테사. 나 믿지? 그렇지?"

나는 고개를 끄덕였다. 그러나 한편 궁금했다. 어제부터 지금껏 몇 번이나 말했는데, 왜 또 같은 걸 물어보는 걸까?

"그럼, 널 믿어."

새된 소리가 나왔다. 나는 헛기침을 하며 목청을 가다듬었다.

"너무 좋아. 지금껏 누구도 사랑한 적이 없었어."

장난끼 넘치다가 매혹적인 모습을 보여주고, 그러다 어느새 진지해지는 그. 너무 빨리 변한다. 그에게 적응하기가 쉽지 않다.

"한 번도?"

이미 알고 있는 사실이었다. 그래도 그가 직접 말하는 걸 듣는 건 어쩐지 색달랐다. 게다가 지금 이런 상황에서. 그가 이렇게 감정을 솔직히 표현할 줄 몰랐다. 당장 혀를 내 다리 사이에 집어넣을 거라고 생각한 지금, 이 순간에.

"절대, 단 한 번도. 비슷한 느낌도 없었어."

여자친구는 있었는지 궁금해졌다. 아니다, 있었대도 알고 싶지 않다. 여자랑 사귀지 않는다고 하딘이 얘기했었고, 나는 거기에 만족한다.

"아."

할 말이란 이것뿐이었다.

"노아를 사랑했던 것처럼 나도 사랑해?"

헉, 소리와 기침이 내 입에서 동시에 튀어나왔다. 그에게서 시선을 돌렸다. 선반에서 샴푸를 집어들었다. 샤워하러 들어온 지 몇 분이나 지났는데도 아직 하나도 씻지 못했다.

"그래?"

그가 대답을 재촉했다.

어떻게 대답해야 할지 모르겠다. 노아와의 사랑은 하딘과의 그것과는 완전히 달랐다. 노아를 사랑했던 것 같다. 그를 사랑했단 건 알지만, 분명 지금과는 다르다. 노아를 사랑하는 건 편안하고 안심이 되는 느낌이었다. 그리고 항상 평온했다. 하딘과의 사랑은 날 것 그대로의 열정 자체다. 신경 하나하나에 불꽃이 일고, 늘 그를 갈망한다. 그와 떨어져 있고 싶지 않다. 화가 나서 미쳐 날뛰게 만들 때조차 그가 보고 싶었다. 그리고 그와 멀어져야 한다는 마음의 소리와 항상 싸워야 했다.

"아니라고 대답한 걸로 알겠어."

그가 등을 돌리더니 갑자기 커튼을 젖히고 나가버렸다. 쏟아지는 물줄기 아래 나만 우두커니 남겨두고. 이 공간에 갇힌 것 같은 갑갑함이 느껴졌다. 뜨거운 물이 뿜어내는 열기에 숨조차 쉬기 힘든 것 같았다.

"그건 같은 사랑이 아니야."

뭐라고 설명해야 미친 소리처럼 들리지 않을까? 그의 어깨가 축 처져 있었다. 마주보고 있었다면 그의 찌푸린 표정이 적나라하게 보였을 거다. 팔로 그의 허리를 감싸 안고 그의 등에 가만히 입술을 대었다.

"그 사랑과는 달라. 하지만 네가 생각하는 그런 의미는 아니야."

나는 말을 이어 나갔다.

"너를 사랑해, 하딘. 근데 좀 다른 방식이야. 노아는 나한테 정말 편한 사람이었어. 꼭 한 가족인 것 같았어. 노아를 사랑해야만 할 것 같았어. 하지만 사실은 사랑한 게 아니었나 봐. 적어도 너를 사랑하는 것과는 전혀 달라. 너를 사랑하고 나서야 내가 생각했던 사랑이란 게 진짜 사랑과 얼마나 다른지 깨달았어. 이게 지금 말이 되는 소리인지는 잘 모르겠지만."

노아를 사랑하지 않았다는 말을 하며 죄책감이 들었다. 어쩔 수 없다. 하딘과 처음으로 키스하던 그 순간 이미 그걸 알아버렸으니까.

"말이 돼."

그가 다시 돌아섰다. 그의 눈빛은 한결 부드러워져 있었다. 욕정과 불안감이 가득했던 눈빛은 사라졌다. 대신 다른 감정으로 바뀌어 있는 듯했다. 사랑일까? 아니면… 안도? 정확히는 알 수 없다. 그가 내 이마에 입을 맞추었다.

"난 그저, 네가 사랑하는 유일한 남자가 되고 싶어. 그러면 너는 오롯이 내 것이 되잖아."

이렇게 사랑스러운 말을 하다니, 내가 알던 그 재수 없는 녀석이 맞는 걸까? 표현은 거칠고 강한 소유욕이 담겨 있었지만, 말투는 달콤했고 놀랍게도 겸손하게 들리기까지 했다.

"사랑이란 게 이런 거라면 네가 바로 그 사람이야."

그에게 약속했다. 하딘은 미소를 지었다. 내 대답이 기쁜 듯했다.

"이제 좀 비켜줄래? 물이 식기 전에 먼지를 좀 씻어내야 할 것 같아."

나는 그를 부드럽게 밀어냈다.

"내가 씻겨줄게."

그가 샤워볼에 바디 워시를 묻혔다. 그가 나를 씻겨주는 동안 나는 숨도 제대로 쉬지 못했다. 예민한 부분을 스칠 때마다 온몸에 전율이 흘렀고, 그의 손길은 내 몸에 오랜 여운을 남겼다.

"나도 네가 씻겨줬으면 좋겠지만, 그랬다간 뒷감당이 안 될 것 같아."

그가 한쪽 눈을 찡긋했다. 얼굴이 확 달아올랐다. 뒷감당이라니, 무슨 일이 일어날지 해보고 싶었다. 또 그의 몸 구석구석을 만져보고 싶었다. 하지만 카렌이 식사 준비를 끝냈을 거고, 곧 우리를 부르러 올 거다.

내가 반드시 해야 하는 건 샤워를 빨리 끝내는 거였다. 하지만 어떻게 샤워 따위에 집중을 할 수 있을까. 내 앞에 나체의 하딘이 우뚝 서 있는데. 나는 손을 뻗어 그의 페니스를 움켜쥐었고, 그는 뒤로 물러서서 벽에 등을 기댔다. 페니스를 잡은 손을 아래위로 천천히 움직였고, 그는 나를 뚫어지게 쳐다보았다.

"테스."

그가 신음을 토해내며 샤워실 벽에 머리를 기댔다. 손을 움직이면서 그가 또 한 번 신음소리를 내주길 바랐다. 그의 신음소리가 너무 좋다.

나는 아래를 내려다보았다. 내 손이 쉽게 움직이도록 물줄기가 우리 위로 쏟아져 흩어졌다. 감탄이 저절로 나왔다.

그가 속삭였다.

"넌 정말 최고야."

내게 고정된 그의 시선 때문에 나는 살짝 긴장했다. 그러나 그는 이내 입을 다물었고, 눈꺼풀이 파르르 떨렸다. 마치 나를 응원하려 노력하는 것 같았다. 그를 황홀경에 오르게 만들겠다는 내 충동을 더욱 부추기는 것처럼. 엄지로 페니스 끝을 부드럽게 문질렀다. 그가 숨을 들이마시면서 나지막이 욕설을 내뱉었다.

"아, 벌써 할 것 같아. 이런 젠장."

그가 눈을 감았다. 그가 쏟아낸 정액과 뜨거운 물이 섞여 따뜻함이 느껴졌다. 손에 그의 흔적이 사라질 때까지 나는 눈을 뗄 수가 없었다. 하딘은 거친 숨을 몰아쉬며 나에게 기댔다. 그리고 내 입술에 입을 맞추었다.

"굉장했어."

그가 속삭이더니 다시 입을 맞추었다.

더러운 몸을 씻고 나자 마음이 편안해졌다. 하딘의 손길이 닿은 곳만은 여전히 화끈거리는 듯했다. 재빨리 몸을 닦고 요가 바지와 티셔츠를 꺼내 입었다. 머리를 빗고 동그랗게 말아 위로 올려 묶었다. 하딘은 허리에 수건을 두르고 내 뒤에 서 있었다. 거울 속에 비친 내 모습을 보는 듯했다. 그는 천국에 있는 것처럼 행복해 보였다. 그는 신이 빚어낸 것처럼 완벽했으며, 오롯이 내 것이다.

"그 바지에 홀린다."

"그렇게 변태 같은 소리만 할래?"

핀잔을 주자 그가 장난스럽게 고개를 끄덕였다.

부엌에 들어갈 때까지도 깨닫지 못하고 있었다. 우리 둘 다 머리가 젖었다는 게 어떻게 보일지 말이다. 누가 봐도 우리 둘이 함께 샤워했다는 게 분명해 보였을 거다. 하딘은 신경도 쓰지 않는 것 같았다. 진짜 그렇다면 정말 예의 없는 사람이다.

"샌드위치를 준비해 놨단다."

카렌이 쾌활하게 말했다. 카렌이 가리킨 곳을 보니 켄 씨가 서류 더미를 잔뜩 쌓아 놓고 앉아 있었다. 그녀는 우리를 보고도 놀라거나 신경 쓰지 않는 것 같았다. 만약 우리 엄마가 지금 이 상황을 맞닥뜨렸다면…. 엄마는 제 정신이 아닐 거다. 특히나 하딘 같은 사람과 그랬다면 더욱.

"정말 감사합니다."

"오늘 너무 즐거운 시간이었단다, 테사."

카렌과 온실 얘기를 시작했다. 그러면서 하딘과 나는 샌드위치를 접시에 담았고, 테이블 앞에 앉았다. 하딘은 아무 말 없이 먹기만 하면서 가끔씩 나를 힐끗 쳐다보았다.

"다음 주말엔 작업을 더 할 수 있을 거예요."

말하고 나서 아차 싶었다.

"아! 다음 주가 아니고, 그 다음 주 말이에요."

"그래, 그러자꾸나."

"혹시 결혼식에 특별한 콘셉트가 있나요?"

하딘이 불쑥 대화에 끼어들었다. 켄 씨가 하던 일을 멈추고 고개를 들었다.

"글쎄, 특별한 건 없단다. 하지만 장식들을 전부 '블랙 앤 화이트'로 하기로 했지."

카렌은 불안해 보이는 눈치였다. 결혼식 얘기는 처음 꺼낸 게 분명 했다. 켄 씨가 하딘에게 결혼 얘기를 꺼내 하딘이 난동을 부린 그날 이후 분명 처음이다.

"아, 그럼 저는 뭘 입을까요?"

그가 대수롭지 않다는 듯 물었다. 켄 씨의 반응을 보고 나자 나는 그를 끌어안고 키스를 퍼붓고 싶었다.

"너, 올 거니?"

켄 씨가 물었다. 엄청나게 놀랐지만 무척이나 기쁜 듯했다.

"네…, 그럴 거 같아요."

하딘은 어깨를 으쓱하더니 샌드위치를 한 입 베어 물었다. 카렌과 켄 씨는 서로 마주보며 미소를 지었다. 켄 씨가 일어나 하딘에게 다가 왔다.

"고맙구나, 아들아. 이건 내게 정말 큰 선물이란다."

그는 하딘의 어깨를 쓰다듬었다. 하딘은 일순간 뻣뻣하게 굳었지만, 켄 씨에게 살짝 미소를 지어 보였다.

"진짜 엄청난 뉴스네!"

카렌이 손뼉을 치며 말했다.

"별 거 아니에요."

하딘이 중얼거렸다. 나는 그의 곁으로 자리를 옮겼다. 테이블 아래에서 그의 손을 잡았다. 꿈에도 생각지 못했다. 하딘이 결혼식에 간다고 하거나, 켄 씨과 카렌에게 그걸 직접 말할 거라고는 말이다.

"사랑해."

켄 씨와 카렌이 한눈을 팔고 있는 사이, 그의 귀에 대고 속삭였다. 그는 웃으며 내 손을 꼭 쥐었다.

"사랑해."

그도 내 귀에 속삭였다.

"하딘, 학교 수업은 어떠니?"

켄 씨가 하딘에게 물었다.

"좋아요."

"수업을 또 바꾸었더구나."

"네, 그런데요?"

"너, 여전히 영문학 전공인 건 맞지?"

맙소사, 켄 씨가 어렵게 얻은 행운을 날려버릴지도 모르겠다. 하딘의 얼굴이 짜증스럽게 바뀌고 있었다.

"네…."

"그래! 열 살 때 네가 『위대한 개츠비』에 나오는 문장들을 하루 종일 줄줄 외웠던 게 아직도 눈에 선하다. 그땐 문학에 푹 빠져 있었지."

켄 씨가 말했다.

"그걸 기억한다고요?"

하딘의 목소리가 차가워졌다. 나는 그의 손을 꼭 쥐었다. 진정하라는 사인이었다.

"그럼, 물론이지. 다 기억하고 있어."

켄 씨가 차분히 대답했다.

하딘은 콧구멍을 벌름거렸다. 분노가 치밀어 오르는 게 분명했다.

"그 말을 믿기는 어렵겠네요. 항상 술에 취해 계셨잖아요. 제 기억이 정확하다면, 물론 제 기억은 정확합니다만, 아빠는 제 책을 갈기갈기 찢어버렸어요. 왠지 아세요? 내가 아빠 술병에 부딪쳐서 술이 죄다 쏟아졌거든요. 저와의 추억 따위를 되새기는 척하지 마세요. 무슨 멍청한 소리를 하는지 모르는 게 아니라면."

하딘은 벌떡 일어섰고, 카렌과 나는 동시에 숨이 턱 막혀버렸다.

"하딘!"

방을 나서는 하딘을 켄 씨가 불렀다.

나는 허둥지둥 그를 따라 나섰고, 뒤에서 카렌이 켄 씨에게 소리 지르는 게 들렸다.

"켄, 무슨 짓이에요? 한꺼번에 모든 걸 해결하려고 하지 말아요. 우리 결혼식에도 겨우 오겠다고 한 아이한테. 우리, 천천히 다가가기로 약속했잖아요! 갑자기 그런 소리를 하면 어떡해요? 그냥 놔뒀으면 좋았잖아요!"

그녀는 화난 것 같았다. 목소리가 갈라져 나왔다. 이미 울고 있는 거다.

12

계단 끝까지 올라가자 그가 침실 문을 쾅 닫는 게 보였다. 잠겼을 거라 생각하며 손잡이를 돌렸다. 문이 열렸다.

"하딘, 괜찮아?"

딱히 다른 말이 생각나지 않았다. 그는 침대 옆에 있는 스탠드를 벽에다 집어던졌다. 대답은 안 들어도 잘 알겠다. 스탠드 유리가 산산조각이 났다. 의지와 상관없이 비명이 튀어나왔다. 나는 펄쩍 뛰며 뒤로 물러섰다. 그가 책상 쪽으로 걸어가더니 컴퓨터 키보드를 빼서 집어던졌다.

"하딘, 제발 그만해!"

나는 소리를 질렀다. 그는 나를 쳐다보지도 않고 컴퓨터 모니터를 바닥에 내리꽂았다. 그러더니 소리 질렀다.

"왜? 거지같은 새 컴퓨터 따위, 또 사면 그만이잖아!"

"그래, 네 말이 맞아."

나는 그 말에 맞장구를 치며 키보드를 발로 마구 짓밟았다.

"지금 뭐 하는 거야?"

나는 아랑곳 않고 키보드를 집어 들어 다시 바닥에 내동댕이쳤다. 지금 뭘 하는 건지, 나도 잘 모르겠다. 하지만 뭐 어떤가, 키보드는 이미 부서져 있었고, 지금으로선 이게 최선의 방법인 것 같은데.

"널 도와주는 중이잖아."

분노가 가득했던 그의 눈동자에 혼란스러움이 스쳐 지나갔다. 그리고 이내 익살스러움이 차올랐다. 나는 모니터를 들어 바닥에 던졌다. 다시 모니터를 들려는 순간, 입가에 미소를 머금은 그가 내 곁으로 다가왔다. 그는 내 손에서 모니터를 빼앗아 책상 위에 놓았다.

"아빠한테 그런 식으로 말했다고 나한테 복수하는 건 아니지?"

그가 내 뺨을 감싸 쥐고 엄지로 부드럽게 쓰다듬으며 물었다. 초록색 눈동자가 나를 뚫어버릴 듯 했다.

"아니야. 너도 네 감정을 표현할 권리쯤은 있잖아. 그걸로 너한테 화 내지는 않을 거야."

방금 아빠와 싸우고도 그는 내가 화낼 걸 걱정하고 있었다.

"이유 없이 못되게 구는 건 안 되지만, 이번엔 정당한 사유가 있잖아."

"와우….'

그와 입술이 닿을 만큼 가까이 있다는 건 너무나 치명적이다. 나는 몸을 기울여 그에게 입을 맞추었다. 그는 입술을 열고 나를 깊게 맞아 주었다. 그의 머리카락을 움켜쥐었다. 움켜쥔 손에 힘을 줄수록 그의 신음소리도 커졌다. 그의 분노가 거대한 파도처럼 쓸려가 사라졌다. 그가 나를 책상에 눕혔다. 내 엉덩이를 잡고 책상 위로 들어올렸다. 그 의 정신을 흐트러뜨리는 데는 내가 딱이다. 그에게 필요한 건 나였다. 미처 깨닫지 못했지만, 나는 그에게 꼭 필요한 존재였던 거다. 그의 인 생에 내가 단단히 자리잡았음을 느꼈다. 그가 혀를 내 입 속으로 깊게 밀어넣을수록 고개는 점점 뒤로 젖혀졌다.

"더 가까이 와봐."

그가 내 입에 대고 신음하듯 말했다. 그는 내 무릎 뒤쪽을 잡아 책상 모서리로 나를 끌어당겼다. 나는 그의 바지춤을 잡아당겼고, 그는 입 술을 떼었다.

"뭐 하는 거…?"

그가 한쪽 눈썹을 찡긋 치켜세운다. 내가 제정신이 아니라고 생각 할 거다. 물건 때려 부수는 걸 도와주더니 이제는 그의 옷을 벗기려 하 고 있다. 어쩌면 제정신이 아닐지도 모른다. 그런데 그게 무슨 상관인 가. 지금은 오로지 유리창으로 들어오는 달빛이 하딘의 쇄골에 드리운 그림자만이 신경 쓰일 뿐인데. 그리고 또 하나, 모든 것을 부술 것 같은 손으로 내 볼이 상처날까 조심스레 감싸 쥐고 있는 것만 느낄 뿐인데.

나는 다리를 들어 그를 감싸 안으면서 더 가까이 끌어당겼다. 대답 대신이었다.

"네가 미친듯이 날뛰면서 나더러 꺼지라고 소리칠 줄 알았어."

이마를 내 이마에 대면서 그가 미소 지었다.

"틀렸어."

나는 의기양양한 표정을 지었다.

"완전히 틀렸어. 오늘 밤 아래층으로 내려가고 싶지 않아."

그의 눈이 내 표정을 살피고 있다.

"괜찮아. 내려가지 않아도 돼."

그가 긴장을 풀며 머리를 내 목에 기댔다. 사이가 좋아지는 게 이렇게 한순간이라니 놀라웠다. 그가 매몰차게 굴 거라 예상했었다. 이 방에 들어왔을 때만 해도 곧 쫓겨날 거라 생각했다. 그러나 지금 그가 내게 몸을 기대고 있다. 그는 최선을 다해 길을 찾는 중이다. 우리가 바람직한 관계로 나아갈 수 있는 길을. 비록 그의 기분이 이랬다 저랬다 건잡을 수는 없지만 말이다.

"사랑해."

그에게 말했다. 목에 닿은 그의 피어싱이 움직이는 게 느껴졌다. 그가 웃고 있는 거다.

"사랑해."

그도 대답했다.

"좀 전에 있었던 일, 얘기해볼까?"

내 목에 머리를 파묻은 채 고개를 가로저었다.

"알겠어. 그럼 영화 볼래? 웃기는 영화로?"

침묵이 계속됐다. 그가 고개를 들고 침대를 쳐다보았다.

"노트북 가지고 왔어?"

고개를 끄덕이자 그가 말을 이어나갔다.

"그 영화, 〈서약〉, 또 보자."

웃음이 나왔다.

"아마도 네가 경멸한다고 했던 그 영화?"

"응⋯, 뭐, '경멸'은 좀 심한데? 그냥 좀 진부하고 평범한 사랑 타령 정도?"

그가 굳이 정정한다.

"왜 그걸 다시 보고 싶어?"

"그 영화를 보고 있는 너를 보고 싶어서."

그의 대답은 진지했다. 내 방에서 그 영화를 보는 내내 나만 바라보고 있던 모습이 떠올랐다. 정말 오래된 일인 것 같았다. 그때만 해도 우리 사이에 어떤 감정이 싹트고 있는지조차 알 수 없었다. 이런 사이로 발전할 줄은 상상도 할 수 없던 시절이었다.

대답은 미소 한 번이면 충분했다. 그가 내 허리를 감싸 안았다.

하딘은 내 옆에 바싹 붙어서 영화를 보고 있는 내 얼굴을 뚫어져라 쳐다보았다. 영화가 중반에 이르자 눈꺼풀이 점점 무거워지기 시작했다.

"나 졸려."

하품을 하며 그에게 말했다.

"주인공은 둘 다 죽어. 놓칠 것도 없어."

팔꿈치로 그를 툭 쳤다.

"넌 진짜 구제불능이야."

"그리고 넌 졸릴 때 진짜 사랑스럽고."

그가 컴퓨터를 닫고 나를 침대 위로 끌어올렸다.

"그리고 넌 졸릴 때 진짜 너답지 않게 순해지고."

"아냐, 난 원래 순해. 왜인 줄 알아? 너를 사랑하니까."

순간 나는 황홀했다.

"잘 자, 베이비."

그가 내 이마에 가볍게 입을 맞추었다. 뭔가를 더 하기엔 나는 너무
졸렸다.

다음 날 아침, 햇살이 눈부셨다. 몸을 돌려 하딘의 어깨에 머리를 파
묻었다. 곤히 잠든 그의 숨소리가 나를 더욱 끌어당겼다. 다시 잠에서
깨어났을 때, 그는 이미 일어나 조용히 천장을 바라보고 있었다. 눈이
보이지 않아 그의 표정을 읽을 수가 없었다.

"하딘, 괜찮아?"

그에게 더 깊이 코를 파묻었다.

"응."

거짓말을 하고 있다.

"하딘, 뭐 언짢은 거 있으면…."

"없어, 괜찮다니까."

그냥 놔두기로 했다. 우리는 주말 내내 잘 지냈다. 이건 기록적인 일
이다. 망치고 싶진 않았다. 고개를 들어 그의 턱에 입을 맞추었다. 그는

나를 더 꽉 껴안았다.

"오늘 처리해야 할 일이 좀 있어. 너 준비 마치는 대로 나 좀 집에 데려다줄래?"

가슴이 철렁했다. 그의 목소리에서 묘한 거리감이 느껴졌다.

"그래."

중얼거리면서 그에 품에서 나왔다. 그가 내 손목을 잡으려 했지만 내 동작이 더 빨랐다. 가방을 챙기고, 옷을 갈아입고, 이를 닦으러 갔다. 주말 동안 우리는 무균실에 있었다. 우리를 오롯이 지켜주는 공간. 그 공간 밖에서 그는 또 다른 사람이 될 것 같다는 두려움이 엄습했다.

다행히 복도에서 랜던이나 다코타를 만나지 않았다. 방으로 돌아오자 하딘은 옷을 갖춰 입고 있었다. 이것 또한 다행이다. 이 모든 상황을 어서 종료하고 싶을 뿐이다. 그가 바닥에 깨진 유리 조각들을 싹 치워놓았다. 키보드는 쓰레기통 속에, 스탠드와 모니터는 그 옆에 가지런히 놓여 있었다.

아래층으로 내려와 켄 씨와 카렌에게 작별 인사를 했다. 하딘은 한마디도 안 하고 밖으로 나가버렸다. 어젯밤, 불미스러운 일이 있었지만, 그래도 결혼식엔 갈 거라고 그들을 안심시켰다. 컴퓨터랑 스탠드 얘기도 했지만, 별로 개의치 않는 것 같았다.

"테사, 혹시 화난 거야?"

10여 분의 침묵 뒤에 드디어 하딘이 먼저 입을 뗐다.

"아니야."

화난 건 아니다. 그냥…, 좀 불안했다. 우리 사이에 감정이 미묘하게 변한 걸 느꼈다. 주말 동안 있었던 일들을 생각한다면 전혀 예상치 못한 일이다.

"화난 것처럼 보이는데?"

"화 안 났는데?"

"화난 거라면 나한테 얘기해줘."

"그냥, 너한테 거리감이 느껴져서. 넌 나한테 집에 데려다 달라고 한 거고. 그리고 우리 사이엔 아무 문제도 없다고 생각했어."

"내가 오늘 처리할 일이 있다고 해서 화난 거야?"

그제야 내가 얼마나 못나고 그에게 집착하고 있었는지 깨달았다.

'그래서 화가 났던 걸까? 그가 오늘 나와 함께 보내지 않는대서?'

"그럴지도 모르지."

내 어리석음에 헛웃음이 났다.

"난, 그저, 네가 우리 사이에 거리를 두는 게 싫었을 뿐이야."

"그런 거 아니야…, 적어도 일부러 그런 건 절대로 아냐. 그렇게 느꼈다면 사과할게."

그가 내 허벅지에 손을 올려놓았다.

"달라지는 건 아무 것도 없어, 테사."

그 한마디에 마음이 차분해졌다. 그러나 마음 한 구석에는 꺼림칙한 뭔가가 남아 있었다.

"나하고 같이 갈래?"

그가 마침내 먼저 물었다.

"아냐. 오늘 공부할 것도 좀 있고."

"알겠어, 테스. 나에겐 모든 게 다 새로운 도전이란 걸 잊지 말아줘. 뭔가를 계획할 때 다른 사람을 고려하는 데 익숙치 않거든."

"나도 알아."

"일 마치고 네 방으로 갈게. 같이 저녁 먹으러 가도 되고."

그의 뺨을 쓰다듬고, 헝클어진 머리카락을 쓸어 넘겼다.

"정말 괜찮아, 하딘. 일 마치고 연락해. 그때 뭐 할지 정하자."

그는 집 앞에 도착하자, 내게 키스를 하고 차에서 내렸다.

"연락할게."

그러고는 계단을 총총거리고 올라 운명의 집으로 들어갔다.

13

하딘이 내리고 나니 생경한 허전함이 감돌았다. 어쩐지 내가 조금 불쌍해진 것도 같았다. 금세 내 방에 도착했지만, 그가 가버린 후 몇 시간이나 지난 것처럼 아득했다. 다행히 스테프는 방에 없었다. 내일은 반스 출판사 첫 출근 날이다. 미리 공부해 놓고 준비도 마쳐야 한다. 무슨 옷을 입을지, 챙겨갈 물건들은 있는지, 어떻게 말해야 할지 계획해야 한다.

다이어리를 꺼내 다음 주에 할 일을 시간별로 정리해 적었다. 날짜별로 입을 옷도 골라 꼼꼼히 적었다. 첫 출근 날에는 새로 산 검정 스커트에 빨간색 상의, 검정 하이힐을 신기로 했다. 두 달 전만 하더라도 신을 엄두도 내지 못했을 하이힐이다. 전문 직업인 냄새를 풍기면서도 여성스러운 스타일. 문득 하딘은 이런 차림을 좋아하려나 궁금해졌다.

하딘 생각을 떨쳐버리려고 다음 주 제출 과제들을 열심히 끝냈다. 공부를 마치자 이미 해는 졌고, 배가 고팠다. 식당은 다 문을 닫았을 시

간이다. 하딘에게는 아직 아무 연락도 없었다. 아마 오늘 밤은 오지 않
겠구나, 하는 생각이 들었다.

먹을 것을 사려고 방을 나섰다. 작은 도서관 근처에 중국 음식점이
있었던 게 기억났다. 음식점을 찾아갔지만 이미 문을 닫았다. 근처를
뒤지다가 아이스 하우스라는 간판을 발견했다. 아이스 하우스는 허름
하고 작은 식당이었다. 다른 식당을 찾을 기운도 없었다. 들어가 보기
로 했다. 음식을 팔기보다는 술을 파는 식당인 것 같았다. 놀랍게도 사
람들이 가득 차 있었다. 겨우 뒤쪽에 비어 있는 테이블을 찾아냈다.

사람들은 혼자 온 나를 힐끗거리며 쳐다봤다. 혼자 먹는 밥엔 익숙
하니까. 어디 갈 때 굳이 누군가와 같이 가지 않는 습관 덕분이다.

쇼핑도 혼자, 외식도 혼자, 영화도 몇 번이나 혼자 보러 갔었다. 물론
노아가 함께 갈 수 없을 때였다. 무언가 혼자 하는 걸 개의치 않았다, 지
금까지는. 솔직히 얘기하면 나는 하딘이 보고 싶었다. 내게 연락조차
없다는 사실이, 신경도 쓰고 있지 않을 거란 사실이 나를 괴롭혔다.

주문을 마치고 음식을 기다리는데, 웨이트리스가 노란 우산 장식이
있는 분홍색 음료를 가져다주었다.

"아, 제가 주문한 게 아닌데요."

소용없었다. 여자는 내 앞에 음료수 잔을 내려놓았다.

"저쪽 남자분이 주문했어요."

여자가 미소를 지으며 바 쪽을 가리켰다. 누구일까? 혹시 하딘? 누
군지 보려고 목을 길게 뺐다. 아니었다. 환한 미소를 지으며 내게 손을
흔들고 있는 건 제드였다. 네이트가 제드 옆 빈 자리에 앉으면서 나에
게 미소를 보냈다.

"감사합니다."

나는 웨이트리스에게 인사했다. 학교 주변 술집은 죄다 미성년자 음주가 가능한 듯했다. 아니면 저 애들이 그런 데만 찾아다닐지도 모르겠다. 그녀는 음식이 곧 나올 거라 말하고 가버렸다.

잠시 후, 제드와 네이트가 내 자리로 와 앉았다. 금요일 사건으로 제드가 내게 화나 있지 않기만을 바랐다.

"여기서 절대 만나지 못할 거라 생각했던 사람 중 하나가 나타나셨네. 그것도 일요일에."

네이트가 나에게 말했다.

"어쩌다 보니 그렇게 됐어. 중국 음식점에 가려고 했는데 문을 닫아서."

"하딘은 봤어?"

제드가 미소를 지으며 내게 물었다. 그러고는 뭔지 모를 표정을 짓고 있는 네이트를 슬쩍 보더니 다시 나를 쳐다본다.

"아니, 한동안 못 봤어. 너는?"

내 목소리에는 긴장감이 역력했다.

"아니, 나도 몇 시간 동안 못 봤어. 근데 여기로 곧 올 거야."

네이트가 대답했다.

"여기로?"

흥분했나 보다. 내 목소리가 갈라져 나왔다. 음식이 나왔지만 배가 고프지 않았다. 혹시라도 하딘이 몰리와 함께 온다면? 함께 보낸 주말, 그 다음에 이런 일이 생긴다면 나는 감당할 수 없을 것 같았다.

"응, 여기 우리 단골집이야. 언제 올 건지 전화해서 물어볼까?"

제드가 물었고, 나는 고개를 가로저었다.

"아냐, 괜찮아. 사실은 막 가려던 참이었어."

계산서를 부탁하려 웨이트리스를 찾아 두리번거렸다.

"음료수는 별로였어?"

제드가 물었다.

"아니, 음, 안 마셨어. 어쨌든 고마워. 근데 난 진짜 가야 할 것 같아."

"너희 둘, 또 싸운 거야?"

그가 물었다. 네이트가 뭔가 말하려는데 제드가 그를 노려보았다. 무슨 일이 벌어지고 있는 걸까? 제드가 맥주를 한 모금 마시더니 네이트를 다시 쳐다보았다.

"하딘이 무슨 소리 했어?"

내가 물어보았다.

"아니, 너희 둘, 이제 사이가 좋아졌다고 하던데."

제드가 언제부터 하딘의 대변인이 된 거지? 가뜩이나 좁은 술집 안이 더 좁게만 느껴졌다. 한시라도 빨리 이곳에서 빠져나가야 한다.

"아, 저기 애들 온다!"

네이트가 떠들어댔다.

시선이 문에 꽂혔다. 하딘, 로건, 트리스탄, 스테프, 그리고 몰리가 보였다. 이럴 줄 알았다. 그들은 친구다. 자제력을 잃고 날뛰거나 미친 사람처럼 굴고 싶진 않았다. 하지만 몰리랑 함께 있는 하딘을 볼 자신이 없었다.

나와 눈이 마주치자 하딘은 무척 놀랐다. 겁 먹은 것 같은 얼굴이었다. 이런 일이 또 벌어져선 안 된다. 그들이 우리 테이블을 향해 걸어오는 동안 웨이트리스가 지나갔다.

"제 음식 좀 포장해주세요. 계산서도 부탁할게요."

여자는 놀란 것 같았다. 하지만 내 주위로 몰려든 애들을 보고는 이내 고개를 끄덕였다. 여자가 주방 쪽으로 사라졌다.

"왜, 가려고?"

스테프가 물었다. 다섯 명은 모두 우리 옆 테이블에 자리를 잡았다. 하딘을 쳐다보지 않기로 했다. 친구들과 어울릴 때면 다른 사람이 되는 그의 모습이 싫었다. 주말에 보여줬던 하딘의 모습으로 쭉 남아 있을 순 없는 걸까?

"난…, 공부하러 가야 해."

거짓말이었다. 스테프가 옳다구나 하는 표정으로 미소를 짓는다.

"여기 같이 있자. 넌 공부를 너무 많이 해!"

하딘이 나를 번쩍 들어올리면서 보고 싶었다고 말해 주리라는 희망은 물거품이 되었다. 웨이트리스가 포장한 음식을 가지고 왔고, 20달러를 여자에게 쥐어 주고는 자리에서 일어났다.

"그럼, 즐거운 시간들 보내."

애들에게 말했다. 하딘 쪽으로 눈을 돌렸다가 이내 바닥을 보았다.

"잠깐만 기다려."

하딘이 말을 꺼냈다. 뒤돌아 그를 쳐다보았다. 제발, 무례한 말을 던지거나 몰리에게 키스하지 않기를.

"나한테 굿나잇 키스도 안 하고 가려고?"

그가 씨익 웃었다. 나는 친구들을 둘러보았다. 모두 조금은 놀란 듯 보였지만 실은 혼란스러운 듯했다.

"뭐…, 뭐라고?"

순간적으로 말을 더듬거렸다. 어깨를 똑바로 세우고 그를 다시 쳐다봤다.

"나한테 키스도 안 해주고 갈 거냐고."

그가 벌떡 일어나 나에게 걸어왔다. 그래, 이걸 원한 거다. 하지만 모두의 이목이 집중된 지금, 나는 편치 않았다.

"저…, 음…."

할 말이 떠오르지 않았다.

"재가 왜 그래야 하는데?"

몰리가 깔깔거렸다. 맙소사, 재는 더 이상 못 참겠다.

"얘들, 분명히 사귀네."

스테프였다.

"뭐라고?"

몰리가 소리쳤다.

"몰리, 입 좀 닥치고 있어줄래?"

제드가 나서자 고마운 마음이 들었다. 근데 어쩐지 목소리엔 다른 의도가 숨어 있는 것 같았다. 왜 그런 말을 했을까. 이제 상황은 불편함의 차원을 넘어섰다.

"잘 있어, 얘들아."

다시 인사를 건네고는 문을 향해 걸어갔다.

하딘이 따라와서는 내 손목을 낚아챘다.

"왜 가려고 하는 거야? 그리고, 애초에 여기엔 왜 온 거야?"

"글쎄, 배가 고파서 뭘 좀 먹으려고 왔어. 그리고 이제 가는 중이고. 네가 나를 무시했잖아. 또 난…."

"널 무시하지 않았어. 무슨 말을 할지, 어떻게 해야 할지 몰랐을 뿐이야. 여기서 너를 볼 줄은 꿈에도 몰랐거든. 지금 허를 찔린 기분이야."

설명이 장황하다.

"물론 그랬겠지. 나한테는 하루 종일 메시지 한 통 없다가, 여기에 몰리랑 나타났으니까."

"로건, 트리스탄이랑 스테프도 같이. 몰리하고만 온 건 아니지."

그가 꼭 짚어 말한다. 짜증이 난 목소리였다. 이걸 원했던 건 아닌데.

"알아…, 너희는 전부터 그런 사이였던 거. 근데 나는 그게 거슬려."

이로써 최단 시간 질투의 화신 기록 경신이다.

"그니까, 바로 그거야. 지난 일이라는 거. 이런…, 너와 나 같은 그런 사이도 아니었고."

저절로 한숨이 나왔다.

"알아, 그래도 어쩔 수가 없어."

"그래. 그럼 나는 어땠을 것 같아? 들어오자마자 너와 제드가 함께 앉아 있는 모습을 봤을 때, 내 기분은?"

"그건 상황이 다르지. 너하고 몰리는 같이 잤잖아."

말만으로도 가슴이 아파 온다.

"테스…."

"정신 나간 소리라는 거 알아. 그래도 난 견딜 수가 없어."

나는 시선을 돌렸다.

"정신 나간 소리 아니야. 다 이해할 수 있어. 어떻게 해야 할지 잘 모르겠어서 그래. 몰리는 우리 그룹이고, 항상 우리와 함께 있을 건데."

무슨 말을 기대했던 건지 잘 모르겠다. 그래도 이건 아니다. '안 됐지만, 어쩌겠어' 따위의 말을 듣고 싶지는 않았다.

"잘 알겠어."

우리가 사귀고 있단 걸 모두가 알아버린 지금, 나는 행복해야 했다. 하지만 이 모든 걸 전부 받아들이기엔 역부족이다.

"나는 가야겠어."

"그럼 나도 같이 갈래."

"네 친구들을 버리고 가고 싶다고?"

내가 쏘아붙였다. 그는 어이없다는 표정을 짓더니 기어이 내 차까지 따라왔다. 나는 번지는 미소를 감추려고 애썼다. 그나마 몰리보다는 나와 함께 있기를 원한다는 걸 알게 되었으니까.

"내가 오기 전에 얼마나 거기 있었어?"

주차장을 빠져나오는데 하딘이 물었다.

"한 20분쯤?"

"그럼 제드랑 거기서 만나기로 했던 건 아니구나, 그렇지?"

"당연히 아니지. 거기가 문을 연 유일한 식당이었어. 제드가 거기 있을 줄은 꿈에도 몰랐어. 아니다, 네가 거기에 나타날 줄은. 알잖아, 넌 나한테 메시지 한 통 안 보냈으니까."

"아."

그가 잠깐 말을 끊었다. 그러다가 다시 나를 바라보았다.

"너희들 무슨 얘기했는데?"

"별 이야기 안 했어. 너 오기 몇 분 전에 걔들이 내 테이블로 왔거든. 근데 왜?"

"아니, 뭐. 그냥 궁금해서."

그가 무릎을 손가락으로 두드렸다.

"오늘 너무 보고 싶었어."

"나도 보고 싶었어."

캠퍼스에 들어서면서 내가 말했다.

"나 오늘 과제를 잔뜩 했어. 또 내일 반스 출판사 첫 출근 준비도 완벽히 마쳤고."

"내일 내가 데려다줄까?"

"아니! 내가 그래서 차를 샀잖아, 기억 안 나?"

웃음이 나왔다.

"그래도, 내가 데려다줄 수 있어."

우리는 함께 내 방으로 향했다.

"아냐. 괜찮아. 나 혼자 갈 수 있어. 어쨌든 고마워."

하루 종일 뭘 했는지 물어보려는 순간이었다. 그렇게 보고 싶었으면서 왜 연락도 안 했냐고 말하려던 순간이었다. 숨이 콱 막혔고, 걷잡을 수 없는 공포가 밀려 왔다.

방문 앞에 엄마가 팔짱을 끼고 우뚝 서 있었다. 더할 나위 없이 매서운 눈초리였다.

14

하딘은 내 시선을 따라가다 엄마를 보고는 눈이 휘둥그레졌다. 그가 내 손을 잡으려 했지만 나는 뿌리치고 그의 앞을 막아섰다.

"엄마…."

"너 대체 무슨 생각을 하며 사는 거냐?"

엄마는 다짜고짜 소리를 질러댔다. 나는 쪼그라들어 사라져버리고 싶었다.

"나…, 내가 뭘?"

엄마가 어디까지 알고 있는지 아직 모른다. 이럴 땐 가만히 있는 게 상책이다. 공들여 한 화장 때문인가? 불같이 화를 내는 엄마의 금발 머리는 더욱 빛나고 있었다.

"왜 그러는 거니, 테레사! 노아가 2주나 나를 피해 다니더구나. 마침 포터 부인과 마트에서 마주쳤는데, 뭐라 그러는 줄 알아? 너희 둘, 헤어졌다더라. 나한테 왜 그런 얘긴 안 한 거니? 내가 그걸 포터 부인한테 들어야겠어? 세상 부끄러워 살 수가 없다."

"그게 뭐 큰일이라고 그러세요. 우리, 그냥 헤어진 것뿐이에요."

엄마가 깊게 숨을 들이마셨다. 등 뒤에 서 있는 하딘이 내 등을 쓰다듬는 게 느껴졌다.

"뭐 그리 큰일이냐고? 어떻게 그런 말을 할 수 있니? 노아랑 사귄 게 몇 년인데. 노아는 네게 딱 어울리는 짝이야, 테사. 집안도 좋고, 미래도 탄탄히 보장된 청년이잖아!"

엄마는 말을 멈추고 숨을 골랐다. 나는 끼어들지 않았다. 아직도 엄마는 할 말이 남았을 테니까. 엄마가 마음을 다잡고 최대한 평정심을 유지하며 말했다.

"정말 다행인건, 네 문란한 행실을 개의치 않고 노아가 다시 너와 사귀겠다고 했단 거다. 조금 전에 노아와는 얘기를 끝냈어."

분노가 치밀어 올랐다.

"제가 왜요? 더 이상 노아와 사귀고 싶지 않아서 헤어진 것 뿐이에요. 걔네 집안이 어떤지 그게 무슨 상관인데요? 걔와 사귀는 게 더 이상 행복하지 않은데, 그게 중요하잖아요. 엄마가 뭔데 우리 문제를 걔와 상의해서 결정해요? 저도 이제 성인이라고요!"

나는 엄마를 밀치고 지나가 방문을 열었다. 하딘은 내 뒤에 바짝 붙어 따라왔고, 그 뒤로 엄마가 돌진해 왔다.

"말도 안 되는 소리! 이…, 이런…, 이런…, 날라리 녀석이랑 나타나더니만! 꼴 좀 봐라, 테사! 이런 식으로 나한테 반항하는 거니? 내가 너한테 뭘 잘못했다고 이러는 거니?"

하딘은 입을 꾹 다물고 서 있었다. 손은 주머니에 찔러 넣은 채였다. 하딘의 아빠가 WCU 총장이고, 노아네보다 부자라는 걸 엄마가 안다면 이러진 않겠지. 그래도 엄마한텐 말하지 않을 거다. 그런 것 따윈 나하고 상관없으니까.

"이건 엄마 일이 아니잖아요! 왜 모든 걸 엄마 중심으로만 생각하세요?"

금방이라도 눈물이 쏟아질 것 같았다. 하지만 꾹 참았다. 엄마가 나보다 한 수 위라 여기는 건 싫었으니까. 화가 날 때마다 눈물이 터지는 게 정말 싫다. 그럴 때면 내가 한없이 나약하게 느껴졌다. 하지만 아무리 애를 써도 고치기가 힘들다.

"그래, 네 말이 맞다. 내 일이 아니지. 네 미래를 위한 일이잖니! 앞으로를 생각해야지. 순간의 감정만 중요한 게 아니잖아. 저 애와 같이 있으면 간질간질하고 재미있어 죽겠지. 그렇지만 저 애와 무슨 미래가 있겠니!"

엄마는 턱짓으로 하딘을 가리켰다.

"저 애는 안 돼…, 저런 괴물하고는 절대!"

나는 엄마를 향해 돌진했다. 무슨 짓을 하는지 미처 깨닫기도 전에. 하딘이 내 팔을 잡아 끌어 엄마에게서 나를 떼어놓았다.

"이 사람에게 그딴 식으로 말하지 마세요!"

나는 소리치고 있었다. 붉어진 엄마의 눈이 휘둥그레졌다.

"넌 대체 뭐하는 놈이니? 내 딸은 엄마한테 이런 말을 하는 애가 절대 아니었다. 자기 앞길을 망치거나 내팽개쳐두는 애가 아니었단 말이다!"

죄책감이 느껴졌다. 바로 이게 엄마가 원하는 거다. 그리고 지금 나는, 이제 내가 원하는 걸 지키기 위해 한 번은 싸워야 한다.

"내 앞길 망치다니요. 내 앞길은 내가 알아서 잘 가고 있어요! 성적은 상위권을 유지할 거고, 내일부턴 번듯한 회사에서 인턴십도 시작한다고요! 엄마가 지금 이러는 건 극도의 이기심이에요. 아니, 이기심보다 더한 거예요. 내가 행복해지는 걸 엄마가 막고 있잖아요. 이 사람과 함께 있으면 행복하단 말이에요. 그래도 받아들이지 못하겠다면, 더 이상 참견 말고 그냥 가세요."

"너 지금 뭐라고 했니?"

엄마는 참지 못하고 씩씩거렸다. 엄마보다 이런 말을 쏟아놓은 내가 더 놀라웠다.

"결국 넌 후회하게 될 거다, 테레사! 너를 보는 것조차도 이제 역겹다!"

방이 빙빙 도는 것 같았다. 엄마와 한바탕 전쟁을 치르리란 생각은 못했다. 적어도 오늘은. 언젠가 이런 일이 벌어질 거란 예상을 하긴 했다. 엄마가 다 알고도 그냥 있진 않을 거니까. 그렇대도 하필 오늘 쳐들어올 줄이야.

"이 방에서 저 애를 처음 봤을 때부터 낌새가 이상했어. 그래도 이렇게 빨리 네 다리를 벌리게 할 줄은 몰랐다!"

하딘이 갑자기 끼어들었다.

"말씀이 너무 심하십니다!"

그는 심각한 눈빛으로 엄마의 말을 막았다. 하딘은 엄마와 맞설 수 있는 유일한 사람일 거다.

"네가 상관할 일이 아니다!"

엄마의 목소리는 단호했다.

"저 애를 계속 만난다면 다시는 너를 안 볼 거다. 학비도 물론 네가 알아서 해야겠지. 기숙사 비용만 해도 만만치 않았다는 것만 잘 알아둬!"

엄마가 또 소리를 질렀다. 이렇게까지 얘기하다니, 경악을 금치 못했다.

"엄마 지금, 학비로 저를 협박하는 거예요? 제가 사랑하는 사람을 인정 못하겠다는 이유 때문에?"

"사랑하는 사람?"

엄마가 비꼬듯 말했다.

"테레사. 순진해 빠진 테레사야. 네가 사랑을 알아? 넌 사랑을 몰라."

엄마는 역겨워 죽겠다는 듯 키득거렸다.

"넌 저 애가 너를 사랑한다고 생각하니?"

"저는 테레사를 진짜 사랑합니다."

하딘이 또 불쑥 끼어들었다.

"그래, 물론 그러시겠지!"

엄마의 고개가 아래로 떨궈졌다.

"엄마!"

"테레사, 내가 분명히 경고한다. 이 애를 계속 만나면 넌 큰일 날 거야. 지금은 그냥 가지만, 네가 생각을 잘 정리하고 나한테 전화할 거라 믿는다."

폭풍처럼 휩쓸고 엄마가 방을 나갔다. 나는 문 앞까지 가서 엄마가 가는 걸 지켜보았다. 복도에 온통 엄마의 하이힐 소리가 울려 퍼졌다.

"정말 미안해."

하딘을 돌아보며 사과했다.

"네가 미안할 건 없어."

그가 내 얼굴을 두 손으로 감쌌다.

"너 스스로를 위해 엄마와 맞선 건 정말 잘한 일이야."

내 콧등에 입을 맞추어주었다. 방을 둘러보았다. 방금 무슨 일이 있었던 건지 놀랍기만 했다. 하딘의 가슴에 몸을 기대었다. 그가 나를 안으며 뻣뻣해진 목 근육을 문질러주었다.

"우리 엄마라는 게 믿어지지가 않아. 저런 행동을 하다니. 학비로 나를 협박하는 것도 믿기지 않아. 등록금을 다 내준 것도 아니면서 말이야. 난 장학금을 받고, 학자금 대출도 받았어. 엄마가 내준 건 겨우 나머지 20퍼센트라고. 기숙사 비용을 제일 많이 도와주긴 했지. 근데 진짜 엄마가 돈을 안 주면 난 어쩌지? 인턴십 말고 다른 일자리도 알아봐야 할까 봐."

나는 흐느껴 울었다. 그가 가슴에 안긴 내 머리를 부드럽게 쓰다듬었다.

"그래…, 그래…, 괜찮아. 방법을 찾아보자. 나랑 같이 살면 돼."

눈물을 훔치면서 내가 웃었다. 하딘은 진지하게 말을 이어나갔다.

"진심이야. 학교 근처에 아파트를 얻으면 돼. 나, 그 정도 돈은 있어."

나는 그를 올려다보았다.

"진심으로 하는 말은 아니지?"

"진심이야."

"우리가 같이 살 순 없어."

내가 훌쩍거리면서 웃었다.

"왜 안 되는데?"

"우린 만난 지 겨우 몇 달밖에 안 됐고, 그나마도 매번 싸우기만 했잖아."

"그래도 이번 주말엔 함께 보내면서 잘 해냈잖아."

그가 미소를 지었고, 나는 웃음을 터뜨렸다.

"넌 제 정신이 아니야. 너랑 같이 살진 않을 거야."

그가 나를 다시 끌어안았다.

"그냥 생각만 해봐. 암튼 나도 클럽하우스에서 나오고 싶었어. 혹시 모를까 봐 말하는 거지만, 나는 그곳에 안 어울려."

그가 웃는다. 그 말은 사실이다. 폴로 셔츠와 면바지를 입지 않는 유일한 애들이 하딘 패거리였으니까.

"아빠를 화나게 하려고 거기 들어갔던 것뿐이야. 근데 그것도 생각만큼 잘 되진 않았어."

"그 집이 싫었으면 혼자 살 만한 아파트를 구할 수도 있었잖아."

그와 함께 산다니. 이렇게 빨리? 있을 수 없는 일이다.

"맞아, 근데 그건 너무 재미없잖아."

그가 활짝 웃으며 어깨를 으쓱거렸다.

"그래도 우린 재밌을 수 있어."

내가 놀리듯 말했다. 그는 음흉한 미소를 지으며 두 손으로 내 엉덩이를 꽉 움켜쥐었다.

"하딘!"

나는 장난스럽게 그를 나무랐다.

갑자기 문이 열렸다. 분노의 찬 엄마의 모습이 순식간에 스쳐 지나갔다. 혹시 2라운드를 준비해야 하는 건가? 두려움이 앞섰다.

스테프와 트리스탄이 들어왔다. 안도감으로 가슴을 쓸어 내렸다.

"뭔가 엄청난 장면을 놓친 것 같던데? 너네 엄마가 좀 전에 주차장에서 나한테 가운데 손가락을 들어 보이고 가셨어."

스테프가 말했다. 웃음이 터져 나오는 걸 참을 수가 없었다.

15

하딘은 내 방에서 함께 밤을 보냈다. 스테프는 트리스탄과 그의 아파트로 갔다. 하딘이 내 무릎에 머리를 베고 누웠다. 우리는 잠들 때까지 얘기하고 키스하며 시간을 보냈다. 우리가 진짜 같이 사는 꿈을 꾸었다. 매일 잠에서 깼을 때 내 곁에 하딘이 있기를 바랐다. 그래도 이건 현실과 너무 동떨어진 일이다. 나는 아직 어리고, 동거는 너무 이르다.

월요일 아침, 알람이 10분이나 늦게 울렸다. 아침은 엉망이 돼버렸다. 급하게 샤워를 하고 화장을 마친 다음, 드라이를 하기 전에 하딘을 깨웠다.

"지금 몇 시야?"

하딘이 신음소리를 냈다.

"6시 반이야."

"6시 반? 출근은 9시까지잖아. 얼른 침대로 와."

"안 돼. 머리도 해야 하고, 커피도 마셔야 해. 차로 45분은 걸리니까, 여기서 7시 반엔 나가야 해."

"그럼 거기에 45분이나 일찍 도착하잖아. 8시에 떠나도 충분해."

그가 몸을 돌리면서 눈을 감았다. 그를 내버려두고 드라이어를 켰다. 그가 베개로 머리를 덮었다. 머리에 컬을 말아 드라이를 마치고, 다이어리를 펴보았다. 혹시라도 빠진 게 있어선 안 된다.

"여기 있다가 수업 가려고?"

옷을 입으며 하딘에게 물었다.

"응, 그렇겠지."

그가 웃으며 침대에서 기어 나왔다.

"네 칫솔 좀 써도 될까?"

"음, 그러든가…. 이따 오는 길에 네 칫솔 하나 사갖고 올게."

그 누구도 내 칫솔을 쓰겠다고 물어본 적은 없었다. 그가 내 칫솔을 쓴 다음 그걸 다시 내 입에 집어넣는 상상을 해보았다. 아니다, 아무리 생각해봐도 이건 아니다.

"8시쯤 나가도 될 거 같은데. 남은 30분 동안 우리가 할 수 있는 걸 찾아보자."

나는 그를 쳐다보았다. 그의 고혹적인 보조개가 보였다. 그의 눈은 내 몸을 위 아래로 훑어보고 있었다. 그의 팬티 앞섶이 불룩해진 게 눈에 들어왔다. 내 몸은 금세 뜨거워졌다. 그가 느릿느릿 걸어와 내 뒤에 섰다. 나는 셔츠 버튼을 채우던 손을 멈췄다. 스커트 지퍼를 올려달라는 제스처를 보내자 그가 순순히 응했다. 지퍼를 올리면서 내 맨살을 섬세한 손길로 쓰다듬었다.

"나, 가야 해. 가는 길에 커피 사야 하거든."

내가 서두르며 말했다.

"차가 막힐 수도 있잖아. 혹시 사고라도 나면. 타이어가 펑크 나거나 기름이 떨어질 수도 있어. 길을 잘못 들 수도 있고, 주차할 데를 찾아 빙빙 돌아야 할지도 몰라. 멀리 주차해놓으면 걸어가야 할 수도 있고. 가다가 숨이 차면 숨 고를 시간도 필요할 거…."

"진정해, 베이비. 그러다 신경 쇠약에 걸리겠다."

그가 내 귀에 숨을 불어넣었다. 거울에 비친 그의 모습을 쳐다보았다. 잠에서 깬 그는 너무도 완벽한 모습이다. 나른함이 묻어 있는 그는 한결 부드러워 보였다.

"그럴 수가 없어. 이 인턴십은 나한테 너무 중요하거든. 하나부터 열까지 절대 망쳐선 안 돼."

머릿속에서 생각들이 질주한다. 오늘이 지나면 좀 나아지겠지. 어떤 일이 생길지 예상 가능해질 테고, 거기에 맞춰 주간 계획을 세우면 되니까.

"이렇게 불안한 모습으로 가고 싶은 건 아니지? 그 사람들이 널 산 채로 잡아먹을지도 몰라."

그가 내 목에 키스를 퍼부었다.

"괜찮을 거야."

그건 내 바람이기도 했다. 목에서 느껴지는 따뜻한 숨결에 닭살이 돋아 올랐다.

"내가 우선 긴장을 좀 풀어줄게."

낮게 깔린 그의 음성에는 나른함이 담겨 있고, 너무 유혹적이었다.

"난…."

쇄골뼈를 따라 손가락이 선을 그리며 내려오다 가슴께에서 멈추었다. 거울 속에서 그와 눈이 마주쳤다. 그를 떼어내려 한숨을 쉬었다.

"딱 5분만이야."

애원에 가까운 말투였다.

"그거면 충분해."

돌아서려 했지만 그가 제지했다.

"아니야, 네가 봤으면 좋겠어."

내 귀에 대고 그가 가르릉거렸다. 다리 사이로 익숙한 통증이 짜릿하게 느껴졌다. 침을 꿀꺽 삼켰다. 그가 내 머리카락을 왼쪽 어깨로 모으더니 몸을 바짝 갖다댔다. 그의 손은 스커트 밑단까지 내려갔다.

"오늘은 레깅스가 아니군. 이제 이 스커트의 팬이 됐다고 말해야겠는걸."

그가 스커트를 허리까지 들어올렸다.

"특히 이런 상태일 때 말이지."

거울 속에 비친 그의 손에서 눈을 뗄 수가 없었다. 맥박이 쿵쾅거린다. 팬티 속으로 미끄러져 들어온 그의 손은 서늘했다. 손가락을 움직이자 나는 움찔 했다. 그가 내 목에 얼굴을 대고 싱긋 웃는다. 다른 손으로는 가슴을 껴안고 나를 꼼짝 못하게 붙들었다. 발가벗겨진 느낌이 들었다. 동시에 그 느낌이 나를 흥분시켰다. 나를 만지는 그의 모습을 본다. 나도 알지 못했던 내 안의 은밀함이 드러난다. 손가락이 천천히 내 안으로 들어왔고, 그는 내 목에 부드럽게 입을 맞추었다.

"봐, 네가 얼마나 아름다운지."

그가 살갗에 입을 대고 속삭였다. 거울 속 내 모습을 쳐다보았다. 누군지조차 알아보기 힘들 지경이다. 볼은 빨갛게 상기되고, 눈은 크게 뜨고, 몹시 흥분한 것처럼 보였다. 스커트는 허리까지 말려 올라가 있었다. 하딘의 손가락이 내 안에서 움직인다. 나는 다른 사람처럼 보인다…. 심지어 섹시하기까지 하다.

아랫배에 팽팽한 긴장감을 느끼면서 눈을 감았다. 아름다우리만치 느릿한 괴롭힘이 계속되었고, 나는 신음소리를 참으려 아랫입술을 깨물었다.

"눈을 떠봐."

그와 눈이 마주쳤다. 그것으로 나는 절정에 도달했다. 하딘이 내 뒤에 서 있고, 나를 붙잡았고, 그의 손길에 오르가슴을 느끼는 내 모습을 보는 것만으로 충분했다. 머리를 젖혀 그의 어깨에 얹었다. 다리가 떨리기 시작했다.

"그거야, 베이비."

그가 속삭이며 나를 잡은 손에 힘을 주었다. 시야가 흐릿해졌고, 그의 이름을 신음처럼 내뱉었다.

눈을 떴을 때, 하딘은 내 관자놀이에 입을 맞추고 있었다. 머리카락을 귀 뒤로 넘겨주면서 스커트를 아래로 끌어당겼다. 그를 향해 돌아서서 시간을 확인했다. 7시 35분이다.

'정말 5분이면 충분하구나.'

혼자 생각하며 미소를 지었다.

"봐, 긴장이 훨씬 풀리잖아. 이제 미국 실업계를 접수할 준비가 되었어, 그치?"

그가 환하게 웃었다. 분명히 스스로를 자랑스럽게 생각하는 거다. 그 말에 토를 달지 않았다.

"맞아. 근데 대신 너를 못 쓰게 만들어버렸잖아."

짓궂게 말하며 핸드백을 들었다.

"그렇지 않다고 말할 순 없겠다."

그가 대꾸했다.

"너를 데려다줄 수 있는 마지막 찬스야. 차 있는 데까지는 같이 가줄 수 있어."

"아냐, 괜찮아. 고마워."

"행운을 빌게. 넌 잘해낼 수 있을 거야."

그가 또 키스를 했다. 그를 남겨두고 짐을 챙겨 방을 나섰다. 알람이 10분이나 늦게 울렸지만, 오늘 아침은 훌륭했다. 차도 막히지 않아 회사까지 금세 도착했다. 주차장에 차를 세우고도 8시 반밖에 되지 않았다. 시간을 때우려 하딘에게 전화를 걸었다.

"잘 도착했어?"

수화기 저편에서 그의 목소리가 들렸다.

"응, 벌써 도착했어."

혼자 만족스러운 표정을 짓고 있을 그의 모습이 떠올랐다.

"내가 뭐랬어. 나한테 오럴섹스 해주고 10분 더 있다 나갔어도 좋았

않아."

키득키득 웃음이 새어나왔다.

"이렇게 이른 아침부터 넌 한결같이 변태스럽구나."

"난 원래 한결같은 사람이니까."

"그건 인정할게."

들어갈 시간이 될 때까지 그에게 미덕이 있네 없네 하며 장난스럽게 티격태격했다. 꼭대기 층으로 올라가 크리스찬 반스 씨의 사무실로 갔다. 앞에 앉아 있는 비서에게 이름을 일러주었다. 비서는 어딘가로 전화를 걸었고, 잠시 후 미소를 지어 보였다.

"반스 씨가 직접 나오신다고 합니다. 잠시만 기다려주세요."

문이 열리고 반스 씨가 모습을 드러냈다.

"미스 영!"

그가 반갑게 맞아주었다. 멋진 양복을 입은 그의 모습을 보고 살짝 겁이 났다. 다행스럽게도 나 또한 못지않게 전문직처럼 차려입었다. 그는 겨드랑이에 두꺼운 파일을 끼고 있었다.

"안녕하세요, 반스 씨."

나는 미소를 머금고 악수를 청했다.

"자, 갑시다. 그리고 크리스찬이라고 부르도록 해요. 사무실을 보여줄게요."

"사무실이요?"

불쑥 말이 튀어나왔다.

"그래요, 혼자 쓸 공간이 필요할 테니까요. 넓지는 않아요. 그래도 당신 방이에요. 거기 가서 서류 작업을 합시다."

그의 걸음이 너무 빨라 하이힐을 신은 나는 긴장하며 종종걸음을 쳤다. 왼쪽으로 돌자 작은 사무실들이 쭉 들어선 복도가 나타났다.

"여기예요."

방문 옆에 검정 바탕에 흰색으로 내 이름이 적혀 있는 명패가 붙어 있었다.

꿈을 꾸고 있는 걸까? 사무실은 기숙사 내 방만큼이나 넓었다. 반스 씨의 '넓지 않다'는 기준이 나하고는 꽤 다른 것 같았다. 체리목 책상에 파일 캐비닛 2개, 의자 2개, 책장과 컴퓨터, 게다가 창문까지 있었다. 그는 책상 앞에 앉았고, 나는 책상에 가서 앉았다.

이곳이 내 사무실이라니. 익숙해지려면 시간이 필요할 것 같았다.

"미스 영, 당신이 해야 할 일들은 얘기해봅시다."

그가 말을 시작했다.

"한 주에 적어도 원고 2개씩은 봐야 할 겁니다. 원고 수준이 높고, 우리 출판사 성격에 맞다고 판단되면 나에게 보여주세요. 그럴 필요가 없는 거면 폐기해도 됩니다."

입이 떡 벌어졌다. 이 인턴십은, 말 그대로 내 꿈이 이뤄진 거나 다름없다. 책을 읽으면서, 학점도 인정받고, 돈도 벌 수 있다니!

"초봉은 주급 200달러로 시작합시다. 3개월간 일을 잘 해내면 급여가 인상될 거예요."

'주급 200달러라니!'

혼자 살 아파트를 구하기에 충분한 액수였다.

"정말 감사합니다. 예상한 것보다 훨씬 높은 수준이에요."

하딘에게 당장 전화해서 이 모든 걸 다 말해주고 싶어 죽을 지경이었다.

"당신이 성실한 사람이란 걸 이미 믿을 만한 소식통에게 들었거든요. 얼마나 기쁜지 몰라요. 하딘에게도 얘기해줄 거죠? 그럼 하딘이 다시 나와 일을 할 수 있게 될지도 모르겠네요."

그가 농담처럼 말을 던졌다.

"네? 무슨 말씀이신지…?"

"볼트하우스라는 출판사가 꼬셔서 데리고 가기 전까지 하딘은 우리 회사에서 일했어요. 작년에 여기서 인턴으로 일했는데, 일은 정말 잘했지요. 얼른 정직원으로 고용했는데, 거기서 더 높은 급여를 제안했어요. 게다가 재택 근무 조건도 주었고. 하딘은 사무실이라는 것 자체가 싫다며 우리 회사를 그만뒀어요. 자세한 얘기는 가서 직접 들어봐요."

그가 미소를 지으며 손목시계를 들여다보았다. 나는 불안함에 어색하게 웃었다.

"하딘에게 여기가 얼마나 좋은 곳인지 상기시켜줄게요."

그에게 직업이 있다니, 상상조차 못했다. 한 번도 얘기한 적이 없었다. 반스 씨가 책상 위로 파일을 디밀었다.

"이제 계약서를 작성해봅시다."

'여기에 사인하세요'와 '여기에 이름을 적으세요'를 엄청나게 반복하고 나서야 계약서 작성이 끝났다. 반스 씨는 내가 컴퓨터와 사무실에 '친숙해질' 시간을 주겠다고 했다.

그가 방을 나가며 문을 닫자마자 나는 의자를 빙빙 돌리면서 소리를 질렀다. 내 책상과 내 사무실에서 말이다!

16

첫 출근 일과를 성공적으로 마치고 차를 타러 내려왔다. 하딘에게 전화를 걸었지만 받지 않았다. 오늘 오전 근무가 얼마나 멋졌는지 얘기하고 싶었다. 또 반스 출판사에서 일했었고, 지금도 일하고 있다는 얘기를 왜 하지 않았던 건지 묻고 싶었다.

학교로 돌아오니 오후 1시였다. 회사에 중역 회의가 있는지 다들 바빠서 나를 일찍 퇴근시켜주었기 때문이다. 하루 종일 할 일이 없었다. 그래서 쇼핑몰에 가서 하릴없이 돌아다녔다. 가게란 가게는 다 들어갔다. 인턴십 때 입을 옷을 사러 백화점으로 발길을 돌렸다. 오늘 아침, 거울 속에 보이던 하딘과 내 모습이 떠올랐다. 팬티와 브래지어를 새로 사야겠다는 생각이 들었다. 내 속옷들은 구닥다리에다 너무 밋밋했다. 하딘은 별로 신경 쓰지 않는 것 같았지만, 획기적인 새 속옷을 입은 내 모습을 본 하딘의 표정이 궁금해졌다. 가게를 샅샅이 훑어보고 마음에 드는 몇 개를 찾아냈다. 가장 눈에 띄는 건 레이스로 만든 밝은 핑크색 속옷이었다. 진열대에서 속옷을 꺼내는데 벌써 얼굴이 빨개졌다. 그래도 정말 마음에 들었다. 곱슬머리에 과하다 싶은 빨간 립스틱을 바른 점원이 도와주러 다가왔다.

"참 예쁘죠. 근데 이건 어떨까요?"

점원이 권한 건 거의 끈으로 되어 있는 핫핑크 속옷이었다.

"음…, 제 스타일은 아닌 것 같아요."

나는 바닥을 내려다보며 말했다.

"완벽한 속옷 세트를 찾으시는 거죠?"

점원이 물었다. 어째서 우리가 내 속옷에 대해 토론을 하고 있는 걸까? 이보다 더 굴욕적인 상황이 있을까 모르겠다.

"남자 스타일 속옷을 입어 보세요. 섹시하지만 너무 야하지는 않아요."

그녀는 내가 들고 있던 것 같은 밝은 핑크색 속옷 세트를 들어보였다. 팬티만 다른 모양이었다.

지금까지 속옷은 아무도 볼 일이 없었기 때문에 신경 쓴 적이 없었다. 그래서 속옷 고르기가 이렇게 창피하고 복잡한 일일 줄 몰랐다.

"그럴까요."

내 대답을 듣고 점원은 몇 개를 더 꺼내 왔다. 흰색, 검정색, 빨간색 세트였다. 빨간색은 좀 충격적이었지만 호기심이 일었다. 검정색과 흰색은 내가 찾던 것과는 완전히 다른 화려한 스타일이었다. 전부 레이스로 만들어져 있었다.

점원이 활짝 웃었다. 미소에는 밝음과 공포 사이의 묘한 간극이 있었다.

"그러지 말고 한번 입어보세요. 전부 같은 스타일이에요."

나는 예의 바르게 고개를 끄덕이며 속옷을 받아들었다. 다른 데로 가면 그 점원이 따라오지 않겠지? 다행이다, 따라오지 않는다. 옷을 몇 벌 더 고르고 편안해 보이는 정장 구두도 골랐다. 값을 치르면서 금액을 세 번이나 확인해야 했다. 화려한 속옷들은 생각보다 훨씬 비쌌다. 하딘이 좋아해야 할 텐데.

방으로 돌아오니 스테프는 없었다. 하딘에게서는 아무 연락이 없다. 낮잠을 자기로 했다. 새로 산 옷들을 정리하고 불을 껐다.

낯선 벨 소리에 잠이 깼다. 눈을 뜨면서 몸을 일으켰다. 하딘이 스테프 서랍장에 발을 올리고 의자에 앉아 있었다.

"낮잠은 잘 잤어?"

그가 미소 지었다.

"응, 근데 어떻게 들어왔어?"

"스테프한테 키를 받았어."

"아, 그래. 여기 얼마나 있었는데?"

"30분쯤? 반스 출판사는 어땠어? 벌써 돌아왔을 줄은 몰랐어. 이제 겨우 6시거든. 근데 네가 완전 곯아떨어져서는, 코까지 골고 있잖아. 길고 힘든 하루를 보냈구나 생각했어."

그가 웃는다. 나는 팔꿈치를 세워 턱을 괴고 그를 바라보았다.

"진짜 최고였어. 내 사무실도 생겼고, 문에는 명패도 붙어 있었어. 믿기지가 않더라. 너무 멋졌거든. 생각보다 급여도 많이 준대. 원고도 읽을 수 있고. 이건 정말 완벽한 직업이야. 너무 완벽해서 내가 망쳐버리면 어쩌나 걱정되더라고. 너도 알지?"

나는 지금 횡설수설하고 있다.

"와, 반스 출판사가 너를 진짜 좋아하나 보다."

그가 눈썹을 치켜세웠다.

"잘할 수 있을 거야. 너무 걱정하지 마."

"반스 씨가 그러는데, 너도 거기서 일했다며?"

일단 던져놓고 그의 반응을 살폈다.

"그 얘기했을 줄 알았어."

"나한텐 왜 얘기 안 했어? 지금도 일을 한다며? 대체 일은 언제 하는 거야?"

"너는 항상 너무 질문이 많아."

그가 머리카락을 쓸어 넘겼다.

"그래도 대답은 다 해줄게."

그가 말을 이어나갔다.

"그동안 얘기하지 않은 이유는, 글쎄, 사실 왜 그랬는지 잘 모르겠어. 그리고 너와 같이 있지 않을 때가 일하는 시간이야."

다리를 꼬고 그를 향해 앉았다.

"반스 씨가 너를 진짜 좋아하던데. 다시 같이 일했으면 좋겠다고 하더라."

"당연히 그렇겠지. 근데 사양할래. 지금은 거기서보다 일은 덜 하고, 돈은 더 받고 있거든."

그가 자랑스럽게 떠벌렸다. 나는 어이없는 표정을 지었다.

"네가 하는 일을 얘기해줘. 정확히 무슨 일을 하는 거야?"

그가 어깨를 으쓱했다.

"원고를 읽고 편집하는 거야. 네가 하는 거랑 같은 일이야. 좀 더 깊이 관여하고 있지만."

"아, 그렇구나. 그 일은 마음에 들어?"

"응. 좋아해."

어쩐지 목소리가 조금 냉랭했다.

"그럼 너도 졸업하면 출판사에서 일하고 싶은 거야?"

"내가 뭘 하고 싶은지는 잘 모르겠어."

그는 조금 짜증스러운 것 같았다.

"내가 뭘 잘못 말한 거야?"

"아냐, 넌 늘 너무 많이 물어보잖아."

"뭐라고?"

이건 비꼬는 건가, 아니면 진심인 건가?

"내 인생에 대해 시시콜콜 알 필요는 없잖아."

그는 단호하게 말했다.

"난 그냥 대화를 하는 거야. 이 정도는 일상적인 토론이잖아. 네가 하는 일인데."

나는 말을 이어 나갔다.

"이런 건 보통 사람들이 다 하는 거야. 네 인생에 시시콜콜 관심을 가져서 미안하게 됐어."

그는 아무 말도 하지 않았다. 또 뭐가 문제인 걸까? 오늘은 나에게 최고의 하루였고, 오늘만큼은 그와 싸우고 싶지 않았다. 나는 시선을 천장에 고정시키고 잠자코 있었다. 천장에는 95개 판넬이 있었고, 그 걸 고정시키는 40개의 나사가 있다.

"나, 샤워하러 갈게."

결국 내가 먼저 입을 떼었다.

"그래, 갔다 와."

그가 화난 목소리로 대답했다. 나는 눈동자를 굴리며 샤워 가방을 집어 들었다.

"너도 알겠지만, 우리 이러는 거 다 끝난 줄 알았어. 이유 없이, 완전 밥맛없게, 난데없이, 변하기, 뭐 이런 거 말야."

방을 나섰다. 시간을 들여 샤워를 했다. 다리 면도도 몇 번씩이나 했다. 내일은 새로 산 원피스를 입을 거다. 반스 출판사에서 정식으로 일하는 첫 날이니까. 불안감을 뛰어넘어 흥분이 가득했다. 하딘이 무례하게 변하지 않기만을 바라고 또 바랐다. 난 그저 그가 하는 일을 물어 봤을 뿐인데. 나한테 얘기하지 않은 건 본인이면서. 그와 이런 얘기들을 편하게 할 수 있어야 한다. 하지만 나는 그에 대해 모르는 게 너무 많다. 그 지점이 마음을 무겁게 했다.

그에게 어떻게 설명해야 할까 방법을 생각해내려 애를 썼다. 하지만 방에 돌아갔을 때, 하딘은 없었다.

17

하딘의 과한 태도가 짜증을 불러왔다. 잊어버리려고 애쓰면서 엉킨 머리를 빗었다. 그리고 새로 산 밝은 핑크색 속옷을 입었다. 티셔츠를 입고 내일 할 일을 찬찬히 살펴보았다. 머릿속엔 온통 하딘은 어디 간 걸까 하는 생각뿐이었다. 나도 안다. 내가 너무 집착하고, 살짝 미쳐 있다는 걸. 그래도 혹시나 그가 몰리와 함께 있는 건 아닐까 하는 걱정이 떠나질 않았다.

하딘에게 전화를 해야 하나 고민하는 중에 스테프에게 문자메시지가 왔다. 오늘 밤 들어오지 않겠다고 했다. 트리스탄과 네이트가 사는 집으로 이사가는 편이 그녀에게 나을 듯 싶다. 일주일에 닷새는 그 집에서 지내고, 트리스탄도 그녀에게 푹 빠져 있으니까. 그는 두 번째 데이트 즈음에 직업 얘기를 했을 거고, 이유도 없이 쌀쌀맞게 대하지도 않을 거다.

"스테프는 운도 좋지."

혼잣말을 하며 텔레비전 리모컨을 손에 들었다. 건성으로 채널을 돌리다가 백 번도 넘게 본 〈프렌즈〉에 고정했다. 마지막으로 텔레비전을 본 게 언제였는지 기억도 나지 않는다. 그래도 하딘과의 이유도 모르는 다툼을 접어두고 침대에 누워 재미있는 드라마를 보는 것만으로 좋았다.

이것저것 몇 편의 드라마를 보다가 눈꺼풀이 무거워졌다. 잠이 오니 분노는 사그라들었다. 하딘에게 잘 자라는 메시지를 보냈다. 답은 오지 않았고, 나는 잠에 빠져들었다.

"이런 젠장."

쿵, 큰소리가 들려 잠에서 깼다. 정신이 들면서 벌떡 일어나 앉아 스탠드를 켰다. 하딘이 캄캄한 방을 헤매다가 발을 헛딛고 비틀거리는 모습이 눈에 들어왔다.

"하딘, 여기서 뭐 하는 거야?"

나를 올려다보는 빨갛고 번들거리는 그의 눈이 보였다. 술에 취한 거다. 멋지군.

"너 보러 왔어."

그가 털썩, 의자에 쓰러지듯 앉았다.

"뭐?"

우는 소리였다. 그와 함께 있고 싶었지만, 이건 아니다. 새벽 2시에 술 취한 모습으로 나타나는 건 사양이다.

"네가 보고 싶어서."

"그럼 왜 가버린 건데?"

"네가 짜증나게 했으니까."

'아이쿠.'

"알겠어, 난 다시 잘 거야. 넌 술에 취했고, 분명히 또 나쁜 놈이 될 게 뻔하니까."

"난 나쁜 놈이 되지 않을 거야, 테사. 그리고 나, 술 취하지 않았어…. 좋아…, 술 취했어. 그래서 뭐?"

"네가 술을 마시든 말든 상관없어. 근데 지금은 주중인데다, 나는 잠을 자야 해."

그와 밤새도록 있을 수도 있다. 그가 상처 주는 말을 하지 않을 거란 확신만 있다면.

"주중이라고."

조롱하는 듯한 말투였다.

"빙빙 돌리지 말고 딱 까놓고 얘기할 순 없어?"

그래놓고 세상에서 제일 웃기는 이야기를 한 양 깔깔거리며 웃는다.

"하딘, 그냥 가는 게 좋겠어."

나는 벽 쪽으로 등을 돌려 침대에 누웠다. 이런 하딘은 싫다. 달콤한 하딘으로 돌아왔으면 좋겠다. 술 취한 망나니는 싫다.

"와우, 베이비, 나한테 화내지 마."

나는 무시해버렸다.

"정말 내가 갔으면 좋겠어? 너 없이 자면 무슨 일이 벌어질지 너도 알잖아?"

들릴락 말락한 목소리로 그가 속삭였다. 심장이 쿵, 떨어지는 것 같았다. 무슨 일이 일어날지 잘 알고 있다. 하지만 이건 아니다. 술에 취해 나를 조롱하면서 이런 카드를 써먹다니.

"좋아, 그럼 여기 있어. 암튼 나는 잘 거야."

"왜? 나랑 같이 있고 싶지 않아?"

"넌 술에 취했고, 또 나쁜 놈이 됐잖아."

결국엔 몸을 돌려 그를 마주 보며 쏘아붙였다.

"나는 나쁜 놈이 된 게 아니야."

그는 무표정으로 말했다.

"짜증나게 했다고 말했을 뿐이잖아."

"그게 다른 사람들한테는 나쁜 놈 같은 거야. 특히나 네가 하는 일을 물어본 게 전부인 나한테 말이야."

"오, 마이갓! 또 그 얘기야? 제발, 테사. 그만 잊어버려. 지금은 그런 얘기 하고 싶지 않아."

투덜거리면서 혀 꼬부라진 소리를 냈다.

"술은 또 왜 마신 거야?"

그가 술을 마시는 건 상관없다. 나는 그의 엄마가 아니고, 그는 성인이다. 내가 신경 쓰이는 건, 그가 술을 마시는 데에는 숨은 이유가 있기 때문이라는 거다. 그는 즐겁게 술 마시는 사람이 아니다.

그가 나에게서 문 쪽으로 시선을 돌렸다. 탈출이라도 감행하려는 것처럼.

"나도 잘 모르겠어…. 그냥 술 마시고 싶었어…. 그러니 제발 화내지 말아줘. 나, 너 사랑해."

그가 다시 나와 눈을 맞췄다. 그의 몇 마디에 분노는 눈 녹듯 사라졌다. 나를 안아줬으면 하는 생각만 들었다.

"너한테 화난 거 아니야. 우리 관계가 예전으로 돌아가길 원하지 않을 뿐이지. 아무 이유도 없이 화나게 만들어놓고 그냥 가버리는 게 난 정말 싫어. 네가 뭔가에 화가 났다면 나한테 얘기해줬으면 좋겠어."

"넌 모든 일을 통제하지 못하면 못 견디는 거지."

그의 몸이 흔들거렸다.

"뭐라 그런 거야, 지금?"

"너는 통제 괴물이야."

이미 알고 있던 사실이라는 듯 어깨를 으쓱거렸다.

"절대 아냐. 난 그저 확실히 해두는 게 좋을 뿐이야."

"그건 네 생각이고."

"그럼 우리 싸움은 끝난 게 아닌가 보네. 네 생각이랑 맞지 않는 건 다 내던져버리고 싶다는 거잖아."

"절대 아니지. 넌 통제 괴물이고, 난 너와 같이 살고 싶다는 말이지."

"뭐라고?"

그의 기분이 나에게 채찍처럼 내리꽂혔다.

"넌 나랑 살아야 해. 오늘 아파트를 보고 왔어. 아직 계약서를 쓴 건 아니지만, 꽤 괜찮은 곳이야."

"언제?"

다섯 개 인격의 하딘 스캇을 따라잡는 건 정말 어렵다.

"여기에서 나가고 난 담에."

"술 마시기 전에?"

짜증스러운 듯 그가 눈을 치켜떴다. 불빛에 눈썹 피어싱이 반짝였다. 그 모습이 얼마나 매력적인지 무시하려고 무던히 애를 썼다.

"맞아, 술 마시기 전에. 암튼 그래서 네 생각은 어떤데? 나랑 같이 살거지?"

"누구를 사귀는 게 너한테 새롭고 대단한 일이라는 건 나도 잘 알아. 그래도 사람들은 보통 여자친구에게 모욕을 주자마자 같이 살자는 말을 하진 않아."

웃음이 터져 나오려는 걸 아랫입술을 깨물면서 간신히 막아냈다.

"가끔 여자친구를 활기차게 만들려면 필요한 말이기도 해."

그가 활짝 웃는다. 술에 취했대도, 그는 미치도록 매력적이다.

"글쎄, 남자친구가 나쁜 놈으로 변하는 걸 그만두게 만들려면 필요한 말이기도 해."

나도 똑같이 말해주었다. 그가 웃으며 의자에서 침대로 다가왔다.

"나쁜 놈이 되지 않으려고 얼마나 애쓰고 있는데. 진심이야. 그래도 가끔은 어쩔 수 없을 때가 있어."

그가 침대 모서리에 앉았다.

"나, 정말로, 진짜로, 그거 잘해!"

"나도 알아."

한숨을 쉬었다. 오늘 밤 사건을 차치하고도, 그가 착해지려고 진짜 애쓴다는 건 나도 안다. 그에게 변명거리를 주고 싶진 않았지만, 기대했던 것보다 그는 훨씬 더 나아지고 있다.

"그래서, 나랑 같이 사는 거지?"

그가 희망을 담은 미소를 보냈다.

"세상에, 한 번에 한 칸씩만 가자. 지금은 너한테 화내는 걸 멈추는 것만 할래."

나는 일어나 앉았다.

"이제 나한테 와봐."

'봐, 이 통제 괴물.'이라 말하는 것처럼 그가 눈썹을 치켜세웠다. 그러면서도 일어나 바지를 벗었다. 그가 셔츠를 벗어 내 앞에 던져놓는다. 내가 그의 셔츠를 입고 싶어하는 만큼, 그도 내가 셔츠를 입어주길 바라는 거다. 그게 또 미치도록 좋았다. 내 옷을 벗고 그의 셔츠를 머리에 집어넣는데, 그가 나를 제지했다.

"젠장."

그가 불쑥 내뱉었다. 나는 그를 올려다보았다.

"뭘 입고 있는 거야?"

그의 눈이 깊어지면서 동그래졌다.

"나…, 오늘, 새 속옷을 샀거든."

얼굴이 붉어져 시선을 딴 데로 돌렸다.

"그건 알겠고…, 젠장."

"그 말, 이미 했거든."

나는 킬킬거렸다. 하딘의 눈빛이 나를 향해 타올랐다. 살갗이 따끔거렸다.

"믿을 수 없어."

그가 침을 꿀꺽 삼켰다.

"항상 그랬지만, 이건, 정말…."

입이 바짝 마른다. 아래를 내려다 봤더니 박서 팬티 아래로 불룩해진 그의 페니스가 눈에 들어왔다. 우리 사이의 에너지가 오늘 밤 다섯 번째로 바뀌는 순간이다.

"더 일찍 보여주려고 했는데, 네가 나쁜 놈으로 바뀌느라 너무 바쁜 것 같아서."

"음…."

그가 중얼거렸다. 내 말에 집중하지 않는 게 분명하다. 그가 무릎을 꿇고 앉아 내 몸을 아래 위로 또 한번 훑어보았다. 그러더니 내 위로 올라왔다.

그의 입술에서는 위스키와 민트 맛이 났다. 두 가지가 섞여 환상적인 맛이었다. 키스는 부드러웠다. 입술이 붙었다 떨어졌다 놀리는 듯한 키스였다. 그의 혀가 장난스럽게 내 혀에서 미끄러져 움직였다. 그가 내 머리를 감싸 안았다. 그의 몸이 가까이 다가오자 아랫배에 단단한 그의 페니스가 느껴졌다. 그는 한 팔로 내 상체를 들어 일으켰고, 다른 손으로는 나를 애무했다. 긴 손가락이 레이스 브래지어의 아래쪽을 따라 움직이면서 안으로 들어갔다 나오기를 반복했다. 그가 입술을 핥으며 내 가슴을 손바닥으로 감싸 쥐고, 위 아래로 문질렀다.

"이 브래지어를 놔둘지 어쩔지 정하질 못하겠어…."

그의 말에 신경 쓸 겨를이 없었다. 나는 살갗 위로 우아하게 움직이는 그의 손가락에 최면이 걸린 것 같았다.

"벗겨야겠어."

그가 브래지어 후크를 풀었다. 나는 등을 젖혀 그가 브래지어를 벗길 수 있도록 했다. 그의 사타구니가 내 몸에 닿자 그가 신음을 토해냈다.

"어떻게 해주길 원해, 테스?"

그의 목소리는 제어가 되지 않는 듯 떨리고 있었다.

"전에 벌써 말했잖아."

그는 내 팬티를 옆으로 젖혔다. 오늘 밤 그가 술을 마시지 않았더라면 좋았을걸. 아니다, 어쩌면 반쯤 오른 취기가 나를 덜 어색하게 만들어준 걸지도 모르겠다.

그의 손가락이 내 안에 들어오자 나는 울부짖고 말았다. 뭐라도 움켜쥐려 애쓰면서 한 팔로 그를 끌어안았다. 다른 손으로 그의 남성을 움켜쥐었다. 그가 신음을 내뱉었고, 나는 부드럽게 쥐고 아래위로 움직였다.

"너, 괜찮겠어?"

그가 헐떡거렸다. 밝은 초록색 눈동자는 반신반의하고 있었다.

"응, 괜찮아. 너무 많이 생각하지 마."

이런, 입장이 바뀌었군. 내가 그에게 이런 소리를 하다니.

"사랑해. 알지? 그치?"

"그럼."

내 입술을 그의 입술에 포개었다.

"사랑해, 하딘."

그의 입 속으로 그 말을 불어넣었다.

그는 손가락을 천천히 넣었다 빼며, 입술을 내 목에 대었다. 살갗은 세게 빨았다가 달래주려는 듯 혀로 핥았다. 그는 멈추지 않고 계속 했고, 내 몸은 불타올랐다.

"하딘…, 나…."

내가 말하려 하자, 그가 재빨리 내게서 손을 뗐다. 내가 흐느끼자 그가 키스를 해주었다. 하딘은 내 팬티를 손가락에 걸어 끌어내렸다. 허벅지를 부드럽게 움켜쥐고 아랫배에서부터 입을 맞추며 내려가다 정점에 이르렀다. 내 몸은 저절로 침대 위로 들어올려졌다. 그는 내 허벅지를 잡고 다리를 벌리게 만들고는 혀를 위 아래로 쉴새 없이 움직였다. 금세 다리가 떨리기 시작했고, 나는 시트를 움켜쥐었다. 그는 혀놀림을 멈추지 않았다.

"얼마나 좋은지 얘기해줘."

무슨 말이든 하고 싶었지만, 목이 졸린 듯한 숨소리만이 입술에서 새어나왔다. 하딘은 음란한 말을 하며 다리 사이 핥는 것을 끊임없이 반복했다. 하딘의 움직임은 달콤했고, 나는 발가락이 구부러지면서 온몸을 떨었다. 정신이 들자 그가 다시 입술을 포갰다. 그의 입술에서 낯선 맛이 났다. 내 가슴은 한껏 부풀어 있었고, 호흡은 불규칙했다.

"테사, 괜찮⋯."

그가 먼저 말을 꺼냈다.

"쉬⋯ 나, 괜찮아."

나는 그에게 달려들어 거칠게 키스를 했다. 손톱으로 그의 등을 할퀴면서 박서 팬티를 아래로 내렸다. 이제 우리 사이에 거칠 것은 모두 사라져버렸다. 서로의 맨살이 닿자 우리 입에서 동시에 신음이 터져나왔다.

"테사, 나는⋯."

"쉬⋯."

내가 또 말을 막았다. 지금 이 순간, 나는 무엇보다 그를 원했고, 더 이상의 말은 필요 없었다.

"그런데, 테사, 나 할 말이 있어⋯."

"쉬⋯, 하딘, 제발 입 좀 다물어줘."

애원하듯 말하고는 다시 그에게 키스했다. 나는 발기한 그의 페니스를 쥐고 아래 위로 손을 움직였다. 그는 눈을 감았고, 짧은 숨을 가쁘게 들이마셨다. 본능에 나를 맡기며, 엄지로 페니스의 끝을 둥그렇게 문질렀다. 내 손 안에서 그의 페니스가 불끈거렸다.

"한 번만 더 했다간 사정하고 말거야."

헉, 그가 짧은 숨을 들이켰다. 갑자기 그가 몸을 일으켜 침대에서 내려갔다. 묻기도 전에 그는 바지 주머니에서 네모난 작은 포장을 꺼냈다.

'아, 드디어 나에게도 그 일이 일어나는구나.'

두렵거나 긴장할 거라 생각했다. 하지만 그를 사랑한다는 것과 그가 나를 사랑한다는 느낌만이 전부였다.

앞으로 벌어질 일에 대한 기대감이 나를 가득 채웠다. 그가 침대로 돌아오는 걸 기다리는 시간이 느리게 흘러갔다. 첫 경험은 노아와의 결혼 첫날밤일 거라 늘 생각했었다. 그건 아마 어느 열대 휴양지의 환상적인 저택의 큰 침대 위에서라고 상상했었다. 그러나 지금, 나는 작은 기숙사 방, 작은 침대에서 하딘과 함께 있다. 그렇다 해도 어느 것 하나 바꾸고 싶지 않았다.

18

콘돔이란 건 성교육 시간에 본 게 전부였다. 내게는 너무도 은밀한 물건이었다. 그러나 바로 여기, 지금, 하딘의 손에서 그걸 빼앗아 최대한 빨리 그에게 씌워주고 싶었다. 이런 나의 음탕한 생각을 하딘이 알 수 없다는 게 다행이다. 그의 음란한 말들이 내 생각보다 훨씬 심했지만 말이다.

"너…, 근데….."

"또 한 번 괜찮냐고 물어보면, 널 죽여버릴지도 몰라."

그의 미소가 웃음으로 바뀌었다. 그는 콘돔 봉투를 잡고 내 눈앞에서 흔들거렸다.

"네가 해줄 건지, 내가 할지 물어보려 했던 건데?"

입술을 깨물었다.

"내가 해주고 싶어…, 근데 어떻게 하는지 알려줘."

성교육 수업에선 이 순간, 어떤 기분이 들지에 대해 배운 적이 없다. 그래도 이 순간을 망치고 싶진 않았다.

"알았어."

하딘이 침대에 앉자 나는 다리를 꼬고 앉았다. 그가 내 이마에 키스를 했다. 봉투를 찢어 열었고, 받으려고 내가 손을 내밀었다. 그는 싱긋 웃으며 고개를 저었다.

"내가 알려줄게, 이렇게 해봐."

그가 내 손을 잡고 동그랗고 편편한 것을 꺼내 그의 페니스 위에 올려놓았다. 콘돔은 미끌미끌했다.

"이제 이걸 아래로 내리는 거야."

그의 볼이 붉어졌다. 함께 콘돔을 밀어내리자, 그의 눈은 가늘어졌고 페니스는 조금 더 커졌다.

"버진과 술 취한 남자의 합작 치고는 나쁘지 않은 것 같아."

내가 농담을 던졌다. 그가 눈썹을 들어올리며 미소를 짓는다. 너무 긴장하지 않고 놀이하듯 하고 있는 우리가 좋았다. 이제 막 벌어질 일에 대한 긴장감이 덜어지는 듯했다.

"술 취하지 않았어, 베이비. 겨우 몇 잔 마셨는걸. 게다가 너랑 티격태격 하면서 다 깼어, 평소처럼.”

그는 보조개가 움푹 팰 만큼 활짝 웃었다. 엄지로는 내 아랫입술을 쓰다듬었다.

그의 말에 안심이 되었다. 도중에 곯아떨어지거나 나에게 토하지는 않을 테니까. 이런 생각이 들자 피식, 웃음이 나왔다. 다시 그를 바라보았다. 그의 눈은 한 시간 전처럼 흐릿하지 않았고, 눈동자는 또렷해졌다.

“이제 어떻게 해야 해?”

말릴 새도 없이 말이 튀어 나왔다. 그가 웃으며 내 손을 잡고 페니스를 감싸쥐게 했다.

“그렇게 간절했어?”

그가 놀려댔지만 나는 고개를 끄덕였다.

“나도 그랬어.”

내 손에 느껴지는 그의 단단함이 정말 좋다. 그가 내 위로 올라왔다. 무릎으로 내 다리를 벌렸고, 손가락으로 내 민감한 부분을 애무했다. 그가 나를 부드럽게 대할지 궁금했다…, 아니 그러기를 바랐다.

“이미 젖었는걸. 힘들지 않을 거야.”

그가 숨을 들이마셨다. 그는 입을 맞추며 천천히 키스했다. 그의 혀가 내 혀에 엉켰다. 그의 입술은 내 것에 맞춘 것 같았다. 오직 나만을 위해 맞춘 것 같은 입술. 입을 조금 떼더니 내 입꼬리에 키스하고, 코로, 다시 입술로 옮겨 갔다. 나는 필사적으로 그의 등을 끌어당기고 있었다. 그가 조금이라도 더 가까이 오도록.

“천천히, 베이비. 우리, 천천히 가자.”

그가 내 귓볼에 대고 속삭였다.

"처음엔 아플 거야. 그러니까 멈추고 싶으면 꼭 얘기해줘. 이건 진심이야, 알았지?"

그는 부드럽게 말했다. 그리고 대답을 기다리는 듯 내 눈을 뚫어지게 바라보았다.

"알겠어."

나는 침을 꿀꺽 삼켰다. 처녀막을 잃을 때 아프다는 얘기를 듣긴 했다. 그래도 그렇게 나쁘진 않을 거다. 아니, 적어도 그러기를 바랐다.

하딘은 또 한 번 키스를 했다. 매끄러운 콘돔이 나를 쓰다듬자, 온몸이 떨렸다. 잠시 후 그가 내 안으로 들어왔다….

이건 정말이지, 낯선 느낌이다…. 눈을 뜰 수가 없었다. 내가 숨을 들이마시는 소리가 내 귀에 들렸다.

"괜찮아?"

고개를 끄덕였고, 그가 내 안으로 더 깊숙이 들어왔다. 몸이 움찔했다. 깊은 곳이 꽉 죄어 통증 같은 느낌이 들었다. 사람들이 말하던 딱 그만큼 아팠다. 더 아프진 않은 것 같다.

"젠장."

하딘이 신음을 내뱉었다. 그의 몸이 움직이지 않고 가만히 있었다. 그건 엄청나게 불편한 느낌이었다.

"움직여도 괜찮겠어?"

그의 목소리는 절박하고 거칠었다.

"응."

통증은 계속되었다. 하딘이 내 몸 구석구석 입을 맞추었다. 입술, 볼, 코, 목, 그리고 눈가에 고인 눈물에까지도. 하딘의 팔을 꽉 쥐고 목에 느껴지는 혀의 따뜻함에만 집중했다.

"오 마이 갓."

그가 신음소리를 내며 머리를 뒤로 젖혔다.

"사랑해, 사랑해, 테스."

그가 내 뺨에 거친 숨을 내쉬었다. 목소리에 담긴 안락함에 통증은 약간 줄어들었다. 그러나 그가 엉덩이를 천천히 밀어붙이자 통증이 계속됐다. 그를 얼마나 사랑하는지 말하고 싶었다. 하지만 그랬다간 눈물이 터질 것만 같아 두려웠다.

"너…, 젠장…, 그만 하고 싶어?"

그가 말을 더듬었다. 환희와 근심이 뒤엉켜 싸우고 있는 목소리였다.

나는 고개를 저으며, 눈을 꼭 감은 채 황홀경에 빠져 있는 그를 바라보았다. 그는 느낌에 한껏 집중하는 듯 경직된 턱에 입을 꾹 다물고 있었다. 타투 아래 그의 탄탄한 근육이 수축했다 이완하기를 반복했다. 그가 오르가슴에 도달하는 모습을 보면서 통증은 거의 사라지는 것 같았다. 그는 내 광대뼈를 손가락으로 쓰다듬으며 나에게 키스했다. 그러더니 내 목에 머리를 파묻었다. 그가 내 살갗에 뜨겁고 거친 숨을 내뱉었다. 머리를 들어 내 얼굴에 맞대고 그가 눈을 떴다. 이런 고통쯤은 얼마든지 참을 수 있다. 존재조차 알 수 없었던 하딘과의 결합, 깊이 자리한 환희, 그 느낌을 얻을 수만 있다면 말이다. 그가 초록색 눈을 반짝이며 나를 바라보았다. 눈동자에 가득 담긴 애정을 느끼자 눈물이 주르륵 흘러내렸다. 나를 망각의 늪에 던져놓았다가 다시 그에게 꽁꽁 옭아매는 것 같았다. 나는 그를 사랑한다. 그리고 그도 나를 사랑한다는 걸 믿어 의심치 않는다. 우리가 영원히 함께 하지 못한다 해도, 또 다시는 말을 안 하게 되더라도 상관없다. 지금 이 순간 그가 오롯이 나의 전부라는 것만은 언제까지나 기억할 거다.

그가 나를 위해 최선을 다해 천천히 보조를 맞췄다는 걸 잘 안다. 그런 그를 사랑할 수밖에 없다. 시간은 천천히 흐르다 멈추고, 빨리 흐르다 멈추기를 반복했다. 그가 내 안으로 들어왔다 나갔다 하는 동안 내내. 그가 키스하자 땀이 번진 입술에서 짭짤한 맛이 느껴졌고, 나는 그를 더 맛보고 싶었다. 그의 목에 입을 맞추었다. 그리고 그를 짜릿하게 만드는 귀 밑 바로 그 지점에 키스했다. 그가 몸을 떨며 내 이름을 신음처럼 내뱉었다.

"너무 좋아, 베이비. 사랑해."

더 이상 아프지 않았다. 다만 조금 불편할 뿐. 그가 내 안으로 밀고 들어올 때마다 찌르는 듯한 느낌이 조금씩 들었다. 그의 목에 입술을 대고, 그의 머리카락을 끌어당겼다.

"사랑해, 하딘."

겨우 입을 뗐다. 그가 신음을 토해내며 부어오른 입술을 내 입에 맞추었다.

"아, 베이비, 나 지금 사정할 것 같아. 괜찮아?"

그가 이를 꽉 깨물며 말했다. 고개를 끄덕이고 그의 목에 다시 키스했다. 그의 살갗을 부드럽게 빨아주었다. 하딘은 사정하면서 내게서 눈을 떼지 않았다. 영원토록 아무 조건 없이 나를 사랑하겠다는 약속이 담긴 눈빛이었다. 그러더니 조용히 내게 무너져 내렸다. 가슴에 닿은 그의 심장이 쿵쿵거리며 뛰는 게 느껴졌다. 푹 젖은 머리카락에 입을 맞추었다. 가슴의 들썩거림이 잦아들었다. 그가 몸을 일으키자 내 안에 있던 그가 빠져나갔다. 갑자기 텅 빈 느낌이 들어 몸이 움찔했다. 그는 콘돔을 벗겨 접고 포장지가 있던 바닥에 툭 던져놓았다.

"괜찮아? 어땠어? 기분은?"

그의 눈이 내 얼굴을 훑으면서 눈치를 본다. 상상도 못했던 연약해 보이는 모습이다.

"괜찮아."

확인시켜주고 싶었다. 고통이 줄어들까 싶어 허벅지에 힘을 꽉 주었다. 시트에 피가 흘러 있는 게 보였지만, 움직이고 싶지 않았다. 그가 이마에 흘러내린 머리카락을 쓸어 넘겼다.

"네가…, 네가, 예상했던 대로였어?"

"그보다 더 좋았어."

나는 솔직하게 대답했다. 고통이 수반되긴 했지만, 이 모든 경험은 강렬하고 짜릿했다. 나는 이미 다음 번을 머릿속에 그리고 있었다.

"정말?"

그가 활짝 웃는다. 고개를 끄덕였다. 그가 내게 이마를 붙이면서 더 가까이 기대왔다.

"넌 어땠어? 더 나아질 거야. 그러니까, 내가…, 더 경험이 쌓이고 나면."

그의 얼굴에 웃음기가 사라졌다. 그는 내 턱을 손으로 잡고 그를 똑바로 보게 만들었다.

"그런 말하지 마. 정말 좋았어, 베이비. 좋았다는 걸로는 부족해. 진짜…, 최고였어."

그의 말에 어이없는 표정을 지었다. 분명 그는 훨씬 능숙한 여자들과의 경험이 많을 거다. 무엇을 해야 하고 언제 해야 하는지 아주 잘 아는 그런 여자들.

내가 무얼 생각하는지 아는 것처럼 그가 말했다.

"그런 여자들을 사랑한 적 없어. 이건 완전히 다른 경험이야. 누군가를 사랑하게 되면 말이야…. 솔직하게 말하는 거야, 테사. 그건 비교할 수가 없어. 부탁인데 네 자신을 의심하지 마. 그리고 우리가 한 걸 깎아내리지 마."

그의 목소리는 부드러웠고, 진심이 담겨 있었다. 심장이 터질 것만 같았다. 그의 콧잔등에 입을 맞추었다.

그는 미소를 지으며 내 허리를 끌어안았다. 그의 가슴으로 나를 바짝 잡아당겼다. 그의 몸 냄새는 너무 좋다. 땀을 흠뻑 흘린 하딘은 내가 가장 좋아하는 향기다.

"아팠어?"

그는 내 머리를 훑어내리며, 집게로 머리카락을 돌돌 말았다.

"그렇다고 해둘게."

웃음이 나왔다.

"일어나기가 겁나는데?"

그가 나를 더 꽉 안고 어깨에 입을 맞추었다.

"버진과는 처음이었어."

그의 목소리는 나지막했다.

그를 올려다보았다. 눈빛은 부드러웠고, 조롱은 조금도 담기지 않았다.

"아."

그의 첫 경험에 대한 질문이 백 가지쯤 떠올랐다. 언제, 어디서, 누구와, 그리고 왜. 그러나 그런 생각일랑 집어치웠다. 그는 그 여자를 사랑하지 않았다. 그는 나 말고는 그 누구도 사랑한 적이 없다. 더 이상 그의 과거 속 여자들이 신경 쓰이지 않았다. 그들은 그저, 흘러간 그의 과거다. 나는 오직 아름답지만 흠집 있는 이 남자만을 신경 쓸 거다. 인생에서 처음으로 사랑을 나눈 이 남자만을.

19

한 시간쯤 지나고 하딘이 물었다.

"일어날 준비 됐어?"

"일어나긴 해야 하는데, 일어나기가 싫다."

그의 가슴에 뺨을 비비며 말했다.

"재촉하긴 싫지만, 나 진짜 화장실 가야 해."

나는 웃으면서 침대에서 내려왔다.

"아우⋯."

막을 새도 없이 신음이 흘러나왔다.

"괜찮아?"

백 번째 묻는다. 쓰러지지 않도록 그가 나를 잡아주었다.

"조금 쓰라려."

침대 시트를 보고 나는 흠칫 놀랐다. 그도 시트를 내려다 보았다.

"이건 내가 치울게."

그가 내 침대에서 시트를 걷어냈다.

"여기선 안 돼. 스테프가 보게 될 거야."

"그래? 그럼 어디다?"

그가 발을 동동 굴렀다. 오랫동안 참고 있었던 게 분명했다.

"글쎄, 나도 잘 모르겠네⋯. 갈 때 밖에 쓰레기통에 버려줄 수 있어?"

"내가 갈 거라고 누가 그래? 그러니까, 너, 뭐냐, 나랑 자고, 날 내쫓는 거야?"

그의 눈에 장난기가 이글이글거린다. 그는 바닥에서 박서 팬티와 블랙진을 주워 입었다. 셔츠를 집어 그에게 건넸다.

그의 엉덩이를 찰싹 때렸다.

"얼른 쉬 하러 가. 그리고 시트는 나갈 때 가지고 가면 되잖아."

내가 왜 그렇게 시트에 신경을 쓰는지 모르겠다. 다만 스테프가 나의 처녀성 상실에 대한 정보를 캐내는 것만은 피하고 싶었다.

"알았어. 밤중에 차에다 피 묻은 시트를 싣는다고 살인마나 변태처럼 보이진 않겠지?"

그를 노려보았다. 그는 시트를 둘둘 말아 들고 문으로 걸어갔다.

"사랑해."

그가 방을 나가면서 말했다.

이제 그는 방에 없고, 나도 나 자신을 추스를 여유가 생겼다. 그도 내가 느끼는 만큼 좋은지 궁금했다. 이상할 만큼 평온하고 아름다운 내 마음처럼. 하딘이 내 안으로 들어오기 전 나를 덮치던 기억이 떠올랐다. 그러자 아랫배가 팽팽해지는 것 같았다. 사람들이 섹스를 왜 그리 중요하게 여기는지 이제야 알겠다. 나는 모르는 게 너무 많다. 그래도 첫 경험을 하딘과 함께하지 않았더라면 이만큼 좋지는 않았을 거다. 거울에 비친 내 모습을 보고 입이 떡 벌어졌다. 두 뺨은 빛나고, 입술은 부풀어 있었다. 뺨을 쥐어뜯고 얼굴을 감쌌다. 어쩐지 내가 달라 보였다. 아주 작은 변화가 있었지만, 뭐라 꼭 집어 말할 순 없었다. 하지만 마음에 들었다. 젖가슴에 생긴 빨간색 작은 점들을 잠깐 동안 감탄의 눈길로 바라보았다. 그가 이런 자국을 만드는지조차 알지 못했다. 그와 사랑을 나누던 순간으로 돌아갔다. 살갗에 닿은 그의 입술은 뜨겁고 축축했다. 문이 열리자 화들짝 놀라며 생각의 늪에서 빠져나왔다.

"스스로 감탄하는 중이야?"

하딘은 슬쩍 웃으며 문을 잠갔다.

"아니…, 난….

할 말이 생각나지 않는다. 홀딱 벗고 거울 앞에 서서 살갗에 닿았던 그의 입술을 상상하고 있었다는 걸 뭐라 설명해야 할까.

"멋져, 베이비. 너 같은 몸이라면 나라도 거울 앞에서 뚫어지게 바라봤을 거야."

그의 말에 얼굴이 붉어졌다.

"샤워해야 할 것 같아."

손으로 몸을 최대한 가리면서 그에게 말했다. 내 몸에 남은 그의 향기를 씻어내고 싶지는 않았다. 하지만 다른 것들은 전부 씻어내고 싶다.

"나도 샤워할래."

그에게 눈썹을 치켜세웠고, 놀리듯 그가 두 손을 들었다.

"같이는 아니고. 근데…, 우리가 같이 산다면 할 수 있을 텐데."

그도 달라졌다. 분명히 알 수 있다. 미소는 깊어졌고, 눈빛은 더 밝아졌다. 다른 사람들은 알아차릴 수 없을 거다. 하지만 나는 누구보다 그를 잘 안다. 캐내야 할 비밀이 아직 많긴 하지만.

"뭐, 왜?"

그가 고개를 갸우뚱거렸다.

"아무 것도 아니야. 그냥, 너를 사랑한다고."

그는 볼을 살짝 붉히며 웃었다. 소년처럼. 나도 그를 따라 웃었다. 우리는 둘 다 들떠서 흥분해 있었다. 샤워 가운을 가지러 가는데, 그가 내 앞을 막아섰다.

"나랑 같이 사는 거 생각해보기는 했어?"

"그 얘긴 겨우 어제 했잖아. 한순간에 인생을 바꾸는 결정을 내릴 순 없어."

내가 웃자, 그는 관자놀이를 문질렀다.

"나, 그 계약서에 얼른 사인하고 싶어. 빌어먹을 클럽하우스에서 당장 나오고 싶거든."

"너 혼자 이사하면 되잖아."

"우리 집이었으면 좋겠어."

"왜?"

"할 수 있는 한 오래 너와 시간을 보내고 싶으니까. 뭘 망설이는 거야? 돈 때문에? 내가 다 지불해도 돼."

"아냐, 그럴 순 없어. 같이 살기로 결정한다면 나도 돈을 낼 거야. 무임승차를 하고 싶지는 않거든."

우리가 이 문제를 실제로 논의하고 있다니 믿을 수가 없었다.

"그럼 뭐가 문제인데?"

"나도 잘 모르겠어…. 우리, 알게 된 지 오래되지 않았잖아. 그리고 난 동거하게 될 거란 생각은 한 번도 안 해봤거든. 결혼하기 전까진…."

이유가 그것 뿐만은 아니다. 엄마가 가장 큰 걸림돌이다. 또한 누군가에게 의지해야 한다는 것도 공포스러웠다. 그게 하딘일지라도. 엄마가 딱 그랬으니까. 아빠가 집을 나갈 때까지 엄마는 오로지 아빠의 수입에만 의존해서 살았다. 그 후에도 엄마는 아빠가 돌아오리라는 실낱같은 희망을 가지고 있었다. 아빠가 우리에게 돌아올 거라 늘 기대하고 있었지만, 아빠는 끝내 돌아오지 않았다.

"결혼? 그건 정말 고리타분한 생각이야, 테사."

그가 키득거리며 의자에 앉았다.

"결혼하는 게 뭐가 어때서?"

내가 반문했다. 그리고 얼른 덧붙였다.

"우리 결혼 얘기가 아니고. 그냥 일반적으로 말야."

그가 어깨를 으쓱했다.

"결혼하는 건 문제가 아니지. 그냥 나에게 맞지 않을 뿐이야."

너무 깊게 들어가고 있다. 하딘과 결혼에 대한 토론을 하고 싶진 않다. 그런데 결혼이 맞지 않는다는 그의 말이 신경 쓰였다. 그와의 결혼은 사실, 한 번도 생각해본 적 없다. 그건 너무 섣부른 생각이다. 몇 년은 앞서간 생각이다. 그래도 결국엔 그 선택을 하고 싶었다. 25살쯤에 결혼을 하고, 적어도 두 명쯤 아이를 낳고 싶다. 내 미래는 모두 계획되어 있다.

'아니, 있었다.'

무의식이 불쑥, 나를 상기시킨다. 하딘을 만나기 전까지는 내 모든 삶이 계획되어 있었다. 이제 내 미래는 꾸준히 변화하고 바뀌는 중이다.

"너를 너무 귀찮게 하고 있나봐, 그치?"

그의 질문에 생각을 멈추었다.

하딘과 사랑을 나눈 다음 우리가 보이지 않는 끈 같은 걸로 묶여 있는 것 같았다. 몸과 마음이 하나가 되었달까? 계획이 변하는 건, 더 좋은 거야…, 그렇지?

"아니야."

목소리에 담긴 감정을 숨기려 애썼다. 하지만 잔뜩 묻어났다.

"난 결혼하기 싫다고 담담하게 말하는 사람을 본 적이 없었어. 다들 그걸 원한다고 생각했는데. 그게 인생의 정점이잖아, 그렇지 않아?"

"꼭 그렇지만은 않아. 사람들은 행복해지길 원하잖아. 캐서린을 생각해봐. 결혼해서 어떻게 됐는지 보라고. 캐서린에게도, 히스클리프에게도."

우리가 같은 '결'로 이야기를 나누고 있다는 게 정말 좋았다. 어느 누구도 나에게 이런 식으로 얘기하진 않을 거다. 내가 가장 잘 이해할 수 있는 방법으로 말이다.

"그 둘이 결혼하지 않은 게 문제였어."

나는 웃으며 이야기했다. 나와 하딘과의 관계가 캐서린과 히스클리프의 그것과 많이 닮았다는 데 생각이 미쳤다.

"로체스터와 제인은?"

하딘이 갑자기 『제인 에어』를 언급했다. 신선한 놀라움이 일었다.

"이건 농담이지? 그는 냉정하고 곁을 주지 않는 사람이었어. 한마디 말도 없이 제인한테 청혼했잖아. 다락방에 가두었던 미친 여자랑 결혼했다는 얘기는 일언반구 없이. 그를 옹호할 어떤 타당한 근거도 없어."

"알아. 문학 작품 주인공들에 대해 네가 재잘거리는 걸 듣는 게 좋아서 그랬어."

그가 이마에 흘러내린 머리카락을 쓸어 넘겼다. 유치한 이 순간에, 나는 그에게 혀를 쏙 내밀었다.

"그러니까, 너 지금, 나와 결혼하고 싶다고 말하는 거야? 암튼 우리 집에는 박쥐처럼 숨어 있는 미친 와이프가 없단 건 약속할 수 있어."

그가 한 발짝 다가왔다. 물론 와이프는 없겠지. 그렇지만 숨기고 있는 다른 것들이 더 걱정되는걸.

우리 사이에 틈이 더 좁혀지자 심장이 밖으로 튀어나올 것만 같았다.

"당연히 아니지. 난 그저 결혼이라는 용어에 담긴 의미들을 얘기한 거야. 구체적으로 우리 얘긴 아니었어."

벌거벗은 채로 하딘과 결혼 얘기를 하고 있다니. 내 인생에 대체 무슨 일이 벌어지고 있는 거야?

"그래서, 나랑 결혼하지 않겠다는 거야?"

"응, 하지 않을 거야. 글쎄, 잘 모르겠네. 근데 우리, 왜 이런 걸 토론하고 있는 거니?"

그의 가슴에 얼굴을 파묻었다. 기쁨에 겨워 그의 몸이 떨리는 게 느껴졌다.

"궁금했어. 그래도 이건 제법 쓸 만한 논쟁이잖아. 결혼하지 않겠다는 내 입장을 다시 한 번 고려해 볼게. 넌 나를 솔직한 남자로 만드는 재주가 있어."

그는 진지했다. 그렇다고 생각을 바꾸진 않을 거다. 맞지? 제 정신인지 묻고 싶었던 찰라, 그가 웃으며 내 관자놀이에 입을 맞추었다.

"우리 다른 얘기를 좀 해볼까?"

신음에 가까운 소리였다. 처녀성을 잃고 결혼 얘기를 하고 있다. 이건 엉망진창이 되어버린 내 머리로는 역부족이다.

"좋아. 그래도 아파트 문제를 그냥 넘길 순 없어. 내일까지 답을 할 시간을 줄게. 영원히 기다릴 순 없으니까."

"친절하기도 하셔라."

"너도 잘 알잖아, 내가 미스터 로맨티스트라는 거."

그가 웃으며 이마에 입을 맞추었다.

"이제 샤워하러 가자. 그렇게 홀딱 벗고 서 있으면 널 다시 침대에 던져버리고 싶어져. 그리고 계속 섹스만 하게 될 거야."

머리를 가로젓고 그의 품에서 빠져나와 샤워 가운을 걸쳤다.

"같이 갈 거야?"

"나도 같이 가고 싶어. 근데 지금은 샤워만 해야 할 것 같아서."

찡긋, 그가 윙크를 했다. 나는 그의 팔을 찰싹 때렸고, 우리는 함께 복도로 걸어 나갔다.

20

샤워를 마치고 침대에 누우니 이미 새벽 4시가 다 되어 간다.

"한 시간 후엔 일어나야 해."

그의 가슴에 기대어 우는 소리를 했다.

"7시 반까지는 자도 돼. 그래도 제 시간에 갈 수 있어."

아침에 허둥거리는 건 달갑지 않았다. 그래도 나는 잠이 필요하다. 다행인건, 아까 낮잠을 자두었다는 사실. 사실상 반스 출판사에서 일하는 첫날, 녹초가 되지 않기를 바랄 뿐이다.

"음….".

그의 살갗에 입을 대고 중얼거렸다.

"알람 다시 맞춰줄게."

그의 말을 듣고 잠에 빠져들었다.

수면 부족으로 내 눈은 벌개져 있었다. 헝클어진 머리에 컬을 말았다. 브라운색으로 아이라인을 그리고 새로 산 빨간 원피스를 입었다. 목선이 적당히 파여서 과하지 않게 가슴선을 강조하기에 적당했다. 치맛단은 무릎 위에 왔고, 얇은 브라운 컬러 벨트를 허리에 둘렀다. 준비한 시간에 비해 꽤 공을 들인 것처럼 보였다. 블러셔를 바를까 했지만 하딘과 보낸 밤 덕분에 아직도 내 뺨이 빛나고 있었다. 새 구두를 신고 거울 앞에 섰다. 원피스는 제법 나를 돋보이게 만들었다. 자고 있는 하딘을 힐끗 보았다. 삐죽이 나온 발이 침대 밖으로 달랑거렸다. 미소가 절로 나왔다. 나서기 직전까지 그가 깨어나기를 기다렸다. 작별 키스를 하는 이기심쯤은 부려도 괜찮겠지.

"나, 나가야 해."

그의 어깨를 부드럽게 흔들었다.

"사랑해."

눈도 뜨지 않고 그가 입술을 달싹거렸다.

"수업 갈 거지?"

그에게 입을 맞추고 물었다.

"아니."

그가 몸을 돌렸다. 나는 어깨에 한 번 더 입을 맞춘 다음 재킷과 백을 들었다. 그가 있는 침대로 기어들어 가고 싶었다.

'같이 사는 게 그리 나쁘진 않을 거 같아. 어쨌든 매일 밤 함께 보낼 거니까.'

생각을 떨쳐내려 머리를 흔들었다. 좋은 생각이 아니다. 너무 빠르다. 빨라도 너무 빠르다.

운전하는 내내 하딘과 아파트를 얻어 사는 상상을 했다. 커튼을 고르고 벽을 칠하는 상상도. 반스 출판사 엘리베이터에 오르면서는 샤워 커튼과 욕실 깔개를 고르고 있었다. 3층에서 짙은 남색 슈트를 입은 젊은 남자가 타면서 내 상상의 나래도 끝났다.

"안녕하세요?"

그가 엘리베이터 버튼을 누르며 인사했다. 꼭대기 층 버튼이 눌린 걸 보고 그는 벽에 몸을 기댔다.

"새로 온 직원인가요?"

그가 물었다. 그에게서 비누 냄새가 났다. 눈동자는 밝은 파란색이었다. 검정색 머리카락과 묘한 대비를 이룬다.

"저는 그냥 인턴 직원이에요."

"그냥 인턴 직원이라고요?"

그가 웃는다.

"제 말은, 정직원이 아니고 인턴이라고요."

긴장감을 느끼며 정정했다.

"나도 몇 년 전에 인턴으로 시작했어요. 그러다 정직원이 되었고요. WCU 학생이에요?"

"네, 그쪽도?"

"작년에 졸업했어요. 졸업해서 진짜 기뻤죠."

그가 씨익 웃었다.

"이곳을 좋아하게 될 거예요."

"감사합니다, 이미 맘에 들어요."

우리는 함께 엘리베이터에서 내렸다. 모퉁이를 돌아서려는데 그가 말했다.

"이름을 안 알려줬네요."

"테사, 테사 영이에요."

그가 손을 흔들며 미소를 지었다.

"나는 트레버예요. 만나서 반가웠어요, 테사."

안내 데스크에는 어제 본 여자가 앉아 있었다. 오늘 그녀가 킴벌리라고 자신을 소개했다. 그녀는 음식과 커피로 가득한 테이블을 가리켰다. 나는 고맙다는 인사를 건넸다. 도넛 한 개와 커피 한 잔을 들고 사무실로 향했다. 책상 위에 종이 뭉치가 놓여 있었다. 반스 씨의 메모도 있었다. 처음 볼 원고라며 행운을 빈다고 적혀 있었다. 인턴십의 자유가 너무 좋다. 이렇게 운이 좋을 수가. 믿어지지 않았다. 도넛을 한 입 베어 물고 일을 시작했다.

원고는 정말 훌륭했다. 안 좋은 걸 골라낼 수가 없었다. 겨우 세 번째 걸 읽는데, 책상 위에 놓인 전화가 울렸다.

"여보세요?"

사무실 전화는 어떻게 받아야 하지? 어른처럼 들리길 바라며 덧붙였다.

"테사 영의 사무실이란 뜻이에요."

입술을 깨물었다. 반대편에서 작은 웃음소리가 들렸다.

"미스 영, 손님이 와 계세요. 사무실로 안내할까요?"

킴벌리였다.

"테사. 테사라고 불러주세요."

미스 영이라고 부르게 하는 건 좀 건방져 보였다. 그녀는 훨씬 선배인데다 나이도 나보다 많았다.

"테사."

그녀의 친근한 미소가 그려졌다.

"아, 네. 잠시만요…, 누구라고 해요?"

"잘 모르겠어요…. 젊은 남자 분인데…, 음… 타투가 있어요. 아주 많아요."

그녀가 속삭였고, 나는 웃음이 터졌다.

"네, 제가 그쪽으로 갈게요."

하딘이 여기까지 왔다는 건 나를 설레게도, 무섭게도 만들었다. 아무 일도 없기를 바랐다. 로비로 나가자 하딘이 서 있었다. 손은 주머니에 찔러 넣은 채였다. 킴벌리는 통화 중이었다. 통화하는 척한다는 느낌이었지만 확실치는 않았다. 출근 이틀째에 방문객이 오다니. 혹시라도 반스 씨가 준 좋은 기회를 이용하는 것처럼 보이면 안 된다.

"테사, 별 일 없지?"

그에게 다가갔다.

"첫날 일이 잘되고 있는지 보고 싶어서 왔어."

그가 미소 지으며 손가락으로 눈썹 피어싱을 만졌다.

"아, 잘 되고 있어. 나는…."

말을 꺼내려다 반스 씨가 우리를 향해 오는 것을 보고 입을 다물었다.

"이런, 이런, 이런. 다시 일자리를 달라고 애원이라도 하려고?"

그는 하딘을 향해 활짝 웃으며 친근하게 어깨를 툭 건드렸다.

"그건 아저씨 생각이고요, 재수탱이 영감님."

하딘이 말하고 활짝 웃었다. 저런 말을 하다니, 입이 떡 벌어졌다. 반스 씨가 껄껄 웃었다. 그는 주먹을 들어 장난스럽게 하딘의 갈비뼈를 쿡 찔렀다. 생각보다 둘 사이는 더 가까운 것 같았다.

"그래, 뭐 빚진 거라도 있나? 아니면 새 인턴을 염탐하려고?"

반스 씨가 나를 쳐다보았다.

"두 번째요. 인턴들을 염탐하는 게 제 여가 활동이거든요."

나는 둘 사이를 번갈아 보았다. 무슨 말을 해야 할지 모르겠다. 하지만 하딘의 장난기 어린 이런 모습이 너무 좋다. 자주 볼 수 있는 건 아니지만.

"점심 아직 안 먹었지?"

하딘이 물었다. 벽시계를 보았다. 벌써 정오다. 하루가 정말 빨리 지나간다.

나는 반스 씨를 쳐다보았고, 그는 어깨를 으쓱했다.

"자네는 매일 한 시간씩 점심시간이 있다네. 미인들도 먹어야 살지!"

그가 하딘에게 작별 인사를 하고 복도 저쪽으로 사라졌다.

"출근은 잘했는지 메시지를 몇 번이나 보냈어. 답장이 안 오더라."

엘리베이터를 타면서 하딘이 말했다.

"휴대전화 볼 틈이 없었어. 원고에 푹 빠져 있었거든."

그의 손을 잡았다.

"너 괜찮지? 우리도 괜찮은 거지?"

그의 시선은 내 눈에 고정되어 있었다.

"그럼, 괜찮지 않을 게 뭐가 있어?"

"나도 모르겠어…. 네가 답이 없어서 걱정이 됐어. 어젯밤 일을 후회하고 있을지 모른다고…, 생각했어."

그의 시선이 아래로 떨어졌다.

"뭐? 절대 아니야. 진짜로 휴대전화를 확인 못했어. 어젯밤 일은 후회하지 않아. 단 한 순간도."

어젯밤 기억이 떠오르자 미소를 숨길 수가 없었다.

"이제 안심이 되네, 젠장."

그가 숨을 토해냈다.

"내가 후회하고 있을까 봐 여기까지 온 거야?"

지나친 것도 같고, 기분이 좋기도 했다.

"그것 때문만은 아니야. 같이 점심 먹고 싶었어."

그가 미소 지으며 내 손을 입술에 가져다 댔다. 엘리베이터에서 내려 밖으로 걸어갔다. 재킷을 가져왔어야 했다. 몸을 떨자 하딘이 나를 쳐다봤다.

"차에 재킷이 있어. 가서 가지고 오자. 저 코너를 돌면 '브리오'가 있어. 정말 맛있는 집이야."

그의 차 트렁크에서 검정색 가죽 재킷을 꺼냈다. 웃음이 터졌다. 트렁크에 옷장을 넣고 다니는 모양이다. 그를 만난 다음부터 저 트렁크 속에서 끝도 없이 옷이 나왔다.

재킷은 놀랍도록 따뜻했고, 하딘 냄새가 났다. 물론 그 냄새는 나를 사로잡았다. 소매를 올리려고 팔을 흔들었다.

"고마워."

나는 그의 턱에 입을 맞추었다.

"너한테 완전 잘 어울리는걸. 딱 맞네."

길을 걸으며 그가 내 손을 잡았다. 길을 가던 몇몇 직장인들이 이상하다는 듯 우리를 힐끔거렸다. 가끔씩 우리의 겉모습이 얼마나 다른지 잊어버릴 때가 있다. 모든 면에서 우리는 정반대였다. 어쩐지 그런 게 우리에게 더 잘 맞는 것 같았다.

브리오는 작지만 색다른 분위기의 이탈리안 레스토랑이었다. 바닥에는 여러 색이 섞인 아름다운 타일이 깔려 있었다. 천장은 천국을 그린 천장화로 뒤덮여 있었다. 천장화는 통통한 아이들이 대문 밖에서 미소를 지으며 서 있고, 그 뒤에 흰 천사와 검은 천사가 서로 껴안고 있는 장면이었다.

"테스?"

하딘이 내 소매를 끌어당기며 말했다.

"가고 있어."

중얼거리며 테이블로 걸어갔다. 식당 맨 안쪽에 있는 자리였다. 하딘은 건너편이 아닌 내 옆에 가까이 앉았다. 의자를 바짝 당겨 테이블에 팔꿈치를 올리고 앉았다. 하딘이 둘의 식사를 모두 주문했다. 자주 와봤을 테니 나는 개의치 않았다.

"너와 반스 씨는 정말로 가까운 사이구나?"

"그렇게 말할 순 없지만, 서로를 잘 알 만큼은 되지."

그가 어깨를 으쓱했다.

"진짜 친해 보였어. 너의 그런 모습이 참 좋아."

그의 입술이 미소를 머금었다. 그는 내 허벅지에 손을 올렸다.

"지금도 좋아?"

"그럼, 네가 행복해 보여서 정말 좋아."

그와 반스 씨 사이에는 더 깊은 무언가가 있다는 느낌이 들었다. 하지만 지금은 꼬치꼬치 캐묻지 않을 거다.

"행복해. 생각했던 것보다…, 훨씬 더."

"네 속에 뭐가 들어간 거야? 나한테 점점 부드러워지고 있어."

내가 놀리자 그가 키득거렸다.

"기억나게 해주자면, 당장 테이블 몇 개쯤 걷어차고, 코피 몇 명쯤 터지게 만들 수도 있어."

나는 어깨를 그에게 기댔다.

"사양할게."

음식이 나왔다. 음식들은 정말 맛있어 보였다. 먹기 전에 냄새부터 깊이 들이마셨다. 라비올리 종류였는데, 정말 맛있었다.

"어때, 맛있지?"

그가 우쭐거리며 입에 한가득 음식을 넣었다. 고개를 끄덕이고 나도 똑같이 따라했다.

식사를 마치고, 하딘과 나는 서로 점심 값을 내겠다고 실랑이를 벌였다. 결국 그가 이기고 말았다.

"다음엔 네가 사."

그가 웨이트리스 등 뒤에서 윙크를 날렸다. 회사로 돌아오는데, 하딘이 따라 들어왔다.

"너도 들어가려고?"

"네 사무실이 보고 싶어서. 둘러보고 바로 갈게. 약속해."

"좋아."

함께 엘리베이터에 올랐다. 꼭대기 층에 도착했을 때 재킷을 벗어 그에게 건넸다. 그가 어깨를 으쓱 하더니 재킷을 입었다. 가죽 재킷을 입은 모습이 너무 섹시했다.

"안녕, 또 만났네요."

남색 슈트를 입은 남자를 복도에서 또 마주쳤다.

"네, 또 뵙네요."

그의 시선이 하딘에게 꽂혔다. 그는 자신을 소개했다.

"트레버예요. 재무팀에서 일하고 있어요."

그가 손을 흔들며 지나갔다.

"그럼, 또 봐요."

사무실에 들어서니 하딘이 내 손목을 낚아챘다.

"저거 뭐 하는 짓거리야?"

그가 내뱉은 말이었다.

'장난치는 건가?'

그의 손에 잡힌 내 손목을 내려다보았다. 장난이 아니었다. 움직일 수가 없었다.

"뭐가?"

"저 남자 말이야."

"저 남자가 어쨌는데? 오늘 아침에 엘리베이터에서 만났어."

나는 손목을 비틀어 뺐다.

"막 만난 사이 같지 않던데. 너희 둘, 내 앞에서 서로 추파를 던졌잖아."

참을 수가 없었다. 웃음이 터졌지만 한탄하는 소리에 가까웠다.

"뭐라고? 그게 추파를 던진 거야? 그럼 넌 제정신이 아니야. 예의 바르게 행동한 거고, 그도 마찬가지야. 왜 내가 그 남자한테 추파를 던져?"

최대한 목소리를 낮췄다. 직장에서 이런 장면을 연출하는 건 좋을 거 하나 없다.

"왜냐고? 저 놈은 친절한데다 말쑥한 슈트를 차려 입었잖아."

나는 하딘이 화가 난 게 아니라 걱정하고 상처 받았다는 걸 알아차렸다. 성질 같았으면 당장 꺼지라고 욕을 퍼붓고 싶었다. 하지만 다른 방법을 택하기로 했다. 그의 아빠 집에서 물건을 때려 부술 때처럼 말이다.

"그렇게 생각한 거야? 내가 너와 다른 저런 남자를 원할 거라고?"

부드러운 목소리로 물었다. 하딘은 눈을 크게 떴다. 한풀 꺾이는 듯했다. 내가 불같이 화낼 거라 생각했을 거다. 하지만 한 박자 늦추자 그가 누그러졌고, 무슨 말을 할지 생각하는 듯했다.

"나도 모르겠어…, 그럴지도 모르지."

그가 내 눈을 들여다보았다.

"그렇다면 네가 틀렸어, 늘 그랬듯이."

미소를 지어 보였다. 이번 일에 대해선 나중에 다시 얘기해야겠지만, 분명히 해둘 건 그가 걱정할 일은 없다는 점이다. 그건 바로잡아야 한다.

"내가 그 남자한테 꼬리 친 것처럼 보였다면 미안해. 근데 정말 아니야. 난 절대 그런 짓 안 해."

나는 분명하게 말했다. 그의 눈빛이 부드러워졌다. 그의 뺨에 손을 대었다. 한 사람이 어떻게 이렇게 강하고, 한편으로 이렇게 약할 수 있을까?

"이제 알겠어."

웃으며 그의 뺨을 어루만졌다. 무방비 상태의 그를 보는 게 정말 좋다.

"그 남자 뭐야? 네 옆엔 내가 있었잖아?"

그의 눈빛이 흔들리다가 결국 미소를 지었다. 하딘이라는 폭탄을 어떻게 해체해야 하는지 알 것 같았다.

"사랑해."

그가 나에게 키스했다.

"그렇게 갑자기 화내서 미안해."

"사과는 받아들일게. 그리고 이제 내 사무실을 보여줄게!"

쾌활한 목소리로 말했다.

"넌 정말 나한테 과분한 사람이야."

그의 목소리는 조용했다. 난 그 말을 무시하기로 하고 행복해 죽겠다는 듯 행동했다.

"내 사무실 어때?"

나는 활짝 웃었다. 그도 빙긋 웃으며 내 말을 열심히 들어주었다. 책꽂이에 있는 책들이랑 책상에 놓인 빈 액자 같은 시시콜콜한 얘기들이었다.

"여기에 우리 사진을 넣으면 어떨까 하고 있었어."

우리는 함께 찍은 사진이 없다. 빈 액자를 보기 전까지 한 번도 그 생각을 해본 적 없었다. 하딘은 사진 찍을 때 웃는 스타일은 아닌데.

"아, 난 진짜 사진 안 찍어."

내 생각을 확인하려는 듯 그가 말했다. 매몰찬 거절에 내가 당황하는 걸 그가 알아차린 듯했다.

"내 말은…, 한 번 정도는, 그래 딱 한 번은 괜찮을 것 같아."

"그런 건 나중에 걱정하자."

내가 웃자 그는 안심하는 것 같았다.

"이제 다른 얘기를 좀 해볼까? 너, 그렇게 입으니까 정말 섹시해 보인다. 여기 왔을 때부터 널 보고 미쳐버리는 줄 알았어."

그의 목소리가 한 옥타브는 낮아졌다. 나를 향해 한 걸음 더 다가왔다. 내 몸이 금세 달아올랐다. 그의 한 마디 한 마디는 언제나 나를 무장 해제시킨다.

"내가 오늘 아침에 눈뜨지 않은 걸 다행이라고 생각해. 그랬더라면…."

그가 내 원피스의 목선을 따라 손끝을 움직였다.

"널 못 가게 했을 거야."

그가 다른 손을 치맛단 아래로 가져가 허벅지를 애무했다.

"하던…."

경고였다. 하지만 내 목소리는 의도와 달리 신음소리처럼 들렸다.

"왜, 베이비…, 이러지 않았으면 좋겠어?"

그가 나를 들어 책상에 앉혔다.

"그건…."

목에 그의 입술이 닿자 머릿속이 뿌얘졌다. 그의 머리카락 속으로 손을 파묻었고, 그는 내 살을 깨물었다.

"이럴 순 없어…. 누가 들어올지도 몰라…."

말이 뒤죽박죽 두서없이 나왔다. 그는 내 허벅지를 잡고 다리를 벌렸다.

"문에 잠금 장치가 있는 건 다 이유가 있어…. 여기서, 이 책상에서 널 가지고 싶어. 아니면 창에 기대서라도."

그의 입술이 내 가슴으로 점점 내려갔다. 그의 제안을 듣자 온몸에 짜릿하게 전기가 흐르는 것 같았다. 그의 손가락이 레이스 팬티 위에서 움직였고, 그는 이 사이로 숨을 들이마셨다.

"정말 끝내줘."

그가 신음을 뱉었다. 그리고 다리 사이로 시선을 옮겼다. 새로 산 흰색 레이스 팬티를 보기 위해서였다. 믿을 수가 없다. 이런 일이 벌어지게 놔두다니. 그것도 인턴십 이틀째, 내 책상에서. 그는 나를 두렵게도, 흥분하게도 만들면서 들어다 봤다 한다.

"문을 잠가…."

날카로운 벨 소리가 내 말을 끊었다. 나는 벌떡 일어나 수화기를 집었다.

"여보세요, 테사 영입니다!"

"미스 영입니다, 테사."

킴벌리가 정정해주었다.

"반스 씨가 퇴근하시네요. 지금 그쪽 사무실로 가시는 중이에요."

목소리에서 재밌어 하는 느낌이 묻어났다.

얼굴이 달아올랐다. 그녀에게 감사했다. 분명히 그녀는 하딘이 거부할 수 없는 남자인 걸 알았던 거다.

21

하딘과 반스 씨는 풋볼 게임 얘기로 티격태격했다. 그리고 둘이 함께 방에서 떠났다. 반스 씨에게 방문객을 들인 걸 사과했다. 그는 대수롭지 않게 여겼다. 하딘은 가족과 같고, 언제든 환영한다고 했다. 책상 위에서 하딘과 사랑을 나누는 장면이 자꾸 떠올랐다. 반스 씨가 급여 얘기를 세 번이나 되풀이했다. 그제야 나는 현실로 돌아올 수 있었다.

다시 원고를 읽기 시작했다. 원고에 푹 빠져서, 정신을 차리니 5시가 지나 있었다. 퇴근 시간이 한 시간이나 지난 거다. 하딘의 전화도 받지 못했다. 차에 타서 하딘에게 전화를 했지만 받지 않았다. 돌아오는 길은 정체가 심했다.

방에 돌아오니 웬일로 스테프가 있었다. 가끔씩 그녀가 여기 살고 있다는 사실을 잊어버릴 때가 있다.

"오랜만이네."

농담을 던지며 구두를 벗었다.

"응…."

그녀가 훌쩍거렸다.

"무슨 일 있었어?"

그녀의 곁에 앉았다.

"트리스탄과 헤어진 것 같아."

그녀가 흐느꼈다. 스테프가 우는 건 정말 생소한 장면이었다. 그녀는 늘 강하고 대담했다.

"헤어진 것 같다는 게 무슨 말이야?"

그녀의 등에 손을 올려 쓰다듬었다. 위로해주고 싶었다.

"우리가 싸웠는데, 내가 헤어지자고 했어. 진심은 아니었거든. 왜 그런 말을 했는지 잘 모르겠어. 그가 여자랑 같이 있어서 화가 났어. 그 여자가 어떤 애인지 잘 알고 있거든."

"누군데?"

이미 알 것 같았다.

"몰리. 걔가 트리스탄한테 꼬리 치는 걸 너도 봤어야 해. 그의 말꼬리를 계속 잡더라니까."

"걔도 너희 둘이 사귀는 거 알았잖아. 걘 네 친구 아니야?"

"그런 거 상관하는 애가 아니야. 남자들의 관심만 끌 수 있으면 뭐든지 하는 애야."

스테프가 엉엉 울면서 눈물을 닦았다. 몰리를 미워하는 마음이 점점 커졌다.

"트리스탄이 걔를 좋아할 거 같진 않아. 그가 너를 바라보던 모습을 내가 알거든. 걘 진심으로 너를 좋아해. 전화해서 다시 얘기해봐."

"그가 몰리랑 같이 있으면 어떡해?"

"그렇지 않을 거야."

그녀에게 장담했다. 트리스탄이 핑크색 머리의 요부와 함께 있을 거라 생각하진 않는다.

"그걸 어떻게 알아? 때때로 자기가 안다고 생각했던 사람을 더 모를 때가 있어."

그녀가 내 눈을 들여다보았다.

"그, 하…."

"안녕."

문이 벌컥 열리더니 하딘이 들어왔다. 그러다 눈앞에 펼쳐진 슬픈 광경을 보고 말았다.

"음…, 나중에 다시 올까?"

그가 불편한 듯 쭈뼛거렸다. 그는 우는 여자나 친구를 위로해줄 수 있는 사람이 아니다.

"아냐, 난 트리스탄을 찾으러 갈 거야. 가서 사과할래."

그녀가 일어섰다.

"고마워, 테사."

그녀는 나를 살짝 안고 나서 하딘을 쳐다봤다. 방을 나서기 전 둘은 어색한 시선을 주고받았다.

하딘이 돌아서서 나에게 키스했다.

"배고파?"

"응."

과제를 해야 했지만, 아직은 진도가 꽤 앞서 나가고 있다. 하딘은 언제, 어떻게 공부하는지 진짜 모르겠다.

"생각을 좀 해봤어. 뭘 좀 먹고 난 다음에 카렌이나 랜던에게 전화해줄래? 뭘 입고 가야하는지 물어봐줘…. 결혼식 말이야."

랜던의 이름이 언급되는 순간, 가슴이 철렁했다. 벌써 며칠이나 그를 만나지 못했다. 그가 보고 싶었다. 인턴십 이야기랑 하딘과의 관계도 얘기하고 싶었다. 아직 결정은 못했지만, 여전히 그와 얘기하고 싶었다.

"그래, 랜던한테 전화해보자. 결혼식 너무 기대된다!"

나도 결혼식에 입고 갈 옷이 필요하다는 걸 깨달았다.

"나도 떨려. 내가 더 기대해야 하나?"

그가 눈을 굴려대는 바람에 웃음이 터졌다.

"암튼, 하딘 네가 가겠다니 기뻐. 너희 아빠와 카렌한테는 정말 큰 의미거든."

그가 고개를 저었다. 그가 긴 여정을 단시간에 지나왔다는 걸 잘 안다.

"그래…. 일단 밥 먹으러 나가자."

그가 중얼거리며 의자에 있던 내 재킷을 쥐었다.

"옷 먼저 갈아입고."

옷을 갈아입는 동안 그의 시선을 느꼈다. 옷장에서 청바지와 WCU 셔츠를 꺼내 잽싸게 입었다.

"정말 사랑스럽다. 낮에는 섹시한 직장 여성, 밤에는 귀여운 대학생이라니."

그가 놀려댄다. 그의 말에 아랫배가 꿈틀거렸다. 나는 까치발을 하고 그의 볼에 입을 맞추었다.

우리는 쇼핑몰에서 밥을 먹기로 했다. 바로 쇼핑을 하기 위해서다. 식당에 앉아 랜던에게 전화했다. 랜던은 하딘이 뭘 입어야 할지 엄마에게 물어보고 다시 전화하겠다고 했다.

"네 옷부터 고르는 게 좋겠는데?"

"나도 뭘 입어야 할지 모르겠어."

"넌 뭘 입어도 예뻐."

"그렇지 않아. 넌 그 생각부터 버려야 해. '내가 어떻게 보이든 상관없어. 난 흠잡을 데가 없으니까.' 이런 생각."

그는 능글맞게 웃었다. 뻐기듯 의자에 등을 기대면서.

"난 그래, 그렇지 않아?"

휴대전화가 울렸다.

"랜던이야."

"테사! 엄마가 그러는데, 넌 흰색 옷을 입는 게 제일 좋을 것 같대. 보편적인 건 아니지만. 그래도 엄마가 그걸 원해서. 그리고 하딘은 최소한 정장 바지에 넥타이만 매고 와도 좋겠대. 솔직히 두 분은 걔한테 크게 기대하지는 않는 것 같아."

랜던이 웃으며 말했다.

"알겠어. 그럼, 넥타이를 매고 가도록 최선을 다해볼게."

나는 하딘을 쳐다보았다. 그는 우스꽝스럽게 눈살을 찌푸리고 있었다.

"인턴십은 잘 되고 있어?"

"응, 좋아. 사실은, 완전 멋져. 내 꿈이 이루어졌거든. 믿을 수가 없어. 내 사무실도 있고, 하루 종일 읽기만 하는데 돈까지 준대. 완벽하잖아. 수업은 어때? 영문학 수업이 그립네."

하딘의 얼굴이 진짜로 찌푸리는 표정으로 바뀌고 있었다. 그의 시선을 따라 푸드 코트 한가운데를 보았다. 제드, 로건, 그리고 한 번도 본 적 없는 남자가 우리 쪽으로 걸어오고 있었다. 제드는 나에게 친근하게 손을 흔들었다. 나도 생각 없이 그에게 미소를 지었다. 하딘이 나를 노려보더니 벌떡 일어섰다.

"금방 다시 올게."

그가 그들 쪽으로 걸어갔다. 하딘을 쳐다보면서 랜던과 대화를 이어나가려 했다. 전화를 끊고 따라가야 하나? 잘 모르겠다.

"테사, 네가 없으니까 전 같지 않더라. 그래도 네가 잘 돼서 정말 기뻐. 그리고 하딘이 수업에 들어오지 않아서 적어도 그건 좀 괜찮아."

랜던이 말했다.

"하딘이 수업에 들어가지 않았다고? 그게 무슨 소리야? 오늘 말고, 어제는 들어갔잖아?"

"아니. 네가 안 와서 걔도 수강 취소한 줄 알았는데? 너한테서 조금이라도 떨어지면 못 견디잖아."

그가 나를 놀려대는데도 마음이 따뜻해졌다. 하딘이 수업을 빼먹었대서 걱정이 되었음에도 불구하고 말이다.

하딘을 쳐다보았다. 내게서 등을 돌리고 걸어가고 있었다. 뻣뻣한 어깨에서 긴장감이 느껴졌다. 처음 본 남자가 번들거리는 미소를 지었고, 제드는 머리를 흔들었다. 로건은 관심이 없는 듯 지나가는 한 무리의 여자들에 집중하고 있었다. 하딘이 처음 보는 남자에게 다가갔다. 그들이 무얼 하는지 전혀 알 수가 없었다.

"랜던, 정말 미안한데, 나중에 다시 전화할게."

전화를 끊었다. 테이블에 음식 쟁반을 그대로 두고, 그들에게 다가갔다. 잠깐 자리를 비웠다고 음식을 건드릴 사람은 없겠지.

"안녕, 테사. 잘 지냈어?"

제드가 인사를 하며 나를 끌어안았다. 볼이 달아오르는 느낌이 들었다. 할 수 없이 예의를 차리며 나도 제드를 안았다. 포옹을 하고 나서 하딘을 보는 게 좋을 거라는 걸 알고 있었다. 제드의 머리는 살짝 헝클어져 위로 삐쳐 있었고, 언제나처럼 매력적이었다. 검정색 옷으로 쫙 빼입고, 앞뒤로 패치가 붙어 있는 가죽 재킷을 걸쳤다.

"하딘, 네 친구 소개 안 시켜 줄 거야?"

낯선 남자가 말했다. 그가 미소를 지었는데도 나는 오싹해졌다. 좋은 사람이 아니라는 느낌이 들었다.

"음, 그래."

하딘이 우리 사이에서 손을 흔들었다.

"이쪽은 내 친구 테사야. 테사, 여기는 제이스."

'친구?'

배를 걷어챈 것 같은 느낌이었다. 나는 굴욕감을 최대한 감추며 미소를 지었다.

"너도 WCU에 다녀?"

내가 물었다. 끓고 있는 감정에 비해 목소리는 침착했다.

"아니. 난 대학교 안 다녀."

그가 냉랭하게 웃었다.

"하지만 대학교에 다니는 여자들이 다 너처럼 생겼으면, 다시 생각해봐야겠네."

침을 꿀꺽 삼켰다. 하딘이 뭐라도 말하길 기다렸다. 아, 맞아, 나는 그의 '친구'였지. 그런데 무슨 말을 하겠어? 나는 잠자코 있었다. 테이블에 그냥 앉아 있을 걸 그랬다.

"오늘 밤 부두에 가려고. 너희 둘도 같이 오지 그래?"

제드가 불쑥 끼어들었다.

"우리는 못 가. 다음에."

하딘이 대답했다. 중간에 끼어들어 가겠다고 말할까 생각했다. 하지만 그런 말조차 할 수 없을 만큼 너무 화가 났다.

"왜 안 되는데?"

제이스가 물었다.

"얘는 내일 일해야 해. 나중에 잠깐 들러볼게. 나 혼자."

"안됐군."

제이스가 나를 보고 싱긋 웃었다. 눈 옆으로 옅은 갈색의 금발머리가 흘러내렸다. 그는 고개를 휙 젖혀 머리카락을 올렸다.

하딘은 입을 꽉 다물고 그를 쳐다봤다. 뭔가 놓치고 있는 것 같은 기분이 들었다. 대체 이 남자는 뭐지?

"이따 가는 길에 만나서 다시 얘기하자."

하딘이 말을 끊었고, 나는 그들에게서 돌아섰다.

뒤에서 하딘의 부츠가 쿵쿵거리는 소리가 들렸다. 나는 걸음을 멈추지 않았다. 그도 내 이름을 부르지 않았다. 그의 친구들이 뭔가 생각하는 걸 원치 않는 거다. 그렇지만 계속 나를 따라왔다. 나는 더 빨리 걸어서 백화점 안으로 들어갔다. 모퉁이를 재빨리 돌아서 그를 따돌리고 싶었다. 하지만 그런 행운이 있을 리가. 그가 내 팔꿈치를 잡아서 몸을 돌려 세웠다.

"뭐 잘못됐어?"

짜증 난 게 분명하다.

"나도 모르겠어, 하딘!"

나는 소리쳤다. 나이 지긋한 여자가 나를 쳐다봤다. 사과의 미소를 지었다.

"나도 그래! 제드랑 포옹한 건 너잖아!"

그가 소리쳤다. 벌써 주위에 사람들이 몰리고 있었다. 상관없었다.

그만두기엔 너무 약이 올랐으니까.

"나한테 창피주려는 거야? 그래, 이제 알겠어. 내가 확실히 멋진 여자가 아니라는 거. 그래도 내 생각엔…."

"뭐라고? 너를 창피하게 만들어? 당연히 아니지. 너 미친 거야?"

그가 씩씩거렸다. 그 순간만큼은 내가 미친 것 같았다.

"왜 나를 네 친구라고 소개했는데? 나더러 같이 살자면서, 우리가 친구라고? 그래서 어쩔 건데, 계속 나를 숨겨놓기라도 할 거야? 나는 누구의 비밀도 되고 싶지 않아. 우리가 사귄다는 걸 네 친구들에게 알리지 못할 만큼 내가 부끄러우면, 나도 그러기 싫어."

나는 말을 마치고 마침표를 찍듯 그에게서 돌아섰다.

"테사! 이런 제길…."

그가 나를 쫓아왔다. 나는 피팅룸 쪽으로 가서 방들을 힐끗 보았다.

"나도 따라 들어갈 거야."

그가 내 생각을 읽은 듯했다.

그는 정말 그럴 거다. 방향을 바꾸어 백화점 출구를 향했다.

"집에 데려다줘, 당장."

나는 하딘에게서 멀찍이 떨어져 앞서 갔다. 쇼핑몰에서 주차장까지 잠자코 걷기만 했다. 그가 차문을 열어주었지만 물러서서 노려보았다. 내가 그라면, 거리를 유지했을 거다.

창밖을 내다보며 그에게 퍼부을 끔찍한 말들을 생각했다. 하지만 입을 다물고 있었다. 정말 당황스럽고 창피했다. 우리가 사귄다는 걸 다른 사람들에게 얘기하고 싶지 않다니. 내가 그의 친구들과 다르다는 걸 나도 안다. 그들은 아마 전부 나를 찌질하다거나 유치하다고 생각할 거다. 그래도 하던만큼은 그런 것들을 상관하지 말아야 한다. 제드였다면 친구들에게 우리 관계를 숨겼을까, 하는 의문이 들었다. 그는 그러지 않았을 거란 생각이 들었다. 퍼뜩 하던은 한 번도 나를 '여자친구'라고 부른 적이 없다는 데 생각이 미쳤다. 우리가 사귄다는 걸 확실히 해둘 걸 그랬다. 그때까지 섹스하지 말고 기다렸어야 하는 건데.

"벌컥 하는 거 끝났어?"

고속도로에 접어들자 그가 말을 꺼냈다.

"벌컥이라고? 그 말 진심이야?"

작은 차 안에 내 목소리가 가득 찼다.

"너를 내 친구라고 한 게 대체 뭐가 잘못된 건지 난 잘 모르겠어. 무슨 의미를 담은 것도 아닌데. 무심결에 나온 소리란 말이야."

거짓말이다. 그는 내 눈을 쳐다보지도 못한다. 거짓말이다.

"내가 창피하다면 나도 더 이상 너를 만나고 싶지 않아."

울음을 참으려고 손톱으로 다리를 꽉 눌렀다.

"그런 말 하지 마."

그가 머리를 쓸어 넘기며, 깊은 숨을 토해냈다.

"테사, 왜 자꾸 내가 널 창피해한다고 생각하는 거야? 그건 정말 말도 안 되는 헛소리야."

"오늘 밤 파티에서 즐거운 시간 보내."

"제발, 난 안 갈 거야. 제이스가 떠벌리지 못하게 하려고 그렇게 얘기한 거야."

끔찍한 생각이라는 걸 알았지만 말해야 했다. 핵심을 확실히 짚고 싶었다.

"내가 창피하지 않다면, 나랑 같이 파티에 가."

"절대 안 돼."

그가 이를 꽉 깨물고 말했다.

"그것 봐."

"거기 너를 데려갈 수 없는 건, 제이스가 한심한 자식이라 그래. 그게 첫 번째 이유야. 두 번째는 거긴 네가 갈 만한 곳이 아니야."

"왜? 나도 나 하나쯤은 감당할 수 있어."

"제이스 패거리들은 네가 어울릴 수 있는 애들이 아냐, 테사. 심지어 내 친구들하고도 완전 달라. 걔들은 마약 중독자에다가 구제불능 쓰레기들이야."

"그럼 네 친구들은 왜 걔랑 같이 있는 건데?"

"친근하게 대하는 것과 친구인 건 다르지."

"그럼, 제드는 왜 걔와 어울리는 거야?"

"나도 모르겠어. 제이스는 네가 거절할 수 있는 그런 부류의 인간이 아니야."

그가 찬찬히 설명해주었다.

"그러니까, 너는 걔가 무섭구나? 그래서 걔가 나한테 집적거리는 데도 한마디도 못했구나?"

내가 정곡을 찔렀다. 하딘이 무서워할 정도라면 제이스는 정말 나쁜 놈인 거다.

하딘이 웃어대는 바람에 나는 깜짝 놀랐다.

"걔가 무서운 게 아니야. 건드리고 싶지 않았을 뿐이야. 걔는 게임을 좋아해. 내가 너 때문에 걔를 자극했다면, 걔는 분명히 너를 걸고 게임을 시작했을 거야."

핸들을 잡은 그의 손에서 핏기가 가셨다.

"그래, 그럼 우리가 그냥 친구인 게 좋은 거였구나."

창밖으로 지나가는 아름다운 도시 광경을 무심히 쳐다봤다. 나는 완벽하지 않다. 유치하게 굴고 있는 걸 알지만 어쩔 수가 없었다. 제이스가 얼마나 소름 끼치는 사람인지 알았다. 그리고 그의 행동을 어느 정도 이해하게 되었다. 그렇다고 해도 그게 내 상처를 덜어주지는 못했다.

22

방에 들어와서 쓰러질 듯 침대에 주저앉았다. 아까보다는 덜 했지만 여전히 하딘에게 화가 났다. 제이스의 이목을 끌고 싶진 않았다. 그를 만나고 나니 궁금한 게 더 많아졌다. 하딘이 원치 않는 그런 궁금증들.

"정말 미안해. 네 감정을 상하게 만들려던 건 아니었어."

나는 그를 쳐다보지 않았다. 그랬다간 온몸이 흐물흐물해질 게 뻔하다. 이런 식이라면 더 이상 견딜 수 없다는 걸 그도 알아야 한다.

"너…, 아직도 나를 원해?"

그의 목소리는 떨리고 있었다. 돌아보자 연약한 그가 눈에 들어왔다. 한숨이 나왔다. 눈 속에 걱정이 가득 담겨 있었다. 나는 더 이상 분노를 유지할 수 없었다.

"당연히 원하지. 이리 와."

옆 자리를 툭툭 치며 말했다. 이 남자, 내 의지를 다 빨아먹는 것 같다.

"넌 나를 네 여자친구라고 여기고는 있어?"

그가 내 옆에 앉자 물었다.

"그럼. 근데 그렇게 부르는 게 좀 바보 같이 보여."

"바보 같다고?"

나는 손톱을 잘근잘근 씹었다. 이건 아직도 고치지 못한 못된 버릇이다.

"넌 나한테 그런 것보다 더 큰 의미야. 사춘기 애들이 연애할 때나 쓰는 그런 명칭보다 말이야."

그는 두 손으로 내 얼굴을 감싸 쥐었다. 아랫배에 기분 좋은 울렁거림이 일었다. 얼굴에 배시시 웃음이 번지는 걸 멈출 수가 없었다. 그의 어깨에서 긴장감이 금세 사라졌다.

"난 다른 사람들이 우리 관계에 대해 아는 걸 꺼리는 네가 별로야. 친구들도 모르는데, 우리가 어떻게 같이 살 수 있겠어?"

"그렇지 않아. 지금이라도 당장 제드한테 전화해서 얘기할까? 그럼 넌 나와 함께 있는 게 창피할 거야. 우리가 같이 있을 때 사람들이 우리를 어떻게 쳐다보는지 나도 알아."

그도 알고 있었다. 사람들이 우리 둘을 어떤 눈으로 보고 있는지.

"우리가 다르게 보이니까 쳐다보는 것뿐이야. 그건 그들의 문제야. 하딘, 나는 너와 함께 있는 게 창피하지 않아. 절대로."

"네가 나를 포기해버리지 않을까 걱정돼."

"너를 포기한다고?"

"내 삶에서 변하지 않는 건 너뿐이야. 너도 알고 있지? 네가 날 떠나면 난 어떻게 해야 할지…."

"난 너를 떠나지 않아. 네가 그럴 만한 이유를 만들지 않는다면."

그에게 다짐했다. 내가 떠날 그 어떤 이유도 생각나지 않았다. 너무 깊게 생각하고 있나 보다. 그를 떠난다는 생각만으로도 견딜 수 없는 고통이 몰려왔다. 그 고통은 나를 망가뜨릴 거다. 우리는 매일 싸우지만, 나는 그를 사랑한다.

"안 그럴게."

그는 잠시 시선을 돌렸다가 다시 내 눈을 바라보았다.

"나와 함께 있을 때, 그때의 네 모습이 좋아."

그의 손에서 벗어나려 얼굴을 돌렸다.

"나도 그래."

나는 이 사람을 사랑한다. 어디 하나 빼놓지 않고. 그의 모습 하나 하나 모두. 나와 함께 있을 때 그의 모습을 사랑한다. 우리는 둘 다 더 좋은 사람으로 변하고 있다. 나는 그에게 마음을 열었고, 그는 나에게 행복을 가져다주었다. 시시콜콜한 일상의 걱정을 떨쳐버리는 방법도 그에게 배웠다.

"가끔 내가 널 화나게 만드는 것도 알아…. 아니지, 대부분 그렇지. 근데 네가 날 미치게 만든다는 건 꿈에도 모를 거야."

"너한테 고마워해야 해?"

"내 말은, 우리가 싸우는 게 같이 있을 수 없단 뜻은 아니라는 거야. 다들 싸우잖아."

그가 슬쩍 웃었다.

"우리가 보통 사람들보다는 조금 더 싸우긴 하지. 너하고 나는 정말 다른 사람이잖아. 그러니까 우린 싸워서라도 방법을 찾아야 해. 잘 지낼 수 있는 방향으로 가는 방법 말이야. 앞으론 좀 쉬워질 거야."

확신에 찬 목소리였다. 나는 그의 머리카락을 손으로 쓸어 넘기며 미소 지었다.

"우리, 결혼식에 입고 갈 옷도 아직 못 샀어."

"아, 젠장. 이러다 결혼식 못 가겠네."

그가 미간을 찌푸렸다. 그리고 내 콧등에 입을 맞추었다.

"오늘 겨우 화요일이야. 아직 시간 있어."

"아니면 결혼식 가지 말고, 주말에 시애틀에 놀러 갈까?"

그가 한쪽 눈썹을 찡긋 올렸다.

"뭐라고?"

나는 자세를 고쳐 앉았다.

"아니! 우린 결혼식에 갈 거야. 근데, 다음 주말엔 시애틀에 가도 돼."

"안 돼, 기간 한정 세일이라고."

장난을 치면서 그가 나를 무릎에 앉혔다.

"그럼 시애틀에 같이 갈 사람을 찾아보지, 뭐."

그가 입을 앙다물었다. 나는 그의 뺨과 턱에 까칠하게 자란 수염을 손가락으로 만졌다.

"감히 그러기만 해봐."

그가 웃음을 참으며 입술을 씰룩거렸다.

"정말 그럴지도 몰라. 암튼 난 시애틀을 진짜 좋아하거든."

"제일 좋아하는 곳이야?"

"응, 다른 데는 가본 적이 없어."

"갔던 곳 중에 제일 먼 데가 어디야?"

그의 가슴에 머리를 기댔다. 그가 나를 끌어안으며 침대 헤드에 몸을 기댔다.

"시애틀. 워싱턴을 떠나본 적이 없거든."

"한 번도?"

그가 소리를 질렀다.

"응, 한 번도."

"왜 그랬어?"

"나도 잘 모르겠어. 아빠가 집을 나간 다음엔 여유가 없었거든. 엄마는 늘 일만 했고, 나는 학업에만 충실했어. 고향을 떠나는 건 취직했을 때나 생각해볼 문제였어."

"가보고 싶은 데 있어?"

그가 내 팔을 아래 위로 쓸어내리며 쓰다듬었다.

"차튼. 제인 오스틴이 살았던 농장에 가보고 싶어. 아니면 파리. 헤밍웨이가 살던 곳에 가보고 싶어."

"그런 데 가고 싶을 줄 알았어. 내가 데려가줄게."

그의 목소리는 진지했다.

"그냥 시애틀부터 시작하자."

내가 키득거렸다.

"진심이야, 테사. 가고 싶은 데는 다 데려가줄게. 특히 영국은 내가 태어나고 자란 곳이니까. 거기 가면 우리 엄마랑 다른 가족들도 만날 수 있어."

"음…."

할 말이 없었다. 이 남자, 정말 낯설다. 한 시간 전만 해도 나를 '친구'라고 소개했으면서, 지금은 엄마를 보러 영국에 가자고 한다.

"일단 시애틀부터 시작해보자고."

웃음이 나왔다.

"알았어. 그래도 넌 영국 시골길을 운전하는 것도 좋아할 거 같은데. 오스틴이 자란 집도 보고…."

하던과 이 나라를 떠난다니, 엄마가 그 말을 들으면 어떻게 반응할지 상상조차 할 수 없다. 아마 다락방 같은 데 나를 가두고는 절대 밖으로 못 나오게 할 거다. 엄마와는 대화조차 하지 않고 있다. 폭풍이 휩쓸고 간 그날 밤 이후로 말이다. 엄마와의 논쟁은 어떻게든 피하고 싶었다.

"뭐, 문제 있어?"

그가 내 앞에 머리를 바짝 들이밀며 물었다.

"아…, 아냐, 미안. 그냥 엄마 생각이 나서."

"아… 너희 엄마도 적응하시게 될 거야, 베이비."

확신에 찬 목소리였지만, 나는 우리 엄마를 잘 안다.

"그렇진 않을 거야. 우리 다른 얘기하자."

결혼식으로 화제를 바꾸었다. 하지만 그것도 잠시, 주머니에서 하던의 휴대전화가 울렸다. 전화기를 꺼낼 수 있게 슬쩍 비켜주었다. 하지만 그는 전화 받을 생각이 전혀 없어 보였다.

"이 상황에 무슨 전화야, 급하면 다시 하겠지."

그의 말에 왠지 기분이 좋아졌다.

"토요일에 결혼식 마치고, 아빠네 집에서 잘 거야?"

얼른 내가 물었다. 엄마 생각을 머릿속에서 지워야 한다.

"네가 그러고 싶으면?"

"응, 난 그 집이 좋더라. 이 침대는 너무 작잖아."

나는 콧잔등을 찡긋했고, 그가 웃었다.

"그럼 내 방에 있으면 되지. 당장 오늘 밤부터?"

"내일 아침에 출근해야 해."

"네 물건들을 챙겨 가자. 거기서 준비하면 되지. 나 내 방에 며칠이나 안 들어갔거든. 벌써 다른 사람한테 세났을지도 몰라."

그가 농담을 건넸다.

"너도 서른 명이나 북적대는 샤워실에서 샤워하고 싶진 않잖아?"

"그래, 좋아."

나는 침대에서 내려오며 미소를 지었다.

하딘이 짐 챙기는 걸 도와주었다. 클럽하우스에 간다니 가슴이 점점 더 두근거린다. 나는 클럽하우스가 싫다. 하지만 편한 개인 욕실에다 하딘의 커다란 침대는 뿌리칠 수 없는 유혹이다. 하딘이 빨간색 속옷 세트를 꺼냈다. 그러더니 '알지?' 하는 눈빛으로 고개를 끄덕이며 내게 건넸다. 나는 아무렇게나 가방 안에 구겨 넣으며 얼굴을 붉혔다. 낡은 검정 스커트와 흰색 블라우스를 새로 산 원피스 사이에 쑤셔넣었다.

"빨간색 브래지어에 흰색 셔츠?"

하딘이 짚어주었다. 흰색 셔츠를 꺼내고 파란색 셔츠를 넣었다.

"옷을 좀 넉넉히 챙겨 가자. 그러면 다음에 잔뜩 챙기지 않아도 되잖아."

그의 공간에 내 옷을 두기를 원하는 거다. 매일 밤 우리가 함께 지낼 거라는 걸 이런 식으로 말하다니, 깜찍하기도 하지.

"그러는 게 좋겠네."

대답하면서 흰색 원피스랑 또 다른 옷들은 이것저것 챙겼다. 그가 내 가방을 어깨에 멨다.

"더 쉬운 방법도 있는데, 혹시 알아?"

밖으로 나서면서 그가 말했다.

"뭔데?"

무슨 말을 하려는지 너무 잘 알겠다.

"우리가 같은 집에 사는 거."

그가 미소를 지었다.

"그럼 어디서 잘까 고민할 필요도 없고, 가방을 싸가지고 다닐 필요도 없잖아. 매일 혼자서 샤워할 수도 있고. 아, 완전히 혼자는 아니겠구나."

하딘은 장난스럽게 윙크를 날렸다. 장난이 끝났나 싶을 때 마침 차에 도착했다. 그가 문을 열어주면서 한마디 덧붙였다.

"아침에 일어나면 우리 부엌에서 네가 마실 커피도 만들 수 있어. 그렇게 하루를 시작하는 거야. 우리만의 공간에서 하루를 마무리하고. 룸메이트나 클럽하우스의 쓰레기들 없이 말이야."

그가 '우리'라는 말을 내뱉을 때마다 아랫배가 꿈틀거렸다. 생각할수록 그럴듯하게 들렸다. 너무 빨리 동거를 결정하는 게 아닌가 두려울 뿐이다. 한순간의 꿈이거나 순간의 잘못된 판단으로 모든 게 물거품이 되는 건 싫다.

운전하면서 하딘은 내 허벅지 위에 손을 올려놓았다.

"너무 깊게 생각하지 마."

그의 휴대전화가 또 진동했다. 이번에도 받지 않았다. 왜 전화를 안 받는 거야? 슬쩍 의심이 들기 시작했다. 애써 그런 생각을 밀어내려 했다.

"뭘 걱정하는 거야?"

내가 아무 소리도 하지 않자, 그가 재차 물었다.

"잘 모르겠어. 만약에 직장에 무슨 일이 생기면 어떡해? 그래서 내가 생활비를 낼 수 없으면? 아님 우리 사이에 무슨 일이라도 생기면?"

그가 인상을 찌푸렸다가 금세 얼굴을 폈다.

"베이비, 내가 말했잖아. 월세는 내가 낸다고. 내 제안이고, 돈도 내가 더 많이 버니까. 그러니까 그렇게 할게."

"네가 얼마나 버는지는 상관없어. 네가 모든 비용을 다 내는 건 맘에 안 들어."

"그럼 케이블 TV 사용료는 네가 내."

"식비는?"

내가 덧붙였다. 진심인지 아닌지 나도 잘 모르겠다.

"식비라…, 좋은 생각이야. 집에 오면 네가 저녁을 준비해준다니."

"무슨 말이세요? 난 그 반대라고 생각했는데?"

내가 웃었다.

"그럼 번갈아 할까?"

"좋아."

"그러니까 나랑 같이 사는 거지?"

지금껏 한 번도 본 적 없는 상기된 얼굴로 그가 활짝 웃었다.

"그런 얘긴 안 했어. 난 그냥…."

"내가 잘 보살펴줄게. 항상 말이야."

그가 약속했다. 보살핌을 받는 건 싫다. 그 얘기를 하고 싶었던 거다. 내 힘으로 벌어서 그걸로 내 몫을 내고 싶었다. 그러나 그가 돈 문제만을 얘기하는 건 아니라는 생각이 들었다.

"이런 일이 나에게 일어난다니 믿기지가 않아, 그래서 두려워."

마침내 하딘과 나 스스로에게 인정하고 말았다. 그의 다음 말이 나를 더 놀라게 했다.

"나도 그래."

"정말?"

같은 감정이라니 어쩐지 안심이 되었다.

"항상 그 생각이 머릿속에서 떠나지 않았어. 넌 내게 너무 과분해. 네가 그걸 깨닫길 기다리고 있었어. 그날이 오지 않길 바라면서 말이야."

그의 시선은 도로 위에 고정되어 있었다.

"그럴 일은 없을 거야."

이건 진심이었다. 그는 아무 말도 하지 않았다.

"좋아."

내가 먼저 침묵을 깨뜨렸다.

"뭐가?"

"함께 살자."

그에게 미소를 보냈다. 오래 참은 숨을 토해내듯 그가 깊은 숨을 내뱉었다.

"정말이야?"

그가 고개를 세차게 휘젓는 바람에 보조개가 튀어나오는 줄 알았다. 더없이 환하게 미소를 지은 채.

"응."

"그게 나한테 어떤 의미인지 넌 모를 거야, 테레사."

그가 내 손을 으스러뜨릴 듯 꽉 쥐었다. 하딘의 집 앞에 도착했고, 가슴이 두방망이질 치기 시작했다. 우리가 진짜 동거를 하기로 했다. 하딘과 내가. 단 둘이. 우리만의 공간. 우리만의 침대. 우리만의 모든 것들과 함께. 지옥 같은 두려움이 엄습했다. 하지만 이 순간만큼은 불안보다 흥분이 더 컸다.

"테레사라고 부르지 마. 그랬다간 맘이 다시 바뀔지도 몰라."

"네가 친구들이랑 가족만 그 이름을 부를 수 있다고 했잖아. 이제 나도 그럴 자격 있는 것 같은데?"

그걸 기억하고 있었다고? 그를 처음 만났을 때 했던 말인데. 나는 활짝 웃었다.

"핵심을 잘 짚었네? 부르고 싶은 대로 불러."

"아, 베이비. 나라면 그렇게 말하진 않을 거야. 부르고 싶은 수백 가지 변태 같은 이름들이 있는걸."

그가 음흉하게 웃었다. 그의 음란한 말들이 듣고 싶었다. 다리를 있는 힘껏 모으고 어떤 이름들인지 묻고 싶은 걸 억지로 참아냈다. 그가 내 생각을 알아차린 모양이었다. 그의 얼굴에 미소가 스멀스멀 번졌다.

우리 둘이 함께 할 때 그가 얼마나 변태 같은지 낱낱이 말해주고 싶었다. 하지만 말이 목에 콱 걸린 듯 나오지 않았다. 집 앞에 차를 세웠다. 그제야 마당에 사람들이 넘쳐나고 집 앞에 차가 가득한 게 눈에 들어왔다.

"젠장. 오늘도 파티가 있는 줄 몰랐어. 겨우 화요일인데. 이거 봐, 이런 빌어먹을…."

"괜찮아. 방으로 바로 올라가면 되잖아."

그의 말을 막았다. 짜증을 진정시켜야 한다.

"알았어."

그가 한숨 쉬었다.

사람들로 북적이는 집 안으로 들어갔다. 하딘과 나는 곧장 계단을 향했다. 아는 얼굴과 마주치지 않고 잘 통과했다고 생각하던 순간이었다. 계단 위에서 번들거리는 얼굴의 갈색 금발 머리와 마주쳤다. 제이스였다.

23

동시에 하딘도 제이스를 알아봤다. 얼른 고개를 돌려 나를 보고, 다시 제이스를 보았다. 긴장감이 감돌았다. 돌아서야 할 것 같았지만, 제이스가 우리를 확실히 보고 말았다. 하딘은 알고 있었다. 지금 돌아서면 그에게 적대감을 불러일으키게 될 거란 사실을. 일부러 그런 위험 요소를 만들 필요는 없다. 주위는 온통 미친 듯한 파티 열기에 휩싸여 있었다. 그러나 내 눈에 들어오는 건 오직 제이스의 소름끼치는 미소뿐이었다.

우리가 계단을 오르자, 제이스는 짐짓 놀란 듯 과장된 표정을 지었다.

"너희 둘을 여기서 볼 줄 몰랐네? 부두엔 안 오겠다며?"

"파티가 아니라 그냥 잠깐 '여기'에 온 거야."

"아, 왜 왔는지 잘 알겠다."

제이스가 미소를 흘리며 하딘의 어깨를 툭툭 건드렸다. 그의 갈색 눈동자가 나를 향하자 몸이 움찔했다.

"이렇게 다시 만나니까 진짜 반가운데, 테사?"

그가 뻔뻔하게 인사를 건넸다. 나는 하딘을 슬쩍 보았다. 하딘은 제이스를 보느라 눈치 못 챈 것 같았다.

"나도."

나는 겨우 입을 떼었다.

"어쨌든 부두에 안 온 건 다행이야. 경찰이 들이닥쳐서 파티가 박살 났거든. 그래서 다들 여기로 왔어."

그 말인즉 제이스와 그 느물거리는 친구들이 여기 어딘가에 다 모여 있단 거다. 하딘이 싫어하는 사람들이 더 있다는 뜻이다. 그냥 기숙사 에 있었어야 했다. 하딘의 눈을 보자 그도 같은 생각인 듯했다.

"안 됐군, 맨."

하딘이 그를 지나치려 했다. 제이스가 하딘의 팔을 붙잡았다.

"너희도 아래층에서 같이 한 잔 하지."

"얘는 술 안 마셔."

하딘이 씩씩거렸다. 목소리엔 짜증이 가득 담겨 있었다. 불행히도 그 짜증이 제이스를 더 부추긴 것 같았다.

"그래? 그래도 같이 즐길 순 있잖아. 내가 보장해."

하딘이 나를 바라보았다. 나는 눈을 크게 뜨고 '싫다'고 조용히 말하 려 했다. 그런데 그가 제이스를 보고 고개를 끄덕였다.

'이건 또 뭐야?'

"좀 이따 내려갈게. 얘 좀…, 데려다주고."

하딘이 중얼거렸다. 제이스가 토 달기 전에 그가 내 손목을 잡아끌 고 그의 방으로 데리고 갔다. 잠긴 방문을 열고, 하딘은 서둘러 나를 방 안으로 밀어 넣었다. 그리고 재빨리 문을 닫았다.

"나, 아래층에 가기 싫어."

그가 내 가방을 내려놓는데 내가 말했다.

"넌 안 가도 돼."

"그럼 넌?"

"잠깐만 다녀올게. 오래 걸리진 않을 거야."

그가 뒷목을 문질렀다.

"왜 싫다고 얘기 안 했어?"

하딘은 아니라고 했지만, 제이스에게 단단히 겁을 먹은 것처럼 보였다.

"말했잖아. 걔한테 안 된다고 말하긴 어려워."

"걔한테 약점 잡힌 거라도 있어?"

"뭐?"

하딘의 얼굴이 붉게 달아올랐다.

"아니…, 그 새끼가 또라이라서 그래. 문제 일으키고 싶진 않거든. 특히 네가 곁에 있을 때는 더."

그가 내게 한 걸음 다가왔다.

"오래 있진 않을 거야. 내가 그 인간을 잘 알아. 가서 한 잔 안 하면, 또 여기 올라와서 추근댈 거야. 걔가 네 주위에 어슬렁거리는 게 싫어."

그가 내 뺨에 입을 맞추었다.

"알겠어."

한숨이 나왔다.

"여기 꼼짝 말고 있어. 아래층이 너무 시끄러워서 마땅찮기는 하지만, 지금 널 데리고 나가는 건 좋은 생각이 아닌 것 같아."

"알겠어."

하딘은 똑같은 소리를 반복했다. 암튼 나도 아래층에 내려가긴 싫었다. 이딴 파티는 정말 싫다. 만약 몰리가 있다면, 마주치는 것만으로도 진짜 싫다.

"농담 아니야, 알았지?"

그의 목소리는 부드러웠다.

"알겠다고. 너무 오래 혼자 두지만 마."

내가 애원했다.

"그래. 내일 당장 아파트 계약하러 가자. 반스 출판사 퇴근하자마자 바로. 이런 거지같은 일로 또 걱정하고 싶진 않아."

이제 이딴 지저분한 파티나 좁아터진 기숙사 방은 바이바이다. 학생 식당이 아니라 내 부엌에서 밥을 먹고 싶다. 성인이 됐다는 자유를 느끼고 싶다. 캠퍼스 안에서 시간을 보내고 기숙사에서 사는 건 우리가 어린애라는 걸 자꾸 상기시킬 뿐이다.

"좋아, 금방 올게. 나 나가고 나면 문 잠그고 절대 아무도 열어주지 마. 난 열쇠 있어."

그가 재빨리 입술에 키스하더니 문 쪽으로 돌아섰다.

"세상에. 누가 보면 날 죽이려는 줄 알겠다."

긴장을 풀어주려 농담을 건넸다. 그런데도 하딘은 문을 나서기 전 뒤를 돌아 웃음 한 번 보여주지 않았다. 나는 닫힌 문을 향해 눈을 흘겼다. 그리고 어쨌든 문을 잠갔다. 술주정뱅이들이 헤매고 다니다 불쑥 들어오는 건 원치 않으니까.

텔레비전을 켰다. 아래층 소음이 잦아들기를 바랐다. 하지만 마음은 아래층을 헤매 다니고 있었다. 하딘은 제이스에게 왜 그렇게 주눅 들어 있을까? 제이스는 왜 그렇게 소름 끼치게 웃을까? 평소처럼 그

유치한 진실 게임을 또 하고 있을까? 하딘이 벌칙으로 몰리한테 키스라도 한다면? 전에 그랬던 것처럼 몰리가 하딘의 다리 위에 앉아 있다면? 동거를 결정한 상황에서 몰리한테 질투라니, 말도 안 된다. 하지만 생각만 해도 미칠 것만 같았다.

하딘이 많은 여자들과 놀아났다는 걸 모르는 건 아니다. 심지어 스테프까지도. 그런데도 몰리만 생각하면 정말 화가 난다. 아마도 그녀가 날 좋아하지 않기 때문일 거다. 또 내 앞에서도 뻔뻔하게 하딘에게 집적거렸기 때문일 거다.

'게다가 처음 만났을 때, 그의 다리에 걸터앉아 목을 핥고 있었잖아.'

마음의 소리가 잊고 있던 사실까지 상기시켰다.

나는 결국 이 모든 생각들에 사로잡히고 말았다. 문을 꼭 잠그고 방에 콕 박혀 있어야 한다는 걸 잘 안다. 그러나 정신을 차렸을 때 이미 하딘을 찾으러 아래층으로 발길을 옮기고 있었다.

아래층에 내려가자 거의 벗고 있는 몰리의 흉측한 핑크색 머리가 제일 먼저 눈에 띄었다. 하딘은 그 어디에서도 찾을 수가 없었다. 이상하게 안심이 되었다.

"이런, 이런, 이런."

등 뒤에서 목소리가 들렸다. 몸을 돌리자 제이스가 바짝 다가와 있었다.

"하딘이 넌 컨디션이 별로라던데. 걔는 늘 그런 식이지. 거짓말을 하거든."

그가 씨익 웃으며 주머니에서 라이터를 꺼냈다. 라이터를 켜더니 입고 있던 청조끼 아래 삐져나와 있던 술을 태웠다. 나는 하딘의 거짓말을 지켜주기로 했다.

"별로였어. 근데 지금은 좀 나아졌고."

"이렇게 빨리?"

그가 웃었다. 재밌나 보다. 집이 엄청 작아지는 느낌이다. 파티는 점점 더 많은 사람으로 북적이는 것 같았다. 나는 고개를 끄덕이며 필사적으로 하딘을 찾아 방을 두리번거렸다.

"이리 와봐, 내 친구들을 소개시켜줄게."

제이스가 나에게 말했다. 이상하게 등줄기로 목소리의 떨림이 전해지는 듯했다.

"음…, 난 하딘을 차, 찾으러 가야 할 거 같아."

말을 더듬었다.

"워워, 그러지 말고. 하딘도 내 친구들이랑 같이 있어."

그가 내 어깨에 팔을 두르려 다가왔다. 나는 못 본 척하며 한 걸음 슬쩍 물러섰다. 다시 위층으로 올라가면 하딘이 모르겠지, 잠깐 생각했다. 하지만 제이스가 나를 따라올 거다. 아니면 하딘에게 얘기하겠지. 아니다, 둘 다 할 거다.

"알겠어."

포기하고 대답했다. 사람들 사이를 뚫고 제이스를 따라갔다. 그는 뒷마당으로 나를 데리고 갔다. 현관의 등이 몇 개만 켜져 있어 깜깜했다. 불안감이 일었다. 어두운 마당으로 제이스를 따라오다니. 그러다 곧 하딘과 눈이 마주쳤다. 그의 눈은 놀란 듯 둥그레졌다가 곧 분노로 바뀌었다. 그가 벌떡 일어났다가 다시 앉았다.

"봐, 혼자 돌아다니던 걸 내가 찾아왔어."

제이스가 나를 가리키는 몸짓을 했다.

"그래, 나도 봤어."

하딘이 중얼거렸다. 분명 화가 났다.

모르는 사람들이 둥글게 모여 앉아 있었다. 가운데에는 돌덩어리들로 만든 불구덩이 같은 구멍이 있었다. 불은 피워져 있지는 않았다. 여자애들도 몇 명 있었지만 대부분이 거칠게 보이는 남자들이었다.

"이리로 와."

하딘이 슬쩍 비키며 돌 위에 내가 앉을 자리를 마련해주었다. 자리에 앉자, 하딘은 금세 소리라도 지를 듯한 표정으로 나를 쳐다봤다. 주위에 사람들이 있는 게 다행인가. 찢어진 흰색 셔츠를 입은 검정색 머리의 남자가 제이스에게 귓속말을 했다.

"왜 나왔어?"

하딘이 이를 악물고 나지막이 물었다.

"나…, 나도 모르겠어. 혹시 몰리가…."

말을 꺼내긴 했지만 얼마나 바보 같은 소리로 들릴지 깨닫고 있었다.

"진심은 아니지?"

그가 머리카락을 쓸어 넘겼다. 격분이 담긴 목소리였다. 검정색 머리의 남자가 보드카 병을 내게 건넸다. 사람들의 이목이 모두 우리에게 집중됐다.

"앤 술 안 마셔."

하딘이 내 손에서 술병을 낚아챘다.

"젠장, 스캇. 자기 입으로 말해도 되잖아."

또 다른 남자가 말했다. 그는 친절한 미소를 흘리고 있었다. 제이스나 검정색 머리의 남자처럼 소름 끼치지도 않았다.

하딘이 빙긋 웃었다. 하지만 그건 거짓 웃음이었다.

"네 일에나 신경 쓰시지, 로니."

하딘은 가는 목소리로 말했다.

"자, 그럼, 누가 게임할 거야?"

제이스가 물었고, 나는 하딘을 쳐다보았다.

"너희들 진실 게임 같은 거 하려는 건 아니지? 솔직히, 그런 게임을 왜 하는 거야?"

내가 신음하듯 말했다.

"와! 이 여자 맘에 든다. 멋지고 화끈한데?"

로니가 말했고, 나는 웃었다.

"그런 게임 좀 하면 어때서? 누가 나쁘다고 그런 거야?"

제이스가 혀 꼬부라진 소리로 말하자, 옆에 있는 하딘이 긴장하는 것 같았다.

"사실 우린 옷 벗기기 포커를 할 참이었어."

또 다른 남자가 말했다.

"아, 말도 안 돼."

사람들을 보면서 내가 말했다.

"그럼 빨아주는 게임은 어때?"

제이스가 말했다. 나는 움찔했고, 얼굴이 달아올랐다. 무슨 게임인지는 모르겠다. 그래도 여기 이 사람들과 하고 싶은 게임은 분명 아니었다.

"그런 게임은 들어본 적도 없어. 사양할게."

내가 말했다. 곁눈으로 하딘이 웃는 게 보였다.

"그거 재밌어. 술 한두 잔 마시고 나면 더 재밌어지는데."

한쪽에서 남자 목소리가 들렸다. 하딘 손에서 병을 빼앗아 한 모금 마실까 생각했다. 그러나 관두기로 했다. 내일 일찍 일어나야 하고, 숙취에 시달리기도 싫었다.

"어쨌든 빨아주는 게임을 하기엔 여자가 너무 적어."

로니가 말했다.

"내가 좀 데리고 올게."

말릴 새도 없이 제이스가 집 안으로 들어가버렸다.

"위층으로 돌아가, 제발."

하딘이 조그만 소리로 속삭였다. 나만 들을 수 있을 만큼.

"네가 같이 간다면."

"알았어, 가자."

우리는 자리에서 일어섰다. 그러자 여기저기서 구시렁거리는 소리가 들렸다.

"어디 가려고, 스캇?"

남자들 중 하나가 물었다.

"위층에."

"왜 이러시나. 한 달 만에 처음 나타나서는. 좀 더 있다가 가."

하딘은 나를 쳐다보았고, 나는 어깨를 으쓱했다.

"좋아."

하딘은 나를 큰 돌 뒤에 앉혔다.

"금방 올 거야. 이번엔 여기 꼼짝 말고 있어. 농담 아니야."

하딘이 나에게 말했다. 나는 그를 노려보았다. 또 날 두고 가려 하다니. 여기에, 이 최악의 사람들 틈에.

"또 어디 가려고?"

그가 가기 전에 얼른 물었다.

"마실 것 좀 가지러. 너도 한 잔 필요할 거고."

그가 미소를 지으며 안으로 들어갔다. 하늘 한 번, 불 구덩이 한 번, 번갈아 쳐다보았다. 이 어색한 상황을 피하는 최선의 대안이었다. 뜻대로 되지는 않았다.

"그래서, 하딘이랑 안 지는 얼마나 됐어?"

로니가 물으면서 술을 벌컥벌컥 마셨다.

"몇 달쯤."

나는 최대한 정숙하게 대답했다. 로니는 뭔가 편안한 느낌이 들었다. 제이스를 대할 때 같은 경보음은 울리지 않았다.

"그럼 그렇게 오래 되진 않았네?"

"맞아, 길진 않아. 넌 하딘이랑 알고 지낸 지 얼마나 됐어?"

이 자리를 하딘에 대해 많은 정보를 알아낼 기회로 삼는 게 낫겠다.

"작년부터 알았어."

"어디서 만났는데?"

나는 아무렇지도 않게 물었다.

"음, 이런 저런 파티들에서."

그가 웃었다.

"아, 그럼 하딘이랑 친구구나?"

"시시콜콜 꼬치꼬치 잘도 캐묻는구나, 그치?"

검정 머리의 남자가 훅 끼어들었다.

"나 좀 그래."

내가 얼른 대답했다. 그가 웃었다. 하딘이 말했던 것처럼 그렇게 나쁜 애들인 것 같진 않았다.

'그나저나, 이 남자는 어디 있는 거야?'

조금 있다 하딘이 나타났다. 제이스와 또 다른 세 명의 여자들과 함께. 이건 또 무슨 일이람? 제이스와 하딘은 얘기 중인 것 같았다. 제이스가 하딘의 등을 툭툭 쳤고, 둘은 함께 웃었다.

하딘은 양손에 빨간 컵을 들고 있었다. 그들을 따라온 여자애들 중에 몰리가 없다는 게 조금은 안심이었다. 하딘은 나와 함께 돌 위에 앉았다. 나를 보며 장난스러운 표정을 지어 보였다. 가기 전보다 긴장이 많이 풀어진 듯 했다.

"이거."

그가 컵 하나를 건네주었다.

컵을 받아들기 전, 아주 잠깐 그걸 노려보았다. 한 잔쯤이라면 별 일 없겠지. 한 모금 맛보자 금세 알아차렸다. 이건 제드와 키스했던 날 마셨던 술이다. 하딘이 나를 보았고, 나는 입술을 핥으며 술맛을 음미했다.

"이제 여자는 충분해졌지?"

제이스가 새로 온 여자들을 몸짓으로 가리켰다.

그 여자들을 죽 둘러보았다. 그들을 비난하고픈 본능과 싸워야 했다. 겨우 몸을 가린 스커트에 색깔만 다른 똑같은 티셔츠를 입고 있었다. 분홍색 셔츠의 여자가 나를 보고 웃었다. 그래, 저 여자가 가장 맘에 드는 걸로 정하자.

"넌 게임 안 하는 거야."

하딘이 내 귀에 대고 속삭였다. 제발 뭐든 해보겠다고 말하고 싶었다. 하지만 그가 내 허리에 팔을 두르며 나에게 기댔다. 너무 놀라 그를 바라보았다. 그는 그저 웃고만 있었다.

"사랑해."

그가 속삭였다. 귀에 닿는 그의 입술이 서늘해서 부르르 몸이 떨렸다.

"좋아, 다들 게임은 어떻게 하는 줄 알지?"

제이스가 큰 소리로 말했다.

"모두 원 안으로 붙어 앉아. 아, 그전에 먼저 신나게 파티를 즐겨야지."

그가 능글맞게 웃으며 주머니에서 뭔가를 꺼냈다. 라이터였다. 그가 라이터로 조그만 흰 물체에 불을 붙였다.

"저거, 마리화나야."

하딘이 나지막이 얘기했다. 마리화나를 실제로 본 적은 한 번도 없었다. 그래도 한눈에 알아볼 수 있었다.

고개를 끄덕이며, 제이스가 그걸 입에 물고 연기가 나도록 뻐금거리는 걸 지켜봤다. 그러더니 하딘에게 내밀었다. 하딘은 고개를 저으며 거절했다. 로니가 받아 들고 깊게 들이마셨고, 큰 소리로 기침을 해댔다.

"테사?"

로니가 나에게 건네주었다.

"아냐, 사양할게."

몸을 빼며 하딘에게 더 깊숙이 기댔다.

"좋아, 그럼 이제 게임하자."

여자들 중 한 명이 말했다. 그녀가 핸드백에서 뭔가를 꺼냈다. 모두 앉아 있던 돌에서 내려와 잔디 위에 원 모양으로 앉았다.

"이리 와, 하딘!"

제이스가 신음하듯 불렀고, 하딘은 고개를 저었다.

"난 괜찮아, 맨."

하딘이 대답했다.

"우리, 여자 한 명 더 필요해. 댄이 네 목을 핥는 게 싫다면 말야."

로니가 웃었다. 아마도 검정 머리 남자가 댄인 것 같았다.

잠자코 있던 빨강 머리 남자가 마리화나 한 모금을 빨더니 제이스에게 넘겨주었다. 내 술을 다 마시고, 하딘 컵을 잡았다. 그가 한쪽 눈썹을 찡긋했지만, 나에게 컵을 주었다.

"몰리를 데리고 올게. 걘 분명히 올 거야."

핑크색 셔츠의 여자가 말했다. 몰리라는 이름을 듣는 순간 평온했던 마음이 조각나면서 피가 거꾸로 솟아올랐다. 나도 모르게 불쑥 말이 튀어나왔다.

"내가 할게."

"진심이야?"

제이스가 물었다.

"쟤가 해도 괜찮겠어?"

댄이 빙글빙글 웃으며 하딘을 바라보았다.

"재밌는 거라면 안 할 이유가 없잖아."

재수 없는 말투였지만 순진한 미소를 댄에게 날려주었다.

하딘은 쳐다보지 않는 편이 낫겠다. 이미 내게 게임 따위는 하지도 말라고 얘기했다. 그렇더라도 근질근질한 입을 닫고 있을 수만은 없었다. 하딘의 술까지 다 마셔버리고, 핑크색 셔츠 여자 옆에 앉았다.

"남자들 사이에 앉아야 해."

그녀가 말했다.

"아, 알았어."

자리에서 일어섰다.

"나도 할 거야."

하딘이 투덜거리면서 자리에 앉았다. 나는 본능적으로 그의 옆에 앉았다. 여전히 눈길은 피한 채였다. 다른 쪽 옆으로는 제이스가 앉았다.

"게임을 더 재밌게 하려면 하딘이 이쪽에 앉아야 할 텐데."

댄이 말했고, 빨강 머리의 여자가 맞장구치듯 고개를 끄덕였다.

하딘이 짜증스러운 표정을 지으며 내 반대편으로 자리를 옮겼다. 이런 자리 배치를 이해할 수가 없다. 누구 옆에 앉는 게 뭐가 중요하지? 댄이 내 옆으로 와서 앉자 긴장되기 시작했다. 댄과 제이스 사이에 앉다니, 이건 불편함을 넘어서 불안에 가까웠다.

"이제 시작해볼까?"

녹색 셔츠의 여자가 징징거리듯 말했다. 그녀는 하딘과 빨강 머리 남자 사이에 앉아 있었다. 제이스가 여자들 중 하나가 꺼낸 종이조각 같은 걸 잡았다. 그러더니 그걸 입에 가져다 댔다.

'뭐야, 이거?'

"준비됐어?"

빨강 머리 남자가 나에게 물었다.

"나, 이거 어떻게 하는지 몰라."

고백하듯 털어놓았다. 여자 하나가 키득거렸다.

"종이 다른 면에 입을 대고 떨어지지 않게 힘껏 빼는 거야. 떨어뜨리면 키스해야 해."

그가 설명해줬다.

오, 노! 하딘을 쳐다보았지만, 그의 시선은 제이스에게 꽂혀 있었다.

"이쪽부터 시작하자. 그래야 얘가 볼 수 있잖아."

제이스가 다른 쪽 여자에게 말했다.

이 게임, 정말 싫다. 내 차례가 오기 전에 끝나기만을 바랄 수밖에. 아니면 하딘의 순서가 되기 전에. 이딴 게임을 하기엔 우리 좀 늦은 거 아니야? 대학생씩이나 된 애들이 왜 아무하고나 키스하려고 호시탐탐 기회를 노리고 있는 거지? 제이스와 여자의 입 사이로 종이가 옮겨졌다. 떨어뜨리지 않았다. 하딘이 여자에게 종이를 받아 다른 여자에게 옮기는 걸 숨도 쉬지 못하고 쳐다봤다. 이 여자들 중 하나와 키스라도 한다면…. 종이가 떨어지지 않은 걸 확인하고서야 숨을 내쉴 수 있었다. 빨강 머리 남자와 노란 셔츠의 여자 사이에서 종이가 떨어졌다. 둘의 입술이 맞닿았다. 그녀가 입을 벌렸고, 둘의 혀가 얽혔다. 움찔 놀라서 다른 데로 시선을 피했다. 당장에 일어나서 이 자리를 벗어나고 싶었다. 하지만 몸이 꼼짝을 하지 않았다. 다음 차례는 나다.

'오, 마이 갓. 내 차례다.'

댄이 입술에 종이를 대고 내 쪽으로 몸을 돌렸다. 침을 꿀꺽 삼켰다. 어떻게 해야 할지 잘 모르겠다. 눈을 감고 종이 다른 한쪽에 입술을 대고 힘껏 빨아들였다. 댄이 입김을 불어댔다. 종이 사이로 뜨거운 숨이 느껴졌다. 입으로 종이를 붙이는 건 어려웠다. 종이를 떨어뜨리지 않는 건 불가능에 가까웠다. 종이가 툭, 다리로 떨어졌다. 댄의 뜨거운 입김이 느껴졌다. 그의 입술이 가까이 다가오고 있다. 입술이 내 입술에 스치는 순간, 그의 몸이 떨어졌다.

눈을 떴다. 무슨 일이 벌어지는 건지 알 수가 없었다. 하딘이 댄에게 올라타 그의 목을 조르고 있었다.

24

손을 짚고 몸을 움직였다. 하딘은 댄의 목을 두 손으로 움켜쥐고 머리를 들어 바닥에 내리쳤다. 아주 잠깐, 우리가 콘크리트 현관이나 돌무더기 옆에 앉았어도 하딘이 이랬을까, 생각했다. 하딘이 주먹으로 댄의 턱을 후려치는 걸로 그 의문에 대답이 되었다.

"하딘!"

내가 소리치며 잽싸게 일어섰다. 다른 사람들은 그저 보고만 있었다. 제이스는 재미있어 했고, 로니는 즐기는 것 같았다.

"쟤 좀 말려봐!"

내가 애원했지만 제이스는 고개를 가로저었다. 하딘은 피범벅이 된 댄의 얼굴을 또 주먹으로 갈겼다.

"벌써부터 한판 했어야 해. 끝장을 보게 그냥 놔둬."

제이스가 능글맞게 웃으며 나를 바라보았다.

"술 한 잔 더 할래?"

"뭐라고? 아니, 술 마시기 싫어! 대체 왜들 그러는 거야?"

내가 소리쳤다. 주변으로 사람들이 모여들었다. 다들 말리기는커녕 싸움을 응원하고 있었다. 댄이 하딘을 때리는 건 아직 못 본 것 같았다.

그건 좀 다행이다. 그렇대도 댄을 때리는 건 그만했으면 좋겠다. 나 혼자 말리기는 너무 두려웠다. 제드가 뒷마당에 나타났다. 나는 그에게 소리를 질렀다. 그가 금세 나를 알아보고 달려왔다.

"하딘 좀 말려줘, 제발!"

나는 소리 질렀다. 다들 이 싸움에 열광하고 있었다. 나만 빼고. 하딘이 이 남자를 계속 때린다면, 죽이고 말 거다. 나는 안다.

제드가 고개를 끄덕이더니 하딘에게 다가갔다. 그가 하딘의 주먹을 잡았다. 셔츠 안으로 주먹을 집어넣으며, 하딘을 뒤로 끌어당겼다. 하딘은 무방비 상태로 붙잡혔다. 쓰러져 있던 댄에게서 겨우 그를 떼놓았다. 하딘은 격분해서 제드에게 주먹을 날렸다. 제드는 재빨리 피하고 하딘의 어깨에 두 손을 얹었다. 들리진 않았지만 하딘에게 뭐라고 말하는 것 같았다. 하딘은 나를 보고는 고개를 끄덕였다. 그의 눈은 이글거리고 있었다. 주먹에서는 피가 흐르고 셔츠는 찢어졌다. 가슴은 가쁘게 들썩거렸다. 사냥을 한 직후, 야수의 모습과도 같았다. 그에게 한 발짝도 다가갈 수 없었다. 나에게 얼마나 화가 났을지 알 것 같았다. 충분히 알 수 있다. 그렇지만 하딘이 두렵지 않았다. 완전히 이성을 잃은 최악의 모습이었지만, 그렇다고 그가 나에게 물리력을 행사하진 않을 거다.

흥분이 가라앉자, 사람들이 집 안으로 들어갔다. 댄은 바닥에 뻗어 있었고, 제이스는 그가 일어나게 부축해주었다. 댄이 비틀거리며 셔츠로 얼굴에 묻은 피를 닦아냈다. 피 섞인 침을 뱉는 걸 보고 시선을 돌렸다.

댄이 서 있는 쪽으로 하딘이 눈을 돌렸다. 그에게 다시 다가갔다. 제드가 하딘을 꽉 붙들었다.

"엿이나 먹어, 스캇!"

댄이 소리 질렀다. 제이스가 둘 사이에 끼어들었다. 아, 이제서야 뭔가를 하려는군.

"딱 기다려, 내가 너의 그 쥐콩만 한⋯."

댄이 다시 한 번 소리쳤다.

"입 닥쳐."

제이스가 일갈하자, 댄은 입을 다물었다. 댄은 나를 쳐다보았다. 나는 한 발짝 물러섰다. 제이스가 했던 '벌써부터 한판 했어야 해'라는 말의 의미가 궁금해졌다. 불과 몇 분 전까지만 해도 댄과 하딘은 사이가 괜찮아 보였었다.

"안으로 들어가!"

하딘이 소리 질렀다. 나에게 하는 말이라는 걸 금세 알아차릴 수 있었다.

그의 말을 듣기로 했다. 돌아서서 집 안으로 뛰어 들어갔다. 모두의 이목이 나에게 집중되었다는 걸 알았지만 상관하지 않았다. 북적거리는 사람들 틈을 뚫고 하딘의 방으로 서둘러 갔다. 나오면서 문을 안 잠갔나 보다. 카펫에 커다란 빨간 얼룩이 있었다. 누군가 비틀거리며 이 방에 들어와서 카펫에 술을 쏟은 모양이었다. 경사 났다. 얼른 화장실에서 수건에 물을 적셔 왔다. 이번에는 방문을 잠그고 얼룩을 맹렬히 닦아냈다. 물이 닿자 얼룩이 더 퍼졌고, 상황은 더욱 나빠졌다. 문 여는 소리가 들렸다. 하딘이 들어오기 전에 벌떡 일어섰다.

"이건 또 뭐 하는 짓거리야?"

그의 시선이 수건으로 옮겨졌다가 바닥 얼룩에 꽂혔다.

"누가…, 내가 아래층에 가면서 문 잠그는 걸 깜빡했나 봐."

그를 쳐다보았다. 콧구멍이 넓어지더니 그가 깊은 숨을 들이마신다.

"미, 미안해."

내가 겨우 입을 떼었다. 그의 몸에서 분노가 뿜어져 나왔다. 그에게 화낼 수도 없었다. 이 모든 게 내 잘못이기 때문이다. 그의 말대로 방에만 있었다면, 아무 일도 일어나지 않았을 텐데.

그가 절망스러운 표정으로 얼굴을 문질렀다. 그에게 다가갔다. 그의 손가락은 찢어져서 피범벅이었다. 좀 전의 싸움이 떠올랐다. 그가 내 손에서 수건을 뺏어 들었다. 놀란 나는 반사적으로 펄쩍 뛰었다. 눈빛에 혼란스러움이 담겨 있었다. 그는 수건으로 주먹을 닦았다. 머리는 살짝 기울인 채였다.

나는 하딘이 문을 벌컥 열고 들어와 소리소리 지르며 물건을 때려 부술 거라 생각했다. 대신 그는 훨씬 가혹한 침묵의 벌을 선사하고 있다.

"뭐라고 제발 말 좀 해봐."

내가 사정했다. 그가 평소보다 느릿한 말투로 입을 열었다.

"날 좀 믿어줘, 테사. 지금 당장은 내가 말하는 걸 듣고 싶지 않을 거야."

"아냐, 듣고 싶어."

분노에 찬 그의 침묵은 견딜 수가 없었다.

"아니, 아닐 거야."

그가 이를 꽉 물었다.

"아냐, 듣고 싶단 말야! 나한테 얘기해줘. 아래층에서 무슨 일이 있었던 건지 얘기해 달란 말이야."

나는 창밖을 가리켰고, 그는 늘어뜨리고 있던 주먹을 꽉 쥐었다.

"빌어먹을! 테사, 넌 늘 나를 의심하고 밀어붙여야 직성이 풀리지? 내가 분명히 이 방에 처박혀 있으라고 했잖아. 그것도 몇 번씩이나. 근데 넌, 빌어먹을, 뭘 한 거야? 또 내 말을 듣지 않았잖아! 내가 하라는 대로 하는 게 그렇게 어려워?"

그는 소리 지르며 서랍장 옆을 주먹으로 후려쳤다. 나무가 갈라졌다.

"왜인 줄 알아, 하딘? 넌 나한테 이래라 저래라 명령하잖아!"

나도 그에게 소리 질렀다.

"이래라 저래라 한 게 아냐. 저런 거지같은 일에서 너를 지켜주고 싶었던 거라고. 내가 미리 경고했잖아. 쟤들은 질 나쁜 애들이라고. 그런데도 넌 제이스랑 휘젓고 다니고, 빌어먹을 게임을 하겠다고 나서질 않나. 대체 왜 그런 짓거리를 하는 거야?"

하딘의 목에서 핏줄이 선명하게 불거졌다. 혹시라도 핏줄이 터질까 봐 걱정스러울 지경이었다.

"무슨 게임인지 몰랐단 말이야!"

"네가 끼지 않았으면 하는 걸 너도 알고 있었잖아. 그런데도 부득부득 그 게임을 하겠다고 한 건, 몰리 때문이야? 네가 개한테 미친 것처럼 집착하는 거, 나도 다 알아!"

"뭐라고? 미친 집착? 내 남자친구가 그 여자랑 자던 사이였단 사실이 맘에 안 들어서겠지!"

내 볼은 활활 불타올랐다. 몰리를 향한 나의 질투와 증오는, 그래, 조금 도를 넘어서긴 했다. 그렇대도 하딘은 나에게 키스할 뻔한 남자의 목을 졸랐다.

"미안한데, 지금까지 같이 잤던 여자들이랑 전부 문제를 일으킬 거라면, 넌 전학 가야 해."

그가 소리 질렀고, 내 입은 떡 벌어졌다.

"아래층에 있던 여자들이랑은 아무 문제 없었잖아."

그가 덧붙였다. 심장이 미친 듯이 방망이질 쳤다.

"어떤 여자들?"

숨이 턱 막혔다.

"우리랑 게임하던 그 세 명?"

"걔들뿐만 아니라 이 집에 있는 여자들 전부."

그의 목소리에는 아무 감정도 담겨 있지 않았다. 그는 나를 노려보았다.

뭐라도 얘기하고 싶었지만 말문이 막혀버렸다. 하딘은 그 세 여자랑 잤고, 기본적으로는 파티에 오는 WCU의 대부분의 여자들과 잤다. 그 사실에 역겨워졌다. 그중에서도 최악은 그가 그런 말을 내 면전에 대고 한다는 사실이었다. 하딘과 시시덕거리는 내 모습이 얼마나 바보같이 보였을까. 사람들은 죄다 나를 그가 같이 자는 여자들 중 하나라고 생각했을 텐데 말이다. 그가 아무리 화가 났대도, 이건 너무 심하다. 아무리 하딘이라도. 우리가 처음 만났던 날로 돌아간 것 같았다. 그는 매일 일부러라도 나를 울게 만들 것이다.

"왜? 놀랐어? 이런 거 가지고 놀라면 안 되지."

"아니."

나는 놀라지 않았다. 상처 받았다. 그의 과거 때문이 아니다. 분노에 가득 차서 비아냥대는 그의 방식 때문이다. 나에게 상처주려고 그는 늘 이런 식으로 말한다. 눈물이 나오는 걸 참으려고 눈을 깜빡거렸다.

소용없었다. 나는 몸을 돌려 눈물을 닦아냈다.

"그냥 가."

그가 문으로 향하며 말했다.

"뭐라고?"

다시 몸을 돌려 그와 마주 섰다.

"그냥 가라고, 테사."

"어디로 가라고?"

그는 나를 쳐다보지도 않았다.

"네 방으로 돌아가…, 나도 모르겠어…, 어쨌든 여기에 있을 순 없어."

이런 일이 일어날 거라곤 생각지도 못했다. 침묵의 시간이 길어질
수록 가슴의 통증이 커졌다. 내 안의 누군가는 여기 있게 해달라 애원
하고 싶었다. 아래층에서 왜 그렇게 행동했는지 말할 때까지 싸우고
싶었다. 하지만 내 안의 더 큰 누군가는 매몰차게 나를 보내는 그에게
상처 받고 당황했다. 침대에 있던 가방을 들어 어깨에 멨다. 문 쪽으로
가서 하딘을 돌아보았다. 그가 미안하다고, 혹은 마음을 바꿨다고 말
해주길 바랐다. 그러나 그는 창 쪽으로 돌아서서 나를 완전히 무시하
고 있었다. 어떻게 기숙사로 돌아가야 할지 모르겠다. 하딘이 나를 태
우고 왔는데. 여기서 함께 밤을 보낼 거라고 추호도 의심하지 않았는
데. 내 방에서 혼자 있었던 게 기억조차 나지 않았다. 생각이 거기까지
미치자 불안해지기 시작했다. 이 집으로 온 게 몇 시간이 아니라 며칠
전인 것만·같았다.

아래층으로 내려갔을 때 누군가 뒤에서 내 셔츠를 잡아당겼다. 숨을
멈추고 돌아보았다. 제이스나 댄이 아니기만을 간절히 빌었다.

하딘이었다.

"위층으로 올라가자."

그의 목소리는 절실했고, 눈은 빨갰다.

"왜? 내가 가길 바랐던 거 아니야?"

나는 그의 뒤에 있는 벽을 노려보았다. 그가 한숨을 쉬더니 내 가방을 옮겨 멨다. 그리고 위층으로 올라갔다. 가방은 가져가게 두고 나는 가버릴까 잠깐 생각했다. 하지만 애초에 이런 상황을 만든 건 내 고집 때문이라는 데 생각이 미쳤다.

나는 씩씩거리면서 그의 뒤를 따라 방으로 들어갔다. 문이 닫히고, 그는 나를 돌려 방문에 기대게 했다. 그가 내 눈을 들여다보았다.

"미안해."

그가 허리를 내 몸에 밀어붙였다. 한쪽 팔을 문에 기대어 내 머리 가까이 놓으며 나를 옴짝달싹 못하게 만들었다.

"나도 미안해."

내가 속삭였다.

"난 가끔…, 이성을 잃는 것 같아. 그 여자들이랑 자지 않았어. 음, 그러니까, 세 명 다는 아니야."

약간 안심이 되긴 했지만 완전히 마음이 놓이진 않았다.

"화가 나면 본능적으로 분노가 더 강화되는 것 같아. 그래서 상대가 누구든 할 수 있는 한 모든 힘을 동원해 상처주나 봐. 그래도 네가 가버리는 건 싫어. 눈앞에서 댄을 때려서 겁먹게 한 것도 미안해. 나 바뀌려고 애쓰고 있어. 너를 위해…, 너에게 걸맞는 사람이 되려고. 근데 그게 너무 어려워. 특히나 네가 나를 일부러 화나게 만들 때마다."

그가 내 뺨에 말라붙은 눈물자국을 손으로 닦아 내렸다.

"나, 너한테 겁먹지 않았어."

"내가 수건을 잡았을 땐 겁먹은 것처럼 보였는데?"

"아니…, 음, 수건을 잡으려고 했을 땐, 약간. 하지만 그건 바닥 얼룩 때문이야. 그래도 댄이랑 싸울 때는 걱정했어."

"나를 걱정했다고?"

그가 어깨를 으쓱하며 뻐기듯 말했다.

"그 자식은 날 한 대도 못 때렸어."

어이가 없었다.

"네가 개를 죽이든가 장애인으로 만들까 봐 그랬던 거야. 그런 식으로 폭행했다간 심각한 문제가 생길 수도 있어."

내가 차근차근 설명했다. 하딘이 키득거렸다.

"똑바로 말해보자. 우리 싸움에 법적인 제재가 가해질까 봐 걱정했다 이거지?"

"웃지 마. 아직 너한테 화났어."

내가 팔짱을 끼며 말했다. 왜 화가 난 건지 확실히는 모르겠다. 나더러 가라고 했던 것 말고는.

"나도 아직 너한테 화났어. 근데 넌 정말 재미있어."

그가 이마로 내 이마를 눌렀다.

"아주 날 미치게 만든다니까."

"나도 알아."

"내 말은 절대 안 듣고, 모든 말과 행동에 꼬투리를 잡아. 고집쟁이에다가 늘 한계선을 넘을락 말락 해. 참을 수 없게 말이야."

"나도 알아."

똑같은 답을 되풀이했다.

"넌 날 자극하고, 나한테 불필요한 스트레스를 줘. 내 코앞에서 댄이랑 뒤엉키려 했던 건 말할 것도 없고."

하딘의 입술이 내 목에 닿았고, 나는 몸을 떨었다.

"제일 짜증나는 건, 화가 나면 애들처럼 행동하는 거라고 네가 그랬었지."

그가 모욕적인 말을 툭툭 내뱉었다. 어쩐지 그걸 즐기는 듯한 그의 행동이 불만스러웠지만, 그런데도 가벼운 희롱과 살갗에 닿는 그의 입술이 묘하게 좋았다. 그는 허리를 다시 내 쪽으로 밀어붙였다. 이번에는 더 강했다.

"그래도 내가 말하고 싶은 건…, 너와 격하게 사랑에 빠져버렸다는 거야."

그가 나의 귀 아래, 민감한 살갗을 거칠게 빨았다. 나는 그의 머리카락을 움켜쥐었다. 그가 두 팔로 내 허리를 더 바짝 잡아당겼다. 더 많은 얘기를 해야 하고, 더 많은 문제를 해결해야 한다는 걸 잘 안다. 그러나 지금 당장은 하딘에게 정신을 잃고, 오늘 밤을 잊어버리는 것만을 원할 뿐이다.

25

키스를 하면서 하딘은 내 목을 끌어당겼다. 나에게 더 가까이 오려는 간절한 몸부림처럼 느껴졌다. 그의 모든 분노와 좌절이 욕정과 애정으로 바뀐 걸 알 수 있었다. 그의 입술은 굶주렸고, 키스는 끈적였다. 우리는 입술을 맞댄 채 뒷걸음질을 쳤다. 그는 한 손을 내 엉덩이에, 다른 한 손을 내 머리 뒤에 대고 나를 이끌었다. 그의 발이 침대에 걸리자 우리는 비틀거리며 침대 위로 쓰러졌다. 몸싸움 끝에 나는 그의 상반신에 다리를 벌리고 걸터앉았다. 나는 레이스 브래지어만 남기고 상의를 모두 벗어버렸다. 그의 눈이 동그래졌다. 그가 키스하려고 나를 끌어당겼지만, 나는 다른 걸 해볼 참이었다.

나는 등 뒤로 손을 돌려 브래지어를 벗은 뒤 그대로 침대 뒤로 던져버렸다. 그는 넓은 손바닥으로 내 가슴을 감싸 쥐었다. 그의 손은 따뜻했다. 나는 그의 손목을 잡고 내 가슴에서 떼어냈다. 그리고 고개를 가로저었다. 그가 혼란스러운 듯 고개를 갸웃거렸다. 나는 그의 몸 아래로 내려가 바지 버튼을 풀었다. 그가 엉덩이를 들어 팬티와 바지 벗기는 걸 도와주었다. 손으로 그의 페니스를 움켜쥐었다. 그가 헉, 숨을 몰아쉬었다. 얼굴을 올려다보니 눈이 감겨 있었다. 천천히 위아래로 손을 움직였다. 용기를 내어 그의 페니스를 입 안에 넣었다. 지난 번에 가르쳐줬던 걸 기억해 내어, 그가 좋아했던 걸 되풀이했다.

"젠장…, 테사."

그가 헐떡이며 내 머리카락을 움켜쥐었다. 긴 시간 그는 침묵하고 있었다. 우리가 나누었던 섹스 경험 중 가장 긴 시간이었다. 나는 그의 음란한 말이 듣고 싶었다. 비로소 내가 그걸 즐긴다는 걸 깨달았다. 그의 무릎 사이에서 움직이며 그를 즐겁게 하는 데 몰두했다. 그가 상체를 일으켜 앉으며 내 모습을 바라보았다.

"정말 너무 섹시해. 내 걸 빈틈없이 입으로 감싸고 있는 모습이 너무나….”

그가 내 머리카락을 더 세게 쥐었다.

내 다리 사이에 뜨거운 열기가 모아지는 게 느껴졌다. 머리를 더 빨리 움직였다. 그가 신음처럼 내 이름을 내뱉는 걸 또 듣고 싶었다. 혀로 끝부분을 감싸자 그가 엉덩이를 들어 올려 목구멍까지 페니스를 밀어 넣었다. 눈물이 고이고, 숨을 쉴 수가 없었다. 그는 계속해서 내 이름을 불러댔다. 잠시 후, 그가 내 얼굴을 감싸 쥐며 움직임을 멈추었다. 피 묻은 손등에서 피비린내가 났다. 나는 반사적으로 고개가 돌아가는 걸 억지로 참아냈다.

“사정할 것 같아….”

그가 나에게 애원하듯 말했다.

“그러니까, 다른 거…, 하고 싶은 게 있으면, 지금 하는 걸 그만둬야 해.”

말로 하긴 싫었다. 일어서서 청바지를 벗어 바닥에 떨어뜨렸다. 얼마나 절실하게 그와 사랑을 나누고 싶은지 보여주고 싶었다. 팬티를 벗으려 하자 하딘이 내 손을 잡았다.

“이건 남겨두고 싶어…, 지금은.”

그가 속삭였다. 나는 고개를 끄덕이며 침을 꼴깍 삼켰다. 앞으로 일어날 일에 대한 상상이 나를 잠식하고 있었다.

“이리 와봐.”

그가 나를 끌어당기며 셔츠를 벗었다. 그의 곁으로 다가가자 나를 그의 몸 위로 잡아끌었다. 격정적이었던 처음의 애무가 조금 느려졌다. 우리 사이를 매우던 분노도 긴장감도 사라져버렸다. 그의 볼은 상기되어 있었고, 눈빛은 야성적이었다. 그는 완전히 벌거벗었고 그 몸은 완벽하게 준비되어 있었다. 그런 그의 허벅지 위에, 나는 팬티 한 장 걸치고 앉아 있다. 말할 수 없이 강렬한 느낌이었다. 그는 쫙 편 손을 내 등에 올려 붙잡아주었다. 자세를 유지하게 만들고는 다시 내 입술에 입을 맞췄다.

"사랑해."

그가 내 입에 대고 속삭였다. 손가락이 내 팬티를 옆으로 거두며 움직였다.

"나도…, 사랑해…."

침범의 희열이 순식간에 밀려들었다. 그가 천천히 손가락을 움직였다. 너무 느리다. 나는 본능적으로 앞뒤로 움직이며 속도를 붙였다.

"그래, 그거야, 베이비…, 젠장, 너는 늘 나를 위한 준비가 되어 있어."

그가 신음했고, 나는 그의 손 위에서 더 빨리 움직였다. 호흡과 신음이 격렬해졌다. 이렇게 빨리 내 몸이 하딘에게 반응하다니, 나 자신도 놀라웠다. 그는 무엇을 할지 무슨 말을 할지 아주 세세한 부분까지 잘 알고 있었다.

"이제부터 내 말 잘 들어야 해. 내 말이 다 맞았지?"

그가 내 목에 대고 말하며, 살갗을 부드럽게 깨물었다.

'뭐라는 거야?'

"내 말 잘 들을 거라고 얘기해. 아니면, 안 해줄 거야."

'진심은 아니겠지?'

"하딘…."

애원하며 나는 더 빨리 움직이려 했다. 하지만 그가 나를 제지했다.

"알겠어…, 그래…, 제발."

나는 애걸하다시피 말했다. 그가 능글맞게 웃는다. 이 순간에 그런 요구를 하다니 뺨이라도 한 대 때리고 싶었다. 내가 가장 취약해진 순간을 이용하다니. 그러나 분노조차 느껴지지 않는다. 다만 그를 원할 뿐이다. 얇은 팬티 한 장 너머로 느껴지는 그의 맨몸에 온통 신경이 집중되어 있었다.

"제발."

똑같은 말을 되풀이했다. 그가 고개를 끄덕인다.

"착하게 굴어."

그가 내 귀에 대고 속삭였다. 그는 손가락을 넣었다 빼는 동작에 맞춰 엉덩이를 움직이게 이끌었다.

절정에 가까워지고 있음을 느꼈다. 하딘은 뭐라 묘사할 수 없는 이상한 말들을 끊임없이 속삭였다. 그 말들이 오르가슴을 더욱 강렬하게 만들어주는 것 같았다. 너무나 음란했지만, 이상하게도 계속 듣고 싶었다. 나는 침대에서 떨어지지 않으려고 그의 팔을 붙잡았다. 그의 손길 속에서 나는 절정으로 치닫고 있었다.

"눈 떠봐. 너한테 내가 해줄 수 있는 게 뭔지 똑바로 보여줄게."

오르가슴이 덮치는 순간, 눈을 뜨고 있으려 있는 힘을 다해 노력했다.

잠시 후, 온몸을 떨며 그의 가슴으로 머리를 떨구었다. 온힘을 다해 그를 끌어안고 가쁜 숨을 골랐다.

"믿을 수가 없어. 네가 나를···."

그에게 한 소리 하려던 찰라, 그가 내 아랫입술을 핥으며 말을 막았다. 숨이 찼다. 절정에서 아직 회복하는 중이었다. 우리 사이로 손을 밀어 넣어 그의 페니스를 쥐었다. 그가 움찔 하며 놀란다. 그가 내 입술을 가볍게 빨았다. 하딘 스캇의 섹스 매뉴얼북대로 따르기로 했다. 잡은 손에 힘을 더했다.

"사과해, 그러면 네가 원하는 대로 다 해줄게."

그의 귀에 대고 최대한 유혹하는 목소리로 속삭였다.

"뭐라고?"

그는 어처구니없다는 표정이다.

"다 들었잖아."

평정심을 가장한 얼굴로 그의 페니스를 잡고 아래위로 움직였다. 다른 손은 젖어 있는 팬티 속에 미끄러지듯 집어넣었다. 몸을 그의 몸에 비벼대자 그가 낑낑거렸다.

"미안해."

그가 불쑥 내뱉었다. 두 뺨은 빨갛게 물들었다.

"그냥, 넣게 해줘… 제발."

그가 애걸했고, 나는 웃었다. 그가 협탁에서 작은 포장을 가져왔고, 나는 웃음을 멈추었다. 그가 급하게 콘돔을 씌우고 다시 내게 키스했다.

"네가 위에서 할 수 있을지 잘 모르겠어. 혹시 너무 아프면, 말해줘. 알았지, 베이비?"

부드럽고 달콤한 하딘으로 돌아왔다.

"알았어."

그가 나를 살짝 들어올렸다. 몸속으로 콘돔이 미끄러지는 느낌이 들었다. 그가 몸 위로 나를 내려놓자 꽉 차오르는 느낌이 들었다.

"아, 좋아."

나는 눈을 감았다.

"괜찮아?"

"응…, 그냥…, 좀 달라."

말이 저절로 더듬어졌다.

아팠다, 처음만큼은 아니지만 아직도 낯설고 불편한 느낌이다. 통증을 없애려 눈을 감고 엉덩이를 조금 움직였다.

"다르다는 건 나쁘다는 거야?"

그의 목소리에는 긴장이 담겨 있다. 이마에는 선명한 핏줄이 불거졌다.

"쉬…, 말하지 마."

내가 말하며 다시 움직였다.

그가 신음처럼 사과를 했다. 적응될 때까지 시간을 주겠다고. 내가 엉덩이를 다시 움직일 때까지 얼마나 시간이 흘렀는지 모르겠다. 움직일수록 불편함이 극적으로 나아졌다. 어느 순간 그가 내 등 뒤로 팔을 둘러 나를 꽉 껴안고 있었다. 그는 내 엉덩이에 더 밀착되도록 몸을 움직인다. 우리는 함께 움직였다. 그가 나를 가슴에 꼭 안았다. 이게 훨씬 나았다. 다리가 힘들어져서 체중을 받치려고 한손을 그의 가슴에 대었다. 다리 근육이 터질 것만 같았다. 그걸 무시하고 계속 그의 몸에 올라타고 있었다. 눈을 뜨고 하딘의 이마에서 땀 한 방울이 흘러내리는 걸 보았다. 그가 나를 바라본다. 아랫입술을 꽉 깨물고, 눈을 내 얼굴에 고정한 채로. 그의 시선이 내 살갗에 닿자 불타는 것만 같다. 짜릿함을 넘어 모든 희열을 압도하는 최고의 느낌이다.

"넌, 내 전부야. 널 절대 잃을 수 없어."

내 입술이 그의 목에서 어깨로 움직이는 동안 그가 내게 속삭였다. 그의 살갗은 축축했고, 짠 맛이 났고, 완벽했다.

"나 할 것 같아, 베이비. 금방이라도…. 넌 정말 최고야."

그가 신음했다. 내 허리를 잡은 손을 더 빨리 움직였다. 나는 속도를 높이려 애를 썼다.

우리는 손가락을 얽어 손깍지를 꼈다. 너무나 친밀한 행동이어서 마음이 약해졌다. 나는 그의 응원을 사랑한다, 나는 그를 사랑한다.

아랫배가 조여오는 게 느껴졌다. 하딘이 한 손으로 내 뒷목을 움켜쥐었다. 그의 몸이 점점 팽팽해졌다. 내가 그에게 얼마나 소중한 존재인지 그가 끊임없이 속삭였다. 그의 말에 완전히 사로잡혔다. 그는 엄지로 내 클리토리스를 문질렀고, 나는 빠르고 강하게 해방감을 맛보았다. 몸과 신음이 뒤엉킨 채로 우리는 절정에 도달했다. 그는 나를 끌어안고 침대에 벌러덩 누웠다. 정신을 차리자 그가 빠져나갔다는 걸 겨우 알아챘다.

"네가 아래층까지 나를 쫓아와서 정말 기뻤어."

길지만 행복한 침묵을 깨고 내가 말했다. 벗은 가슴에 머리를 기대고 누웠다. 빠르게 뛰던 그의 심장이 차분해지는 걸 느끼고 있었다.

"나도. 그러려고 했던 건 아니었는데. 가라고 해서 미안해. 가끔 내가 나쁜 놈이 되는 것 같아."

고개를 들어 그를 쳐다보았다.

"가끔이라고?"

내가 웃었다. 그가 내 등에 놓여 있던 손을 들어 검지로 내 콧잔등을 쿡 찔렀다. 그 바람에 웃음이 터졌다.

"5분 전만 해도 불만 없었잖아."

그가 콕 집어 말했다.

고개를 젓고 다시 그의 축축한 살갗에 머리를 기댔다. 어깨에 새겨진 하트 모양의 타투를 손가락으로 따라 그려 보았다. 그의 살갗에 닭살이 오르는 게 보였다. 타투는 검정색 라인 안에 색깔이 칠해져 있어서 다른 것보다 눈에 띄었다.

"그게 데이트보다 섹스가 낫기 때문이라는 거 몰라?"

내가 놀려댔다.

"그걸로 왈가왈부하고 싶진 않네."

그가 키득거리면서 내 얼굴에 흘러내린 머리카락을 쓸어 올렸다. 내가 제일 좋아하는 것 중 하나가 그가 뺨을 애무해주는 거다. 손가락 끝은 거칠었지만 살갗에 닿을 때면 실크처럼 느껴졌다.

"너랑 댄은 무슨 일이 있었던 거야? 오늘 밤 말고 그 전에 말이야."

물어보지 말았어야 했나? 그래도 알고 싶다.

"나하고 댄 사이에 문제가 있다고 누가 그래?"

그가 내 턱을 돌려 자신을 바라보게 했다.

"제이스가. 무슨 일인지는 얘기하지 않았지만. 그냥 '한판 했었어야 해.'라고 하더라고. 그게 무슨 소리야?"

"작년에 재수 없는 일이 생겼었어. 걱정할 정도는 아니고."

그가 미소 지었지만 눈은 웃고 있지 않았다. 더 이상 밀어붙이지 않기로 했다.

우리가 문제를 잘 해결했다는 게 기뻤다. 드디어 서로 소통할 수 있게 된 것 같았다.

"내일 반스 출판사에서 퇴근하면 날 만날 거지? 다른 사람이 우리보다 먼저 그 아파트를 계약하면 안 되잖아."

"근데 우리, 가구가 하나도 없잖아."

내가 그를 일깨워주었다.

"가구도 다 딸려 있어. 그리고 이사하고 난 다음에 필요한 걸 더 사거나 바꿀 수도 있어."

"월세가 얼마야?"

물어보긴 했지만 대답을 듣고 싶진 않았다. 가구까지 다 있으니 얼마나 비쌀지 상상도 안 된다.

"그런 건 걱정 마. 케이블 TV 시청료가 얼마인지나 걱정하라고."

그가 웃으며 내 이마에 입을 맞추었다.

"나랑 같이 살 거지, 그렇지?"

"그리고 식비."

내가 꼭 집어 말하자 그가 눈살을 찌푸렸다.

"그리고 내 대답은 예스야, 같이 살자."

"엄마한테 얘기할 거야?"

"잘 모르겠어. 결국엔 얘기하게 되겠지. 근데 엄마가 무슨 말을 할지는 이미 알아. 어쩌면 우리가 사귄다는 걸 먼저 알려드려야 할 거야. 우린 아직 너무 어린데 이미 같이 살기로 해버렸잖아. 엄마를 정신병원에 보내긴 싫다고."

웃음을 보였지만 마음이 아팠다. 엄마랑 모든 게 잘 풀렸으면 좋겠다. 엄마가 나로 인해 행복했으면 좋겠다. 하지만 그게 말도 안 되는 소리라는 것도 잘 안다.

"엄마랑 그렇게 돼서 나도 안타까워. 내 잘못이지. 근데 나는 너무 이기적이라서, 이 상황에 끼어들고 싶진 않네."

"네 잘못이 아니야. 우리 엄마는 그냥…, 그러니까, 엄마 나름의 방식이 있어."

말을 마치고 그의 가슴에 입을 맞추었다.

"테사, 너 좀 자야 할 거 같아. 아침 일찍 일어나야 되잖아. 벌써 자정이 다 됐어."

"자정? 훨씬 지났을 줄 알았는데?"

그에게서 내려와 그의 앞에 누웠다.

"그러게, 네가 그렇게 꽉 조이지 않았으면, 더 오래 할 수 있었는데 말이야."

내 귀에 대고 그가 살짝 말했다.

"잘 자!"

당황스러워서 나도 모르게 신음소리가 나왔다.

그가 웃으며 내 목에 입을 맞췄다. 그리고 불을 껐다.

26

이른 아침, 날이 환해졌다. 나는 하던 방을 돌아다니면서 샤워를 하려고 물건들을 챙겼다.

"내가 같이 갈 거야."

그가 비몽사몽 중에 중얼거렸다. 웃음이 터졌다.

"아냐, 같이 안 갈 거야. 지금 겨우 6시야. 7시 30분 규칙은 어떻게 하고?"

짓궂게 놀리면서 세면 백을 쥐었다.

"내가 데려다줄 거야."

잠에서 막 깬 그의 잠긴 목소리가 너무 좋다.

"어딜? 욕실에?"

내가 놀려댔다. 그는 침대에서 몸을 굴려 일어났다.

"나도 다 큰 어른이야. 복도쯤은 나 혼자도 걸어갈 수 있다고."

"지금까진 내 말을 너무나도 잘 듣고 있군."

그가 짜증나는 척했다. 그러나 눈빛에는 즐거움이 담겨 있었다.

"알았어요, 아빠. 욕실까지 데려다주세요."

장난스럽게 징징거렸다. 그의 말을 듣고 싶진 않았지만, 그를 웃기고 싶었다.

하딘이 한쪽 눈썹을 찡긋하여 히죽거렸다.

"다시는 나를 그렇게 부르지 마. 아니면 널 다시 침대로 끌고 올 거야."

그가 윙크를 날렸다. 서둘러 방에서 나왔다. 더 있다간 그의 품에 안기고 싶어질 거다.

그가 내 뒤를 따라왔고, 샤워하는 동안 변기에 앉아 있었다.

"넌 내 차 타고 가야 해."

그의 말에 완전히 놀라버렸다.

"내가 학교까지 다른 차를 얻어 타고 갈게. 거기서 네 차를 가져가면 되고. 그러면 내가 그 차로 아파트에 갈 수 있잖아."

어젯밤엔 미처 이런 생각을 하지 못했다. 그게 더 충격이었다. 보통은 내가 모든 걸 잘 계획해놓는 편이었으니까.

"하딘, 나더러 네 차를 운전하라고?"

입을 떡 벌리고 그를 쳐다보았다.

"응, 사고 내면 돌아올 생각은 하지도 마."

그는 어쨌든 진심인 것 같았다. 그렇지만 나는 웃으며 말했다.

"네가 내 차를 망가뜨릴까 봐 나도 걱정된다고."

그가 샤워 커튼을 열려고 했지만 내가 다시 닫았다. 그가 킬킬거리는 소리가 들렸다.

"한 번 생각해 봐, 테사. 오늘이 지나면 넌 매일 아침 너만의 욕실에서 샤워하는 거야."

샴푸한 머리를 헹구는데, 물소리에 섞여 그의 목소리가 들렸다.

"아직 실감이 안 나. 그 상황이 되어 보지 않아서 그런가 봐."

"조금만 기다려 봐. 진짜 좋아하게 될 거야."

"네가 아파트 얻는 거, 다른 사람들이 알아?"

이미 답은 알고 있었지만, 그냥 물었다.

"아니, 다른 사람들이 왜 알아야 하는데?"

"그런 건 아니고, 그냥 궁금해서."

물을 잠그자 수도꼭지에서 끼익 소리가 났다. 하딘은 수건을 들고 기다리고 있었다. 내가 밖으로 나오자 젖은 몸에 수건을 둘러주었다.

"내가 널 잘 알지. 넌, 내가 너랑 같이 살기로 한 걸 일부러 친구들한테 숨기는 거라 생각하고 있을 거야."

그의 말이 틀리진 않았다.

"글쎄, 네가 여기서 이사 나가는 걸 아무도 모른 다는 게 좀 이상하긴 하잖아."

"그건 너 때문이 아니야. 학기 중에 여기에서 나가는 거잖아. 이러쿵저러쿵 하는 소리를 듣고 싶지 않아서 그래. 이사하고 나면 애들한테

다 얘기할 거야. 물론 몰리에게도."

그가 내 어깨에 팔을 두르며 미소 지었다.

"몰리한테는 내가 말하고 싶은데?"

그를 안으면서 활짝 웃었다.

"좋아."

하딘의 손길을 몇 차례나 뿌리친 끝에 겨우 준비를 마쳤다. 하딘이 자동차 키를 건네주었고, 나는 방을 나섰다. 차에 막 오르는 순간 휴대전화가 울렸다.

조심해. 사랑해.

응. 내 차도 조심해서 운전해. :) 사랑해.

벌써 또 네가 보고 싶어. 다섯 시에 만나자. 거지같은 네 차는 무사할 거야.

말조심하는 게 좋을걸. 안 그랬다간 실수로 네 차를 주차장 기둥에 박아버릴 것 같아.

혼자 키득거리며 답장을 보냈다.

나 좀 그만 괴롭히고 이제 일하러 가. 확 내려가서 옷 벗겨버리기 전에.

마지막 문자에 찔끔하며, 휴대전화를 조수석에 내려놓았다. 시동을 걸었다. 내 차의 화통 같은 엔진 소리와는 다르게 부드러운 소리를 내며 시동이 걸렸다. 클래식 자동차였지만 내 차보다 훨씬 잘 달렸다. 하딘이 차를 갈고 닦은 모양이다. 고속도로에 진입하자 휴대전화가 울렸다.

"세상에, 나 없이는 20분도 못 견디는 거야?"

전화기에 대고 깔깔거렸다.

"테사?"

남자 목소리였다. 노아다.

귀에서 전화기를 떼고 화면을 보았다. 그리고 공포를 확인했다.

"음…, 미안해, 난…."

말을 더듬거렸다.

"걔한테 온 전화인 줄 알았겠지…, 나도 잘 알아."

그의 목소리는 슬펐다. 하지만 증오가 담겨 있진 않았다.

"미안해."

나는 부정하지 않았다.

"괜찮아."

"그래…, 근데…."

무슨 말을 해야 할지 모르겠다.

"어제 너희 어머니를 뵈었거든."

"아."

가슴이 아렸다. 슬픔에 찬 노아의 목소리와 겹쳐 나를 향한 엄마의 증오가 떠올랐다.

"그래…, 화가 많이 나셨더라."

"나도 알아…. 등록금 도와주는 걸 관두겠다고 협박하셨어."

"극복하시겠지. 너희 어머니는 그러실 거야. 지금은 상처 받으셔서 그래."

"엄마가 상처를 받았다고? 지금 농담해?"

울컥했다. 노아가 우리 엄마를 싸고 돌 리가 없잖아.

"너희 어머니가 화내는 방법이 틀렸다고는 생각해. 근데 그건 네가…, 네가 개랑 사귀어서 그런 거잖아."

목소리에서 분명한 혐오감이 묻어났다.

"내가 누굴 사귀건 그건 엄마가 결정할 일이 아니지. 그것 때문에 나한테 전화한 거야? 개랑 사귀지 말라고 말하려고?"

"아니야, 테사. 그냥 네가 잘 지내는지 궁금했어. 이렇게 오래 연락 안 한 적이 없었잖아. 열 살 때부터 지금까지."

미간을 찌푸리고 있을 그의 모습이 눈에 선했다.

"아… 쏘아붙여서 미안해. 요즘 너무 많은 일들이 생겨서. 네가 전화한 게, 그러니까…."

"너랑 사귀지 않는다고 네 곁을 떠나겠다는 뜻은 아냐."

마음이 아팠다. 그가 너무 보고 싶었다. 남자친구로서가 아니라 어린 시절부터 지금껏 내 인생에 큰 부분을 차지한 사람으로서 말이다. 그런 그를 완전히 떠나보내는 건 내게는 어려운 일이다. 그는 모든 걸 나와 함께했다. 그런 그에게 나는 상처를 줬다. 전화로라도 설명하거나 사과 한 마디 없이. 그런 식으로 그를 떠났다니, 한없이 미안했다. 눈물이 차올랐다.

"노아, 미안해. 전부 다."

조용히 말하고 한숨을 쉬었다.

"다 좋아질 거야."

그가 부드러운 소리로 대답했다. 주제를 바꿔야 한다는 생각이 들었는지, 다시 말을 꺼냈다.

"인턴십 시작했다는 소식은 들었어."

대화는 반스 출판사에 도착할 때까지 이어졌다.

전화를 끊을 무렵 그가 약속했다. 우리 엄마가 나에게 퍼부어대던 걸 다시 한 번 얘기해보겠다고. 마음 속에 있던 큰 짐을 내려놓은 것 같았다. 엄마가 끝을 모르고 치달을 때, 그걸 진정시킬 수 있는 유일한 사람이 노아였다.

별 일 없는 하루가 지나갔다. 근무 시간 내내 첫 번째 원고를 끝내느라 낑낑거렸다. 반스 씨에게 남기는 메모도 잊지 않았다. 일과가 끝날 때쯤 하딘과 문자메시지를 주고받았다. 어디서 만날지 같은 세세한 일정을 확인했다.

하딘이 알려준 주소에 도착했다. 놀랍게도 그곳은 학교와 반스 출판사의 중간 어디쯤이었다. 출근할 때 20분 정도밖에 안 걸릴 거다. 물론 그건 여기 살 때 얘기겠지만. 하딘과 함께 산다는 건 아직까지도 실감이 나지 않는다.

주차장에 도착하니 내 차가 보이지 않았다. 하딘에게 전화하려 휴대전화를 보니 음성메시지가 와 있었다. 그가 마음을 바꾼 건가? 그럼 어떡하지? 만약 그랬다면 나한테 얘기했을 거다.

공황 상태에 빠지려는 순간, 하딘이 내 차를 몰고 주차장으로 들어왔다. 아니, 내 차처럼 보였지만 내 차 같지 않았다. 칠이 벗겨진 데가 말끔해졌고, 번쩍번쩍 광이 나는 새 차 같았다.

"하딘, 내 차에 무슨 짓을 한 거야?"

그가 차에서 내리자마자 소리쳤다.

"나도 반가워."

그가 미소 지으며 내 볼에 입을 맞췄다.

"농담 아니야. 뭘 한 거야?"

나는 팔짱을 끼었다.

"도색을 새로 했어. 맙소사, 나한테 고맙다고 해야 하는 거 아냐?"

그가 어이없어 했다.

하고 싶은 말을 꾹 참았다. 여기까지 와서 해야 할 일은 이게 아니었으니까. 솔직히, 칠을 새로 한 차는 근사했다. 하지만 하딘이 나한테 상의도 없이 돈을 쓰는 게 싫었다. 게다가 차량 도색은 꽤 비싸잖아.

"고마워."

나는 웃으며 그의 손을 잡고 손깍지를 꼈다.

"천만에 말씀. 그럼, 안으로 들어가보자."

우리는 주차장을 가로질러 갔다.

"내 차를 모는 네 모습 멋지던데. 특히 그 원피스를 입고. 하루 종일 그 생각이 떠나질 않더라. 이건 내가 진짜 원하는 건데, 내가 조르면 할 수 없는 척하면서 나한테 다 벗고 찍은 사진 하나만 보내주라."

팔꿈치로 픽, 그를 쳤다.

"그냥 말이 그렇다고. 그럼 수업 시간이 훨씬 재밌어질 거 같아서 말이지."

"아하, 그래서, 오늘은 수업에 갔단 소리구나."

웃음이 터졌다. 그가 어깨를 으쓱하더니, 아파트 현관문을 열어주었다.

"여기야."

평소답지 않은 그의 행동에 미소를 보냈다. 안으로 들어가니 로비는 상상했던 것과는 완전히 달랐다. 모든 게 하얀색이었다. 하얀 바닥, 깨끗하고 하얀 벽, 하얀 의자, 하얀 소파, 하얀 러그. 그리고 하얀색 램프가 투명 테이블 위에 놓여 있었다. 우아해 보였지만 어쩐지 으스스한 느낌도 들었다. 말끔한 슈트 차림의 대머리 남자가 우리를 맞았다. 하딘은 그와 악수를 했다. 우리를 만나자 긴장하는 듯 보였다. 아마 하딘 때문일지도 모르겠다.

"당신이 테레사군요."

그가 웃어보였다. 치아가 밝은 벽처럼 하얗다.

"테사예요."

내가 웃으며 정정했다. 하딘이 새어나오는 웃음을 참으려고 입술을 깨무는 게 보였다.

"만나서 반갑습니다. 그럼 계약서에 사인할까요?"

"일단 집을 먼저 봤으면 해요. 보지도 못했는데, 사인할 순 없잖아요?"

하딘이 딱딱한 목소리로 말했다. 가여운 남자는 침을 꼴깍 삼키며 고개를 끄덕였다.

"물론입니다. 위층으로 올라가시죠."

그가 몸짓으로 복도를 가리켰다.

"좀 친절하게 대해."

엘리베이터로 걸어가며 하딘에게 속삭였다.

"싫은데."

하딘이 짓궂게 웃으며 내 엉덩이를 부드럽게 움켜쥐었다.

그를 노려보았지만 보조개 팬 미소만 더욱 커질 뿐이었다. 남자는 최고의 전망에, 이 지역 최고의 아파트란 걸 쉴 새 없이 떠들어댔다. 다른 아파트와는 비교할 수 없을 만큼 완전 다른 건물이란 말도 빼놓지 않았다. 나는 예의 바르게 고개를 끄덕여줬고, 하딘은 엘리베이터에서 내릴 때까지 아무 말도 하지 않았다. 로비와 복도는 너무 달라 주춤 뒷걸음질을 쳤다. 전혀 다른 건물에 들어온 것 같았다…, 심지어 다른 시간대에.

"여기입니다."

남자가 제일 첫 번째 집의 문을 열었다.

"이 층에는 5가구밖에 없습니다. 그래서 사생활이 완벽히 보장되죠."

그는 하딘의 시선을 피하면서 들어가라는 몸짓을 했다. 남자는 확실히 하딘을 두려워하는 것 같았다. 그를 탓할 순 없겠지. 그래도 그걸 관찰하는 게 조금은 즐거웠다.

나는 눈앞에 펼쳐진 광경을 보고 숨이 턱 막혔다. 집의 바닥은 고풍스러운 얼룩무늬의 콘크리트였다. 정방형의 거실 공간만 나무 바닥이었다. 벽은 그에 어울리는 벽돌로 마감했는데, 말이 필요 없을 정도로 아름다웠다. 군데군데 부서진 흔적이 있었지만 완벽에 가까웠다. 커다란 창문이 있고 앤틱 가구들이 즐비했다. 완벽한 공간을 상상해보라면 바로 이런 곳이다. 이곳은 과거로 돌아간 것처럼 보이면서도 완벽히 현대적이다.

하딘은 내가 집 안을 둘러보는 걸 유심히 관찰하고 있었다. 다른 방으로 들어가자 하딘과 남자가 따라왔다. 크지 않은 부엌 싱크대 위에는 인디 느낌의 재미있는 색깔 타일이 붙어 있었다. 나는 이 작은 공간의 모든 것을 사랑하게 돼버렸다. 으스스한 아래층 로비에서라면 이곳을 싫어하게 될 것만 같았다. 쓸데없이 비싼 월세를 내는 숨 막히는 아파트일 거라 생각했다. 하지만 그렇지 않았다. 온몸의 털이 곤두서는 것 같았다. 욕실은 아담했지만 둘이 쓰기엔 적당했고, 침실은 다른 곳처럼 완벽했다. 세 면은 벽돌이었고, 한 면은 바닥부터 천장까지 책장이었다. 사다리도 달려 있었다. 미소가 떠나질 않았다. 대학교를 졸업하면 이런 아파트에서 살겠다고 머릿속에 그리고 있었기 때문이다. 그날이 이렇게 일찍 찾아올 줄은 꿈에도 몰랐다.

"책장은 다 채워질 거야. 책이 많거든."

하딘이 긴장한 듯 중얼거렸다.

"난…, 그냥…."

내가 말을 꺼냈다.

"별로 맘에 안 드는구나, 그렇지? 네가 좋아할 줄 알았는데. 너한테 완벽하게 잘 어울리거든. 에잇, 제길!"

그가 눈살을 찌푸리며 손으로 머리카락을 쓸어 넘겼다.

"아냐…, 나…."

"그럼 나가자. 다른 집을 보여주세요."

하딘이 남자에게 단호한 목소리로 말했다.

"하딘! 나도 말 좀 하게 해줘. 나, 여기가 완전 맘에 든다고 말하려고 했단 말이야."

결국 털어놨다. 남자는 하딘 만큼이나 안심하는 것 같았다. 찌푸렸던 하딘의 표정이 미소로 바뀌었다.

"정말이야?"

"응, 화려하고 차가운 느낌일까 봐 걱정했는데, 이곳이라면 정말 완벽해."

진심을 담아 그에게 말했다.

"그럴 줄 알았어! 음, 사실 조금 전까진 너무 초조했어. 여기를 보자마자 네 생각이 났거든. 네가 저기 앉아 있는 걸 혼자 상상해봤어…."

그가 창문 아래에 있는 긴 의자를 가리켰다.

"저기 앉아 책을 읽고 있는 모습 말이야. 그때 너랑 여기서 살고 싶단 생각을 하게 됐어."

저절로 미소가 지어졌다. 다른 사람 앞에서 이런 말을 하다니, 아랫배가 꿈틀거렸다. 그 다른 사람이 하필 아무 상관도 없는 부동산 중개인이었지만.

"그럼 이제 계약서에 사인할 준비가 되신 거죠?"

남자가 불편한 듯 안절부절못하며 말했다.

하딘이 나를 보았고, 나는 고개를 끄덕였다. 믿을 수가 없었다. 우리가 진짜 함께 살 집을 얻는다니. 너무 빠르다, 너무 어리다, 마음의 소리가 들렸지만 무시해버리기로 했다. 나는 하딘을 따라서 부엌으로 갔다.

27

끝도 없을 것 같은 계약서 맨 아래에 하딘이 사인을 했다. 완료된 계약서를 하딘이 내게 건넸다. 더 깊이 생각하기 전에 얼른 내 이름을 썼다.

'나는 준비가 되었어. 우린 준비가 되었어.'

그래, 우리는 아직 어리고 서로 안 지 얼마 되지 않았다. 그래도 나는 그를 세상 무엇보다 사랑하고, 그 또한 나를 사랑한다는 걸 잘 안다. 그것만 확실하다면 나머지는 모두 제자리를 찾을 거다.

"다 됐습니다. 여기 집 열쇠 받으십시오."

중개인이 하딘과 내게 열쇠를 건넸다. 그는 작별 인사를 남기고 떠났다.

"음…, 우리 집에 온 걸 환영합니다?"

둘만 남게 되자 하딘이 먼저 말을 꺼냈다. 웃으며 그에게 다가가자 그는 나를 끌어안았다.

"믿어지지가 않아, 우리가 여기에서 살게 되다니. 난 아직도 현실 같지 않아."

나는 눈으로 거실을 다시 훑고 있었다.

"두 달 전에 누가 나한테 너랑 같이 살게 될 거라고, 너를 사귀게 될 거라고 말했어 봐. 아마 면전에서 비웃어주거나 면상을 후려 갈겼을 거야."

그가 웃으며 내 볼을 양손으로 감싸쥐었다.

"저기, 달콤한 하딘은 어디 갔나요?"

내가 놀려대며 그의 허리에 손을 얹었다.

"이제 안심이 되는 것 같아, 어쨌든. 우리만의 공간을 갖는다는 거 말야. 파티도 없고, 룸메이트도 없고, 불안한 공동 샤워실 따위도 없고."

"대신 우리만의 침대가 있고."

그가 눈을 깜박거리며 덧붙였다.

"가서 뭘 좀 사오자, 접시나 뭐 그런 필요한 것들."

나는 손등을 그의 이마에 가져다댔다.

"너, 아픈 데 없지?"

내가 웃었다.

"오늘 이상하게 너무 협조적인데?"

그가 내 손을 옆으로 내리며 손등에 살짝 입을 맞추었다.

"여기 있는 모든 게 다 네 맘에 들었으면 좋겠어. 네가 정말 집처럼 느꼈으면 좋겠고…, 나도."

"넌 어때? 너도 여기가 집처럼 느껴져?"

"놀랍겠지만, 난 벌써 그래."

그가 고개를 끄덕이며 방을 둘러보았다.

"같이 가서 내 물건들 가지고 오자. 난 겨우 책 몇 권이랑 옷 몇 벌밖에 없으니까."

그가 주문 거는 마술사처럼 허공에다 대고 팔을 몇 번 휘저었다.

"모든 게 이루어졌습니다."

"뭐라고?"

"네 방에 있는 물건들은 내가 벌써 다 갖고 왔어. 네 차 트렁크 안에 다 있어."

그가 설명했다.

"내가 계약서에 사인할 거란 걸 어떻게 알고? 이 아파트가 맘에 안 들면 어쩌려고?"

스테프한테 작별 인사는 할 수 있을 줄 알았는데. 또 3개월간 집이라 불렀던 내 방에게도. 그래도 그녀는 금세 또 만날 수 있을 테니까.

"여길 맘에 안 들어 했다면, 난 네 맘에 들 만한 다른 곳을 찾아냈을 거니까."

그는 확신에 차 있었다.

"그래…. 그럼 네 물건들은 어떻게 해?"

"내일 가지러 가면 돼. 난 트렁크에 옷이 있거든."

"근데 옷은 왜 가지고 다니는 거야?"

그는 항상 차에 옷을 잔뜩 싣고 다녔다.

"나도 잘 모르겠어. 언제 옷이 필요할지 몰라 그랬던 것 같아."

그가 어깨를 으쓱했다.

"마트에 가서 주방 기구들을 좀 사오자. 먹을 것도."

하딘이 말했다.

"좋아."

아파트에 들어올 때부터 내 뱃속에 나비가 가득 차 있는 것 같았다.

"네 차, 내가 또 운전해도 될까?"

로비로 내려가면서 물었다.

"글쎄, 잘 모르겠네…."

그가 미소 지었다.

"너도 내 허락 없이 내 차에 도색까지 했잖아. 그러니까 나도 그럴 권리쯤은 있을 것 같은데?"

내가 손을 내밀자 그가 눈을 한 번 굴리더니, 차 키를 떨어뜨려주었다.

"내 차가 맘에 들어? 차 진짜 잘 나가지?"

그에게 내숭을 떨면서 대답했다.

"뭐, 그런대로 괜찮았어."

거짓말이다. 그 차를 운전하는 게 정말 좋았다.

우리 아파트의 입지는 더없이 훌륭했다. 근처에는 다양한 상점, 커피숍, 심지어 공원까지 있었다. 우리는 대형 마트에 갔다. 카트는 접시, 냄비, 프라이팬, 컵, 그리고 필요할지 모르겠지만 유용해 보이는 여러 가지 물건들로 금방 가득 찼다. 너무 많이 사는 바람에 식료품은 다음 번에 사기로 했다. 하딘에게, 먹고 싶은 걸 적어주면 내일 퇴근길에 사 오겠다고 자청했다. 동거의 가장 좋은 점은 같이 살지 않으면 알 수 없 는 그의 사소한 점들을 알게 된다는 거다. 자기 얘기라곤 도통 하지 않 는 그를 알아간다는 게 너무 좋았다. 게다가 싸우지도 않고 말이다. 필 요한 물건을 사는 단순한 행위부터, 일상을 공유하지 않으면 절대 알 수 없을 일들을 알아가게 될 것이다. 시리얼은 우유 없이 그냥 먹는 걸 좋아하고, 촌스러운 컵을 몸서리치게 싫어하고, 아침과 저녁에 다른 치약을 쓰는 것 같은 소소한 습관들 말이다. 또 이유는 모르겠지만 설 거지보다 바닥 닦는 게 100배는 낫다고도 했다. 그래서 그가 바닥을 닦 고, 내가 설거지를 하기로 합의했다.

계산대 앞에서는 서로 돈을 내겠다고 티격태격했다. 아파트 보증금 을 그가 전부 냈으니 마트에서 구입한 물건 값쯤은 내가 내야 한다. 하 딘은 케이블 TV와 식비 외에 그 어떤 돈도 내가 내면 안 된다고 버텼다. 처음엔 전기료를 내라고 했다. 하지만 전기료가 월세에 포함되어 있다 는 걸 내게 숨겼다. 그러다 계약서에 적혀 있는 걸 우연히 발견했다.

계약서…. 대학교 1학년인 내가 남자와 동거한다고 아파트를 계약 했다. 미친 짓은 아닐 거야, 그렇겠지?

캐셔가 내 카드를 가져가자 하딘이 그녀를 죽일 듯이 노려보았다. 나는 캐셔 편이다. 그녀는 하딘을 본 척도 안 하고 내 카드를 긁었다. 승리의 미소를 날려주고 싶었지만 참았다. 그는 벌써 짜증 난 듯했고, 나는 우리의 밤을 망치고 싶지 않았다.

하딘은 아파트로 돌아올 때까지 삐쳐 있었다. 그 모습이 재밌어서 가만히 놔뒀다.

"이걸 다 가지고 올라가려면 두 번은 왔다 갔다 해야 할 것 같아."

"그건 네 생각이고. 두 번 왕복하느니 내가 100개 들고 가겠다."

그가 입을 열었다. 결국 우리는 함께 웃고 말았다. 하지만 어쩔 수 없이 두 번을 왕복했다. 접시가 너무 무거웠기 때문이다. 하딘은 더 짜증을 냈고, 나는 더 재밌어졌다.

접시를 싱크대 서랍에 집어넣고, 피자를 주문했다. 내가 피자 값을 내겠다고 예의 바르게 얘기했다. 하딘은 대답대신 나를 노려보면서 가운데 손가락을 들어 보였다. 빈 포장 상자에 쓰레기들을 넣는데 피식 웃음이 나왔다. 빌트인 아파트라는 곳은 정말 모든 게 다 갖춰져 있었다. 필요한 건 뭐든 다 있다. 쓰레기통에 심지어 샤워 커튼도 있었다.

"피자는 30분 안에 온대. 내려가서 네 물건들 가지고 올게."

"나도 같이 갈래."

그를 따라 나갔다. 하딘은 내 물건들을 상자 두 개와 쓰레기봉투에 전부 담아 왔다. 그걸 보고 흠칫 놀랐지만 아무 말도 하지 않았다. 그는 자기 차 트렁크에서 양손 가득 티셔츠와 청바지를 꺼내 오더니, 내 옷이 담긴 쓰레기 봉투 안에 쓸어 담았다.

"그나마 다행인 건 우리에게 다리미가 있다는 거."

내가 먼저 입을 열었다. 그의 트렁크 안을 보다 무언가가 눈에 띄었다.

"저 침대 시트 안 버렸어?"

"아…, 응…. 버리려고 했는데… 까먹었어."

그가 시선을 딴 데로 돌렸다.

"그래…."

어쩐지 그의 반응이 조금 불안했다.

짐들을 끌고 겨우 계단을 올라왔다. 계단 맨 위에 올라왔을 때 피자 배달원이 왔다. 하딘이 내려가 피자 상자를 받아 왔다. 상자에서 천국의 냄새가 풍겨왔다. 배가 얼마나 고픈지도 잊고 있었다.

식탁에 앉아 피자를 먹었다. 우리만의 공간에서 하딘과 저녁을 먹는 게 좋기도, 낯설기도 했다. 허겁지겁 피자를 먹어 치우느라 말 한 마디 없었다. 기분 좋은 침묵이었다. 진짜 집에 있는 것 같은 느낌이었다.

"사랑해."

식기 세척기에 접시를 집어넣는데, 그가 느닷없이 말했다.

"사랑해."

돌아서서 대답하는데, 테이블 위에서 내 휴대전화가 진동했다. 하딘이 먼저 보고 화면을 건드렸다.

"누구야?"

그에게 물었다.

"노아?"

그가 대답과 질문을 동시에 했다.

"아."

끝이 좋지 않을 것 같은 예감이었다.

"문자에 '오늘 통화해서 좋았어'라고 써 있네?"

그가 입를 앙다물었다. 내가 가서 휴대전화를 잡았다. 제대로 얘기하자면 그의 손에 있던 걸 억지로 뺏었다. 그의 손에 있다간 부서질 게 뻔했다.

"오늘 아침에 전화했더라고."

기어들어가는 목소리로 말했다. 먼저 얘기하려고 했었다. 그럴 시간이 없었을 뿐이다.

"그리고…?"

그가 한쪽 눈썹을 들어올렸다.

"오늘 우리 엄마를 만났대. 그래서 내가 어떻게 지내는지 궁금했대."

"왜?"

"나도 모르겠어…, 그냥 연락해본 것 같아."

어깨를 으쓱하고 테이블에 있는 그의 옆자리에 가서 앉았다.

"걔가 너한테 그냥 연락할 필요는 없을 거 같은데."

그가 말했다.

"신경 쓸 거 없어, 하딘. 내 평생의 절반을 만나 왔잖아."

그의 눈빛이 더 차가워졌다.

"그런 말 따위 듣고 싶지 않아."

"너, 지금 되게 웃기는 거 알아? 우린 막 동거를 시작했는데, 넌 지금 노아가 전화 한 번 한 걸 걱정하는 거야?"

내가 비아냥거리는 투로 말했다.

"걔랑 얘기할 아무런 이유가 없잖아. 그렇게 전화 다 받아주다가, 혹시라도 네가 다시 자기한테 돌아오고 싶어 한다고 생각하면 어떡해?"

그가 머리카락을 쓸어 넘겼다.

"아냐. 걔도 내가 너랑 사귀는 걸 알아."

화내지 않으려고 최대한 노력했다. 그가 과장된 몸짓으로 내 휴대전화를 가리켰다.

"그럼 지금 당장 전화해서 앞으론 전화하지 말라고 해."

"싫어! 그렇게는 안 할 거야. 노아는 잘못한 게 없잖아. 걔한텐 벌써 상처를 줄 만큼 줬어. 우리 둘 다. 그러니까, 싫어. 그런 잔인한 소리까진 안 할 거야. 걔랑 친구로 지내는 게 무슨 해가 된다고."

"아니, 해가 되는데."

그가 언성을 높였다.

"걔는 나보다 자기가 더 잘났다고 생각하잖아. 그리고 나한테서 널 뺏어갈 거야. 나도 그렇게 바보는 아니야, 테사. 너네 엄마도 네가 걔랑 사귀길 바라잖아. 내 걸 그딴 자식이 뺏어가게 놔둘 순 없어!"

뒤로 주춤주춤 물러섰다. 동그래진 눈으로 그를 쳐다보았다.

"지금 네가 한 말이 어떤 줄 알아? 완전히 정신병자 같아! 그런 말도 안 되는 이유로 걔를 떼어내라고? 그게 말이 된다고 생각해?"

나는 불같이 화를 내며 부엌에서 나갔다.

"나한테서 등 돌리고 가지 마!"

즐거운 하루는 순식간에 사라져버렸다. 결국 우리는 다시 싸움을 시작하고 있다. 그렇대도 내 생각을 굽히진 않을 테다.

"내가 네 것인 양 굴지 마, 하딘. 난 지금보다 더 많이 네 얘기를 들어주고, 더 많이 너와 타협하려고 노력할 거야. 그래도 노아 문제는 아냐. 혹시라도 걔가 나랑 다시 사귀고 싶다거나 이상한 소리를 한다면 절대 다시는 통화 안 할 거야. 근데 아니었어. 그리고 분명히 말하지만, 넌 날 믿어줘야 해."

하딘이 나를 노려보았다.

"난 그 자식이 정말 싫어."

그가 마침내 툭 던지듯 말했다. 그의 에너지가 다 소진된 건 아닐까 싶었다.

"네 생각은 잘 알겠어. 그래도 합당한 이유가 있어야 해. 노아는 한 번도 나를 너에게서 떼어놓으려고 이간질한 적 없었어. 걘 그렇게 나쁜 사람이 아니야. 헤어지고 난 다음에 오늘에서야 처음 전화한 거야."

"그게 마지막이야!"

하딘이 단호하게 말했다. 나는 짜증이 나서 욕실로 향했다.

"뭐 하는 거야?"

"샤워할 거야. 마치고 나왔을 땐 부디 어린애처럼 구는 걸 끝냈기를 바라."

그와의 정면 돌파를 택한 나 스스로가 자랑스러웠다. 하지만 그에게 미안한 마음이 드는 건 어쩔 수가 없었다. 그는 노아에게 나를 잃을까 봐 두려운 것뿐이다. 이 뿌리 깊은 질투는 노아와 내가 잘 어울려 보이기 때문일 거다. 이론적으로라면 노아가 나에게 더 나은 상대처럼 보인다. 하딘도 그걸 잘 안다. 중요한 건, 나는 노아를 사랑하지 않는다. 나는 하딘을 사랑한다.

하딘이 욕실까지 나를 따라왔다. 내가 옷을 벗기 시작하자 그가 몸을 돌려 나갔다. 나가면서 있는 힘껏 욕실 문을 닫았다. 간단하게 샤워를 마치고 나왔다. 하딘은 박서 팬티 바람으로 침대에 누워 있었다. 잠자코 서랍장을 열어 잠옷을 찾았다.

"내 셔츠는 안 입을 거야?"

그의 목소리는 낮았다.

"나는…."

그제야 침대 옆 탁자 위에 올려놓은 그의 셔츠가 눈에 들어왔다.

"고마워."

셔츠를 입었다. 익숙한 민트 향기가 났다. 그에게 화났다는 사실조차 까맣게 잊어버릴 것 같았다. 그를 돌아보았다. 침울한 분위기에 다시 모든 기억이 되살아났다.

"이런, 멋진 밤이네."

한숨을 쉬며 수건을 욕실에 가져다 놓았다.

"이리 와."

방으로 돌아오자 그가 말했다. 머뭇거리며 그에게 다가갔고, 그가 침대에서 몸을 일으켰다. 그는 다리 사이로 나를 끌어당겼다.

"미안해."

그가 나를 올려다보았다.

"뭐가…?"

"원시인처럼 행동한 거."

웃음이 나왔다.

"그리고 여기서 지내는 우리의 첫 밤을 망쳐버린 거."

"고마워. 불같이 화내는 대신에, 그렇게 말해줘서. 우린 이런 것들에 대해 많이 얘기해야 해."

손가락으로 그의 목 뒤 머리카락을 돌돌 말았다.

"나도 알아."

그가 반쯤 웃는다.

"오늘은 걔랑 다시는 얘기하지 않겠다는 사안에 대해 논의해볼까?"

"오늘 밤은 그만."

한숨을 쉬며 내가 말했다. 그와 타협점을 찾아야만 한다. 내 인생의 절반을 알고 지내던 누군가와 얘기할 권리를 절대 포기하진 않을 거다.

"문제를 해결해 나가는 우리 좀 봐."

그가 비련의 주인공인 양 키득거렸다.

"우리 이웃들이 조용한 저녁을 그리워하지 않길 바랄 뿐이야."

"아, 그들도 그다지 조용하게 보내진 않았을 거야."

그의 미소에 보조개가 함께 만개했다. 내 안의 불이 최대 화력으로 지펴지는 듯했다. 변태 같은 그의 발언은 무시하겠다.

"나, 진짜, 오늘 밤을 망치고 싶지 않았어."

그가 또 다시 말했다.

"알아. 망치지 않았어. 이제 겨우 8시야."

"네 옷은 나만 벗기고 싶었다고."

그의 눈빛이 한층 더 깊어졌다.

"언제든지 다시 입을 수 있어."

섹시함을 한껏 드러내고 싶어서 말했다. 그가 아무 말 없이 일어나더니 나를 어깨에 둘러멨다. 꺄아, 비명을 지르며 그를 발로 차려고 했다.

"뭐 하는 거야?"

내가 소리 질렀다.

"옷, 다시 입히려고."

그가 웃으며 세탁 바구니가 있는 곳으로 들쳐 업고 갔다.

28

"옷 벗기는 중대 업무를 뺏기다니, 너무 서운한데?"

하딘이 내 귀에 속삭였다. 그가 나를 침대 안쪽에 밀어 넣었다. 셔츠를 머리 위로 벗자마자 그는, 나를 침대 위에 눕혔다. 그리고 가능할까 싶을 만큼 빠른 속도로 콘돔을 씌웠다.

"음….."

이 소리뿐이었다. 그가 내 안에 미끄러져 들어오고 나가기를 반복하는 동안 내가 낼 수 있었던 건. 처음으로 통증 없는, 오로지 쾌락만이 있는 사랑을 나누었다.

"세상에, 베이비…, 느낌이 너무 좋아."

그가 신음하며 엉덩이를 계속 밀어 붙였다. 도저히 설명할 수 없는 느낌이었다. 그의 늘씬한 몸은 내 다리 사이에 꼭 들어맞았다. 뜨거운 그의 페니스가 내 안을 헤집을 때마다 천국을 오가는 느낌이었다. 그가 한 것처럼 음란한 말을 해보려 했지만 허사였다. 그의 몸과 소리 안에서 나는 정신을 잃을 것만 같았다. 부드러운 그의 괴롭힘이 계속되자 머리 끝에서 발가락 끝까지 쾌락이 흘러 넘쳤다.

그의 등을 붙잡은 내 손톱이 그의 살갗을 파고들었다. 그의 눈동자가 뒤로 넘어갔다. 통제력을 완전히 잃고 본능에 매달리는 그 모습이 나는 좋다. 그가 내 허벅지를 들어 허리를 감싸게 했다. 우리의 몸은 더욱 가깝게 밀착되었다. 한계에 도달할 때까지 나를 몰아붙이는 그를 보면서 발가락이 오그라들었다. 내 다리는 더욱 단단히 그의 몸을 조였고, 하딘의 이름을 되풀이하여 내뱉었다.

"그거야, 베이비…, 나를 위해 해줘. 얼마나 좋은지 보여줘…, 나한테…, 젠장…, 내가 널, 느끼게 만드는지… 말해줘."

그가 더듬거렸다. 내 안에 있던 그의 페니스가 경련하는 게 느껴졌다.

나보다 몇 초 먼저 그가 절정에 도달했지만, 그의 완벽한 움직임은 멈추지 않았다. 내 뼈가 모두 녹아 흐물거리고 내 온 힘을 다 써버릴 때까지 그는 나를 놓지 않았다. 그리고 긴장이 완전히 풀렸다. 그가 내 위로 쓰러졌다. 우리는 말없이 누워 서로 가까이 있는 숨소리를 즐겼다. 채 몇 분도 되지 않아, 하딘의 입술 사이로 조용히 코고는 소리가 흘러나왔다.

여기에서는 하루가 빨리 지나간다. 내 인생 처음으로 느끼는 자유가 시간을 빠르게 흐르게 만드나 보다. 나만의 공간, 나만의 욕실, 나만의 부엌에서, 나만의 커피를 만드는 게 아직은 낯설다. 이 모든 것을 하딘과 함께 하기에 훨씬 더 좋은 것 같다. 오늘은 네이비 색 원피스에 흰색 구두를 신기로 했다. 힐을 신고 걷는 데 익숙해지고 있다. 그래도 만일을 대비해서 믿을 만한 스니커즈를 아직 가지고 다닌다. 머리에 컬을 만들어 하나로 묶고, 아이라이너와 아이섀도를 발랐다. 나만의 공간을 갖는다는 게 정말로 좋아지기 시작했다.

하딘은 일어나지 않으려 했다. 나가기 전 입맞춤을 하는 동안에만 앉아 있었다. 그가 어떻게 일을 하고 과제물을 해내는지 궁금했다. 둘 중에 어떤 것도 하는 걸 본 적이 없는데 말이다. 용감하게 그의 차를 몰고 반스 출판사로 향했다. 수업에 안 간다면, 차를 그리워 할 일도 없지 않겠어? 그치? 반스 출판사가 얼마나 가까워졌는지 잊고 있었다. 모든 걸 염두에 두고 아파트를 얻은 하딘에게 고맙다고 해야겠다. 그는 학교까지의 거리가 더 멀어졌는데. 나는 매일 40분씩이나 운전하지 않아도 되었다. 하루 일과가 훨씬 나아졌다.

맨 위층에 도착했다. 킴벌리가 회의실 테이블에 도넛을 나란히 줄 맞춰 놓고 있었다.

"와우, 테사! 너무 멋져요!"

그녀가 장난스럽게 휘파람을 불었다. 볼이 달아올랐다. 그녀가 나를 보고 웃었다.

"파란색이 확실히 잘 어울려요."

그녀가 나를 아래위로 다시 훑어보았다. 살짝 머쓱해졌다. 따뜻한 미소가 멋쩍음을 없애주었다. 요즘 들어 자신감이 부쩍 생겼고, 스스로도 섹시하단 생각이 들곤 한다. 모두 하딘 덕분이다.

"고마워요, 킴벌리."

미소로 그녀에게 화답하고 도넛과 커피를 들었다. 그녀의 책상에서 전화벨이 울렸다. 그녀가 얼른 달려갔다.

내 사무실에 도착했다. 반스 씨에게 이메일이 와 있었다. 첫 원고의 코멘터리에 대한 칭찬이었다. 첫 번째 원고를 어떻게 보느냐가 출판사 입성의 성공 여부를 알리는 허가증이라 했다. 그러면서 다음 원고에 대한 평가도 기대한다고 덧붙였다. 나는 바로 일에 몰두했다.

"뭐, 재밌는 거 있어?"

하딘의 목소리에 깜짝 놀라 하던 일을 멈추었다. 놀라서 위를 올려다보았더니, 그가 나에게 미소를 보내고 있었다.

"정말 재미있나 봐. 내가 온 것도 모르고."

그는 믿을 수 없을 만큼 멋졌다. 평소처럼 앞머리는 뒤로 깔끔하게 넘겼다. 무늬 없는 흰색 브이넥 티셔츠를 입었다. 티셔츠는 몸에 딱 맞았고, 그 아래로 비치는 타투가 더 도드라져 보였다. 놀랄 만큼 섹시했다. 그래, 그는 내 거다.

"운전은 어떠셨나?"

그가 능글맞게 웃었다.

"정말 좋았지."

나는 키득거렸다.

"그러니까, 허락도 없이 내 차를 가지고 가도 된다고 생각한 거야?"

목소리가 낮게 깔렸다. 농담인지 아닌지 잘 모르겠다.

"나는…, 그러니까…."

나도 모르게 말을 더듬었다. 그는 아무 말도 하지 않았다. 책상 뒤로 오더니 내 의자를 빼냈다. 그의 눈이 내 구두에서부터 얼굴까지 살살이 훑었다. 그러더니 나를 일으켜 세웠다.

"오늘 정말 섹시한데."

그가 내 목에 입술을 대며 말했다. 몸이 떨렸다.

"왜…, 왔어?"

"나를 봐서 행복하지 않아?"

그가 나를 들어 책상 위에 앉혔다.

"당연히 행복하지."

나는 그를 볼 때마다 항상 행복해진다.

"나도 이 회사로 다시 올까 생각 중이야. 그러면 매일 이럴 수 있잖아."

내 허벅지에 손을 얹으며 그가 말했다.

"누가 들어오면 어떡해."

엄하게 말하려 했지만 목소리가 떨렸다.

"절대 아냐. 반스 씨는 오후 내내 미팅이 있을 거야. 그리고 필요하다면 킴벌리가 전화하겠다고 했어."

우리가 여기서 무슨 일을 벌일지 킴벌리는 짐작했을 거다. 하딘이 힌트를 다 주었으니까. 거기에 생각이 미치자 얼굴이 화끈 달아올랐다. 그러나 넘쳐흐르는 내 몸 속 호르몬이 이 생각마저 덮어버렸다. 나는 힐끗, 문을 쳐다보았다.

"잠겼어."

그가 머리를 까딱거렸다.

아무 생각도 않고, 나는 하딘을 가까이 끌어당겼다. 손을 그의 청바지 속에 집어넣고 그의 페니스를 움켜쥐었다. 그가 신음하면서 청바지 버튼을 풀었고, 박서 팬티와 청바지를 한꺼번에 끌어내렸다.

"보통 때보다 빠르게 끝낼 거야. 괜찮지, 베이비?"

그가 내 팬티를 능숙하게 끌어내렸다.

나는 기대감에 차 고개를 끄덕이며 입술에 침을 묻혔다. 그가 히죽 웃으며 내 엉덩이를 책상 모서리까지 끌어당겼다. 내 입술은 그의 목을 덮쳤고, 그는 콘돔을 꺼냈다.

"널 좀 봐. 3개월 전에는 섹스라는 말만 입에 올려도 얼굴이 빨개졌잖아. 근데 이제는 네 책상에 앉아 나한테 먼저 섹스하자고 들이밀잖아."

그가 속삭이며 내 안으로 힘차게 밀고 들어왔다.

하딘은 손으로 내 입을 틀어막았다. 그리고 아랫입술을 꽉 깨물었다. 믿을 수가 없다. 내가 진짜로 책상에서 하딘과 섹스를 하다니. 그것도 킴벌리가 지척에 있는, 인턴십을 하는 내 사무실에서. 이걸 다 인정하기 싫을 만큼, 그는 나를 미치게 만든다. 어쨌든 미치게 좋다.

"넌…, 조용히…, 해야 해…."

그는 뿜어내듯 짧게 끊어 말하고는, 더욱 빠르게 움직였다. 숨을 헐떡이며 고개를 끄덕였다. 불끈 솟은 그의 팔둑을 꽉 움켜잡았다. 그의 맹공에도 책상에서 떨어지지 않도록.

"이런 거 좋아하지? 빠르고, 거친 거."

그가 이를 악물었다. 나는 소리를 내지 않으려 입을 막은 그의 손바닥을 지그시 깨물었다.

"대답해 봐, 아니면 그만 할 거야."

협박 아닌 협박이다. 나는 눈을 낮게 뜨고 그를 보면서 고개를 끄덕였다. 강렬한 느낌에 말문이 막혔다.

"그럴 줄 알았어."

그가 내 몸을 돌려서 배가 책상에 닿게 했다.

'오 마이 갓.'

그가 뒤로 찌르고 들어와 천천히 움직였다. 내 머리카락을 움켜쥐고 끌어당겼다. 그리고 내 목에 입을 맞추었다. 아랫배에 긴장감이 더 커졌다. 그의 움직임은 절정으로 치닫고 있었다. 둘 다 절정에 가까워졌다. 마지막 공격 후 그는 내 어깨에 입을 맞추었다. 그리고 끌어당겨 나를 일으켜 세웠다.

"이건, 정말⋯."

뭐라 말하려 했지만, 그가 입술로 내 입을 막았다.

"그래⋯, 그랬어."

그가 내 생각을 정리해주며, 바지를 입었다. 나는 손으로 대충 헝클어진 머리를 빗어 정리하고 눈 밑을 닦아 화장을 고쳤다. 그리고 시계를 보았다. 거의 3시가 다 되어 있었다. 하루가 또 이렇게 빨리 가버렸다.

"준비됐어?"

그가 물었다.

"뭐? 지금 겨우 3시야."

내가 시계를 가리켰다.

"크리스찬이 일찍 퇴근해도 된댔어. 한 시간 전에 내가 물어봤어."

"하딘! 일찍 퇴근해도 되는지 그렇게 막 물어보는 게 어딨어. 본인 문제도 아니고. 이 인턴십은 나한테 정말 중요한 거란 말이야."

"베이비, 진정해. 그가 먼저 얘기한 거야. 하루 종일 밖에 있을 거랬어. 널 일찍 퇴근시키겠다고 말했다고."

"사람들이 내가 이 기회를 이용해 먹는다고 생각하는 건 싫단 말이야."

"아무도 그런 생각 안 해. 네 성적과 네 업무 성과가 그들에게 말해줄 거야."

"그럼 전화하면 되잖아. 집에 일찍 와도 된다고 나한테 전화로 얘기하면…."

그에게 한쪽 눈썹을 찡긋 들어올렸다.

"여기 온 첫날부터 널 저 책상에 엎드리게 하고 싶었어."

그가 의기양양한 미소를 지으며 내 재킷을 쥐었다.

미쳤다고 말하고 싶었다. 이 책상에서 섹스하려고 여기에 왔다니. 하지만 나도 그걸 좋아했다는 걸 부인할 수는 없었다. 타투가 새겨진 근육이 비쳐 보이는 티셔츠를 입은 그를 본 순간, 그의 어떤 것도 부인할 수가 없었다.

함께 차로 걸어가면서, 그가 햇빛에 눈을 찡그렸다.

"그 끔찍한 결혼식에 입고 갈 옷을 이젠 정말 사야 할 것 같아."

"좋은 생각이야."

내가 동의했다.

"네 차는 집에 두고, 내 차로 같이 가자."

그가 막기 전에 나는 냉큼 그의 차에 올라탔다. 그는 고개를 가로저으며 미소만 지었다.

내 차를 집에 두고, 우리는 쇼핑몰로 갔다. 하딘은 쇼핑하는 내내 징징거리며 불평을 터뜨렸다. 글자 그대로 '섹스'를 미끼로 넥타이를 억지로 사게 만들었다. 결국 검정색 정장 바지에 재킷, 흰색 드레스 셔츠와 검정색 타이를 사고야 말았다. 심플하지만 그에게 완벽하게 어울렸다. 입어 보기를 완강히 거부하는 바람에 사이즈가 잘 맞기만을 바랐다. 그는 결혼식에 못 갈 핑계를 수도 없이 만들어낼 거다. 하지만 하나도 들어주지 않을 거다. 그의 옷을 다 사고, 드디어 내 차례가 되었다.

"그거."

그가 짧은 흰색 드레스를 가리켰다. 내 손에는 긴 검정색 드레스와 짧은 흰색 드레스가 들려 있었다. 카렌이 드레스 코드는 '블랙 앤 화이트'라 했다. 난 그걸 지킬 거니까. 하딘은 내가 어제 입었던 흰색 원피스를 정말로 좋아하는 것 같았다. 주저 없이 그의 말을 듣기로 했다. '그냥 들고 있는 거야'라고 말해 놓고, 내 옷과 신발을 하딘이 계산해버렸다. 뒤늦게 알아채고 조금 짜증이 났다. 내가 그를 제지하자, 계산대의 젊은 여자가 미소를 지으며 어깨를 으쓱했다. '그럼 내가 어떻게 해야 해요?'라고 묻는 것처럼.

"나 오늘 밤 일을 좀 해야 해. 그래서 저녁은 같이 못 먹을 거야."

쇼핑몰에서 나오면서 그가 말했다.

"난 네가 집에서 일하는 줄 알았는데."

"원래는 그래. 근데 도서관에 잠깐 가봐야 해."

그가 차근차근 설명했다.

"많이 늦진 않을 거야."

"그럼 너 없는 동안 식재료를 좀 사러 가야겠다."

그가 고개를 끄덕였다.

"조심하고, 어두워지기 전에 다녀 와."

아파트에 도착하자마자 그는 좋아하는 걸 쭉 적어주고는 집을 나섰다. 나는 청바지와 맨투맨 셔츠로 갈아입고, 길 아래 식료품 가게로 걸어갔다. 집에 돌아와 사온 것들을 정리하고, 과제를 했다. 그리고 음식을 좀 만들었다. 하딘에게 문자메시지를 보냈지만 답이 없었다. 그가 왔을 때 데워줄 음식을 전자레인지에 넣어두었다. 그리고 소파에 누워서 텔레비전을 봤다.

29

잠에서 깼다. 소파 위라는 걸 깨닫기까지 시간이 걸렸다.

"하딘?"

휘감고 있던 담요를 풀어내며 하딘을 불렀다. 그가 돌아왔겠거니 하며 침실로 들어갔다. 하지만 방은 비어 있었다.

'대체 어디 있는 거야?'

거실로 돌아와 휴대전화를 보며 소파에 앉았다. 여전히 그에게선 메시지조차 없다. 그리고 벌써 아침 7시였다. 전화해봤지만, 음성메시지로 넘어가버렸다. 부엌을 서성거리다 커피메이커 전원을 켰다. 그리고 샤워를 했다. 제시간에 눈이 떠진 것만도 다행이었다. 알람도 켜놓지 않은 채였다. 지금껏 한 번도 잊었던 적이 없는 일인데.

"너, 대체, 어디 있는 거니?"

큰소리로 외쳤다.

머리를 말리면서, 그의 부재에 대해 가능한 상황을 죄다 떠올려봤다. 어젯밤, 할 일이 너무 많았던 거다. 그래서 그걸 다 해내느라 그랬던 거다. 아니면 아는 사람을 만났을 거다. 그래서 시간 가는 줄 몰랐을 거다. 근데 도서관에서? 도서관은 꽤 일찍 문을 닫는다. 그리고 술집도 결국엔 문을 닫는다. 혹시나 파티에 갔다면, 이 모든 게 설명이 된다. 어쩐지 그런 일이 벌어졌을 것 같다는 느낌이 들었다. 마음 한구석에선 그에게 사고가 났을지도 모른다는 걱정이 스멀스멀 올라왔다. 놀러 간 것보다 다치는 게 더 싫다. 무슨 변명이나 사연이 있더라도 이건 아니다. 해서는 안 되는 일을, 그가, 지금, 저질렀다. 그에 대한 생각을 지울 수가 없다. 어젯밤 우리는 모든 게 완벽했다. 그런데도 그는 연락도 없이 집에 들어오지 않았다.

원피스는 내키지 않았다. 낡은 검정색 스커트와 몰캉한 핑크 버튼이 달린 셔츠를 입었다. 가는 길 내내 하늘에는 구름이 뒤덮여 있었다. 반스 출판사에 도착할 무렵, 내 기분도 하늘처럼 회색이 되었다. 극도로 화가 치밀어 올랐다.

'한마디 말도 없이, 외박을 해?'

도넛도 가져가지 않고 쌩 하니 지나가자 킴벌리가 눈썹을 치켜세웠다. 최선을 다해 억지 미소를 보내고 사무실로 직행했다. 멍한 상태로 오전 시간이 지나갔다. 같은 페이지를 읽고 또 읽었다. 어떤 단어도 눈에 들어오지 않았다.

노크 소리가 들리자 심장이 멈추는 것만 같았다. 하딘이기를 간절히 바랐다. 그에게 얼마나 화났는지는 상관없었다. 그러나, 킴벌리였다.

"같이 점심 먹으러 갈래요?"

그녀가 상냥하게 물었다. 그 제안을 거절하려다 깨달았다. 여기 앉아서 어디 있는지도 모르는 남자친구 생각에 집착하는 건 아무 도움이 되지 않는다는 걸. 대신 미소를 지어 보였다.

"네, 같이 가요."

길모퉁이를 돌아, 조그만 멕시칸 스타일 식당에 갔다. 안으로 들어가자 몸이 부르르 떨렸다. 히터 가까운 자리를 부탁했다. 자리는 히터 바로 아래였고, 우리는 손을 비비며 몸을 녹였다.

"이런 날씨는 정말 용서할 수가 없어요."

그녀가 추워진 날씨 얘기를 꺼내며, 벌써부터 여름이 그리워진다는 등 수다를 시작했다.

"겨울이 얼마나 추웠는지 거의 잊어버리고 있었어요."

내가 담담하게 말했다. 계절이 섞여 있다. 가을이 가고 있다는 것조차 알아채지 못하고 있었다.

"그래서…, 막장남과는 잘되고 있어요?"

그녀가 웃으며 물었다. 마침 종업원이 칩과 살사를 가져다주었다. 빈속이 요동쳤다. 다시는 아침 도넛을 거르지 말아야지.

"글쎄요…."

그녀와 내 사생활에 대해 이러쿵저러쿵 이야기하는 게 어떨지 모르겠다. 나는 여자친구가 많지 않다. 사실은 아무도 없다. 이제는 다시 볼 수 없을지도 모르는 스테프 말고는. 킴벌리는 적어도 나보다 열 살은 더 많다. 어쩌면 남자 문제에 대해 더 깊은 통찰을 보여줄지도 모른다. 한숨이 나왔다. 맥주병 뚜껑처럼 생긴 등이 달린 천장을 쳐다보며 말했다.

"사실 어떻게 해야 할지 잘 모르겠어요. 어제까진 모든 게 다 잘되고 있었거든요. 근데 어젯밤에 그가 외박을 했어요. 아파트에서 같이 지내게 된 이틀째 밤에 말이에요. 그가 집에 들어오지 않는 거예요."

"잠깐만요…, 잠시만…, 뒤로 좀 돌아가보죠. 그러니까, 둘이 같이 살고 있어요?"

그녀가 놀라서 말했다.

"네…, 화요일부터요."

애써 웃어 보이려 했다.

"알겠어요, 근데 어젯밤에 그가 집에 오지 않았단 거죠?"

"안 들어왔어요. 할 일이 있어서 도서관에 간다고 했거든요. 그러더니 집에 안 왔어요."

"근데 당신은 그가 다치거나 한 건 아니라고 생각하는 거고요, 맞죠?"

"네, 그런 건 아닐 거예요."

혹시라도 그가 다친 거라면 알 수 있을 것 같았다. 우리에겐 연결된 끈 같은 게 있어서, 그가 다치면 금세 알 수 있을 것 같았다.

"전화도 없었어요?"

"문자메시지도요."

저절로 인상이 찌푸려졌다.

"내가 당신이라면, 흠씬 두들겨 패줄 거예요. 이건 받아들일 수 없는 일이에요."

그녀가 단언하듯 말했다.

종업원이 다가와 물을 따라주며 말했다.

"식사는 금세 나올 거예요."

킴벌리가 쏟아내는 험한 말을 끊어주어서 고마웠다. 그녀가 말을 이어나갔다. 그녀는 잘잘못을 따지지 않고 내 편에서 얘기해주었다. 기분이 조금 나아졌다.

"이건 진심이에요. 이런 식으로 행동하면 안 된다고 분명히 말해야 해요. 그렇지 않으면 계속 이럴 거예요. 애초부터 이런 건 못 참는다는 걸 명확히 알려주세요. 그는 당신 같은 사람을 사귄다는 걸 행운이라고 여겨야 해요. 정신을 차려야죠."

그녀는 당당하게 말했다. 이제 내 분노는 정당성을 찾았다. 나는 화내는 게 맞다. 킴벌리가 말한 대로 '흠씬 두들겨 패줘야' 한다.

"어떡해야 할까요?"

내가 묻자, 그녀가 웃었다.

"따끔하게 혼내줘야죠. 지금 분명 대본 만들고 있을 거예요. 제대로 변명을 못한다면, 집에 들어오자마자 혼쭐을 내줘요. 당신은 존중 받아 마땅해요. 그가 그렇지 않다면 그렇게 만들든지, 확 내쫓아버리든지 해요."

"정말 쉽게 말씀하시네요."

내가 웃었다.

"아, 이건 쉬운 것과는 거리가 멀어요."

그녀도 웃었다. 그러다 갑자기 심각해졌다.

"그래도 꼭 해야 해요."

점심 식사하는 동안 그녀는 자기 대학 생활 이야기를 들려주었다. 끔찍했던 남자친구 얘기도 해줬다. 그녀가 머리를 저을 때마다 금발의 단발머리가 찰랑거렸다. 너무 웃어서 눈에 맺힌 눈물을 닦아내야만 했다. 음식은 맛있었다. 사무실에 우두커니 앉아 있지 않고, 점심 먹으러 온 게 다행이었다.

사무실로 가는데, 화장실 근처에서 트레버를 만났다. 그가 다가오더니 미소를 지었다.

"안녕, 테사."

"안녕하세요. 잘 지냈어요?"

내가 예의 바르게 인사를 건넸다.

"너무 춥죠?"

내가 고개를 끄덕였다.

"오늘 예뻐 보이는데요."

그가 덧붙이면서 시선을 돌렸다. 그렇게 크게 말할 의도는 아니었던 듯했다. 나는 미소를 지으며 감사 인사를 건넸다. 그는 화장실로 들어가버렸다. 창피한 모양이었다.

퇴근할 때가 되자, 오늘 일을 하나도 못했다는 걸 깨달았다. 성에 차지 않는 하루를 보상하려고 원고를 집에 가져가기로 했다.

아파트에 도착했을 때도 하딘의 차는 주차장에 없었다. 다시 분노가 일었다. 그에게 전화를 걸어 음성메시지로 넘어가자 욕을 퍼부었다. 놀랍게도 그러고 나니 기분이 좀 나아졌다. 얼른 저녁을 만들어 먹고,

내일 할 일을 준비했다.

결혼식까지 이틀밖에 남지 않았다. 믿을 수가 없다. 그 전까지 하딘이 안 들어오면 어떻게 한담? 아니다, 돌아올 거다.

'그렇겠지…?'

집 안을 둘러보았다. 여전히 매력적이었지만, 모든 것이 빛을 잃은 듯했다. 하딘이 없기 때문이다.

어찌어찌 꽤 많은 일을 해치웠다. 그 순간 현관문이 열렸다. 하딘이 들어와 한마디도 없이 비틀거리며 거실을 지나 침실로 들어갔다. 바닥에 신발 벗어던지는 소리가 들렸다. 자꾸 넘어지는 자신에게 욕설을 퍼붓는 소리도 들렸다. 점심을 먹으면서 킴벌리가 해주었던 말들이 떠올랐다. 모든 생각을 끌어모아 분노의 불을 지폈다.

"대체 어디 처박혀 있었던 거야?"

방으로 들어가면서 소리를 질렀다. 셔츠를 벗은 하딘이 바지를 벗고 있었다.

"나도 널 만나서 좋아."

그가 혀 꼬부라진 소리를 했다.

"술 마신 거야?"

어이가 없었다.

"아마도."

그가 바지를 바닥에 내던졌다. 나는 씩씩대며 옷들을 주워 그에게 던져버렸다.

"빨래 바구니는 장식품인 줄 알아?"

그를 노려보는데, 그가 나를 보고 웃는다.

그가 웃고 있다. 나를 보고 웃고 있다.

"정말 겁도 없구나, 하딘! 어젯밤엔 외박을 하더니, 하루 종일 전화 한 통 없고. 그러더니 술에 취해 비틀거리면서 들어와서는, 웃어?"

소리소리 질러댔다.

"소리 좀 그만 질러. 머리가 지끈거려 죽겠단 말이야."

그가 신음을 내뱉더니 침대에 누웠다.

"넌 지금 이게 재밌어? 게임이라도 하는 줄 알아? 우리 사이를 진지하게 생각하지도 않으면서, 나랑 같이 살자고 한 거야?"

"당장은 얘기하기 싫어. 넌 지금 과민 반응하고 있어. 이리 와봐. 내가 행복하게 해줄게."

그의 눈은 새빨개져 있었다. 얼마나 퍼마신 건지. 그가 나를 향해 두 팔을 벌렸다. 그 완벽한 얼굴로 술에 취해 바보 같은 표정을 지으면서.

"싫어, 하딘."

나는 완고하게 말했다.

"나, 진지해. 외박을 하고도 아무런 변명도 안 하다니, 말이 돼?"

"맙소사, 그만 좀 달달 볶아! 넌 엄마가 아니잖아. 싸움 좀 그만 붙이고, 그냥 이리 와."

그가 똑같은 소리를 했다.

"나가."

내가 일갈했다.

"뭐라고?"

그가 일어나 앉았다. 이제야 내 말에 집중하는군.

"들었잖아, 당장 나가. 난 집에 처박혀서 밤새도록 남자친구가 돌아오기를 기다리는 그런 여자가 아니야. 적어도 변명이라도 할 줄 알았어. 근데 넌 노력조차 안 하잖아! 이번에는 그냥 못 넘어가, 하던. 늘 너무 쉽게 널 용서해줬어. 이번엔 아니야. 그러니까 해명을 하든지, 아니면 여기서 썩 꺼지란 말이야."

나는 의기양양하게 팔짱을 꼈다. 지지 않고 그에게 맞선 내가 자랑스러웠다.

"네가 기억 못 하는 모양인데, 집세를 내는 사람은 나야. 누군가 나가야 한다면, 그건 너야."

그가 무표정하게 나를 노려보았다. 무릎에 놓인 그의 손을 힐끔 쳐다보았다. 주먹이 또 찢어지고, 마른 피로 범벅이 되어 있었다. 그에게서 대답이 나오기를 바라며 내가 물었다.

"또 싸운 거야?"

"그게 중요해?"

"그래! 정말 중요해. 밤새도록 한 일이라는 게 그거야? 사람들이랑 싸움질하는 거? 일해야 하는 게 아니었어, 그렇지? 아니면 그게 네 일이야? 사람들 패는 거?"

"뭐? 아니야, 그게 내 일일 리가 없잖아. 내 일이 뭔지는 너도 알잖아. 나 진짜 일하고 있었어. 근데 방해 받은 거야."

그가 손으로 얼굴을 쓸어 내렸다.

"누구한테?"

"아무 것도 아냐, 맙소사."

그가 신음했다.

"정말 성가시게 구는군."

"성가시게 군다고? 밤새도록, 하루 종일 안 들어와 놓고, 이제야 비틀거리며 들어온 주제에! 그럼 내가 어떻게 하길 바라는데? 나는 대답이 필요해, 하딘. 대답도 안 하는 너한테 정말 질렸어."

그가 내 말을 무시했다.

"하루 종일 걱정했어. 적어도 전화는 해줄 수 있었잖아. 오늘 내 하루가 얼마나 엉망진창이었는지 알아? 네가 밖에서 술 퍼마시는 동안, 아니지, 무슨 짓을 했는지 알게 뭐야? 넌 내 인턴십을 엉망으로 만들었어. 이건 그냥 넘어갈 수 없어."

"네 인턴십? 아, 우리 아빠가 너한테 해준 그거 말이야?"

이건 그의 실수다.

"넌, 정말, 구제불능이다."

"그냥 그렇다고."

그가 어깨를 으쓱했다.

어떻게 같은 사람일까. 이틀 전, 자는 내 귀에 대고 사랑을 속삭이던 그 사람과 지금 이 사람이.

"대답하지 않을 거야. 왜? 그게 네가 원하는 거니까. 넌 싸우고 싶잖아, 나랑. 그렇게는 못하겠거든."

나는 쿵쾅거리며 방을 나왔다. 나오면서 한마디 덧붙였다.

"이거 하나만은 확실히 해둘게. 계속 정신 못 차리면, 지금처럼…, 난 떠날 거야."

소파에 가서 누웠다. 그와 따로 있을 공간이 있는 데 감사했다. 눈물이 흘러내렸다. 얼굴을 닦고, 하딘의 낡은 『폭풍의 언덕』을 꺼내 들었다. 그가 누구와 같이 있었는지, 누구와 왜 싸웠는지, 시시콜콜 설명해주길 원했다. 그게 나쁜 일이었더라도. 방으로 다시 들어가지 않았다. 소파에 누워 있었다. 이래야 그가 더 괴로워질 테니까.

그는 내 삶의 한 부분이 되었는데, 나는 그에게 그 절반도 미치지 못한다. 그런 생각이 들자 괴로워 견딜 수가 없었다.

30

책을 내려놓고, 휴대전화로 시간을 확인했다. 자정이 조금 지나 있었다. 억지로라도 자야 했다. 그가 조금 전 침대로 오라고 부르러 왔다. 나 없이는 잘 수 없다고 토로했다. 나는 뜻을 굽히지 않았다. 그가 돌아갈 때까지 그를 무시했다.

막 잠이 들려는 찰라, 하딘의 비명 소리가 들렸다.

"안 돼!"

나는 소파에서 벌떡 일어나 침실로 뛰어들어 갔다. 생각할 겨를이 없었다. 그는 두꺼운 담요에 엉켜서 땀범벅이 되어 있었다.

"하딘, 일어나 봐."

그의 어깨를 흔들며 부드럽게 말했다. 흠뻑 땀에 젖은 그의 곱슬머리를 이마 위로 쓸어넘겨 주었다.

그가 번쩍 눈을 떴다. 눈동자에 공포가 가득했다.

"괜찮아…, 쉬…, 그냥 나쁜 꿈이야."

최선을 다해 그를 진정시켰다. 머리를 쓰다듬고 뺨을 어루만졌다. 침대로 올라가는데, 그가 몸을 떨었다. 그의 허리를 두 팔로 감싸 안았다. 땀이 흥건한 그의 살갗에 얼굴을 갖다대자 긴장이 풀리는 게 느껴졌다.

"제발, 옆에 있어줘."

그가 애원했다. 한숨이 나왔다. 그를 꼭 껴안고 잠자코 있었다.

"고마워."

그가 속삭이더니 금세 다시 잠에 빠져들었다.

물을 아무리 세게 틀어도 뜨거워지지 않았다. 뜨거운 샤워로 뭉친 근육을 풀고 싶었는데 실패다. 나는 완전히 지쳐 있었다. 지난 밤 수면 부족과 하딘으로 인한 불안감 때문이다. 샤워하러 들어갈 때까지도 하딘은 잠들어 있었다. 출근할 때까지도 잠들어 있기를.

불행히도 내 기도는 응답을 받지 못했다. 욕실에서 나와보니, 그가 부엌 싱크대 앞에 서 있었다.

"오늘, 예쁘다."

그가 나지막이 말했다. 눈을 한 번 흘겨주고 커피를 가지러 그의 곁을 지나갔다.

"나랑은 얘기도 안 하겠다?"

"지금은. 출근해야 하니까. 그럴 기운도 없어."

한마디로 쏘아붙였다.

"그래도, 내 곁으로 왔잖아."

그가 뾰로통해졌다.

"그건 네가 비명 지르며 몸을 떨어서 그런 것뿐이야. 그렇다고 널 용서한 건 아니야. 난 모든 걸 다 알고 싶어. 비밀도, 싸움도, 악몽도 설명이 필요해. 그게 아니라면, 끝이야."

그가 내 말에 놀랐다. 나 자신도 놀랐다.

그는 신음하며 머리카락을 쓸어 넘겼다.

"테사…, 그게 그렇게 간단하지가 않아."

"아냐, 사실은 간단해. 나는 엄마와의 관계도 포기했어. 이렇게 빨리 너랑 같이 살기로 결정했고, 그만큼 너를 믿었어. 너도 나를 믿어야 해. 그래서 무슨 일이 있었는지 나한테 다 얘기해줘야 해."

"너는 이해 못할 거야. 난 알아."

"해보기나 해."

"난…, 못하겠어."

그가 말을 더듬었다.

"그렇다면 나는 너와 함께할 수 없어. 미안해, 난 이미 많은 기회를 줬어. 그런데도 넌 계속…."

"그런 말 하지 마. 날 떠날 생각은 하지도 마."

목소리는 분노에 차 있었지만, 눈빛은 상처 입은 듯했다.

"그럼 답을 해줘. 내가 이해 못할 거라 생각하는 게 대체 뭔데? 네 악몽이야?"

"날 떠나지 않겠다고 말해줘."

그가 애원했다. 하딘에게 내 입장을 고수하기가 상상했던 것보다 힘들다는 게 증명되는 순간이었다. 특히나 그가 심하게 상처 받은 것처럼 보일 때는 더욱.

"가야 해. 벌써 늦었어."

방으로 가서 최대한 빨리 옷을 갈아입었다. 그가 따라오지 않아 다행이었지만, 마음 한편에선 그가 따라 들어오기를 바랐다.

그는 부엌에서 꼼짝도 않고 서 있었다. 셔츠도 입지 않고, 찢어진 주먹이 하얗게 되도록 커피 잔을 꽉 움켜잡고. 내가 방을 나설 때까지 그렇게 있었다.

하딘이 아침에 말한 걸 다시 생각해보았다. 이해하지 못할 일이라는 게 대체 뭘까? 무엇 때문에 악몽을 꾸든, 그걸로 그를 비난하진 않을 거다. 그가 말하는 게 악몽뿐이길 바랐다. 하지만 내심 중요한 뭔가가 빠졌다는 느낌을 지울 수가 없다.

하루 종일 죄책감과 긴장에서 헤어나지 못했다. 킴벌리가 이메일로 웃긴 동영상 링크를 보내줬다. 울적한 기분이 조금은 나아졌다. 점심 시간쯤 되자 집에 두고 온 문제들은 거의 잊은 것 같았다.

다 내가 잘못했어, 미안해.
퇴근하고 집으로 와줘.

전화기가 진동했다. 킴벌리와 나는 머핀을 먹는 중이었다. 누군가가 반스 씨에게 선물로 보내온 거다.

"남자친구?"

그녀가 물었다.

"네…. 한판 했는데, 기분이 정말 안 좋아요. 내가 옳다는 건 알겠는데. 오늘 아침 개 얼굴을 한번 봤어야 해요."

"좋아요. 그도 뭔가를 배웠을 거예요, 희망적인데요. 어디 있었는지 얘기해요?"

"아뇨, 그게 문제예요."

나는 신음하며 머핀을 하나 더 입에 물었다.

제발 답을 보내줘, 테사.
사랑해.

몇 분 지나지 않아, 메시지가 또 왔다.
"가엾은 남자, 얼른 답을 보내줘요."
킴벌리가 미소 지었고, 나는 고개를 끄덕였다.

집으로 갈 거야.

내가 답장했다.

그에게 내 입장을 고수하는 게 왜 이렇게 힘들까? 반스 씨가 3시 좀 지나서 전직원을 퇴근시켜주었다. 나는 미용실에 들러 머리를 다듬고 네일 케어를 받기로 했다. 벌써 내일이 결혼식이다. 결혼식에 가기 전에 하딘과 내가 이 문제를 잘 해결하길 바랐다. 화난 하딘을 아빠 결혼식에 데려가고 싶진 않으니까.

집에 도착하니 6시가 다 되어 있었다. 하딘에게 몇 통의 메시지가 더 왔지만 무시했다. 현관문 앞에서 심호흡을 했다. 맞닥뜨릴 일에 대한 마음의 준비가 필요했다. 결국 서로에게 소리 지르다가 한 명이 나가 버리거나, 대화로 해결하거나, 둘 중 하나다. 집으로 들어갔다. 하딘이 거실에서 왔다 갔다 하고 있었다. 고개를 돌려 현관 앞에 있는 나를 보자, 안도의 표정이 스쳐 지나갔다.

"안 오는 줄 알았어."

그가 다가왔다.

"내가 어딜 가겠어."

심상하게 대답하면서 그를 지나쳐 침실로 들어갔다.

"나…, 그러니까, 저녁밥을 만들었어, 너 주려고."

그는 알아보기 힘들 만큼 달라져 있었다. 깔끔하게 빗어 넘겼던 머리카락은 이마로 마구 흘러내려와 있었다. 회색 후디에 검정색 운동복 바지를 입고 있었다. 긴장하고, 걱정스럽고, 심지어… 두려워 보였다.

"아…, 왜?"

물어보지 않을 수가 없다. 나는 운동복으로 갈아입었다. 일부러 내놓은 게 분명한 그의 셔츠도 입지 않았다. 그걸 바라보던 하딘의 표정이 더 어두워졌다.

"그건…, 내가 나쁜 놈이니까."

"맞아…, 넌 나쁜 놈이야."

내가 말하면서 부엌으로 들어갔다. 음식은 제법 맛있어 보였다. 치킨 파스타인가? 뭔지는 확실히 모르겠다.

"치킨 플로란틴(시금치가 들어간 피렌체식 요리-옮긴이)이야."

내 생각을 읽은 듯 그가 대답했다.

"흠."

"꼭 먹을 필요는 없어…."

기어들어가는 목소리였다. 확실히 평소와는 다르다. 그를 만나고 처음으로 내가 주도권을 잡은 듯한 느낌이었다.

"아냐, 맛있어 보여. 그냥 놀라서 그랬어."

그에게 말하고 한입 먹어 봤다. 보기보다 훨씬 더 맛있었다.

"머리 예쁘다."

지난 번 머리 잘랐던 때가 떠올랐다. 그때도 유일하게 하딘만 그걸 알아챘었다.

"나는 네 대답이 필요해."

그가 회한이 담긴 깊은 숨을 토해냈다.

"알아, 너한테 얘기하려고 했어."

나는 또 한입 삼켰다. 내 생각을 관철시켰다는 만족감을 숨겨야 했다.

"먼저, 이건 좀 알아줬으면 좋겠어. 아무도, 엄마 아빠를 빼고 아무도, 이건 모른다는 거야."

그가 주먹에서 피딱지를 떼어내며 말했다.

고개를 끄덕이며, 한입 더 입에 넣었다.

"좋아…, 그럼 시작할게."

그가 초조한 듯 말을 이어나갔다.

"내가 일곱 살 때쯤이었어. 어느 날 밤, 아빠는 집 바로 건너에 있는 술집에 있었지. 아빠는 거의 매일 밤 거길 갔어. 거기 있는 사람들도 죄다 아빠를 알았고. 그래서 거기 사람들을 화나게 하는 건 별로 좋지 않았지. 근데 그날 밤, 아빠가 일을 벌였어. 술 취한 군인들이랑 싸움이 났거든. 아빠가 맥주병으로 그 중 한 명의 머리통을 후려갈겼어."

어떻게 전개될지 모르겠으나, 유쾌한 결말은 아닐 것 같았다.

"계속 밥 먹어, 제발…."

그가 애원하며 얘기를 끊었다. 나는 고개를 끄덕이고, 그를 쳐다보지 않으려 애썼다. 그가 말을 이었다.

"아빠는 술집을 나가버렸고, 그 사람들이 길 건너 우리 집으로 쳐들어왔어. 아빠한테 맞은 사람이 보복을 하려고 했던가 봐. 근데 아빠가 집에 없었던 거지. 그런데 엄마가 소파에서 자고 있었어. 아빠가 오길 기다리면서."

그의 초록색 눈동자가 내 눈과 마주쳤다.

"어젯밤 너처럼 말이야."

"하던⋯."

나는 속삭이며 테이블 위로 그의 손을 잡았다.

"그 사람들이 엄마를 발견하고는⋯."

그의 목소리가 잦아들었다. 그는 벽을 노려보았다. 시간이 멈춘 것 같았다.

"엄마가 소리 지르는 걸 듣고, 아래층으로 내려갔어. 나는 사람들을 엄마에게서 떼어내려고 소리를 쳤지. 잠옷은 다 찢어졌고, 엄마는 나한테 저리 가라고 계속 소리쳤어⋯. 그 사람들이 엄마에게 하는 짓을 못 보게 하려는 거였어. 하지만 엄마를 두고 도망갈 수는 없었어."

그가 눈을 깜빡거리자 눈물이 흘러내렸다. 가슴이 찢어지는 것 같았다. 일곱 살 어린아이가 엄마에게 벌어지는 충격적인 일을 목격했다니⋯. 나는 일어나 그에게 다가갔다. 그의 무릎에 앉아 그의 목에 얼굴을 묻었다.

"짧게 말하자면, 나는 그 사람들을 떼어놓으려고 애썼지만, 소용이 없었어. 그리고 엄마 몸에 반창고 한 통을 죄다 붙여줬어⋯, 왜 그랬는지는 모르겠어⋯, 엄마가 덜 아팠으면 했던가 봐. 정말 바보 같지? 아빠는 그제야 비틀거리면서 들어왔어."

그가 내 머리카락에 입을 대고 말했다. 나는 그를 바라보았다. 그가 나를 보고 인상을 찌푸렸다.

"울지 마…."

그가 속삭였지만 어쩔 수가 없었다. 그의 악몽이 이렇게 끔찍한 일일 줄은 상상도 못했다.

"미안, 이런 얘기까지 하게 만들어서."

내가 흐느꼈다.

"아니야…, 괜찮아. 누군가에게 말하고 나니까 기분이 나아졌어."

그가 확신에 차 말했다.

"괜찮다는 게 느껴질 정도로 좋아졌어."

그가 내 머리를 쓰다듬었다. 손가락으로 머리카락을 돌돌 말았다. 머릿속이 아득해졌다.

"그 후로 나는 항상 아래층 소파에서 잤어. 누가 들어오면…, 나를 먼저 보게 될 테니까. 그러면서 악몽을 꾸기 시작했어…. 그 악몽이 떠나질 않아. 아빠가 집을 나가고 나서는 정신과 상담도 몇 차례 받았어. 근데 아무 도움도 되지 않았어. 너를 만나기 전까지는."

그가 나를 보며 희미하게 웃었다.

"어젯밤에 외박한 건 정말 미안해. 나도 그런 남자가 되긴 싫어. 아빠처럼 되긴 싫어."

그가 나를 세게 끌어안았다.

이제 하딘이라는 퍼즐의 몇 조각이 끼워 맞춰졌다. 그를 더 많이 이해할 수 있을 것 같다. 그에 대한 내 마음이 순식간에 달라졌다. 그만큼 켄 씨에 대한 생각도 드라마틱하게 바뀌었다. 사람이 변할 수 있다는 건 잘 안다. 그가 예전의 모습에서 완전히 탈피했다는 것도 확실히 알겠다. 하지만 분노가 거품처럼 피어나는 걸 막을 수가 없었다. 지금의 하딘이 된 건 '아빠' 때문이었다. 술주정뱅이에다 아내와 자식을 방치하고, 쓸데없는 도발로 가족을 위험에 빠뜨린 그의 아빠 때문이다. 그래놓고 그들을 지켜주기는 커녕, 버렸다. 원하는 모든 답은 아니었지만, 기대한 것보다 많은 걸 알게 되었다.

"다시는 안 그럴게⋯, 맹세해. 그러니까 날 떠나지 않겠다고 말해 줘⋯."

그가 중얼거렸다.

내가 느꼈던 분노도, 보상 받겠다던 심리도 한순간에 날아가버렸다.

"너를 떠나지 않을 거야, 하딘. 나는 절대 너를 떠나지 않아."

내 입에서 나오는 말을 놓치지 않겠다는 듯 그는 내 입술을 뚫어져라 쳐다봤다. 나는 말하고 또 말하고, 몇 번을 더 말해주었다.

"사랑해, 테사. 세상 무엇보다 더."

그가 내 눈물을 닦아주었다.

31

우리는 30분쯤 그대로 앉아 있었다. 마침내 하딘이 내 가슴에서 머리를 들고 입을 뗐다.

"이제 밥 먹어도 될까?"

"그럼."

나는 희미하게 미소 짓고 그의 무릎에서 일어났다. 그가 나를 다시 끌어당겼다.

"비키라고 하진 않았어. 내 접시나 좀 밀어줘."

그가 미소 지었다. 그에게 접시를 밀어 주고, 맞은편에 있는 내 접시를 가져왔다. 아직까지도 새로 입력된 정보가 머릿속에 엉켜 있다. 내일 아침 결혼식 가기는 쉽지 않을 거란 느낌이 들었다.

더 이상 그의 고백에 대해 이야기하기는 싫었다. 그도 그런 것처럼 보였다. 내 접시에 담긴 음식을 한입 더 먹었다.

"생각했던 것보다 훨씬 요리를 잘하네. 실력은 검증되었으니, 앞으로 자주 이런 요리를 기대해도 되겠지?"

"두고 보면 알겠지."

입 안 가득 음식을 씹으며 그가 말했다. 편안한 침묵 속에서 저녁 식사를 마쳤다. 그릇을 챙겨 식기 세척기에 넣었다. 그가 등 뒤로 오더니 물었다.

"아직도 화났어?"

"그런 건 아니지만…."

그에게 대답했다.

"어젯밤에 외박한 건 아직 화났어. 누구랑 싸웠는지도 알고 싶고."

그가 입을 열었지만 내가 말을 막았다.

"오늘 밤은 말고."

더 이상 이야기했다간 둘 다 감당하지 못할 것 같았다.

"알겠어."

그가 부드럽게 말했다. 걱정스러운 눈빛이었지만, 나는 그냥 두기로 했다.

"참, 그리고 면전에서 인턴십 얘기한 것도 기분 나빴어. 그건 정말 상처가 되더라."

"나도 알아. 그래서 그렇게 말한 거야."

솔직해도 너무 솔직한 대답이었다.

"나도 알아. 그래서 그렇게 말한 게 싫단 거야."

"미안."

"다시는 그러지 마, 알았지?"

그가 고개를 끄덕였다.

"너무 지친다."

화제를 바꿔보려 말을 돌렸다.

"나도. 저녁엔 누워서 좀 쉬자. 참, 케이블 TV 신청했어."

"내가 했어야 하는 건데."

그를 보며 으르렁댔다. 그가 어이없다는 표정을 지으며 침대 위, 내 곁에 앉았다.

"네가 나한테 비용을 주면 되지…."

애꿎은 벽만 노려보았다.

"내일 결혼식에 가려면 몇 시에 나가야 해?"

"가고 싶은 때 가면 돼."

"3시에 시작하니까, 2시까지는 도착해야 할 것 같아."

"한 시간이나 일찍?"

그가 징징거렸지만, 나는 고개를 끄덕였다.

"왜 그러자고 하는 건진 모르겠지만…."

그 순간 내 휴대전화가 울리는 바람에 그의 말이 끊겼다. 휴대전화

화면을 들여다보는 하딘 표정을 보니, 안 봐도 누군지 알겠다.

"이 자식은 왜 또 전화하는 거야?"

그가 씩씩거렸다.

"나도 모르겠어, 하딘. 그래도 받아야 할 것 같아."

그의 손에서 전화기를 뺏어 들었다.

"노아?"

목소리는 부드러웠지만 떨리고 있었다. 하딘이 벽에 구멍이라도 낼 듯 이글거리는 눈빛으로 나를 노려보고 있었다.

"테사. 금요일 밤에 전화해서 미안한데…, 음…."

공황 상태에 빠진 듯한 목소리였다.

"왜 그래?"

내가 다그쳤다. 안 그랬다간 또 한참을 쓸데없이 뜸을 들일 거다. 하딘을 쳐다봤다. 그는 입모양으로 계속 말하고 있다.

"스피커폰으로 해."

'농담하냐'는 눈짓을 보냈지만, 결국엔 하딘이 듣도록 스피커폰으로 바꿨다.

"너네 엄마가 기숙사 관리자한테 연락을 받으신 것 같아. 기숙사비 최종 정산이 끝났다고. 그래서 네가 이사 나간 걸 아셨어. 어디 사는지 난 모른다고 말씀드렸어. 사실 그렇기도 하고. 근데 엄마가 안 믿으셔. 그리고 지금 그쪽으로 가는 중이야."

"여기로? 학교로?"

"응, 그런 것 같아. 난 잘 모르겠는데, 너네 엄마가 널 꼭 찾아낼 거라고 하셨어. 지금 완전 이성을 잃은 상태고, 정말 화가 많이 나셨어. 너한테 미리 귀띔해주려고 전화했어."

"믿을 수가 없다, 우리 엄마, 진짜!"

전화기에 대고 소리 질렀다. 다행히 노아는 그 전에 전화를 끊었다. 침대에 다시 누웠다.

"멋지군…, 오늘 밤은 정말 끝내주겠어."

하딘이 내 곁에 누워 팔베개를 해주었다.

"엄마는 너를 못 찾으실 거야. 우리가 어디 사는지 아무도 몰라."

그가 나를 안심시켰다. 이마에 흘러내린 머리카락을 부드럽게 쓰다듬으면서.

"나는 못 찾겠지만, 스테프를 괴롭힐 거야. 기숙사에서 만나는 사람들마다 붙잡고 물어볼 거고. 막장 드라마 한 편을 찍고도 남을 거야."

두 손으로 얼굴을 감쌌다.

"내가 가봐야 할 거 같아."

"엄마한테 주소를 알려드려. 이리로 오시게 해. 네 영역에선 네가 더 유리해."

"그래도 괜찮을까?"

얼굴에서 손을 떼며 말했다.

"당연하지. 그래도 엄마잖아, 테사."

의아한 표정으로 그를 쳐다보았다. 그와 그의 아빠 사이의 불화를 이미 알고 있기에 이 또한 그의 진심인 걸 안다. 그가 부모님과의 관계를 회복해보려고 노력하는 것처럼 나도 용기를 내볼 거다.

"엄마한테 전화해볼게."

심호흡을 하면서 잠시 동안 휴대전화를 바라보았다. 그리고 엄마의 전화번호를 눌렀다. 엄마는 엄청나게 빨리, 무지하게 퉁명스러운 목소리로 전화를 받았다. 최대한 감정을 억누르고 있는 듯했다. 그래야 나를 만났을 때 축적한 증오 에너지를 쏟아 부을 수 있을 테니까. 자세한 얘기 없이 주소만 알려줬다. 여기 산다는 소리도 안 했다. 그리고 얼른 전화를 끊었다.

본능적으로 침대에서 뛰쳐나와 집 정리를 시작했다.

"집은 원래 깨끗해. 뭘 제대로 만지지도 않았잖아."

"나도 알아. 근데 뭐라도 해야 기분이 나아질 것 같아."

바닥에 있던 옷가지를 치우고, 거실에 촛불을 켰다. 하딘과 테이블에 앉아 엄마를 기다렸다. 불안해하지 말아야 한다. 나는 성인이고 내 삶은 내 선택이다. 하지만 나는 엄마를 잘 안다. 엄마가 이성을 잃으면 무슨 일을 벌일지도 잘 안다. 나는 이미 너무 감정적이다. 불과 한 시간 전에 들은 하딘의 과거 이야기만으로도 오늘 밤은 벅차다. 그런데 지금 또 엄마와 전쟁을 벌여야 하다니. 벌써 8시가 다 되어 있었다. 부디 엄마가 오래 머물지 않기를. 그래서 하딘과 일찍 잠자리에 들 수 있기를. 하딘과 부둥켜안고 불행한 가족사를 서로 위로하다가 잠들고 싶었다.

"너랑 같이 여기 있어줄까, 아니면 둘만 얘기하게 자리를 피해줄까?"

하딘이 물었다.

"엄마랑 둘이 얘기하는 게 좋겠어."

그가 같이 있으면 좋겠지만, 그랬다간 엄마의 적대감을 더 불러일으킬 것 같았다.

"근데, 잠깐만…. 노아가 했던 말이 막 기억났어. 기숙사 비용이 정산 완료됐다고…."

내가 질문하듯 그를 쳐다봤다.

"응…, 그래서?"

"네가 낸 거야, 맞지?"

절반쯤 소리를 질렀다. 에너지는 넘쳤지만, 화난 건 아니었다. 그냥 놀랍고 짜증스러울 뿐이다.

"그래서…."

그가 어깨를 으쓱거렸다.

"하딘! 그건 내 문제야. 이러면 내가 너무 불편하잖아."

"그게 뭐 대수라고 그러는 거야. 별로 큰돈도 아닌걸."

그가 반박했다.

"너, 숨겨진 재벌이야? 아님 마약이라도 파는 거야?"

"돈을 많이 모았는데, 쓸 일이 별로 없었어. 작년에 일을 했는데, 공짜로 살았거든. 급여가 계속 모였어. 돈 쓸 데가 없어서 그런 거야…, 근데 이제 생겼어."

그의 얼굴에 미소가 번졌다.

"그리고 난 너한테 돈 쓰는 게 정말 좋아. 그러니까 이걸로 딴지 걸지 말아줘."

"엄마가 오고 있는 중인 걸 다행이라고 생각해. 너랑 한판 할까 했는데, 지금은 참을게."

그는 한참을 키득거렸다. 웃음기가 사라지고, 우리는 앉아서 손을 잡고 기다리기로 했다.

얼마나 지났을까, 문 두드리는 소리가 들렸다. 글쎄, 문을 내리치는 소리라고 해야 하나.

하딘이 일어섰다.

"다른 방에 가 있을게. 사랑해."

그는 잽싸게 키스를 하고는 얼른 사라졌다.

들이마실 수 있을 만큼 최대한 깊은 숨을 쉬고 문을 열었다. 늘 그렇듯 엄마의 표정은 무시무시했다. 진한 눈 화장은 번짐 하나 없이 완벽했고, 빨간색 립스틱은 반짝반짝 윤이 났다. 금발 머리는 천사의 후광처럼 단정히 묶여 있었다.

"한마디 말도 없이, 기숙사에서 나와? 도대체 무슨 생각으로 그러는 거야?"

엄마는 대뜸 소리를 질렀고, 나를 밀치고 아파트 안으로 쳐들어왔다.

"엄마가 다른 선택을 못하게 만들었잖아요."

내가 맞받아쳤다. 침착함을 유지하려고 심호흡에 집중했다. 엄마가 몸을 돌려 나를 노려보았다.

"뭐라고? 다른 선택이 없었다고?"

"기숙사비를 내주지 않겠다고 으름장을 놓으셨잖아요."

팔짱을 끼면서 엄마가 했던 말을 상기시켰다.

"그래서, 넌 이런 잘못된 선택을 한 거니?"

엄마의 목소리는 단호했다.

"아뇨, 잘못된 건 엄마예요."

"말하는 것 좀 봐. 지금 네 꼴을 봐라. 넌, 석 달 전에 내가 대학교에 보냈던 그 테사가 아니야."

엄마가 내 몸을 아래위로 휘휘 가리키며 말했다.

"너, 지금 엄마한테 반항하고 있잖아. 소리까지 지르고! 진짜 배짱도 좋다! 너를 위해서 나는 모든 걸 해주었는데, 지금 널 좀 봐…, 넌 모든 걸 쓰레기로 만들었어.”

"난 아무 것도 쓰레기로 만들지 않았어요! 돈도 많이 받는 훌륭한 인턴십도 하고 있어요. 자동차도 샀고, 평점은 4.0이 넘는다고요! 나한테 뭘 더 원하는 거예요?”

엄마에게 소리소리 질렀다.

나의 도발에 엄마의 눈이 동그래졌다. 엄마의 목소리는 더욱 독기를 품었다.

"그래, 해보자는 거지? 넌 내가 오기 전에 옷이라도 갈아입었어야 했어. 솔직히 말해, 너 지금 꼬락서니가 말이 아니야.”

내 잠옷을 훑어보더니, 엄마가 지적질을 시작했다.

"그리고 대체 그 꼴이 뭐니…, 화장한 거니? 너 대체 누구야? 넌 내 딸 테레사가 아니야. 그거 하나만은 확실해. 내 딸 테레사는, 금요일 밤에, 아마 숭배자 같은 놈의 아파트에서 잠옷을 입고 어슬렁거리지 않아.”

"하딘에 대해 그딴 식으로 얘기하지 마세요.”

내가 이를 악물고 말했다.

"엄마한테 벌써 경고했을 텐데요.”

엄마가 눈을 가늘게 뜨더니 갑자기 웃기 시작했다. 엄마는 고개를 젖히며 웃어댔다. 나는 완벽하게 화장한 엄마의 얼굴을 한 대 때리고 픈 욕구와 싸워야 했다. 이런 폭력적인 생각을 하다니, 나 자신에게 흠칫 놀랐다. 엄마는 나를 돌이킬 수 없는 구석까지 밀어붙인다.

"그리고 또 있어요.”

나는, 천천히, 침착하게, 그리고 확실하게 공표했다.

"여긴 그의 아파트가 아니에요. '우리' 아파트라고요."

바로 그때, 엄마의 웃음이 멈추었다.

32

내가 같이 살았던 이 여성의 장점은 감정 조절을 끝내주게 잘한다는 거다. 너무나 잘해서 그런 엄마의 모습에 몇 번이나 깜짝 놀랐었다. 그래도 이번 건 핵폭탄 급이다. 정말이지, 진심으로 엄마에게 크게 한방 먹은 것 같은 느낌이었다. 엄마는 자세를 고쳐 섰다. 표정은 급격히 어두워졌다.

"지금 뭐라고 했니?"

"다 들었잖아요. 여기는 '우리' 아파트라고요. 우리 둘이 같이 산다고요."

허리에 두 손을 얹었다. 드라마틱한 효과를 주고 싶었다.

"넌 절대 여기 살 방법이 없어. 이런 곳에 살 만한 여유가 없잖아!"

엄마가 조롱하듯 말했다.

"계약서 보여드릴까요? 사본이라면 저한테 있는데."

"생각했던 것보다 훨씬 더 엉망이구나…."

엄마는 쳐다볼 가치도 없다는 듯 시선을 내 뒤에 두었다. 아마 머릿속으론 내 인생을 엄마의 공식에 넣어 계산하는 중이겠지.

"네가 그놈이랑 어울려 돌아다니는 꼴을 보고, 바보 같은 짓거리를 할 줄 알았다. 넌 진짜 모자라게도 그놈이랑 같이 살기로 했구나! 걔를 잘 알지도 못하잖아! 부모님도 본 적 없고. 사람들 많은 데서 그런 애랑 있으면 창피하지도 않니?"

분노가 끓어올랐다. 평정심을 잃지 않으려 벽을 노려보았다. 엄마는 너무 심했다. 스스로를 제어할 틈도 없이 엄마에게 달려들었다.

"엄마가 뭔데 내 집에 와서 걔를 모욕해요? 나는 누구보다도 하딘을 잘 알아요. 게다가 걔는 엄마보다도 훨씬 더 나를 잘 알아요! 가족도 만났어요. 적어도 걔네 아빠는 만났어요. 걔네 아빠가 누군지나 알아요? WCU 총장이라고요!"

나는 있는 대로 소리를 질렀다.

"이제 만족해요? 엄마의 그, 치졸하고 형편없는 사람 재는 잣대는 엉터리에 불과해요."

하딘 아빠의 직업까지 떠벌이는 건 싫었다. 하지만 이거야 말로 엄마를 정신 번쩍 들게 만들 수 있는 카드였다.

하딘이 걱정스러운 표정으로 침실에서 나왔다. 상처 받은 내 목소리를 들은 모양이다. 그는 다가와서 내 옆에 섰다. 그리고 지난번처럼 나를 끌어당겨 그의 뒤에 세웠다.

"아, 잘됐네! 여기 영광의 인물이 나타나셨네."

엄마가 거친 몸짓으로 그를 가리키며 조롱했다.

"이런 애 아빠가 대학교 총장일 리 없어."

엄마가 반쯤 비웃으며 말했다.

내 얼굴은 터질 것처럼 상기되고, 눈물범벅이 되었다. 하지만 그런 건 신경 쓰이지 않았다.

"총장님 맞아요. 놀랐죠? 엄마가 자기 잣대로만 남을 판단하는 이상한 사람이 아니었더라면 알 수 있었을 거예요. 하딘이랑 몇 마디 대화를 나누었다면 말이에요. 근데 엄마, 그거 알아요? 엄마는 얘를 알 자격도 없어요. 엄마가 해주지 않던 걸 이 애는 내 곁에서 해주었어요. 우리를 떼어낼 방법은 세상 어디에도 없다고요!"

"나한테 그런 식으로 얘기하지 마라!"

엄마가 소리 지르며 한 걸음 다가왔다.

"이런 손바닥만 한 아파트를 얻고, 아이라인을 그렸다고, 네가 갑자기 멋진 성인 여성이 된 것 같아? 얘야, 너한테 상처주기는 싫다만, 너 꼭 창녀 같아 보여. 갓 스무 살에 남자랑 동거나 하고 있는 꼴이!"

하딘이 엄마에게 경고하듯 미간을 찌푸렸다. 엄마는 본 척 만 척했다.

"이런 짓거리는 당장 그만두는 게 좋을 거다. 그나마 남아 있는 네 미덕을 잃기 전에 말이다, 테사. 거울을 좀 봐라. 그리고 저 애를 좀 봐. 너희 둘 같이 있는 꼴이 얼마나 우스운지. 너한테는 노아가 있어. 그렇게 잘해줬는데 너는 고작…, 이런 것들 때문에 노아를 버렸어!"

엄마는 몸짓으로 하딘을 가리켰다.

"노아하고는 상관없어요."

하딘이 이를 악물었다. 속으로 그가 아무 말도 않길 빌고 또 빌었다.

"노아는 너를 사랑해. 너도 걔를 사랑한다는 거 다 안다. 반항아 행세는 그만두고 나랑 같이 가자. 기숙사에 데려다줄게. 노아도 분명히 너를 용서해줄 거다."

엄마는 강압적으로 손을 내밀었다. 내가 엄마 손을 잡고 당장 이곳을 나서기라도 할 줄 아는 모양이었다.

나는 셔츠 밑단을 움켜잡으며 주먹을 쥐었다.

"엄마는 제정신이 아니에요. 엄마가 무슨 말을 하는지 알기나 하세요? 난 엄마랑 안 가요. 여기서 하딘이랑 살 거예요. 나는 하딘을 사랑해요, 노아가 아니라. 노아를 좋아하긴 해요. 하지만 사랑은 아니에요. 엄마가 내가 걔를 사랑한다고 느끼게 만들었을 뿐이죠. 엄마한테는 미안하지만, 나는 하딘을 사랑한다고요. 하딘도 나를 사랑해요."

"테사! 쟤는 너를 사랑하는 게 아니야! 네 옷을 벗기려고 네 곁에 있는 거야. 제발 눈 좀 뜨렴, 이 철부지야!"

엄마가 나를 '철부지'라고 부르는 순간, 완전히 뚜껑이 열려버렸다.

"얘는 벌써 내 옷을 벗겼어요. 그리고 아직도 내 곁에 있다고요!"

내가 소리를 질러댔다. 하딘과 엄마가 동시에 놀란 표정이 됐다. 엄마는 이내 혐오스럽다는 표정으로 바뀌었다. 하딘은 동정하는 듯 찌푸렸다.

"하나만 분명히 해두마, 테레사. 혹시라도 얘가 널 가슴 아프게 해서, 네가 갈 곳이 없더라도…, 나한테는 절대로 오지 마라."

"걱정 마세요. 절대 안 가요. 엄마는 이러니까 늘 혼자인 거예요. 이제 나한테도 이래라 저래라 할 순 없어요. 나도 성인이라고요. 아빠를 좌지우지 못했다고 해서 나를 통제할 권리가 생긴 건 아니라고요!"

말이 떨어지자마자 후회를 했다. 이 싸움에 아빠를 끌어들인 건 명백한 내 실수다. 이건 수준 이하의 발언이다. 사과를 하기도 전에 엄마의 손이 내 뺨에 닿는 걸 느꼈다. 뺨을 맞아서가 아니라 충격으로 더 아팠다.

하딘이 우리 사이에 끼어들어 엄마의 어깨에 손을 얹었다. 얼굴이 화끈거렸고, 더 울지 않으려 입술을 깨물었다.

"당장 나가지 않으면 경찰을 부를 거예요."

그가 엄마에게 경고했다. 침착한 그의 목소리에 담긴 서늘함이 등골을 타고 흘러내렸다. 엄마가 부르르 몸을 떠는 게 느껴졌다. 그의 목소리는 엄마마저도 주눅 들게 만들었다.

"그럴 수는 없을 거다."

"당신은 지금 내 앞에서 테사를 때렸어요. 그런데도 경찰을 못 부를 것 같아요? 당신이 애의 엄마만 아니었으면 더 심하게 했을 거예요. 여기서 나가는 데 딱 5초 드리죠."

나는 타는 것 같은 뺨에 손을 대면서 엄마를 거칠게 노려보았다. 그가 엄마를 협박하는 건 싫었지만, 엄마가 빨리 나갔으면 했다. 서로를 노려보는 우리 두 사람의 눈에서 불꽃이 튀었다. 하딘은 으르렁댔다.

"2초 남았네요."

엄마는 씨근덕거리며 문을 향했다. 엄마의 하이힐 소리가 또각또각 바닥을 울렸다.

"부디 네 결정에 만족하길 바란다, 테레사."

엄마가 한마디를 남기고 문을 쾅 닫았다.

하딘은 나를 꼭 안아주었다. 세상에서 가장 편안하고 안심이 되는 포옹이었다. 이 순간 바로 내게 필요한 거였다.

"미안해, 베이비."

그가 내 머리에 입을 대고 말했다.

"엄마가 너한테 끔찍한 말을 해댄 거, 내가 사과할게. 정말 미안해."

엄마를 걱정하기보다 그를 두둔해주고 싶었다.

"나는 걱정하지 마. 사람들이 항상 욕하는걸, 뭐."

"그렇다고 괜찮은 건 아니잖아."

"테사, 지금은 내 걱정할 때가 아니야. 넌 뭐가 필요해? 내가 뭘 해줄까?"

"그럼, 얼음 좀 가져다줄래?"

목이 멘 소리가 나왔다.

"알았어, 베이비."

그가 내 이마에 입을 맞추고 냉장고로 갔다.

엄마가 들이닥쳤을 때부터 끝이 안 좋을 걸 알고 있었다. 하지만 이건 예상했던 것보다 훨씬 나쁘다. 엄마와 정면 대결을 했다는 건 조금 뿌듯했다. 그래도 아빠 얘기를 꺼낸 건 실수다. 죄책감이 들었다. 아빠가 집은 나간 건 엄마 잘못이 아니었으니까. 게다가 엄마는 그 후 8년 동안 너무 외로웠다. 그 누구도 가까이하지 않았고 데이트조차 하지 않았다. 엄마는 오로지, 나를 엄마가 바라는 모습으로 키우는 데 자신을 쏟아 부었다. 엄마처럼 만들고 싶었겠지만, 그건 진짜 나를 위한 게 아니었다. 엄마가 열심히 살았다는 건 인정한다. 아니, 인정을 넘어 존경한다. 그렇지만 내 인생은 내가 사는 것이다. 그리고 엄마도 엄마의 인생을 나를 통해 보상받을 수 없다는 걸 알아야 한다.

내 인생은 내 것이라 우기며, 그 안에서 시행착오와 실수가 많았다는 걸 잘 안다. 그래도 엄마가 내 삶을 축복해주고, 내가 하딘을 정말 사랑한다는 사실도 인정했으면 좋겠다. 범상치 않은 그의 외모에 많이 놀랐겠지만. 그래도 인내를 갖고 그를 알아 나간다면, 나만큼 그를 사랑하게 될 거다. 그가 밑바닥을 드러내지만 않는다면 말이다. 그럴 수 있을까 모르겠지만….

그도 조금은 변했다. 이제 우리는 밖에서도 손을 잡는다. 또 아파트 복도를 다니면서는 매번 내게 키스를 해준다. 그가 유일하게 마음으로 받아들이고, 비밀을 털어놓고, 사랑하게 된 사람이 나일지도 모른다. 상관없다. 내 안의 이기심이 그걸 즐기고 있는가 보다.

하딘이 의자를 끌어다 옆에 앉았다. 얼음주머니를 뺨에 대주었다. 얼음을 감싼 타월이 뜨거운 살갗에 닿는 느낌이 좋았다.

"엄마가 나를 때리다니, 믿어지지가 않아."

내가 천천히 말했다. 타월이 바닥에 떨어졌고, 그가 다시 주웠다.

"나도. 순간 이성을 잃을 뻔 했어."

그가 내 눈을 들여다보았다.

"난, 네가 그럴 줄 알았어."

인정할 수밖에 없었다. 그에게 슬며시 미소를 지었다.

하루가 너무 길다. 시간은 느리게 흘렀다. 내 일생 가장 길고 진 빠지는 날이었다. 완전히 지쳐버려서 무엇에라도 정신이 팔렸으면 좋겠다. 하딘과 침대에서 뒹굴면서 무너진 엄마와의 관계를 잊고만 싶었다.

"내가 널 진짜 많이 사랑하나 봐. 그렇지 않았다면, 정말 이성을 잃었을 거야."

그가 웃으며 감은 내 두 눈에 입을 맞추었다.

그렇다고 하딘이 엄마한테 무슨 짓을 했을 거라 생각하진 않는다. 아무리 그가 제정신이 아니었더라도 그런 끔찍한 짓을 저지르진 않았을 거다. 생각이 거기까지 미치자, 그가 더욱 사랑스러웠다. 하딘이 아무리 으르렁대도 나를 잡아먹진 않는다는 걸 확신하게 되었다.

"눕고 싶어."

그가 고개를 끄덕였다.

담요를 끌어당겨 덮고, 상체를 세워 반쯤 누웠다.

"엄마가 계속 저런 식일까?"

내가 물었다. 하딘은 어깨를 으쓱 하더니, 장식용 베개를 바닥에 던졌다.

"아니라고 해야겠지? 사람은 다들 변하잖아. 그러면서 성숙해지고. 너무 희망적으로만 생각하는 것도 좋진 않겠지만."

나는 엎드려서 베개에 머리를 묻었다.

"이리 와봐."

하딘이 내 등의 곡선을 따라 손가락으로 선을 그렸다. 그리고 내 목에 대고 부드럽게 말했다. 몸을 돌려 걱정이 잔뜩 담긴 그의 눈을 보았다. 한숨이 절로 나왔다.

"나, 괜찮아."

거짓말이다. 딴 생각을 해야 한다. 손을 들어 엄지로 그의 도톰한 입술 곡선을 따라 쓰다듬었다. 입술 피어싱을 건드리자 그가 미소를 짓는다.

"날 관찰하는 게 재밌어?"

그가 나를 놀려댄다. 고개를 끄덕이며, 한 손으로는 입술 피어싱을, 다른 한 손으론 눈썹 피어싱을 만졌다.

"알려줘서 고마워."

그가 내 손을 잡고 엄지를 깨물었다. 손을 뒤로 확 빼다가 침대 헤드에 손을 세게 부딪쳤다. 찰싹 때려주려고 그에게 다가갔다. 그가 부딪친 손을 잡아 입에 가져다 대었다. 나는 뾰로통하며 입술을 내밀었다. 그가 내 손가락을 혀로 빙빙 돌리며 핥았다. 내가 애무를 갈망하며 숨을 헐떡일 때까지 그는 정성스레 손가락 하나하나를 핥았다.

'이 남자는 어떻게 이런 걸 아는 걸까?'

괴상한 애착의 표현이었지만, 강렬한 느낌이었다.

"기분 좋아?"

내 손을 다리 위에 놓으며 그가 물었다. 할 말을 잃고 고개를 끄덕였다.

"더 해줄까?"

그가 입술을 핥으며 말했다. 나는 또 한 번 고개를 끄덕였다.

"말을 해봐, 베이비."

"응, 더 해줘, 제발."

머리가 작동을 멈추었다. 그의 손길을 기다리며 그에게 기대 있었다. 그가 내 마음을 편안하게 해주길 바라며. 그는 자세를 바꾸며 한 손으로 내 잠옷 허리끈을 풀었다. 한 손으로는 이마에 흘러내린 머리카락을 쓸어 올렸다. 내 팬티와 잠옷을 한꺼번에 끌어내려 바닥으로 던졌다. 나는 허벅지를 벌렸고, 그 사이로 그가 자리를 잡았다.

"그거 알아? 여자 몸에 있는 클리토리스는 온전히 쾌락만을 위해 만들어졌대. 그것 말고는 다른 존재 이유가 없대."

그가 내게 알려주며, 엄지로 내 꽃봉오리를 지그시 눌렀다. 나는 신음하며 머리를 베개에 파묻었다.

"진짜야. 어딘가에서 읽었어."

"플레이보이 잡지?"

놀리듯 말했다. 아, 말은 고사하고 생각이라도 제대로 할 수 있었으면 좋겠다.

그는 재미있나 보다. 빙글빙글 웃으며 머리를 더 아래쪽으로 가져갔다. 그의 혀가 내 것에 닿는 순간, 나는 시트를 움켜쥐었다. 그는 손가락과 완벽한 혀 놀림으로 작업을 계속했다. 그의 머리카락을 움켜쥐었다. 이런 기술을 발견한 누군가에게 끊임없이 감사했다. 그 사이 하딘은 나에게 두 번의 오르가슴을 선사했다.

하딘은 밤새도록 나를 안아주었다. 얼마나 사랑하는지 끊임없이 속삭이면서. 잠이 들락말락 하는 순간 오늘 하루를 떠올려 보았다. 엄마와의 관계는 끝나버렸다. 회복하기는 힘들 것 같다. 하딘은 나에게 그의 어린 시절 이야기를 들려주었다.

꿈에서 곱슬머리의 겁에 질린 아이가 엄마를 보며 우는 모습이 희미하게 보였다.

다음날 아침, 다행히 엄마한테 맞은 뺨에 자국이 남진 않았다. 망가질 대로 망가진 엄마와의 관계에 내 영혼도 산산조각이 났다. 마음이 아팠지만 오늘만큼은 생각하지 않을 거다.

샤워를 하고 머리에 컬을 넣은 뒤 정성스레 화장을 했다. 어제 입고 잔 하딘의 셔츠를 벗고 하딘을 깨웠다. 어깨와 귀에 무차별적인 키스를 퍼부어줬다. 뱃속에서 꼬르륵 소리가 났다. 아침을 만들러 부엌으로 갔다. 최선을 다해, 최고의 방법으로 하루를 시작하고 싶었다. 결혼식에 가기 전까지 행복하고 평온했으면 좋겠다. 셀프테라피라 여기며 요리 하나를 후딱 해치웠다. 아침 식사를 차리고 보니 제법 그럴 듯하다. 뿌듯했다. 베이컨, 달걀 프라이, 토스트, 팬케이크에다 해시 브라운까지, 식탁이 그득했다.

두 명이 먹기엔 너무 많아 보였지만, 많이 남진 않을 거다. 하딘은 먹성이 엄청나니까. 뒤에서 허리를 꽉 끌어안는 게 느껴졌다.

"와우…, 이게 다 뭐야?"

잠이 덜 깬 듯, 그의 목소리는 잠겨 있었다.

"이러니까 내가 너랑 같이 살고 싶지."

그가 내 목에 대고 말했다.

"내가 아침밥을 해줘서?"

"아니…, 사실은…, 맞아. 더불어 일어나서 바로 반쯤 벗고 있는 너를 볼 수 있어서."

그가 내 목을 살짝 깨물었다. 셔츠를 들어 올리면서 허벅지 안쪽을 움켜쥐었다. 나는 들고 있던 뒤집개를 그의 얼굴에 휘둘렀다.

"아침 먹을 때까지 건드리지 마시죠, 스캇 씨."

"네, 마님."

그가 빙긋 웃으며, 접시에 음식을 담았다.

아침을 먹고, 하딘은 나를 다시 침대로 끌어당겼다. 필사적으로 뿌리치며 그를 욕실로 밀어 넣었다.

아침 햇살이 빛났다. 그의 암울한 고백도, 엄마와의 전쟁도 모두 잊혀지는 것만 같았다. 결혼식 복장으로 침실에서 나오는 하딘의 모습을 보고 숨이 멎는 줄 알았다. 타이트한 검정 정장 바지는 그의 힙 선을 따라 완벽하게 걸쳐 있었다. 단추를 하나 푼 흰색 셔츠 아래로 타투가 새겨진 아름다운 상반신이 살짝 드러났다. 목에는 넥타이를 아무렇게나 걸쳤다.

"사실 넥타이 맬 줄 몰라."

그가 어깨를 으쓱했다. 입이 바짝 말랐다. 그에게서 눈을 뗄 수가 없었다. 목멘 소리로 겨우 입을 열었다.

"내가 해줄게."

하딘은 내가 어떻게 넥타이 매는 법을 알고 있는지 묻지 않았다. 다행이다. 그걸 대답하려 노아의 이름을 입에 올리는 순간 우리 둘 다 기분을 망쳐버릴 테니까.

"넌 너무 잘생겼어."

넥타이를 다 매주고 말했다. 그는 어깨를 으쓱하더니 검정색 재킷을 입었다. 결혼식 패션 완성이다.

그의 뺨에 불꽃이 이는 듯했다. 웃음이 터져 나왔다. 이렇게 차려 입으니 그의 원래 모습은 어디에서도 찾을 수가 없다. 그도 그걸 느끼나 보다. 너무 사랑스럽다.

"넌 왜 옷을 안 입어?"

그가 물었다.

"드레스가 흰색이라 준비 다 마치고 마지막에 입으려고."

마지막으로 화장을 한 번 더 손보고, 구두를 신고 드레스를 입었다. 생각보다 훨씬 짧았지만, 하딘이 맘에 들어 했다. 어깨끈이 없는 브래지어를 보고 나더니, 내 가슴에서 눈을 떼지 않았다. 그의 시선은 늘 내가 아름답고 중요한 사람이라고 느끼게 만든다.

"결혼식 하객들이 전부 우리 아빠 같은 아저씨라면 별 문제 없을 거야."

그가 키득거리며 드레스 지퍼를 올려주었다. 어이없는 표정을 지으며, 컬을 말아 묶었던 머리를 풀었다. 머리카락에 덮이기 전에 그가 내 어깨에 입을 맞추었다. 얇은 드레스가 몸에 딱 맞았다. 거울에 비친 하딘과 내 모습을 보니 미소가 지어졌다.

"눈부시게 아름다워."

그가 말하며 키스를 해주었다. 우리는 초대장과 축하 카드를 부산스럽게 챙겼다. 이제 결혼식 준비는 끝났다. 휴대전화를 클러치 백에 넣었고, 하딘은 내 허리를 잡았다.

"웃어봐."

그가 휴대전화를 꺼내 들이밀었다.

"너 사진 안 찍는 줄 알았는데."

"한 장은 찍겠다고 했잖아. 한 장만 찍자."

하딘이 얼빠진 듯 천진한 미소를 지었다. 그의 미소에 가슴이 부풀어 올랐다. 미소로 화답하며 하딘에게 몸을 기댔다. 하딘이 우리의 사진을 찍었다.

"한 장 더."

그가 뜻밖의 요구를 했다. 셔터가 눌리는 순간 내가 혀를 쏙 내밀었다. 그 순간이 사진에 담겼다. 내 혓바닥이 그의 볼에 닿았고, 그의 눈은 동그래져 있었다. 즐거운 모습이었다.

"이게 내가 제일 좋아하는 사진이 될 거야."

하딘이 말했다.

"그래 봤자 두 장뿐인걸."

"그래도."

나는 그에게 입을 맞추었고, 그가 또 한 장을 찍었다.

"손가락이 미끄러졌어."

거짓말이다. 그를 쳐다보는 중에 그가 또 한 장 찍는 소리가 들렸다.

그의 아빠 집에 거의 다 왔을 무렵, 주유소에 들러 기름을 넣었다. 기름을 넣는 동안, 익숙한 차 한 대가 주유소로 들어왔다. 조수석에 네이트가 앉아 있었다. 하딘 차 건너편 옆 주유기에 차를 세우고, 제드가 차에서 내렸다.

제드의 모습을 보고 깜짝 놀랐다. 입술은 부어 있었고, 양쪽 눈에는 검정색과 파란색의 멍이 있었다. 뺨에는 보라색 멍이 선명했다. 하딘의 차를 발견하고는, 잘 생겼지만 엉망인 얼굴로 맹렬하게 노려보았다. 이건 또 무슨 일이람? 그는 아무 말도 없었고, 하딘과 나를 아는 척도 하지 않았다. 조금 뒤 하딘이 차에 올라타서 내 손을 잡았다. 깍지 낀 손을 내려다 보다 퍼뜩 떠오르는 일이 있었다. 그의 찢어진 주먹이 눈에 들어왔다.

"너구나!"

내가 말하자 그가 한쪽 눈썹을 치켜세웠다.

"네가 제드를 때렸지? 둘이 싸운 거지? 그래서 쟤가 우리는 못 본 척하는 거잖아!"

"진정 좀 할래?"

하딘이 낮게 으르렁거리면서 내 좌석 쪽 창문을 올리고 주유소에서 빠져 나왔다.

"하딘…."

제드가 사라진 데를 보다가 다시 하딘을 쳐다봤다.

"이 얘긴 결혼식 끝나고 하자. 나 벌써 신경이 날카로워졌거든. 부탁이야."

그가 애원조로 말했고, 나는 고개를 끄덕였다.

"좋아, 결혼식 끝나고."

나는 내 친구에게 그런 상처를 입힌 그의 손을 부드럽게 잡았다.

33

하딘이 슬쩍 다른 화제를 꺼냈다.

"이제 우리만의 공간이 생겼잖아. 그럼 오늘 아빠네 집에서 안 자도
되는 거지?"

엉망이 된 제드의 얼굴이 자꾸만 떠올랐다. 생각을 억지로 밀어내며
대답했다.

"빙고, 정답입니다."

미소를 지어 보였다.

"근데, 카렌이 그러라고 하면 어쩔 수 없잖아. 내가 또 그런 거절은
잘 못하잖아."

어젯밤 하딘의 얘기를 듣고 난 뒤라 켄 씨를 보는 게 편하지는 않았
다. 잊어버리려 애썼지만, 생각만큼 쉽지 않았다.

"참, 잊어버릴 뻔했네."

그가 오디오를 켰다. 그리고 잠깐만 있어보라는 듯 손가락 하나를
세워 보였다.

"더 프레이를 들어보기로 했어."

그가 툭 던지듯 말했다.

"정말? 언제 그런 생각을 했어?"

"글쎄, 강에서 처음으로 데이트하고 나서. 근데 지난주까지 CD 포장
도 안 뜯었어."

"그때, 그거 데이트 아니었어."

내가 짓궂게 말하자 그가 키득거렸다.

"그날 내가 '손가락의 맛'을 보여줬잖아. 그러니까 데이트라 할 수 있는 거야."

한 대 때리려는데, 그가 내 손을 잡고 손바닥에 입을 맞췄다. 나는 킬킬거리며 그의 가늘고 긴 손가락에 내 손가락을 얽었다. 젖은 티셔츠를 입은 내가 누워 있고, 하딘이 첫 오르가슴을 안겨 주던 장면이 머릿속에 펼쳐졌다. 하딘이 싱긋 웃었다.

"정말 재밌었어, 그치?"

그가 자랑스레 물었고, 나는 웃었다.

"그래서 더 프레이에 대한 네 의견이 좀 진보하긴 했어?"

"글쎄, 그렇게 나쁘진 않았어. 계속 귓가에 맴도는 노래가 하나 있긴 하더라."

점점 더 궁금해졌다.

"정말?"

"응…."

그가 도로를 보면서 눈을 깜박거리더니 오디오를 켰다. 음악이 좁은 차 안을 가득 채우자 미소가 저절로 지어졌다.

"제목이 〈네버 세이 네버〉래."

하딘이 새로운 소식을 전하듯 얘기했다. 우리는 말없이 노래를 들었고, 바보 같은 미소가 배시시 흘러나왔다. 이 곡을 들려주면서 그가 머쓱해 한 건 굳이 지적하지 않겠다. 하딘과의 시간을 온전히 즐기고 싶었다.

가는 내내 하딘은 CD 수록곡을 하나하나 들으며 그의 견해를 들려주었다. 별 거 아닌 것 같지만 이런 그의 행동들이 내게 얼마나 큰 의미인지 그는 꿈에도 모를 거다. 생각지도 못한 그의 모습이 드러나는 이런 순간을 사랑한다. 새롭게 좋아하게 된 그의 모습이 하나 더 생기는 순간이었다.

그의 아빠 집에 도착했다. 길에 차가 가득 차 있었다. 집까지 걸어가는데, 선뜻한 바람이 몸을 휘감았다. 온몸이 부르르 떨렸다. 짧은 드레스 위에 걸친 얇은 재킷, 어느 것 하나 추위를 막아주지 못했다. 하딘이 재킷을 벗어 내 어깨에 얹어주었다. 놀랄 만큼 따뜻했고, 재킷에서는 제일 좋아하는 그의 냄새가 났다.

"와…, 이런 신사 같은 너라니. 누가 이런 걸 상상이나 했겠어?"

내가 놀려댔다.

"다시 차로 데리고 가서 섹스하고 싶게 만들지 마."

나는 비명과 숨 막히는 소리의 중간쯤 되는 이상한 소리를 냈다. 그는 이런 게 재밌나 보다.

"거기에 여유가 좀 있을까? 그 핸드백 같은 거에…, 내 휴대전화가 들어가려나?"

"이건 클러치야, 그리고 넣을 수 있을 것 같아."

미소를 지으며 손을 내밀었다. 그가 휴대전화를 건넸고, 나는 백에 우겨 넣었다. 그의 바탕 화면은 더 이상 회색이 아니었다. 화면에 내 사진이 떠워져 있었다. 방에서 그를 보며 얘기할 때 찍은 사진이다. 입술은 살짝 벌어져 있고, 눈에는 생기가 가득했다. 두 뺨은 따뜻하게 반짝이고 있었다. 그런 내 모습을 보게 되다니, 낯설었다. 이 모습은 하딘이 만든 것이다. 하딘이 나를 살아 있는 사람으로 만들어주었다.

"사랑해."

바탕화면 사진에 대해 말하지 않고 핸드백을 닫았다. 그를 당황스럽게 만들고 싶진 않았으니까.

켄 씨와 캐런의 저택은 사람들로 가득했다. 하딘이 다시 재킷을 입고, 내 손을 꼭 잡았다.

"랜던을 찾아보자."

하딘이 고개를 끄덕이며 나를 이끌었다. 처음 왔던 날, 하딘이 때려 부순 장이 있던 자리에는 새 장식장이 놓여 있었다. 그 옆에서 랜던을 찾았다. 그 일이 벌어졌던 때가 벌써 아득하게 느껴졌다. 랜던은 60세도 훌쩍 넘어 보이는 아저씨들에 둘러싸여 있었다. 그 중 한 명이 랜던의 어깨에 손을 올리고 있었다. 우리를 보자 그의 얼굴에 미소가 번졌다. 그는 대화에서 빠져나와 우리를 향해 왔다. 하딘이 입은 것과 비슷한 슈트를 입고 있었다. 랜던도 오늘따라 아주 잘생겨 보였다.

"와우, 죽을 때까지 네가 슈트에 넥타이 맨 모습은 못 볼 줄 알았어."

랜던이 웃었다.

"계속 나불대다간 오래 못 살 줄 알아."

하딘이 협박처럼 말했지만 유머가 담겨 있었다. 하딘도 미소를 지었다. 그가 랜던에게 호의적으로 변하고 있다는 걸 느낄 수 있었다. 기뻤다. 랜던은 내 친한 친구 중 하나다. 나는 그를 정말 아낀다.

"우리 엄마는 정말 황홀할 만큼 아름다울 거야. 그리고 테사, 너도 진짜 아름다워."

랜던은 포옹하려 나를 끌어당겼다. 랜던과 포옹하려는데, 하딘이 내 손을 놓아주지 않았다. 겨우 한 팔로 최선을 다해 안아주었다.

"이 사람들은 다 누구야?"

내가 물었다. 켄 씨와 카렌이 여기 온 지는 겨우 1년밖에 되지 않았다. 그런데도 200명은 족히 넘을 듯한 하객이 왔다는 게 놀라울 따름이었다.

"거의 다 켄 씨의 학교 동료들이야. 나머지 몇 명은 친구들이랑 가족들이고. 나도 반은 모르는 사람들이야."

랜던이 웃었다.

"너희 뭐 좀 마실래? 10분쯤 뒤면 다들 밖으로 나갈 거야."

"12월에 야외 결혼식이라니, 대체 이딴 생각을 누가 한 거야?"

하딘이 투덜거렸다.

"우리 엄마."

랜던이 대답했다.

"그래도 천막 안은 난방이 될 거야."

그가 하객들을 둘러보더니 다시 하딘을 쳐다보았다.

"너네 아빠한테 너 왔다고 알려드려야 할 것 같아. 위층에 계시거든. 우리 엄마는 숙모랑 어딘가에 숨어 계셔."

"음…, 난 그냥 여기 있을래."

하딘이 떨떠름하게 대답했다. 나는 엄지로 그의 손을 어루만졌다. 그가 내 손을 꽉 잡았고, 랜던은 고개를 끄덕거렸다.

"그럼, 나는 이제 가볼게. 좀 이따 봐."

랜던은 미소를 지으며 다른 데로 갔다.

"밖에 나가 볼래?"

하딘에게 묻자 고개를 끄덕였다.

"사랑해."

나는 그에게 말했다. 그가 보조개를 한껏 드러내며 미소를 지었다.

"사랑해, 테사."

그가 내 볼에 입을 맞췄다.

하딘은 뒷문을 열며 재킷을 다시 벗어주었다. 나가보니 정원은 멋지게 변신해 있었다. 큰 천막 두 개가 정원을 장식하고 있었고, 나무와 테라스에는 수백 개의 작은 전구가 매달려 반짝였다. 낮인데도 너무나 아름다운 풍경이었다.

"우리 자리는 이쪽인 것 같아."

하딘이 작은 천막 쪽을 몸짓으로 가리키며 말했다. 천막 안으로 들어갔다. 그의 말이 맞았다. 나무 의자들이 심플한 단상을 향해 나란히 놓여 있었다. 우리는 뒤에서 두 번째 줄 자리에 앉았다. 하딘이 앞쪽에 앉고 싶어 하진 않을 테니까.

"아빠의 결혼식에 오다니, 꿈에도 생각 못했어."

"그래, 알아. 네가 와주다니, 나도 믿을 수 없을 만큼 기뻐. 그분들께는 정말 큰 의미가 될 거야. 너도 좋은 일이라고 생각하는 것 같아서 기분 좋네."

그에게 머리를 기대자 그가 내 어깨에 팔을 둘렀다.

우리는 블랙 앤 화이트로 장식한 천막 얘기를 했다. 장식은 심플하면서 우아했다. 하객들이 많았지만, 심플한 장식이 조촐하고 오붓한 예식에 초대 받은 느낌을 주었다.

"파티는 옆 천막에서 하겠지?"

그가 손가락으로 내 머리카락을 잡아 꼬면서 말했다.

"그렇겠지. 저 천막은 더 멋지게 꾸며놨을 것 같아."

"하딘? 하딘이니?"

여자 목소리가 들렸다. 우리는 동시에 왼쪽으로 고개를 돌렸다. 검정과 흰색 꽃무늬 드레스를 입고 플랫 슈즈를 신은 나이 지긋한 여자가 우리를 보고 있었다. 놀란 듯 눈이 동그랬다.

"어머나, 세상에! 너 맞구나!"

그녀는 희끗한 머리를 단정하게 빗어 위로 말아 올려 묶었다. 화장을 옅게 해서 건강하고 환해 보였다. 일어서서 그녀와 인사를 나누는 하딘의 얼굴빛이 붉으락푸르락 했다.

"할머니."

그녀가 하딘을 끌어당겨 꼭 안았다.

"여기서 널 보게 되다니 믿어지지가 않는구나. 몇 년이나 못 봤잖니. 이제 보니, 아주 잘생긴 소년이로구나. 아니다, 이젠 청년이라고 해야겠지? 이렇게 컸다니 믿을 수가 없네! 근데 이건 다 뭐라니?"

그의 얼굴에 있는 피어싱을 가리키며 그녀가 눈을 흘겼다.

그는 볼이 붉게 달아올라 멋쩍은 웃음을 지었다.

"어떻게 지내셨어요?"

그가 우물쭈물 하며 인사를 건넸다.

"나야 잘 지냈지, 아가. 네가 정말 많이 보고 싶었단다."

그녀가 눈가에서 눈물을 찍어냈다. 그러더니 곁에 있던 나에게 시선을 돌리며 반색을 한다.

"옆에 있는 이 사랑스러운 아가씨는 누구니?"

"아…, 죄송해요. 이쪽은 테스…, 아니, 테사예요. 제 여자친구요."

그가 나를 소개했다.

"테사, 우리 할머니야."

나는 미소를 지으며 자리에서 일어섰다. 하딘의 할머니를 만나게 될 거란 생각은 꿈에도 못했다. 나처럼 할머니가 돌아가신 줄만 알았다. 한 번도 할머니 얘기는 한 적이 없었으니까. 뭐 놀랄 만한 일은 아니다. 나도 할머니 얘기를 한 적은 없었던 것 같다.

"뵙게 되어 정말 기뻐요."

손을 내밀며 인사를 드렸다. 그녀는 나와 생각이 다른 모양이었다. 나를 끌어당기더니 꼭 안아주면서 볼에 입을 맞췄다.

"내가 더 반갑구나. 이렇게 예쁜 숙녀를 만나다니!"

하딘보다 액센트가 훨씬 강했다.

"나는 아델이란다. 그냥 할머니라고 불러도 괜찮아."

"감사합니다."

나도 얼굴이 달아올랐다. 그녀는 기분이 좋은 듯 손뼉을 쳤다.

"여기서 하딘 너를 보다니, 믿어지지가 않는구나. 요즘엔 아빠를 자주 보니? 여기 온 걸 네 아빠도 알아?"

그녀가 다시 하딘에게 물었다. 하딘이 수줍은 듯 주머니에 손을 넣었다.

"네, 알아요. 요즘에 여기 자주 왔었어요."

"그렇구나, 정말 좋은 소식이네. 나는 전혀 모르고 있었단다."

그녀는 눈을 깜빡였다. 반짝, 눈물이 보였다.

"하객 여러분, 자리에 앉아주시기 바랍니다. 곧 예식을 시작하겠습니다."

마이크를 잡은 남자가 단상에 서서 안내했다. 거절할 새도 없이 할머니가 그를 끌어당겼다.

"가족들이랑 같이 앉자. 너희 둘, 이렇게 뒤쪽에 앉으면 안 돼."

하딘이 나를 돌아보며 '나 좀 살려줘' 하는 듯한 표정을 지었다. 나는 그저 미소만 지으며 그들을 따라 앞으로 갔다. 자매가 아닐까 싶게 카렌과 닮은 여자 옆에 자리를 잡았다. 하딘은 내 손을 잡고 있었고, 할머니는 우리를 애정 어린 눈으로 바라보았다. 그리고 미소를 지으며 그의 다른 손을 잡았다. 그의 몸이 굳어지는 것 같았지만 손을 빼지는 않았다.

켄 씨가 입장했다. 그는 앞자리에 앉아 있는 아들을 보고는 형언할 수 없는 표정을 지었다. 마음이 따뜻하면서도 한편 아리는 듯한 표정이었다. 하딘은 그에게 미소를 지어 보였고, 켄 씨도 행복 가득한 미소를 보냈다. 랜던이 단상 위 켄 씨 옆에 서 있었지만, 하딘은 별로 신경 쓰는 것 같지 않았다. 그가 저 위에 서지는 않을 테니까.

카렌이 입장하자, 하객들은 탄성을 질렀다. 식장으로 들어오는 그녀는 너무나 아름다웠다. 신랑에게 짓는 표정을 보며 나는 하딘의 어깨에 머리를 기댔다. 그녀에게서 행복한 기운이 뿜어져 나오고 있었다. 그 미소로 천막 안이 온통 밝아지는 것 같았다. 드레스는 치렁치렁 바닥에 끌렸고, 빛나는 두 뺨이 우아한 분위기를 더했다.

예식은 아름다웠다. 켄 씨는 쉰 듯한 목소리로 혼인 서약을 했고, 신부는 흐느껴 울었다. 덩달아 나도 눈물이 흘러내렸다. 하딘이 나를 보고 미소를 짓더니 잡은 손을 놓고 뺨에 흐른 눈물을 닦아주었다. 카렌은 아름다운 신부를 완벽히 구현해냈다. 남편과 아내로서 두 사람이 첫 키스를 나누자 하객들은 환호와 박수갈채를 보냈다.

"울보야, 울보."

하딘이 나를 놀렸다. 하객들이 퇴장하는 동안 그에게 머리를 기대고 있었다.

잠시 후, 옆 천막에서도 하딘의 할머니와 함께 있게 되었다. 내 예상이 맞았다. 이 천막은 예식을 한 천막보다 훨씬 더 훌륭했다. 천막 안 가득, 흰색 테이블보에 검정 냅킨이 세팅된 테이블이 놓여 있었다. 테이블 가운데에는 검정과 흰색 꽃이 장식되어 있었다. 천장은 정원에 있던 것과 같은 조명으로 덮여 있었다. 불빛이 천막 안을 은은하게 비추었다. 은 식기와 백색 접시는 불빛에 아름답게 반짝였다. 천막 한가운데에는 검정과 흰색 타일로 만든 댄스 스테이지가 있었다. 웨이터들이 정렬하여 하객들이 자리 잡고 앉기를 기다리고 있었다.

"하딘, 먼저 사라지면 안 된다. 오늘 밤 널 또 보고 싶거든."

하딘의 할머니가 당부를 하고는 다른 쪽으로 갔다.

"내가 본 중에 가장 고급스러운 결혼식이었어."

천장을 가로질러 늘어뜨린 흰색 천을 보면서 그가 말했다.

"나는 아주 어렸을 때 빼고, 결혼식에 처음 오는 것 같아."

내가 말하자, 그가 나를 보고 미소 지었다.

"그건 좀 맘에 든다."

그가 내 볼에 입을 맞추었다. 사람들 앞에서 애정 표현을 하는 건 아직 익숙하지 않았다. 금세 익숙해지겠지.

"뭐가 맘에 든다는 거야?"

테이블에 앉으면서 내가 물었다.

"노아랑 결혼식에 가본 적은 없다는 거."

눈살이 찌푸려졌지만, 웃음으로 감추었다.

"나도."

내 대답에 그가 미소 지었다.

음식은 맛있었다. 나는 치킨을, 하딘은 스테이크를 골랐다. 크림소스를 듬뿍 바른 치킨 한 점을 입에 넣었다. 하딘이 중간에 내 음식을 낚아채서 자기 입에 넣었다. 그는 기침을 해대며 씹느라 애를 썼다.

"내 걸 훔쳐 먹더니 쌤통이네."

나는 또 뺏기지 않으려고 잽싸게 치킨을 입에 넣었다. 그가 나에게 기대며 활짝 웃었다. 반대편에 앉아 있는 여자가 우리를 노려보고 있다는 걸 알았다. 하딘이 내 어깨에 입을 맞추자 여자의 표정이 심상치 않아 보였다. 내가 냉랭한 눈길로 여자를 쳐다보자, 여자는 시선을 돌렸다.

"음식 좀 가져다줄까?"

일부러 맞은편 여자에게 들릴 정도의 큰 소리로 하딘에게 물었다. 여자는 옆에 앉은 남자를 보면서 뭐라고 말을 했다. 남자는 여자에게 전혀 신경 쓰고 있지 않았다. 그게 여자를 더 짜증나게 만든 모양이었다. 나는 미소 지으며 하딘의 손을 잡았다. 하딘은 맞은편 남자만큼이나 아무 생각 없는 것 같았다. 차라리 그게 더 기분 좋았다.

"어, 그래. 고마워."

몸을 숙여 그의 볼에 입을 맞추고 음식을 담으러 뷔페 줄에 합류했다.

"테사?"

익숙한 목소리가 들렸다. 크리스찬 반스 씨와 트레버가 서 있는 게 눈에 들어왔다.

"안녕하세요?"

미소를 지으며 인사를 건넸다.

"오늘 숨이 막힐 만큼 아름다워요."

트레버가 말했고, 나는 짧게 감사 인사를 전했다.

"주말 저녁을 즐겁게 보내는 중인가요?"

반스 씨가 내게 물었다.

"네, 정말 즐거워요. 앞으로도 계속 즐거울 예정이에요."

그에게 호언장담했다.

"물론 그래야죠."

그가 웃으며 접시를 집어들었다.

"붉은 육류는 안 돼요!"

킴벌리가 반스 씨 뒤에서 말했다. 그는 관자놀이에 손을 대고 총 쏘는 시늉을 했고, 킴벌리는 그에게 키스를 날렸다. 킴벌리와 반스 씨가 사귀는 사이? 누가 생각이나 했을까? 월요일에 킴벌리에게 캐물어봐야겠다.

"여자들이란."

그가 놀려대며, 그녀의 접시에 음식을 담아주었다.

"조금 있다가 다시 만나요."

반스 씨는 미소를 지으며 그의 파트너에게 돌아갔다. 킴벌리는 나에게 손을 흔들었고, 그녀의 다리 위에 앉은 어린 남자 아이도 같이 손을 흔들어주었다. 나도 따라 손을 흔들었다. 그녀에게 아이가 있었어? 갑자기 궁금해졌다. 트레버가 슬쩍 다가오더니 내 생각을 안다는 듯 말했다.

"저 아이는 반스 씨의 아들이에요."

"아."

나는 킴벌리를 다시 쳐다보았다. 트레버의 시선은 반스 씨에게 꽂혀 있었다.

"반스 씨의 아내는 5년 전에 아이를 낳자마자 돌아가셨어요. 킴을 만나기 전까지 반스 씨는 누구와도 데이트하지 않았죠. 둘이 만나기 시작한 건 몇 달밖에 안 되었고요. 근데 그는 킴에게 푹 빠졌어요."

트레버가 나를 돌아보며 미소를 지었다.

"그러니까, 이제, 우리 회사 소문은 누구한테 들어야 할지 알겠네요."

내가 농담으로 답을 했고, 우리는 둘 다 깔깔거렸다.

"베이비…."

하딘이 내 허리에 팔을 두르며 말했다. 영역을 주장하는 수컷 같은 몸짓이었다.

"만나서 반가워요. 하딘이죠?"

트레버가 물었다.

"네."

하딘의 대답은 짧았다.

"자리로 가자. 랜던이 찾아."

트레버를 떨쳐 내려는 듯, 그가 나지막이 말하며 나를 바짝 끌어당겼다.

"좀 있다 봐요, 트레버!"

예의 바르게 미소를 짓고, 우리 테이블로 돌아갔다. 접시는 하딘에게 건네준 채였다.

34

"랜던은 어딨어?"

자리에 앉으면서 물었다. 그는 크루아상을 한 입 베어 물며 말했다.

"나도 모르겠는데."

"랜던이 날 찾는다며?"

"그랬는데, 지금은 어딨는지 모르겠어."

"하딘, 입에 음식 물고 얘기하면 안 돼."

하딘의 할머니가 등 뒤에서 나타났다. 하딘이 그녀를 돌아보기 전, 심호흡을 하는 게 보였다.

"죄송해요."

그가 중얼거렸다.

"가기 전에 너를 한 번 더 보고 싶었다. 언제 또 보겠니. 이 할미랑 춤 한번 추겠니?"

그녀가 사랑스럽게 물었지만, 하딘은 고개를 저었다.

"왜, 같이 추자."

그녀가 미소를 지으며 다시 한 번 물었다.

그제야 나는 아까 하딘이 왜 당황했는지 알 것 같았다. 하딘과 할머니 사이에는 뭐라 꼭 집어 말할 수 없는 묘한 긴장감이 흘렀다.

"테사한테 마실 걸 가져다주려던 참이었어요."

그가 거짓말을 하더니 저쪽으로 갔다. 할머니는 어색한 웃음을 지었다.

"쟨 정말 뭔가 특별한 애야, 그렇지 않니?"

뭐라 말해야 할지 모르겠다. 일단은 하딘 편을 들어주고 싶었지만, 할머니의 말이 농담일지도 몰랐다. 그녀가 획, 내 쪽으로 몸을 돌렸다.

"쟤, 아직도 술 마시니?"

"네? 아, 아니요."

말을 더듬었다. 너무 갑자기 훅 들어온 까닭이었다.

"글쎄요, 아주 가끔 마셔요."

확실히 다짐해두었다. 하딘이 저만치서 분홍색 음료수가 담긴 샴페인 잔 두 개를 들고 오는 모습이 보였다. 그가 나에게 잔 하나를 건넸다. 나는 미소 지으며 잔을 입에 댔다. 달콤한 향이 났다. 잔을 기울여 살짝 맛을 보니, 탄산 거품이 코를 간질인다. 냄새만큼 달콤한 맛이었다.

"샴페인이야."

그가 나에게 귀띔해주었다.

"테사!"

카렌이 말 그대로 비명을 지르고는 나를 껴안았다. 웨딩드레스를 무릎 길이의 흰색 랩 드레스로 갈아입은 채였다. 새 드레스를 입은 모습도 웨딩드레스 못지않게 아름다웠다.

"너희 둘이 와주다니, 기분이 너무 좋구나! 결혼식은 어땠어?"

자기 결혼식이 어땠냐고 묻는 건 카렌뿐일 거다. 그녀는 너무 다정하다.

"정말 사랑스러웠어요. 너무 예뻤고요."

미소를 지으며 대답했다. 하딘이 내 등에 손을 얹었고, 나는 그에게 몸을 기댔다. 할머니와 카렌 사이에서 그가 얼마나 불편한지 느낌이 왔다. 한술 더 떠서 켄 씨도 우리를 향해 다가오고 있었다.

"와줘서 정말 고맙구나."

켄 씨는 하딘에게 손을 내밀며 악수를 청했다. 하딘은 하는 수 없이 얼른 손을 쥐었다 놓았다. 켄 씨가 하딘을 안으려 팔을 올렸다가 다시 내렸다. 그래도 여전히 켄 씨의 표정에는 흥분과 기쁨이 가득한 것 같았다.

"테사, 진심으로 아름답구나."

그가 나를 안으며 간절한 목소리로 물었다.

"너희 둘, 즐거운 시간 보내고 있는 거지?"

켄 씨 앞에서 하딘이 어색함을 느끼는 건 어쩔 수가 없을 테지. 지난 세월 그가 어떤 사람이었는지, 그 깊은 내막을 알게 된 지금은 나도 그런 느낌이 드는데….

"여기 야외 식장을 정말 멋지게 꾸며 놓으셨네요."

하딘은 최선을 다하는 중이었다. 최선을 다해 아빠를 추어올리고 있었다. 손으로 그의 등을 둥글게 쓰다듬어주었다. 조금이라도 그의 맘이 편해졌으면 좋겠다. 하딘의 할머니가 헛기침을 하면서 아빠를 쳐다보았다.

"너희 둘이 서로 얘기하는 줄은 몰랐구나."

켄 씨는 뒷목을 문질렀다. 하딘의 습관은 아빠한테 물려받은 것이었군.

"그 얘긴 다음에 하죠, 어머니."

켄 씨가 말을 꺼내자, 할머니가 수긍하듯 고개를 끄덕였다.

나는 샴페인을 한 잔 더 마셨다. 성인들 사이에서 미성년자인 내가 술을 마신다는 사실쯤은 잊어버릴 테다. 우리 학교 총장님 앞인걸 뭐.

검정색 조끼를 입은 웨이터가 샴페인 잔이 든 쟁반을 들고 지나갔다. 켄 씨가 잔 하나를 집어 들었다. 나는 흠칫, 놀랐다. 켄 씨가 카렌에게 잔을 건네자 비로소 안심했다. 그는 술을 마시지 않았다. 그건 정말이지 다행스러운 일이다.

"한 잔 더 할래?"

하딘이 물었고, 나는 카렌을 쳐다봤다.

"그러렴. 결혼식 날이잖니."

그녀가 나서서 대답해주어, 나는 미소를 지었다.

"물론이지."

하딘은 새 잔을 가지러 자리를 떴다.

우리는 결혼식과 꽃 장식 얘기를 한참 했다. 하딘은 술을 한 잔만 들고 돌아왔다. 카렌은 걱정스러운 표정으로 그에게 물었다.

"왜, 샴페인이 맘에 안 드니?"

"아니에요, 좋아요. 근데 벌써 한 잔 마셨거든요. 운전도 해야 하고."

그가 대답했다. 카렌은 갈색 눈동자 가득 애정을 담아 그를 바라보았다. 그러다 나에게 몸을 돌렸다.

"이번 주에 집에 들를 시간 있니? 온실에 심을 씨앗을 좀 주문했단다."

"그럼요. 주중에도 4시 이후면 언제든지 괜찮아요."

할머니는 카렌과 나를 번갈아 보았다. 놀란 듯 했지만 한편으로 기쁜 표정이었다.

"둘이 만난 지는 얼마나 된 거니?"

할머니는 하딘과 나에게 물었다.

"몇 달쯤 됐어요."

하딘이 나지막한 목소리로 대답했다. 가끔씩 나는 우리가 불과 두 달 전까지만 해도 서로 못 잡아먹어 안달하던 사이란 걸 잊을 때가 있다.

"오, 그럼 아직 증손자를 볼 순 없겠구나?"

그녀가 웃었고, 하딘은 얼굴을 붉혔다.

"그건 아니에요. 이제야 같이 살기 시작했는걸요."

하딘이 말했고, 카렌과 나는 동시에 마시던 샴페인을 잔에 뱉었다.

"너희 둘, 같이 사니?"

켄 씨가 물었다. 하딘이 오늘 사람들에게 폭탄선언을 할 줄은 꿈에도 몰랐다. 이런 맙소사. 그간의 행동을 보면 얘기하지 않겠구나 생각했었다. 나는 충격에 빠졌고, 이런 반응에 스스로가 놀라웠다. 한편으로는 아무렇지도 않게 그 사실을 인정하는 그가 기쁘기도 했다. 아니, 사실 기쁜 마음이 더 컸다.

"네, 며칠 전에 아티잔 아파트로 이사했어요."

"와우, 좋은 곳으로 갔구나. 거기면 테사가 인턴십 회사 다니기도 더 가깝겠구나."

켄 씨가 딱 짚어 말했다.

"네, 맞아요."

하딘이 단호하게 대답했다. 이 폭탄선언을 듣고 대중의 반응이 어떤지 떠보려는 의도가 분명했다.

"너에게 잘된 일이라 생각한다, 아들."

켄 씨는 아들의 어깨에 손을 얹었다. 나는 덤덤한 표정으로 보고만 있었다.

"네가 이렇게 행복하고, 이렇게 평화롭게 지낼 줄은 몰랐다."

"고맙습니다."

하딘이 미소까지 지었다.

"혹시 괜찮으면 나중에 한번 들러도 될까?"

켄 씨가 물었고, 카렌은 시선을 돌렸다.

"켄…."

카렌이 조용히 경고의 뜻을 전했다. 켄 씨가 하딘에게 너무 성급하게 다가갔던 날이 기억난 모양이었다.

"네, 그러세요."

하딘의 대답에 우리 모두 깜짝 놀랐다.

"진심이니?"

켄 씨가 재차 물었고, 하딘은 고개를 끄덕였다.

"알겠다, 적당한 시간을 나중에 알려주렴."

그의 눈가가 촉촉해졌다.

음악이 울려 퍼지기 시작했고, 카렌은 켄 씨의 팔을 붙들었다.

"이건 우리 음악이에요. 너희 둘, 와줘서 정말 고맙구나."

그녀가 내 볼에 입을 맞추었다.

"우리 가족에게 얼마나 큰일을 해주었는지 넌 상상도 못 할 거야."

그녀가 내 귀에 대고 속삭였다. 멀어지는 그녀의 눈가에도 눈물이 반짝였다.

"신랑 신부가 춤을 추겠습니다!"

스피커로 방송이 울려 퍼졌다. 하딘의 할머니는 다른 사람들을 따라

커플 댄스를 구경하러 갔다.

"하딘, 네가 오늘 저 분들에게 최고의 날을 선물했어."

그의 볼에 입을 맞췄다.

"우리, 위층으로 가자."

"뭐라고?"

두 잔째 마신 샴페인의 취기가 확 올라왔다.

"위층에 가자고."

그가 되풀이해서 말했다. 익숙한 짜릿함이 온몸을 훑고 지나갔다.

"지금?"

웃음이 나왔다.

"지금."

"근데 여기 사람들이…."

그는 대답 대신 손을 잡아끌고 사람들을 뚫고 나갔다. 집 안에 들어가 샴페인 한 잔을 더 들고 위층으로 올라갔다.

"무슨 일이야?"

그가 방문을 닫고 급하게 잠그는 모습을 보며 물었다.

"네가 필요해."

그가 음침하게 말하며 서둘러 재킷을 벗었다.

"하딘, 괜찮은 거지?"

입으로 묻고는 있지만, 이미 심장은 터질 듯 뛰고 있었다.

"응, 한눈을 좀 팔아야겠어."

그가 한 걸음 다가오더니 내 손에서 술잔을 뺏어 서랍장 위에 놓았다. 그러더니 더 가까이 와서 내 손목을 움켜잡고 머리 위로 들어올렸다.

한눈을 파는 대상이 나라면 기꺼이 응해줄 용의가 있다. 그는 오늘 이미 많은 일을 해냈다. 몇 년 만에 할머니를 만났고, 아빠의 결혼식에 참석했으며, 부모님의 방문까지도 수락했다. 이 모든 게 너무 빨리 한꺼번에 몰아쳤다.

질문도 하지 않고, 더 이상 밀어 붙이지도 않기로 했다. 나는 그의 셔츠 칼라를 잡고 엉덩이를 그에게 밀착시켰다. 그의 페니스는 이미 성나 있었다. 그는 신음하며 내 손목을 놓아주었다. 그의 머리카락을 손가락으로 빗어 내렸다. 내 입술에 그의 입술이 닿았다. 그의 혀는 뜨거웠고, 샴페인의 여운이 남아 달콤했다. 순식간에 그는 주머니에 손을 넣어 콘돔을 꺼냈다.

"피임약을 먹어야 할 것 같아. 그래야 더 이상 이걸 안 쓰지. 난 널 진짜로 느끼고 싶어."

그는 쉰소리를 내며 입술 사이에 내 아랫입술을 넣고 가볍게 빨며 유혹했다. 내 몸은 더욱 그를 갈망하고 있었다.

그가 바지 지퍼 내리는 소리가 들렸다. 나는 그의 바지와 박서 팬티를 무릎 아래로 끌어내렸다. 하딘은 드레스 속으로 손을 넣어, 팬티를 손가락에 걸고 아래로 내렸다. 그의 팔을 잡고 중심을 잡으면서 팬티에서 발을 뺐다. 그가 슬며시 웃으며 내 목에 입술을 갖다 대었다. 나를 들어올리기 전에 그가 내 엉덩이를 꽉 움켜쥐었다. 나는 낑낑거리면서 다리를 들어 그의 허리를 감싸 안았다.

드레스를 벗으려 하자, 그가 내 목에 입을 댄 채 애원했다.

"벗지 마, 그냥 입고 있어. 이 드레스, 정말, 믿을 수 없을 만큼 섹시해…. 섹시하면서도 순결함이 느껴져…, 그리고, 젠장…, 너무 예뻐. 너무 아름다워."

그가 나를 조금 더 들어올렸다가 내리면서 내 안으로 들어왔다. 나는 문에 기대 있었고, 하딘이 나를 잡고 위 아래로 움직이게 했다. 그에게서 열정과 절박함이 동시에 느껴졌다. 이제껏 이렇게 격정적인 그를 본 적이 없었다. 나는 얼음 같았고, 그는 불 같았다. 우리는 완전히 달랐다. 하지만 그래서 같았다.

"이거…, 이렇게 하는 거…, 괜찮아?"

그가 더듬더듬 말했다. 나를 꽉 안고 움직이지 않게 자세를 고정시킨 채였다.

"응, 괜찮아."

신음 같은 대답을 했다. 다리를 들어 그의 허리를 감싸고 문에 기대고 있다. 이런 자세만으로도 강렬하면서도 천국에 온 듯한 느낌이 들었다.

"키스해줘."

그가 내게 애원했다. 그의 입술을 핥자, 그가 입을 벌렸다. 그의 머리카락을 움켜잡으며 키스를 했다. 그가 내 안에 들어왔다 나갔다를 반복하며 속도를 점차 높였다. 우리 몸은 격렬히 움직였지만, 우리의 키스는 느리고도 은밀했다.

"너의 전부를 가지고 싶어, 테스. 나…, 젠장, 너를 사랑해."

그가 내 입에 대고 말했다. 나는 짧게 숨을 들이마시며 신음했다. 아랫배에서부터 절정감이 몰아쳐 올라왔다.

그의 입에서 몇 차례나 신음 소리가 새어나왔다. 나는 비명을 질렀고, 우리는 절정에 도달했다.

"느끼는 대로 놔둬, 베이비."

그가 시키는 대로 몸을 맡겼다. 그의 입이 내 입을 막았고, 내 신음소리를 삼켜버렸다. 그의 몸이 뻣뻣해지면서 그가 콘돔에 사정했다.

그는 거친 숨을 몰아쉬고는 내 가슴에 머리를 떨구었다. 잠시 동안 그가 움직이지 않고 그대로 있었다. 그리고 내 몸을 들어 올렸다가 다시 내려놓으며 세웠다.

머리를 들어 문에 기대고 호흡을 골랐다. 그는 콘돔을 포장지에 잘 집어넣어 주머니에 넣고, 바지를 입었다.

"아래층에 가자마자 이거 버리라고 해줘."

그가 씨익 웃었고, 내가 키득거렸다.

"고마워."

그가 내 볼에 입을 맞추었다.

"이거 말고, 모든 거 다."

"나한테 고마워하지 않아도 돼. 너에게 해주는 만큼 너도 나에게 해주잖아."

그의 초록색 눈동자를 들여다보았다.

"사실은 더 많이 해주지."

"말도 안 돼."

그가 고개를 천천히 가로저으며 내 손을 잡았다.

"찾으러 오기 전에 얼른 내려가자."

"나 어때 보여?"

내가 눈 밑을 문지르고 머리를 매만지면서 물었다.

"금방 섹스한 것처럼 보여."

나는 어이없는 표정을 지었다.

"예뻐 보여."

"너도 그래."

나도 그에게 말해줬다.

우리가 돌아갔을 땐 하객들이 거의 다 춤을 추고 있었다. 아무도 우리가 사라졌다는 걸 알아차리지 못한 것 같았다. 자리에 앉으니 새 노래가 시작됐다. 플로렌스 앤 더 머신의 〈네버 렛미 고〉였다.

"춤출래?"

그의 대답을 뻔히 알았지만, 그래도 물었다.

"아니, 난 춤 안 춰."

그가 나를 바라보았다.

"하지만 네가…, 추고 싶다면."

그가 덧붙였다.

놀랍고 한편으론 황홀했다. 그가 나와 춤추고 싶어 하다니. 그의 맘이 바뀌기 전에 얼른 끌고 나갔다. 우리는 사람이 많은 곳을 피해 뒤쪽에 자리를 잡았다.

"어떻게 해야 하는지 전혀 몰라."

그가 멋쩍게 웃었다.

"내가 가르쳐줄게."

그의 손을 잡아 내 허리에 얹었다. 내 발을 몇 차례 밟긴 했지만, 금세 따라 했다. 하딘이 아빠의 결혼식에서 나와 즐겁게 춤을 출 거란 생각은 꿈에도 못 했다.

"결혼식 연주에는 좀 안 맞는 노래 같지 않아?"

그가 내 귀에 속삭이며 웃었다.

"글쎄, 난 완벽한 노래 같은데."

나는 맞받아치며 그의 가슴에 머리를 기댔다.

부둥켜안고 앞뒤로 왔다 갔다 하는 폼이 전혀 춤추는 것 같아 보이진 않을 거다. 그런 건 아무래도 상관없었다. 좋아하는 노래가 두 곡이나 나왔기 때문에 우리는 그동안 그렇게 있었다. 더 프레이의 〈유 파운드 미〉가 흘러나오자 하딘이 웃으며 나를 더 꼭 끌어안았다. 두 곡이 연주되는 동안, 하딘은 할머니 얘기를 해주었다.

할머니는 영국에 살고 있고, 스무 살 생일날 전화 통화를 하고는 한 번도 연락하지 못했다고 했다. 할머니는 하딘의 부모님이 이혼하는 내내 아빠 편만 들었다고 했다. 아빠가 술 마시는 걸 옹호하면서, 모든 잘못을 엄마 탓으로만 돌렸다. 그래서 하딘은 그 후로 할머니와 연락하고 싶지 않았다고 했다. 이야기를 들려주는 동안 하딘은 편안해 보였다. 나는 간간이 고개를 끄덕이며 맞장구를 쳐줄 뿐이었다.

하딘은 음악이 짜증난다며 농담 섞인 불평을 했고, 나는 그런 그를 보고 웃었다.

"위층으로 다시 가고 싶어?"

그가 농담을 던지며 손을 허리 아래로 슬그머니 내렸다.

"그럴지도?"

"앞으로 샴페인을 더 자주 줘야겠는데?"

나는 그의 손을 잡아 다시 허리로 올렸다. 그가 삐친 듯 입을 뾰로통하게 내밀었다. 그 모습에 더 크게 웃었다.

"지금 진짜로 꽤 멋진 시간을 보내고 있는 것 같아."

"나도 그래. 같이 와줘서 정말 고마워."

"여기 말고는 다른 어디도 가고 싶지 않았어."

하딘이 결혼식 얘기를 하는 게 아니라는 것쯤은 나도 안다. 나와 함께 있고 싶다는 말이었다. 마음이 따뜻해졌다.

"방해 좀 해도 될까?"

새 노래가 나오자 켄 씨가 우리에게 다가와 물었다. 하딘은 인상을 쓰면서 나와 켄 씨를 번갈아 쳐다봤다.

"네, 뭐. 딱 한 곡만요."

그가 구시렁댔다. 켄 씨는 웃으며 하딘의 말을 따라했다.

"응, 한 곡만."

하딘이 나를 놔주었다. 켄 씨가 내 등에 손을 얹었다. 치밀어 오르는 불편한 느낌을 꿀꺽 삼켰다. 춤추는 동안 켄 씨와 가벼운 대화를 나누었다. 우리 옆에서 술 취한 커플이 뒤뚱거리는 걸 보며 웃고 나니 좋지 않은 감정이 조금 누그러졌다.

"저기 좀 볼래?"

켄 씨가 놀라 나에게 말했다. 그가 얘기하는 쪽으로 고개를 돌렸다. 하딘과 카렌이 어색하게 스텝을 밟으며 움직이고 있었다. 숨이 막힐 만큼 놀랐다. 하딘은 카렌의 발을 밟고 머쓱한 웃음을 지었다. 오늘은 내가 그렸던 것보다 훨씬 더 황홀한 밤이다.

음악이 끝나자 하딘이 잽싸게 나를 찾아왔다. 카렌은 그 뒤를 따라왔다. 행복한 신랑 신부에게 작별 인사를 건넸고, 서로 포옹했다. 하딘은 전보다는 좀 덜 어색한 것 같았다. 누군가 켄 씨를 불렀다. 켄 씨는 그쪽을 보면서 고개를 끄덕였고, 마지막 인사를 나눴다. 카렌도 고맙다는 인사를 하고 켄 씨와 함께 사라졌다.

"발이 너무 아파."

그들이 가자마자 내가 말했다. 지금껏 살면서 가장 오래 하이힐을 신고 있었다. 다 나으려면 일주일은 걸릴 것 같았다.

"안고 갈까?"

아기를 대하듯 놀리는 목소리로 그가 말했다.

"괜찮거든요."

내가 키득거렸다. 천막에서 나오는데, 반스 씨와 킴벌리, 그리고 트레버가 우리 곁으로 다가왔다. 킴벌리는 활짝 웃으며 하딘을 아래위로 훑어보고는 나에게 윙크를 보냈다. 터져나오는 웃음을 참느라 기침이 났다.

"나도 한 곡 부탁해도 될까?"

반스 씨가 하딘에게 놀리듯 말했다.

"절대 안 돼요."

하딘이 웃으며 대답했다.

"벌써 가려고요?"

트레버가 나를 쳐다보았다.

"사실 여기 꽤 오래 있었어요."

하딘이 대신 대답하며, 나를 잡아끌었다.

"만나서 반가웠어요, 반스 씨."

하딘이 천막 밖으로 나를 데리고 나가며 고개를 돌려 인사를 건넸다.

"이러는 거 정말 무례한 행동이야."

차로 돌아오면서 그를 나무랐다.

"그 자식이 너한테 추근거리잖아. 나도 무례하게 굴 권리쯤은 있어."

"트레버는 추근거린 게 아냐. 상냥하게 대한 것뿐이야."

하딘이 어이없다는 표정을 지었다.

"그 자식은 널 원해, 내가 장담한다. 그렇게 순진하게만 생각하지 마."

"제발 좀 착하게 굴어. 그 사람은 내 직장 동료고, 문제가 생기는 건 사절이야."

내가 침착한 목소리로 말했다. 질투에 눈이 멀어 오늘 같은 좋은 밤을 망치고 싶진 않았다. 하딘이 사악하게 히죽거렸다.

"난 언제라도 반스 씨한테 그 인간을 잘라버리라고 할 수 있어."

자만심에 넘치는 말에 웃음이 나왔다.

"넌, 진짜 미친 것 같아."

내가 허탈하게 웃었다.

"너하고 연관된 일에서만."

그가 말하며 천천히 도로로 진입했다.

35

"집에 오니까 너무 좋다!"

현관으로 걸어 들어가면서 소리쳐 말했다. 그러다 문득 너무 춥다고 느꼈다.

"보일러 끄고 나갔을 땐 빼고."

몸이 덜덜 떨렸다. 하딘이 나를 보고 싱긋 웃었다.

"아직 작동법을 잘 모르겠어. 너무 최신형이라서."

하딘은 온도 조절기를 붙들고 씨름을 했다. 나는 침대에 있던 담요에다 옷장에서 두 개를 더 꺼내 소파에 휙 던져놓았다. 그리고 옷을 갈아입으러 방으로 들어갔다.

"하딘!"

"응, 갈게."

"원피스 지퍼 좀 내려줄래?"

방으로 들어온 그는 좌절한 수리공 모드였다.

맨살에 그의 차가운 손끝이 닿자 몸이 움찔했다. 그는 급하게 지퍼를 내렸다. 옷이 바닥으로 떨어졌다. 구두를 벗었다. 콘크리트 바닥도 꽁꽁 얼어 있었다. 서둘러 옷장에서 제일 따뜻한 잠옷을 찾았다.

"여기, 이거."

그가 옷장에서 회색 후디를 꺼내 왔다.

"고마워."

하딘 옷을 입는 게 왜 그렇게 좋은지 나도 잘 모르겠다. 그의 옷을 입으면 우리가 더 가까워진 느낌이 들었다. 노아와는 이런 적이 없었다. 딱 한 번, 그의 가족들과 캠핑을 갔을 때 빌려 입었던 적이 있을 뿐이다.

하딘도 자기 옷을 입은 내 모습을 좋아하는 것 같다. 후디를 뒤집어쓰는 나를 이글거리는 눈으로 바라보았다. 넥타이를 풀려고 안간힘을 쓰는 걸 보고 깡충거리며 그에게 다가갔다. 그의 목에 걸린 얇은 천을 잡아당겨 옆에 빼놓는 걸 그는 조용히 지켜볼 뿐이었다. 나는 작년 크리스마스에 엄마에게 선물로 받은 두툼하고 푹신한 보라색 양말을 꺼냈다.

그러고 보니 크리스마스가 겨우 3주밖에 남지 않았다. 엄마는 아직도 내가 오길 기다리고 있을까? 입학한 후로 한 번도 집에 가지 않았다.

"그건 또 뭐야?"

발목에 달린 털 방울을 보며 하딘이 빙긋 웃었다.

"양말. 좀 더 정확하게 말하자면 따뜻한 양말이야."

그에게 혀를 쏙 내밀었다.

"좋은데?"

그가 맞장구치더니 운동복 상하의로 갈아입었다.

다시 거실로 나왔을 때쯤 집 안이 좀 따뜻해져 있었다. 하딘이 텔레비전을 켜고 소파에 누웠다. 나를 가슴께에 끌어당겨 눕히고 담요로 둘둘 감쌌다.

"크리스마스에 뭐 할 건지 물어봐도 돼?"

살짝 긴장하며 내가 물었다. 같이 살고 있으면서, 이런 질문이 왜 부끄러운 건지 잘 모르겠다.

"글쎄, 이 얘긴 다음 주에나 하려고 했는데…, 이번 주는 너무 정신없었잖아. 근데 지금 물어보니까…"

그의 미소에도 긴장감이 역력했다. 나처럼 그도 불안한가 보다.

"크리스마스 휴가 때 집에 가려고. 그리고 너도 같이 갔으면 좋겠어."

"집에?"

흥분한 나머지 목소리가 갈라졌다.

"영국…, 엄마 집에 말이야."

그가 멋쩍어하며 말을 얼버무렸다.

"싫으면 싫다고 해도 괜찮아. 무리한 부탁인 것도 알고. 이미 같이 살고 있는데, 뭐."

"가기 싫은 게 아니라. 그냥…, 잘 모르겠어…."

하딘과 해외여행을 간다니, 생각만으로도 황홀하다. 하지만 한편으론 두려웠다. 나는 지금까지 워싱턴을 떠나본 적이 없었다.

"당장 대답하지 않아도 괜찮아. 근데 결정하면 바로 알려줘. 난 20일에 출국할 거야."

"아, 그날. 내 생일 다음날인데."

그가 갑자기 몸을 일으켰고, 내 고개도 덩달아 들어올려졌다.

"생일? 생일이 코앞인데 왜 여태 얘기 안 했어?"

나는 그저 어깨를 으쓱했다.

"몰라. 별로 깊게 생각해보지 않았거든. 사실 나한테 생일은 별 의미가 없어. 전에는 엄마랑 같이 외식했는데, 그것도 몇 년 동안은 안 했고."

"음, 그럼 생일날 뭐 하고 싶어?"

"별로. 저녁이나 먹으러 갈까?"

나는 정말로 일을 크게 벌이고 싶지 않았다.

"저녁이라…."

"그건 좀 과소비잖아, 그치?"

내가 키득거렸고, 그는 내 이마에 입을 맞추었다. 내가 〈프리티 리틀 라이어스〉 본방을 사수하자고 우겨서 함께 텔레비전을 봤다. 그것도 잠시, 금세 소파에서 잠이 들었다.

한밤중에 땀에 흠뻑 젖어 잠에서 깼다. 몸을 일으켜 후디를 벗고 보일러를 낮추려고 일어났다. 하딘의 휴대전화에서 파란 불빛이 깜빡이고 있었다. 호기심이 일었다. 그의 휴대전화를 들고 화면을 건드렸다.

새 문자메시지가 3개나 있었다.

'휴대전화를 내려놔, 테사.'

그의 휴대전화를 몰래 봐야 할 이유는 없다. 이건 정신 나간 짓이다. 나는 휴대전화를 내려놓고 소파로 돌아왔다. 그런데 또 다시 진동이 울렸다. 새 문자메시지가 또 온 거다.

'한 개만. 딱 한 개만 볼 거야. 그게 그렇게 미친 짓은 아니잖아?'

남자친구 몰래 메시지를 보는 건 정말 미친 짓이다. 그런데도 나 자신을 멈출 수가 없었다.

전화해, 이 자식아.

제이스의 이름이 화면에 떴다.

맞다, 메시지를 몰래 보는 건 끔찍한 생각이었다. 그걸로는 아무 것도 알 수 없으니까. 하딘의 휴대전화를 몰래 봤다는 죄책감 때문에 미칠 것 같았다…. 근데, 제이스가 하딘에게 왜 메시지를?

"테사?"

하딘의 잠긴 목소리를 듣고 깜짝 놀라 펄쩍 뛰었다. 들고 있던 휴대전화가 바닥에 떨어졌다. 쫙, 깨지는 소리가 났다.

"무슨 소리야? 거기서 뭐해?"

그가 캄캄한 저편에서 물었다. 텔레비전 불빛만이 희미했다.

"네 휴대전화가 떨어졌어…, 그래서 내가 주웠어."

절반은 거짓말이다. 바닥에 떨어진 휴대전화를 주워들었다. 화면에 작은 금이 군데군데 가 있다.

"근데, 내가 액정을 깨뜨렸나 봐."

그가 피곤에 젖어 신음했다.

"그냥 이리 와."

나는 휴대전화를 놓고, 소파로 돌아가 그의 곁에 누웠다. 하지만 오랫동안 잠이 오지 않았다.

다음날 아침, 잠에서 깼다. 하딘이 내 아래에서 빠져나오려고 발버둥 치고 있었다. 몸을 비켜주자, 그가 일어났다. 휴대전화를 들고 바로 욕실로 들어갔다. 액정을 깨뜨린 데 대해 너무 화내지 않기를. 그렇게 놀라게 하지 않았더라면 애당초 이런 일은 없었을 거다. 나는 일어나 커피를 내렸다.

영국에 같이 가자는 하딘의 말이 떠올랐다. 어린 나이에 동거를 시작했고, 관계는 너무 빨리 진전되고 있었다. 그래도 하딘과 함께 영국에 가서 그의 엄마를 만나고 싶었다.

"심사숙고 중?"

하딘이 목소리에 퍼뜩 정신이 들었다.

"아니… 그러니까, 그렇다고도 할 수 있지."

멋쩍게 웃었다.

"뭐에 대해서?"

"크리스마스."

"내 선물 뭐 살지 고민 중?"

"엄마한테 전화해서 크리스마스에도 날 안 볼 건지 물어봐야겠어. 그렇게라도 하지 않으면 기분이 안 좋을 거 같아. 너도 알잖아, 우리 엄마 혼자 있는 거."

그가 내 말에 완전히 동조하는 것 같진 않았지만, 잠자코 있었다.

"이해해."

"휴대전화 깨뜨린 건 미안해."

"괜찮아."

그가 식탁 의자에 앉았다. 그 순간 내가 불쑥 내뱉었다.

"제이스한테 온 문자를 읽었어."

민망한 고백이었지만 그에게 숨기고 싶진 않았다.

"뭘 어쨌다고?"

"진동이 울려서 보게 됐어. 근데 그 밤중에 걔가 너한테 왜 메시지를 보낸 거야?"

"읽은 게 뭔데?"

그가 다짜고짜 물었다. 내 물음 따윈 신경도 쓰지 않았다.

"제이스한테 온 메시지였다고."

나는 같은 말을 되풀이했다. 그가 이를 악물었다.

"뭐라고 써 있었는데?"

"그냥, 전화해 달라고….."

왜 저렇게 발끈하는 걸까? 휴대전화를 훔쳐본 게 썩 유쾌한 일은 아닐 거다. 그래도 이건 너무 과민 반응이다.

"그게 다야?"

그가 쏘아붙였다. 슬슬 짜증이 밀려오기 시작했다.

"응, 또 뭐가 있어야 하는데?"

"아무 것도 아냐."

그가 천천히 커피를 마셨다. 갑자기 아무 일도 아닌 척했다.

"내 걸 맘대로 훔쳐보는 게 싫어서 그래."

"알겠어, 다신 안 그럴게."

"좋아. 오늘 할 일이 좀 있어. 그러니까 넌, 혼자 있을 수 있지?"

"무슨 할 일?"

묻자마자 아차, 싶었다.

"젠장, 테사."

그가 벌컥 소리를 쳤다.

"왜 그렇게 꼬치꼬치 캐묻는 건데? 날 못 믿어?"

"꼬치꼬치 캐묻는 게 아냐. 뭘 하는지 궁금했을 뿐이야. 이제 우린 같이 살잖아, 하던. 그건 아주 진지한 관계란 의미야. 그런데도 네가 뭘하는지 내가 물어보지도 못해?"

그가 커피잔을 놓고 벌떡 일어섰다.

"끝낼 타이밍을 모른다는 거, 그게 너의 문제야. 우리가 같이 살든 말든 너한테 죄다 말할 필욘 없잖아! 이렇게 거지같이 하루를 시작할 줄알았다면, 너 깨기 전에 나갔을 거야."

"와우."

내 입에서 나온 건 고작 이 말뿐이었다. 나는 침실로 홱 들어갔다. 그가 내 뒤를 쫓아 들어왔다.

"와우, 뭐?"

"어젠 비현실적으로 좋은 날이었단 걸 알았어야 했는데."

"뭐라 그러셨어요?"

그가 비아냥거렸다.

"어젠 정말 즐겁게 보냈잖아. 넌 한 번도 나쁜 놈인 적 없었고. 근데 오늘, 네가 일어나더니, 펑! 다시 나쁜 놈이 돼버렸어!"

나는 방 안을 돌아다니며 하딘이 벗어던진 옷가지를 집었다.

"내 휴대전화를 훔쳐봤단 걸 잊어버린 것 같군."

"그건 정말 미안해. 근데 솔직히 뭐 대단한 것도 아니잖아. 나한테 보여주기 싫은 게 있다면 그게 더 큰 문제라고!"

나는 소리소리 지르며 그의 옷가지를 빨래 바구니에 아무렇게나 던졌다. 그는 화난 듯 나를 가리키며 말했다.

"아니, 네가 문제야. 넌 항상 아무 것도 아닌 일을 크게 만든다고!"

"그럼 제드랑은 왜 싸운 건데?"

그의 허를 찌르며 내가 물었다.

"지금은 그 얘기 하지 말자."

그의 목소리는 냉정을 찾은 듯했다.

"그럼 언제? 왜 나한테 얘기 안 하는데? 네가 나한테 숨기는 게 있는데, 어떻게 내가 널 믿겠니? 제이스랑 관련 있는 거야?"

그는 콧구멍을 벌렁거렸다. 손으로 얼굴을 문지르더니 머리카락을 쓸어 올렸다.

"진심으로 궁금한 건, 왜 네가 내 일에 끊임없이 상관하냐는 거지."

그가 구시렁거리며 방을 나갔다.

잠시 후, 쾅, 하고 현관문 닫히는 소리가 들렸다. 나는 뺨으로 흘러내린 분노의 눈물을 닦았다. 제이스 얘기에 하딘이 그렇게 펄펄 뛸 줄은 몰랐다. 속이 부글부글했다. 이건 과민 반응이다. 내게 얘기하지 않은 뭔가가 분명 있다. 왜 그러는지 이해가 되지 않았다. 나와 상관 없다는 건 알겠지만, 하딘이 저렇게까지 흥분하는 건 알다가도 모르겠다. 하딘이 제이스를 만난다면 분명 문제가 생길 거다. 대답을 거부한다면, 나는 다른 방법을 찾을 테다. 창밖을 내다보니 하딘의 차가 주차장을 빠져나가고 있었다.

휴대전화를 들었다. 벨이 딱 한 번 울리자, 정보원이 전화를 받았다.

"제드? 나, 테사야."

"응…, 알아."

"혹시 뭐 좀 물어봐도 될까?"

어쩐지 목소리가 기어들어갔다.

"음…, 하딘은 어딨는데?"

다소 유감스러운 목소리였다. 그렇기도 하겠지. 나한테 잘해줬는데도, 일방적으로 내가 그와의 관계를 끝내버렸으니까.

"걔는 여기 없어."

"근데, 이래도 되는 건지 모르겠어."

"하딘이랑은 왜 싸웠는데?"

그가 말을 끝내기도 전에 내가 먼저 물었다.

"미안해, 테사. 전화 끊을게."

전화는 금세 끊어졌다.

'이건 또 무슨 짓이야?'

제드가 다 얘기할 거라고 100퍼센트 확신은 못했지만, 이런 반응일 줄은 꿈에도 몰랐다. 호기심은 커져만 갔고, 짜증이 치솟았다.

하딘에게 전화했지만, 역시나 받지 않았다. 제드는 왜 그러는 걸까? 꼭 나하고 얘기하는 게 무서운 것 같았다. 어쩌면 내가 틀렸을지도 모른다. 나 때문에 그런 걸까? 무슨 일이 일어나고 있는 건지 잘 모르겠다. 어쨌든 이 모든 게 이해가 잘 안 된다. 한 발 물러서서 객관적으로 생각해보려 했다. 혹시 내가 과민 반응인 건가? 제이스 얘기를 꺼냈을 때 하딘은 두려움에 휩싸여 제정신이 아닌 것처럼 보였다. 그건 절대 잘못 본 게 아니다.

샤워를 하기로 했다. 긴장을 풀고 마음을 가라앉혀야 한다. 하지만 효과가 없었다. 벼랑 끝에 몰린 느낌이 들었다. 뭐라도 해봐야겠다. 샤워를 마치고 옷을 입고, 머리를 말리면서 뭘 해야 할지 결정했다.

〈위대한 유산〉의 주인공 미스 하비샴이 된 것처럼 음모를 짜고 계략을 꾸몄다. 좋아하는 주인공은 아니었지만 갑자기 그녀에게 빙의한 느낌이 들었다. 사랑에 빠지면 이렇게 되는가 보다. 집착하고, 평소라면 절대 하지 않을 미친 짓을 해댄다. 정신을 차리고 보니 내 계획은 미친 짓이거나 드라마틱하게 보이진 않았다. 스테프를 만나서 하딘과 제드가 왜 싸웠는지, 그녀도 제이스를 아는지 물어보는 거다. 한 가지 걸리는 게 있긴 하다. 제드와 통화하고 스테프를 만났다는 걸 하딘이 알면 이성을 잃고 난리를 칠 텐데.

이제 생각났다. 하딘은 동거를 시작하고 나서는 나를 자기 친구들에게 데려간 적이 없었다. 아마도 그들이 우리의 새 삶의 방식을 아무도 모르고 있을 거란 의구심이 짙어졌다.

머릿속이 뒤죽박죽 된 채로 허둥지둥 집을 나서는 바람에 휴대전화를 두고 왔다. 간선도로에 접어들자마자 눈이 내렸다. 기숙사까지 30분이나 걸렸다. 내가 기억하던 그 모습 그대로였다. 불과 일주일 전에 이곳을 떠났지만, 아주 오래된 느낌이 들었다.

복도를 따라가다 금발 머리 여자가 나를 무례할 만큼 노려보는 걸 무시했다. 하딘이 방 앞에 술을 쏟았다고 난리 치던 그 여자였다. 하딘과 기숙사 방에서 첫 밤을 보낸 게 오래 전 일만 같았다. 그를 만나고 난 이후의 날들은 어떻게 지나갔는지 기억조차 없었다. 이제는 옛날 얘기가 된 내 방의 문을 두드렸다. 역시나 스테프는 없었다. 그녀는 거의 트리스탄과 네이트의 아파트에서 지냈고, 거기가 어딘지는 나도 모른다. 알았더라면… 그곳까지 가는 게 맞나?

다시 차에 올라 주변을 돌면서 뭘 해야 할까 생각해 봤다. 휴대전화가 있었더라면 더 쉬웠을 텐데. 예전 룸메이트를 스토킹하는 걸 포기하려던 찰라, 스테프와 함께 갔던 바이커들의 술집인 '블라인드 밥'을 지나쳤다. 주차장에서 네이트의 차를 보고 핸들을 돌렸다. 차에서 내리기 전에 심호흡을 했다. 차 문을 열자 차가운 공기가 폐 속까지 밀려 들어 왔다. 가게 안으로 들어서니 앞에 있던 여자가 나를 보며 웃었다. 건너편에 스테프의 빨간 머리가 보이자 안심이 되었다.

그 '안심'은 무슨 일이 벌어질지 몰랐을 때까지라는 걸, 그땐 알지 못했다.

36

담배 연기가 자욱한 술집 안으로 걸어 들어갔다. 불안감이 엄습해 왔다. 이걸 좋은 아이디어라고 생각했다니. 하딘은 미친 듯이 화를 낼 거고, 스테프는 날 미친년 취급할 거다.

스테프가 나를 보자 환한 미소를 지었다. 그리고 글자 그대로 꽥, 소리를 질렀다.

"테사, 여긴 어쩐 일이야?"

스테프는 나를 꽉 안아주었다.

"음…, 널 찾고 있었어."

"무슨 일 있어? 아니면 보고 싶어서?"

그녀가 웃었다.

"그냥, 보고 싶어서."

지금은 이렇게만 하기로 했다.

"얼굴 본 지 진짜 백만 년은 된 것 같아, 테사."

네이트가 짓궂게 말하며 나를 안았다.

"하딘이 대체 널 어디에 숨겨놓은 거야?"

스테프 뒤로 트리스탄이 나타나더니 그녀의 허리에 팔을 둘렀다. 스테프는 그에게 등을 기댔다. 몰리 때문에 벌인 싸움이 잘 해결된 모양이었다. 그녀가 웃었다.

"우리랑 앉자, 지금은."

'지금은 이라고?'

저 말은 곧 하딘이 올 거라는 의미인 건가? 그들의 자리로 따라갔다. 내 의문에 대한 답을 그들에게 들을까 봐 두려웠다. 그 질문은 접어두고 햄버거와 감자튀김을 주문했다. 하루 종일 아무 것도 못 먹었고, 벌써 오후 3시가 지나고 있었다.

"케첩 뺐는지 꼭 확인할게요."

웨이트리스는 안다는 듯 미소를 지으며 주방으로 사라졌다. 지난 번 여기서 하딘이 연출한 장면을 기억하고 있나 보다. 매니큐어가 발린 손톱을 물어뜯으면서 음식을 기다렸다.

"어젠 진짜 죽여주는 파티가 있었는데, 아깝게 놓쳤네, 테사."

네이트가 말했다. 그는 맥주를 꿀꺽꿀꺽 마시더니 잔을 내려놓았다.

"그랬어?"

내가 웃으며 말했다. 하딘과의 관계에서 가장 불만인 게 바로 이거다. 사람들에게 우리 얘기를 어느 선까지 해도 되는지 전혀 감이 안 온다는 거. 내가 평범한 사람과 사귀고 있다면 이렇게 대답했을 거다.

"아, 그렇구나. 우리는 걔네 아빠 결혼식에 가서 정말 좋은 시간을 보냈어."

평범과는 거리가 먼 남자를 만나고 있는 대가다. 가만히 있기로 했다.

"그래, 완전 야생이었지. 클럽하우스 대신에 부두에 나갔어."

네이트가 웃으며 말했다.

"부두에서는 아무도 뭐라고 할 사람이 없거든. 파티 끝나고 청소도 안 해도 돼."

"제이스는 부두에서 살아?"

최대한 담담한 목소리로 내가 물었다.

"뭐라고? 보트 선착장을 말하는 거야. 걔는 낮에 거기서 일해. 그 근처에서 살고."

"아…."

나는 빨대를 잘근잘근 씹었다.

"완전 추웠는데, 트리스탄이 그 망할 얼음물에 뛰어들었잖아."

스테프가 코웃음을 쳤고, 트리스탄은 장난스레 그녀를 툭 쳤다.

"그렇게 나쁘진 않았어. 들어가자마자 온몸에 감각이 없어져버렸거든."

트리스탄이 주문한 치킨 윙과 맥주들, 그리고 내 음식이 한꺼번에 나왔다.

"맥주 안 마셔? 신분증 검사 안 할 거야."

네이트가 나에게 귀뜸했다.

"아니야. 난 운전해야 하거든. 암튼 고마워."

"그나저나 새 기숙사는 어때?"

스테프가 내 접시에 있는 감자튀김을 집어 먹으며 물었다.

"뭐라고?"

"새 기숙사 말이야."

그녀가 천천히 반복해 말했다.

"새 기숙사라니, 그런 건 없는데."

하딘이 내가 다른 기숙사로 옮겼다고 얘기했나?

"맞아, 너 새 기숙사로 갔지. 내가 있는 기숙사에선 안 살잖아. 네 물건도 싹 다 없어졌고. 하딘이 그러는데, 너희 엄마가 너한테 완전 화났다며. 암튼, 그래서 기숙사를 옮겼다고 하던데."

그녀가 맥주를 한 모금 크게 들이켰다.

하딘이 화내든 말든 상관하지 않기로 했다. 거짓말은 이제 그만. 우리 관계를 아직까지도 숨기고 있다니. 너무 화가 나고 당황스럽기까지 하다.

"하딘이랑 나랑 아파트 얻어서 함께 살고 있어."

그들에게 선언하듯 말했다.

"뭐라고?

스테프, 네이트, 트리스탄이 이구동성으로 소리를 질렀다.

"지난주부터. 학교에서 20분쯤 떨어진 데야. 거기서 같이 살아."

내가 설명했다. 세 명 모두 나를 외계인 보듯 쳐다보았다.

"왜 그러는데?"

내가 당차게 물었다.

"아무 것도 아냐. 이건 정말…, 와우… 진짜 모르겠다. 그냥 너무 놀라운 일이라서."

스테프가 말했다.

"어째서?"

내가 쏘아붙였다. 하딘에 대한 분노를 그녀에게 쏟아내는 건 옳지 않다. 그러나 멈출 수가 없었다.

스테프가 인상을 쓰며 뭔가를 생각해 내려는 것처럼 보였다.

"나도 모르겠어. 하딘이 누군가와 같이 산다는 걸 상상할 수가 없어. 그냥 그뿐이야. 너희 둘이 진지한 관계란 건 몰랐어. 나한테 얘기해주지 그랬어."

그 말이 무슨 뜻인지 물어보려는데 네이트와 트리스탄이 문 쪽을 쳐다봤다가 다시 나를 보았다. 고개를 돌려 보니, 몰리와 하딘이 제이스와 함께 문 앞에 서 있었다. 하딘은 눈을 털면서 매트에 부츠를 문지르고 있었다. 얼른 고개를 돌렸다. 심장이 걷잡을 수 없이 뛰고 있었다. 한꺼번에 너무 많은 일들이 벌어지고 있다. 몰리와 하딘이 함께 있는 걸 보니 화난다는 표현으론 턱없이 부족할 만큼 화가 났다. 제이스와 하딘이 같이 있는 것도 혼란스럽긴 마찬가지였다. 게다가 나는 방금 전에 애들에게 우리가 같이 산다는 걸 말하고 말았다. 애들은 그 말을 듣고 모두 긴장한 상태였다.

"테사."

뒤에서 분노에 찬 하딘의 목소리가 들렸다. 돌아보니 그의 얼굴은 분노로 일그러져 있었다. 스스로를 통제하려 애쓰는 듯 보였다. 하지만 폭발하기 일보 직전인 것 같았다.

"나랑 얘기 좀 하자."

그가 이를 악물고 겨우 말했다.

"지금?"

아무렇지도 않게, 그러나 냉정한 목소리로 말했다.

"그래, 지금 당장."

그가 내 팔을 잡아끌었다. 얼른 일어나 그를 따라 가게 한쪽에 있는 바 구석 자리로 갔다.

"너, 여기서 뭐해?"

그가 내 코앞에 얼굴을 들이밀고 조용히 물었다.

"스테프랑 놀려고 왔어."

완전히 거짓말도, 그렇다고 사실도 아니었다. 하딘이 갑자기 소리를 질렀다.

"헛소리하지 마!"

그가 언성을 낮추려 했지만, 이미 몇몇 손님은 우리를 보고 수군댔다.

"당장 집에 가."

"뭐라고 하셨어요?"

그가 자주 쓰던 대사로 쏘아붙였다.

"당장 집에 가라고."

"집? 어느 집? 새 기숙사?"

이번엔 지지 않았다. 그의 낯빛이 변했다.

"맞아, 쟤들한테 얘기했어. 우리가 같이 산다고. 넌 어째서 그걸 얘기 안 했어? 내가 얼마나 바보 같았는지 알아? 우리 관계를 숨겨야 할 시기는 이제 지난 거 아닌가?"

"그런 거 아니야…."

거짓말이다.

"이런 비밀과 기만에 이제 질린다, 하딘. 우리가 잘 지낸다고 생각할 때마다…."

"미안. 비밀로 하려던 건 아니었어. 그냥 때를 기다리고 있었어."

하딘의 머릿속이 뒤죽박죽인 것 같았다. 흔들리는 초록색 눈동자 속에 복잡 미묘한 온갖 감정이 담겨 있었다. 그는 공포에 질린 눈으로 가게 안 여기저기를 훑어보고 있었다. 그 모습을 보니 걱정스러워졌다.

"계속 이렇게 살 순 없어. 너도 잘 알잖아."

"응, 나도 알아."

그가 한숨을 쉬며 입술 피어싱을 깨물었다. 한 손으로는 젖은 머리카락을 쓸어 올렸다.

"우리, 집에 가서 얘기할래?"

나는 고개를 끄덕였다. 다시 그를 따라 모두가 앉아 있는 자리로 돌아갔다.

"우린 지금 갈게."

하딘의 말에 제이스가 음흉하게 웃었다.

344

"이렇게 빨리?"

하딘의 어깨가 긴장하는 게 보였다. 그래도 하딘이 대답했다.

"그래."

"어디, 너네 아파트로?"

스테프가 물었고, 나는 그녀는 노려보았다. 이러지 말라고, 조용히 그녀에게 눈짓으로 말했다.

"너네, 뭐라고?"

몰리가 키득거렸다. 내 인생에서 다시는 저 얼굴을 보고 싶지 않다.

"쟤들 아파트. 쟤들 같이 산대."

스테프가 시큰둥하게 말했다. 몰리가 한 말을 주워 담게 하려는 심산인 것 같았다. 다른 때 같았으면 박수라도 보내줄 텐데. 몰리에게만 신경 쓰고 있는 하딘 때문에 더 화가 났다.

"이런, 이런, 이런."

몰리가 긴 손톱으로 테이블을 두드렸다.

"이건 정말 대박 사건인데."

그녀는 하딘을 뚫어지게 쳐다봤다.

"몰리…."

하딘이 나지막이 몰리의 이름을 불렀다. 그의 얼굴에 공포가 스쳐 지나가는 걸 똑똑히 보았다. 그녀가 한쪽 눈썹을 치켜세웠다.

"너, 정말 일을 너무 크게 벌리는구나?"

"몰리, 너 입 닥치지 않으면…."

"무슨 일? 무슨 일을 너무 크게 벌린다는 거야?"

참을 수 없어서 내가 물었다.

"테사, 넌 나가 있어."

그가 명령조로 말했지만, 그냥 무시했다.

"아니, 싫어. 뭘 너무 크게 벌린다는 건데? 말해봐!"

결국 소리를 지르고 말았다.

"잠깐만, 너도 같이 하고 있는 거지? 내가 그럴 줄 알았어! 제이스한 테 너도 알고 있을 거라 얘기했잖아, 내가. 근데 걔가 내 말을 안 믿었 지? 하딘, 넌 제드한테 빚진 거다."

그녀가 머리를 젖히며 일어섰다.

하딘의 낯빛이 백짓장처럼 하얘졌다. 몸에서 피가 한꺼번에 빠져나 간 듯했다. 머릿속이 빙빙 돌면서 너무나 혼란스러웠다. 나는 네이트 와 트리스탄, 스테프를 힐끗 쳐다보았다. 그들은 모두 하딘만 쳐다보 고 있었다.

"뭘 알고 있는데?"

내 목소리는 떨리고 있었다. 하딘이 내 팔을 잡고 밖으로 끌어내려 했다. 나는 그의 손을 뿌리치고 몰리에게 걸어가 앞을 막아섰다.

"날 바보 취급하지 마. 내가 모를 줄 알아? 하딘이 너한테 뭐랬어? 돈 나누자고 했어?"

그녀가 나에게 물었다. 하딘이 내 손을 잡았다. 그의 손이 얼음처럼 차가웠다.

"테사…."

그의 손을 뿌리치며 노려보았다. 내 눈은 커져 있었다.

"말해 봐! 몰리가 지금 무슨 소릴 하고 있는 거야?"

나는 하딘에게 소리 질렀다. 눈물이 터져나올 것 같았다. 휘몰아치는 감정을 억누르려고 몸부림을 쳤다. 하딘이 입을 열었다가 이내 다시 닫았다.

"오, 마이 갓! 테사, 너 진짜 몰랐어? 와, 정말 놀라운데. 다들 앉아봐!"

몰리가 조롱하듯 말했다.

"몰리, 그러지 마."

스테프가 말렸다.

"너, 정말 알고 싶은 거니? 공주마마?"

몰리가 계속 이죽거렸다. 의기양양한 미소를 만면에 띠고.

귓속에서 내 맥박 뛰는 소리가 쿵쿵거렸다. 다른 사람한테도 이 소리가 들릴까, 잠시 궁금했다. 내가 입을 열었다.

"말해봐."

그녀가 머리를 살짝 기울였다…, 그러더니 동작을 멈추었다.

"아니다, 이건 하딘이 얘기해줘야 할 것 같다."

그녀가 키득거렸다. 그녀는 혀 피어싱을 비벼대면서 달그락거리는 소리를 냈다. 세상에서 가장 불쾌한 소리다. 손톱으로 칠판 긁는 소리보다 더 기분 나쁜 소리.

37

모든 게 순식간에 닥쳤다. 이해가 잘 안 된다. 나는 너무나 혼란스러웠다. 주위를 둘러보았다. 나는 나를 조롱하는 사람들 틈에 둘러싸여 있었다. 이들과 친해지려 내가 쏟아 부었던 노력은 모두 물거품이 됐다. 나는 이제 그 누구도 믿을 수 없었다.

무슨 일이 일어나고 있는 거지? 하딘은 왜 저기 서 있는 거야? 무슨 일이야?

"난 찬성."

제이스가 끼어들었다. 의견 개진의 표시로 맥주잔을 들어올렸다.

"어서 해, 하딘. 말해주라고."

"내…, 내가, 밖에서 얘기해줄게."

하딘의 목소리는 무섭도록 가라앉아 있었다.

그의 반짝이는 눈동자를 들여다보았다. 간절함인지 혼란스러움인지 그의 눈은 성나 있었다. 무슨 일이 벌어지고 있는지 잘 모르겠다. 한가지 분명한 건 그와 함께 어디도 가고 싶지 않다는 거다.

"안 돼, 여기서 얘기해. 얘들 앞에서 얘기해야 거짓말을 못할 거 아냐."

벌써부터 가슴이 아파 온다. 그의 말을 들을 준비가 아직 안 되어 있었다.

그가 말을 멈추었다. 말하기에 앞서 손가락만 꼼지락거리고 있었다.

"정말 미안해."

그가 두 손을 앞으로 모아 맞잡았다.

"테사, 이것만 기억해줘. 이건 다 너를 알기 전에 생긴 일이야."

자비를 애원하는 눈빛이었다. 목소리조차 나오지 않았다. 겨우 입을 떼 중얼거렸다.

"어서 말해."

"그날 밤…, 두 번째 밤…, 그러니까 네가 두 번째로 파티에 온 날, 우리가 진실 게임했을 때 말야…. 그때 네이트가 너한테 버진이냐고 물었잖아…."

그가 두 눈을 질끈 감았다. 생각을 정리하려는 것 같았다.

'아, 안 돼….'

심장이 아래로 떨어지는 거였다면 아마 그랬을 거다. 이건 있을 수 없는 일이다.

'이런 일이 일어날 리 없어. 지금은 아니야. 나한테는 아니야.'

"계속하시지…."

제이스가 세상 재밌는 구경이라는 듯 몸을 앞으로 기울였다. 하딘은 찌를 듯이 그를 노려보았다. 이 논란의 중심에 저 둘 뿐이었다면, 하딘은 분명 저 재수 없는 남자를 죽여버렸을 거다.

"네가 그렇다고 했잖아…, 그리고 누군가 아이디어를 하나 냈어."

"누군가의 아이디어였다고?"

몰리가 끼어들었다.

"나…, 그래, 내 아이디어였어."

하딘이 인정하고야 말았다. 그의 시선이 나에게 고정되어 있었다. 그렇다고 이 상황이 나아지진 않는다.

"그…, 그 아이디어가 재밌을 거라고…, 내기를 걸면."

그가 고개를 떨궜다. 내 눈에서 눈물이 쏟아져 나왔다.

"이건 아냐."

나는 숨을 쉴 수가 없었다. 한 발짝 뒤로 물러섰다.

이미 엉망진창이 된 머릿속으로 혼란의 쓰나미가 밀려왔다. 그의 말을 어떻게든 이해해보려고 했지만 전부 실패다. 타는 듯한 고통과 분노가 혼란의 뒤를 이어 밀려왔다. 기억과 추억의 파편들이 내 머릿속을 온통 떠다녔다.

"그에게서 떨어져." "조심해야 해." "가끔 사람들을 다 안다고 생각하지만, 넌 몰라." "하지만, 테사, 나, 너한테 할 얘기가 있어."

몰리와 제이스, 그리고 하딘 자신이 던져준 단서들이 끊임없이 반복 재생됐다. 항상 마음 한구석에선 뭔가 놓치고 있다는 기분이 들었었다. 이곳의 공기가 한꺼번에 빠져 나간 것 같았다. 하지만 이 상황에 놓여 있는 지금이 바로 현실이라는 데 생각이 미쳤다. 나는 가쁜 숨을 몰아쉬었다. 그동안 너무 많은 단서들이 있었다. 나는 하딘에게 빠져서 스스로 내 눈을 가렸다.

'왜 일을 이렇게까지 크게 만든 거야? 왜 동거까지 하게 만든 거야?'

"너도 알고 있었어?"

스테프에게 물었다. 하딘을 더 이상 쳐다볼 수가 없었다.

"나…, 나는, 몇 번이나 얘기하려고 했었어, 테스."

그녀가 미안함에 눈물을 뚝뚝 흘렸다.

"난 정말 믿을 수가 없더라니까. 자기가 이겼다고 박박 우기는 게 말이야. 심지어 그 콘돔까지 보여줬는데도."

제이스가 낄낄거렸다. 이 난장판을 즐기고 있는 거다.

"그렇지? 나도 그랬다니까. 그 침대 시트도. 근데 그 시트에 묻은 피까지 보고 어떻게 아니라고 하겠어!"

몰리가 따라 웃었다.

침대 시트. 그래서 그게 여태껏 그의 차에 있었던 거다….

뭐라도, 무슨 말이라도 해야 한다. 하지만 목소리조차 나오지 않았다. 내 주위의 모든 것들이 빙빙 돌고 있다. 바에 있는 사람들은 아무렇지도 않게 밥을 먹고 술을 마셨다. 바로 옆에서는 한 순진한 여자의 심장이 산산조각으로 부서지든 말든. 트리스탄은 고개를 푹 숙이고 있었고, 스테프는 훌쩍거렸다. 다른 사람들은 나를 쳐다보는 하딘을 보고 있었다. 이 모든 광경이 내 눈에 들어오는데도 무슨 일이 일어난 건지 모르겠다. 시간이 멈춘 것 같았다.

"테사, 정말 미안해."

그가 내게 한 발짝 다가왔다. 여기서 달아나고만 싶었지만 발 끝 하나 움직일 수가 없었다. 몰리의 괴물 같은 목소리가 어색한 분위기를 뚫고 들어왔다.

"너도 알겠지? 이 드라마 같은 생쇼에 우리 모두가 출연자란 걸. 그러니까, 저번에 우리가 다들 여기서 만났을 때 기억하지? 스테프가 너를 웃기게 변신시킨 바람에 하딘과 제드가 서로 자기 방에 먼저 데리고 가겠다고 싸움 났던 거 말야."

그녀가 깔깔거리면서 덧붙였다.

"그 담에 하딘이 네 방에 나타났잖아, 그치? 보드카 병까지 들고 말이야! 넌 개가 술 취했다고 생각했지? 개가 너랑 있을 때, 내가 전화했던 거 기억 나?"

몰리는 내가 대답하기를 기다리는 것처럼 잠깐 나를 쳐다보았다.

"사실 그날 밤, 그 내기에서 이겼어야 했어. 하딘이 꽤 자신만만해 했거든. 근데 제드는 네가 그렇게 빨리 넘어오진 않을 거라고 장담했어. 내 생각에도 그랬고. 넌 생각했던 것보단 빨리 넘어갔더라. 내기에 돈을 걸지 않은 게 얼마나 다행이었는지…."

술집 안에서는 오로지 몰리의 목소리만 들렸고, 하딘의 눈만 보였다.

이런 기분이 들었던 적은 한 번도 없었다. 이런 수준의 모욕과 상실감은 상상조차 해본 적도 없다. 하딘은 나를 철저하게 가지고 놀았고, 이 모든 것들은 그가 하는 게임일 뿐이었다. 그 모든 포옹과 키스, 미소, 웃음, 사랑한다는 고백, 섹스, 그리고 우리의 계획들…. 맙소사, 세상에 존재하지 않는 듯한 고통이 밀려왔다. 그는 모든 행동을, 모든 밤을, 모든 세세한 것들을 계획했다. 그리고 그건 나만 빼놓고 모두가 알고 있었다. 심지어 내가 친구라 생각했던 스테프까지도. 나는 이 비현실적인 충격에서 잠깐 빠져나와 그를 힐끗 보았다. 그는 그냥 거기 서 있었다. 나를 둘러싼 세상이 다 무너져 내렸는데도, 그는 아무렇지도 않게 거기 서 있었다.

"그래도 네 가치가 꽤 돈이 된다는 걸 기쁘게 생각하라고. 뭐, 제드가 몇 번 뒷얘기를 했지만 말야. 그래도 제이스, 로건, 제드한테 딴 돈으로 쟤가 저녁쯤은 사줬을 거 아냐."

몰리가 웃으며 말했다.

제이스가 맥주를 다 마시더니 환호성을 질렀다.

"난, 사람들 다 있는 데서 떠벌렸던, 그 수치스런 '나, 너를 사랑해' 생쇼를 놓친 게 아쉬워 죽겠다니까. 그 장면은 진짜 완전 쩐다던데."

"입 좀 닥쳐!"

트리스탄이 꽥 소리를 질러서, 다들 깜짝 놀랐다. 멍 때리고만 있지 않았다면 나도 놀랐을 거다.

"엿이나 먹어, 이것들아! 앤 이미 당할 만큼 당했잖아!"

하딘이 나에게 한 발짝 더 다가왔다.

"뭐라고 말 좀 해봐, 베이비."

그의 애원하는 듯한 '베이비' 신공에 제정신이 돌아왔다. 이제야 멈췄던 머리가 제대로 작동하는 듯했다.

"나를 그렇게 부르지 마! 어떻게 이따위 짓을 나한테 할 수 있어? 네가…, 너…, 난 모르겠다….'

머릿속으로는 하고 싶은 말이 차고 넘쳤다. 하지만 입 밖으로 나오질 않았다.

"아무 말도 하지 않을 거야. 그게 네가 원하는 걸 테니까."

끓어오르는 감정과 달리 내 목소리는 차분했다. 마음은 불타고 있었고, 심장은 하딘의 발 밑에 떨어졌다.

"내가 죄다 망친 거 알아."

그가 말을 시작했다.

"죄다 망쳤다고? 네가 죄다 망쳤다고?"

나는 소리 질렀다.

"왜 그랬어? 왜? 말해봐. 왜 나였어?"

"그건, 네가 거기 있었으니까."

솔직한 대답에 마음은 더 무너져 내렸다.

"그리고 그건 '도전'이었으니까. 그땐 널 몰랐어, 테사. 내가 너와 사랑에 빠질 거라곤 생각지도 못했단 말야."

그가 입에 올린 '사랑'이라는 말은 지난 몇 주간의 느낌과는 확연히 달랐다. 분노가 목에서 치밀어 오르는 걸 느꼈다.

"넌, 미쳤어. 정말 미친놈이야!"

나는 소리를 지르며 문밖으로 뛰쳐나가려고 했다.

감당해내기엔 너무 큰 일이었다. 하딘이 내 팔을 붙들었지만 매몰차게 뿌리쳤다. 그리고 돌아서서 따귀를 올려붙였다. 있는 힘껏.

고통이 역력한 그의 표정을 보자 가슴이 찢기는 것 같은 괴로운 만족감이 일었다.

"넌, 모든 걸 무너뜨렸어!"

나는 소리 질렀다.

"너는 네 것도 아닌 걸 나에게서 빼앗아 갔어, 하딘. 그건 나를 사랑하는, 진심으로 나를 사랑하는 사람을 위한 거였어. 누가 됐든 그 사람 거였다고. 근데 그걸 네가 뺏어 갔어. 하찮은 돈 몇 푼 때문에. 난 너 때문에 엄마와의 관계도 무너뜨렸어. 모든 걸 포기했다고! 나는 날 사랑해주는 사람을 원해. 너처럼 상처만 주는 사람은 필요 없어. 넌 정말 구역질나, 역겨워."

"나, 진심으로 널 사랑해, 테사. 이 세상 무엇보다도 너를 사랑해. 너한테 다 말하려고 했었어. 네 귀에 안 들어가게 하려고 했었다고. 네가 몰랐으면 했어. 그래서 그날 밤 집에 못 들어갔던 거야. 다들 입을 막으려고 말이야. 너한텐 내가 얘기하려 했어. 이제 우린 같이 살잖아. 그럼 그런 건 아무 것도 아닌 거잖아."

내 입에서 가릴 새도 없이 말이 술술 터져 나왔다.

"너…, 정말, 오 마이 갓, 하딘! 도대체 왜 그러는 거야? 사람들 입 막는 게 진짜 맞는 방법이라고 생각한 거야? 나만 모르면 이게 다 괜찮은 일이 되는 거냐고? 우리가 같이 살면 이걸 내가 다 그냥 넘길 거라 생각한 거야? 그래서 계약서에 내 이름을 같이 넣으려고 했던 거구나! 세상에! 넌 정말 구제불능 미친놈이야!"

상황이 이쯤 되자 하딘을 만난 다음에 있었던 세세한 일들까지 다시 생각하게 됐다. 모든 건 분명해졌다.

"그래서 네가 내 물건들을 가지고 온 거구나! 스테프가 나한테 얘기할까 봐 겁나서!"

술집에 있는 사람들이 전부 우리를 쳐다보았다. 내 자신이 너무나 작고, 엉망진창이고, 아무 것도 아닌 것처럼 느껴졌다.

"그 돈으론 대체 뭘 한 거야, 하딘?"

"난…."

그가 말을 꺼내다가 멈칫 했다.

"말해봐."

"차…, 도색…, 그리고 아파트 보증금. 나…, 몇 번이나 너한테 말하려고 했었어. 어느 순간 더 이상 내기가 아니란 걸 알았어. 나 너를 사랑해. 처음부터 널 사랑했었어. 맹세할 수 있어."

"넌 애들한테 보여주려고 콘돔을 버리지도 않았어, 하딘! 애들한테 침대 시트도 보여줬고, 그 피 묻은 시트를!"

나는 내 머리를 쥐어뜯었다.

"난 정말 멍청이였어. 내 인생 최고의 밤이라고 그날 밤 있었던 일을 혼자 곱씹고 또 곱씹었어. 근데, 그때 넌 네 친구들한테 그 시트를 보여주고 있었다고!"

"입이 열 개라도 할 말이 없어…, 제발 날 용서해줘. 우리, 앞으로 잘 헤쳐 나갈 수 있을 거야."

웃음이 나왔다. 진짜로 웃음이 나왔다. 눈에서는 눈물이 흘렀지만 웃음이 터져 나왔다. 내가 미쳐가고 있나 보다. 이런 건 영화에도 없는 장면이다. 정신을 못 차릴 것 같았다. 심호흡 한 번, 눈물 한 방울로 추스를 수 있는 문제가 아니었다.

나는 머리를 쥐어뜯으며 울었다. 한참을 울고 나서 간신히 감정을 추슬렀다.

"용서해 달라고?"

다시 미친 사람처럼 웃어댔다.

"넌 내 인생을 송두리째 망가뜨렸어. 아, 물론 잘 알고 있지. 그게 네 계획이었잖아. 기억 나? 네가 날 망쳐버리겠다고 호언장담 했었잖아. 축하해, 하딘. 네 꿈을 이뤘어. 난 그럼 뭘 줘야 하지? 돈? 아님 다른 버진이라도 하나 찾아줄까?"

테이블에 있던 사람들의 시선이 일제히 나한테 꽂혔다. 그가 나를 가려주려는 듯 몸을 움직였다.

"테사, 제발. 내가 널 사랑하는 거 알잖아. 너도 날 사랑하는 거 알아. 우리, 집에 가자, 제발. 가서 내가 전부 얘기해줄게."

"집? 거긴 내 집이 아니야. 내 집이었던 적도 없지. 우리, 다 알잖아."

나는 또 한 번 문을 나가려고 했다. 이번엔 거의 나갈 뻔했는데.

"내가 어떻게 해주면 되겠어? 뭐든지 다 할게."

그가 애원했다. 시선은 나에게 고정하고 몸을 움직였다. 혼란스러웠다. 그는 내 앞에서 무릎을 꿇었다.

"아무 것도 없어. 네가 나한테 해줄 수 있는 건 아무 것도 없어, 하딘."

그가 준 상처만큼 나도 상처 줄 수 있는 말을 안다면 그대로 퍼부어 줬을 거다. 수천 번이라도 퍼부어줄 수 있다. 그렇게 해서라도 갈기갈기 찢기는 고통을 느끼게 해주고 싶었다.

하딘이 무릎 꿇은 틈을 타서 나는 문 쪽으로 걸어갔다. 문까지 갔을 때 누군가와 부딪쳤다. 고개를 들어보니 제드였다. 얼굴을 보니 아직까지 하딘에게 얻어맞은 상처가 아무는 중인 듯했다.

"무슨 일인데?"

제드가 내 팔꿈치를 잡았다. 그의 시선이 내 뒤로 움직였다. 뒤따라오는 하딘을 보자 알겠다는 표정을 지었다.

"미안해…."

제드가 말했지만, 나는 그저 무시해버렸다. 하딘이 다가오고 있었고, 나는 이곳에서, 그에게서 멀리 떨어지고 싶었다.

밖으로 나오자 차가운 바람에 머리카락이 날려 내 얼굴을 때렸다. 찬 공기가 끓어오르는 내 마음을 식혀주길 바랐다. 그 사이 눈이 펑펑 내려 차들과 도로를 온통 덮었다.

뒤에서 제드의 목소리가 들렸다.

"운전하면 안 돼, 테사."

들은 척도 않고 주차장을 가로질러 터벅터벅 쉬지 않고 걸어갔다.

"나 좀 내버려둘래? 너도 한 패라는 거 다 알아! 너희들 모두!"

내가 소리 지르며 가방을 뒤져 차 키를 꺼냈다.

"내가 집에 데려다줄게. 너 이 눈보라 속에서 운전할 수 있는 상황이 아니잖아."

그에게 소리 지르려고 입을 떼는데 하딘이 밖으로 나왔다.

한때 내 인생의 사랑이라 생각했던 그 사람이 보였다. 우리의 만남 이후 모든 날들이 특별했고, 활기가 넘쳤고, 더 자유로워졌다고 생각하게 해주던 그 남자. 그리고 제드를 쳐다보았다.

"알았어."

제드가 차 문을 열자 나는 차에 올라탔다. 내가 제드와 가려는 걸 알았는지 하딘이 차를 향해 달려왔다. 그의 얼굴은 분노로 일그러져 있었다. 하딘이 오기 전에 출발할 수 있기만을 바랐다. 제드가 차에 오르자마자 차를 출발시켰다. 뒤를 돌아보니 하딘이 차를 향해 무릎을 꿇고 있었다. 오늘만 저 모습이 두 번째다.

"정말 미안해, 테사. 이렇게까지 돌이킬 수 없게 될 줄 몰랐어⋯."

제드가 입을 열었지만 나는 딱 잘라 말했다.

"나한테 말 걸지 마."

더 이상 참고 들어줄 수가 없었다. 더 이상 받아들일 수도 없었다. 속이 울렁거렸다. 하딘에게 얻은 배신의 상처가 나를 점점 더 아프게 했다. 제드까지 계속 떠들어댄다면 완전히 무너져 내릴 것 같았다.

하딘이 대체 왜 그런 짓을 했는지 알고 싶었다. 그러면서도 솔직히 모든 얘기를 듣고 나면 감당할 수 있을지 두려웠다.

이런 고통은 겪어본 적이 없었다. 그래서 어떻게 다뤄야 할지, 아니, 다룰 수 있을지조차 모르겠다.

그는 고개를 끄덕이더니 입을 꾹 다물고 운전에만 집중했다. 생각이 꼬리를 물었다. 하딘에게서 몰리로, 또 제이스로, 다른 사람들로 옮겨가다 뭔가 울컥하는 느낌이 들었다. 느닷없이 용기가 생겼다.

"너도 뭘 좀 알아?"

그에게 고개를 돌렸다.

"나한테 얘기해줘. 전부 다. 하나부터 열까지, 하나도 빠뜨리지 말고."

제드가 나를 걱정스러운 눈빛으로 쳐다봤다. 더 이상 빠져나갈 구멍이 없는 걸 깨달은 듯했다.

"알겠어."

그가 조용히 대답했다.

우리는 고속도로로 접어들었다.

〈3권〉으로 이어집니다.

왓패드에서 '안나 토드'를 검색해 보세요!

이 책의 저자 안나 토드도 당신처럼 독자였습니다.
이야기를 읽기 위해 왓패드에 가입했다가,
결국 이야기를 쓰게 되었지요.

오늘 왓패드에서 그녀를 만나 보세요
ⓦ imaginator1D